Hanns Kneifel • Hakonwulf von Thule

Hanns Kneifel

Hakonwulf von Thule

Roman

Fabylon

Herausgeber: Gerald Jambor

Umschlagbild und Umschlaggestaltung: Jan Balaz, Kempten
Textlayout: Stefan Friedrich
Redaktion: Uschi Zietsch

Herstellung: Finidr, s.r.o., Tschech. Republik

ISBN-10: 3-927071-16-1
ISBN-13: 978-3-927071-16-2

http://www.fabylonzeitspur.de
eMail:fabylon@fabylonzeitspur.de

Prolog

Herr Kaye, der grauhaarige Verwalter des Hochkönigs, füllte die Becher. Bräunlicher Bierschaum floss über die Ränder und zeichnete Ringe auf das weiße Holz der Tischplatte. Bruder Bjardni hob den Holzbecher und sagte leise:

»Habt Dank, Herr Kaye. Ja, ich kenne Thule recht gut. Ich war drei Jahre dort, bis die Nordmannen das Kloster überfielen und niederbrannten.«

»Berichte mir, was du über Thule weißt, Bjardni.«

»Es ist eine wundersame, schöne Insel, fern im endlosen Nordmeer, das voll treibenden Eises ist, und in dem ungeheuerliche Fischbestien wüten«, sagte der alte Mönch und nahm einen kräftigen Zug. »Sie besteht aus Eis, Flammen, Rauch, Dampf und Wäldern, aber jeder, der sie im Inneren kennt, sagt, sie sei ein Paradies ...«

»Ein Paradies aus Eis, Feuer und Rauch?«

Bruder Bjardnis Bericht, mit ruhiger Stimme vorgetragen, war von einer gewissen Weitschweifigkeit geprägt, die mit bildhafter Genauigkeit einherging. Es schien Kaye, als habe Bjardni jede wunderliche Einzelheit selbst gesehen und erlebt:

In den Jahren, in denen die ganze Welt glaubte, sie würde in Feuer, Seuchen, Tod und ungeheuren Wasserfluten untergehen, in der Zeit vor dem Tausendsten Jahr nach Christi Geburt, bot auch die Insel Thule dem einsamen Meeresfahrer einen erschreckenden Anblick. Jeder, der sich zu Schiff näherte, sah zuerst gegen Norden hin einen hohen Berg im Ozean, mit Nebelwolken um den Gipfel, der Flammen und Feuersäulen gen Himmel spie, wenn sich die brodelnden Wolken teilten. Wenn der Wind die Schiffe durch einen Wirrwarr von Klippen und Vorinselchen näher trieb, wurden die Nächte so hell, dass die Meeresfahrer selbst nachts die Läuse aus ihren salzstarren Gewändern klauben konnten. Diejenigen, die wahrhaftig die Insel umsegelt und dennoch überlebt hatten, haben berichtet, dass sie im Auge des Seeadlers aussähe wie eine Hand mit rundherum mehr als fünfzehn Fingern oder wie ein vielgliedriges Wesen aus dem unergründlich tiefen Meer, das man manchmal zwischen Tang und Algen von seltsamem Aussehen und glühenden Farben an ihren Stränden fand. Jeden Sommer geschah das gleiche Wunder: Die Sonne ging niemals unter, sondern verharrte über dem Meereshorizont, als fürchte sie das salzige Wasser. In den langen Nächten des Nordens wehten und waberten riesige Flammenwälle und Feuertücher als Zeichen des nahen Weltendes vor den Sternen, größer als zwei Drittel des Himmels; rote, gelbe und eisblaue Schleier von furchtbarer Lautlosigkeit.

Ein Eiland aus Eis, Flammen und Feuer; die Insel Thila oder Thule schien gleichermaßen das schauerliche Beispiel für den erwarteten Weltuntergang und das Land der Rettung zu sein: Hier würden jene, die ein göttliches Zeichen trugen, Armaggedon oder die Apokalypse oder das Jüngste Gericht überleben. Die Boote furchtloser irischer Mönche, zerbrechliche, verknotete und vernähte Nachen aus Ruten und Ästen, Leder und Fellen, näherten sich bisweilen der Insel aus Eisfeldern, Felsabstürzen und schroffen Klippen; die Insassen waren sicher, dem Weltuntergang nicht entflohen zu sein, sondern ihm entgegenzusegeln. Die Flut warf sie an Land, die Ebbe enthüllte weite Strände aus dunklem Sand. Nur der Reichtum an Vögeln bewies, dass die Besucher kein totes Land betraten. Gänse, Kormorane, Tauchervögel und Möwen, Schnee-Eulen, Lummen und Enten, Schneehühner und Kolkraben umflatterten die schroffen Küsten aus mörderischen Felsabstürzen und die Bäume der Birkenwälder, die im Windschutz der Felsen rauschten.

Im Nordosten aber, nachdem tausend Ellen hohe Bergflanken überklettert oder die Wege entlang der Bäche in den Tälern überwunden waren, im versteckten Inneren des Landes, breitete sich ein großes Tal aus, eine gewaltige Senke fetten, schwarzen, fruchtbaren Landes, geschützt durch Berge mit eisbedeckten Flanken. Das Sonnenlicht, das die Eismassen widerspiegelten, brannte so stark, dass es den Schnee im Tal schmolz; zwischen den Flammen aus Erdspalten huschten Salamander umher, flink und feurig, die nie zu Knochenasche verbrannten. Auf einer Landzunge, die sich plötzlich in einer großen Bucht zeigte, fanden sich ein Fischerdorf und ein kleiner Hafen, der Einzige Thules, wie es schien. Viele Bewohner waren seither getaufte Christen und lebten mit jenen, die noch die alten Götter anbeteten, in friedlichem Beieinander. Man jagte Rotwild, aber keine Rentiere; obwohl die Insel so weit von allen bewohnten Landen entfernt lag, heulten nachts Wölfe in den Wäldern. Elche und Schlangen suchte man vergebens; einst hatte es schwarze Bären gegeben, von denen die Bauern nur die zerbrochenen Skelette kannten. Die Mönche des verwüsteten Klosters hatten in Thule Pflanzen, Wurzeln und Pilze gefunden, die es in keinem anderen Land gab, auch vermochte niemand die Runen zu lesen oder die Gestalten zu enträtseln, die an vielen Stellen in Felswände, Findlinge und aufrecht stehende Donnerkeile aus Granit gemeißelt waren. Sie schienen aus der Zeit vor der Schöpfung zu stammen. Fische, im eisigen Winter gefangen, warf man auf das Land; sie erstarrten zu Stein und schwammen zuckend davon, wenn der Schnee das erste Mal schmolz. Mitten im Sommer, der kälter war als an anderen Orten der Welt, fuhren Schneestürme über das fruchtbare Land dahin. Eine kleine Burg aus hellem Stein und schwarzen Eichenbalken, Myngrifon, krönte einen bewaldeten Hügel, um dessen Fuß sich ringförmig ein sauberes Großdorf schmiegte, umgeben von Äckern, Weiden und Feldern; ein friedliches Bild bescheidenen Reichtums inmitten einer Landschaft aus Geysiren, Eis und Geröll, unter einem strahlenden, blauen Himmel voller schneeweißer Wolken. Wo an den unregelmäßig ausufernden Grenzen des Tales dichte Wälder an den Bergen hinaufwucherten, endete das kleine Königreich von Thule.

»Einmal haben die Nordmänner den Weg zur Burg Myngrifon gefunden, trotz der gefährlichen Meeresungeheuer«, sagte Bruder Bjardni. »Der König – ich weiß nicht, wer heute über Thule herrscht, Herr –, und seine wenigen Ritter haben die Schiffsleute zurückgeschlagen. Aber da waren die Mönche schon dahingeschlachtet, alles Silber gestohlen, ein Dutzend junge, schöne Frauen geraubt, und das kleine Kloster stand in Flammen. So war es in der Chronik zu lesen.«

Die wenigen Aufzeichnungen sprachen von Meeresungeheuern, so groß wie Inseln, auf deren Rücken Schiffe strandeten, und von Bergen aus weißem Eis, auf die sich der Himmel stützte, von riesigen Schollen, auf denen sich Seehunde und große Bären mit zotteligem, weißem Fell tummelten. Die Menschen Thules, schrieben die Mönche, redeten in einer Sprache, die dem alten Cymru-Walisischen oder dem Piktischen ähnelte, aber da seit dem Vordringen der Sachsen, Angeln und Jüten auf der Insel Britannien viele Ritter samt Waffen, Knappen und Pferden, aber auch etliche Prediger und Mönche nach Thule geflohen waren, verstanden und redeten dort viele Menschen die Sprache der Britannier; manche vermochten sie auch zu schreiben, ebenso wie ein wenig Latein.

»Mir haben die frommen Brüder gesagt, dass Thule so fern von unserer Welt liegt, dass der Untergang der Welt sie nicht verschlingen wird.« Bruder Bjardni leerte den Becher und seufzte. »Der Herr möge sie verschonen – aber warum sollte er dies tun?«

Kaye lächelte verschlossen. »Die Wege des Herrn sind unerforschlich, sagst selbst du.«

Bjarni sah zu, wie ein Falke einen Taubenschwarm über der Biegung des aufgestauten Flusses jagte. Wieder füllte Kaye die Becher. Sein Blick glitt über die Brüstung des Sitzplatzes hinweg, zwischen den Baumkronen hindurch in den Hof der Stadtburg. Knechte und Ritter sattelten die Pferde; gedämpfter Lärm erscholl herauf zum Wehrturm an der Stadtmauer Camelots.

Thule, die Insel aus Feuer und Eis, schien unsagbar weit entfernt, so, als läge sie in einer anderen Zeit.

1

Die letzten Sterne strahlten und blinkten; ihre machtvollen Bilder schienen um das Nachtgestirn zu kreisen, eines nach dem anderen. Mondlicht flackerte silbern auf dem schäumenden Kielwasser und der Heckspur im Schwarz des Nordmeers und verwandelte die Gischt in leuchtende Bänder. Das aus Eichenplanken über einem massiven Kiel gezimmerte Drachenschiff bewegte sich durch das Wasser wie ein Schwimmvogel, von dessen Gefieder das Wasser abperlte. Es hob und senkte sich im Takt der Wellen, setzte krachend und klatschend mit dem scharfen Bug auf, legte vor dem Wind bis zur Bordwand über und erreichte, obwohl durch schwere Ladung tief im Wasser liegend, hohe Schnelligkeit. Am gestrigen Tag, eine Stunde nach Mittag, hatten die sieben Nordmänner die Küste zum ersten Mal sehen können.

»Es fliegt durch die Wellen, unser Schiffchen, bei Thors glühendem Hammer!« Hrollaug Stachelfisch stemmte sich neben den festgezurrten Schilden hoch und kletterte schwankend zum Steuermann. »Könnte aber noch schneller segeln.«

Vor dem Mond, dem drei oder vier Nächte zum Vollen fehlten, zogen durchsichtige Nachtwolken vorbei. Die Bilder der großen Sterne halfen Lyjot Großzahn, den Kurs des Drachenschiffes zu halten. Vier Männer der siebenköpfigen Besatzung schliefen zwischen Bündeln und Ballen und unter dem schrägen Dach aus Seehundfellen, in speckige Decken und feuchte Mäntel gewickelt. Dag Schwarzbart packte das Seitenruder fester.

»Nicht mit dieser schweren Ladung.«

»Außerdem – wozu die Eile?« Dag spuckte nach Steuerbord. »Wir segeln nach Thule. Zu einer Insel, die kaum einer von uns kennt. Es erwartet uns keine Beute.«

Er deutete zum kühn geschwungenen Bug, der den geschnitzten Drachenkopf hoch über der rauschenden Bugwelle trug. Das offene Schiff glitt durch den Kamm der Dünung. Nicht einer der sieben Nordmänner war je diesen Kurs gesegelt; unter welchen Sternen und bei welchem Wind die östliche Küste des reichen, aber schutzlosen Königtums Thule zu erreichen war, wussten sie von Fischern und Händlern.

Dags stämmiger Körper bewegte sich mit dem Ende des Steuerruders; er würde bis zum Sonnenaufgang den Brandungseber steuern. Für ihn und die Männer der Besatzung war diese Fahrt nicht beschwerlicher als ein langer Ausritt zu Pferde.

»Odins Wölfe! Die Leute in Thule sind allesamt selbst am Elend schuld, das unsere Ladung über sie bringen wird. Friedfertige Narren!«

»Der König hat es ihnen befohlen«, knurrte Hrollaug. »Nur er und seine wenigen Ritter dürfen richtige Männerwaffen tragen. Allen anderen sind nur Messer und Dolche erlaubt. Und Äxte, für die Baumfäller.«

»Willst du mich ärgern?« Dag glich die gleitend-harten Stöße des Schiffs mit den Knien aus. »Das kann ich nicht glauben.«

»Jeder weiß das, du Dummkopf!« Ein Windstoß fuhr ins Segel, ließ den Stoff knallen und wirbelte die Reffschnüre durcheinander. »Warum, glaubst du, bringen wir dem Kerl, diesem Oberverschwörer, kostbare Waffen? Ein ganzes Schiff voll Helme, Schilde und guter Beile? Die Verschwörer werden für uns kämpfen, an unserer Stelle! Nachher dann: Sklavinnen! Ein ganzes Pfund Silber für vier weißbäuchige Christenweiber!«

Bjarni Axtklinges Hand hatte sich an einer dicken, nassen Leine festgeklammert. Er suchte an der rissigen Bordwand nach dem Knoten, der den Metschlauch hielt. »Ein junges Weib, das sich wehrt – das fehlt mir jetzt. Auf einen Schluck, Steuermann?«

»Ja. Gegen das Salzwasser.« Dag nahm einen tiefen Schluck und schlug Bjarni auf die Schulter. »Bei Odins Raben! Wenn die Verräter erst einmal gesiegt haben, wenn sie viel Gold und Silber gesammelt haben – dann werden wir sie besuchen. Und diesen Besuch werden sie nie vergessen – er wird sie teuer zu stehen kommen!«

Das Gelächter der beiden weckte einige Gestalten, die bisher in der Finsternis nicht von Gepäckstücken und Ladung zu unterscheiden gewesen waren. Über dem Kiel und zwischen den Bordwänden klirrten in Ledersäcken die Schwerter und Wurfäxte, Eisenhelme und Lanzenspitzen, in ölgetränkte Lappen eingewickelt. Fässer und Langtruhen waren ebenso wie die anderen Bündel mit dickem Tauwerk festgezurrt.

Bjarni setzte sich auf einen Stapel Schilde und lehnte sich an die Bordwand. »Thors Hammer! Meinst du, dass es dann im Sommer einen schönen Kampf gibt, in Thule?«

Dag lachte. »Du fragst, ob wir wieder richtig stürmen, plündern und totschlagen? Und Brände in Strohdächer schleudern? Es wird sein wie in alten Zeiten!«

»Im heißen Kampf, mit Schilden und Wurfäxten, und mit unseren Schreien, die ihnen das Blut stocken lassen.«

Es war eine Sache, dachte Bjarni, an eine fremde Küste zu segeln und eine andere, Verschwörer mit Waffen zu versehen. Aber Ragnar Weißhaar, der Oberste der Nordmänner, hatte viel weiter gedacht. Bjarni betrachtete die muskelstarrende Gestalt des Anführers mit dem langen, schlohweißen Haar und dem geflochtenen Bart, der inmitten der Mannschaft schlief; einer der besten und wildesten Schiffskrieger König Olaf Trygvessons. Bis der König von Thule erst einmal tot oder von seiner Burg Myngrifon vertrieben wäre, zusammen mit seiner Familie und den Getreuen, wartete der Jarl geduldig und würde anschließend den neuen König überfallen, der nach dem Kampf geschwächt sein würde.

»Kein Kampf morgen oder übermorgen.« Dags feuchtes rotes Haar wirbelte im Wind von achtern. Gischtspritzer flogen über die ganze Länge des Schiffes. »Wir sind nur die Bringer der Waffen.«

»Schade.« Bjarni gähnte und nahm noch einen Schluck aus dem

Metschlauch. »Brauchst du mich? Oder kann ich weiterschlafen?«

»Schnarch ruhig weiter. Bis zum Sonnenaufgang.«

Weit hinter den steinernen Flanken des weißen Insellandes strahlte gleißender Sonnenschein die Nachtwolken an. In mächtigen Flächen aus Eis und Schnee spiegelte sich Hels Gestirn, die sengende Sommersonne. Ragnar Weißhaar gähnte und schabte mit der flachen Hand weiße Salzkristalle von Stirn und Nacken. »Heute soll das Treffen sein. Drei Tage vor Vollmond.«

»Glaubst du, was uns Dundhas geschworen hat? Traust du ihm?«, fragte Dag. »Einem Kerl, der noch niemals nass geworden ist?«

»Ja. Aber nicht deshalb, weil ich seinem Schwur glaube. Alle Verräter sind meineidig.« Von Steuerbord rauschte eine gischtgekrönte Welle heran und ließ das Schiff schwanken.

»Aber – warum glaubst du ihm, Jarl?«

Ragnar zog die Schultern hoch und wischte Salzwasser aus dem Bart. »Weil er viel mehr gewinnen kann als jeder, und mehr verlieren: Das Leben. Er will die Macht! Wir sind bescheiden, wollen nur Silber und Gold, Sklavinnen und alles, was für uns einen Wert hat. Vielleicht einen guten Hafen für unsere Schiffe. Er tut alles dafür, dass er bald dort hockt, wo heute ein anderer thront.«

Hrollaug lachte knarrend. »Jetzt glaub ich ihm auch.«

»Beim grimmen Odin!« Ragnar schüttelte sich, als ein Brecher von Backbord über das Heck fegte und die schlafenden Männer durchnässte. »Wie gut, dass kein Eis mehr in den Wellen treibt. Wo ist die verdammte Bucht?«

»Vor dem Bug, wo nachts Licht und am Tag schwarzer Rauch ist. Wir segeln an der richtigen Küste.«

Die ersten Sonnenstrahlen zuckten über die Wellen. Die senkrechten Abstürze der Küste schienen im goldenen Licht zu brennen. Eine Stunde lang hielt Dag das Schiff in der gleichen Entfernung von der leeren Kette schroffer Felsen. In weiten Abständen wuchsen, scheinbar aus nacktem Gestein, windverkrüppelte Bäume.

»Rauch«, rief Hrollaug heiser. »Dort! Geradeaus.«

»Dundhas. Sein Feuer.« Der Jarl grinste. »Dort wartet er auf gutes Eisen und scharfe Bronze.«

»Und ich warte auf ein trockenes Plätzchen, das nicht in den Wellen schwankt«, bemerkte Hjalti. »Und auf einen knusprigen Braten.«

»Gegen Mittag sind wir an Land.«

Nach und nach hörten die Männer zu gähnen auf, aßen und tranken und suchten schweigend die Küste ab. Ihre Augen wanderten über Brandung, Spalten und Klüfte, forschten auf den höchsten Punkten vorspringender Felsen und zwischen den kümmerlichen Gewächsen. Außer Fischen, die aus dem Wasser schnellten, großen Schwärmen jagender und aufflatternder Vögel gab es kein Lebenszeichen – nur die dünne Rauchsäule blieb. Zwischen Felsen, die wie Drachenzähne aus der Brandung ragten, öffnete sich eine halbmondförmige Bucht. Hinter dem Feuer, das am Ende des Sandstrandes schwelte, war schemenhaft eine einzelne männliche Gestalt zu erkennen; sie bewegte sich, als sich der Drachenkopf des Schiffes über die Wellen hob. Der Mann warf trockenes Holz in die Flammen; der Rauch färbte sich hellgrau und war bald kaum mehr zu sehen.

Kaum eine Stunde später knirschte der Bug des Schiffes auf dem Sand. Ohne darauf zu achten, dass sie bis zu den Hüften durchnässt wurden, sprangen einige Nordmänner ins Wasser und schoben den Brandungskeiler höher den Strand hinauf. Jarl Ragnar kletterte ächzend an Steuerbord in den Sand, schüttelte sich und klammerte sich, solange der Boden unter seinen Sohlen zu schwanken schien, an den Planken fest, an denen das Salz zu trocknen begann.

»Willkommen auf Thule, Jarl Ragnar«, rief Dundhas und stapfte auf das Schiff zu. »Das Wasser im Kessel wird bald kochen; der Braten wird schon gar sein.«

Der Jarl musterte den schlanken Schwarzhaarigen und streckte den rechten Arm aus. Er packte Dundhas' Handgelenk, spürte dessen rauen Griff unterhalb des Armschutzes und schüttelte den Arm.

»Du hast gewartet, Fürst Dundhas Ohneland«, sagte er. »Wir haben die Bucht gefunden. Das Schiff ist voll guter Waffen.«

Dundhas zögerte, legte die Hand auf die Brust und nickte, so tief, dass es aussah, als verneige er sich. »Ich habe dir und deinen Getreuen mit dem Feuer diese Bucht gezeigt. Von hier führt eine natürliche Treppe zur Hochfläche. Von dort oben, zwischen den Felsen, siehst du den Weg zu jeder Straße in König Dragonblades Reich. Wenn du zwei Tage und Nächte entlang dieser Küste nach Norden segelst, kannst du in neun ähnlichen Buchten anlegen. Vier davon sind von oben nicht einzusehen.«

»Welche Beute kannst du uns versprechen, Dundhas Ohneland?«, grollte Jarl Ragnar.

»Gold und Geschmeide, Mädchen, weißhäutige Frauen und viele Sklaven. Wenn ich erst herrsche, kannst du dir holen, was ich versprochen habe. Das habe ich geschworen.«

Der Jarl lehnte immer noch an den Planken seines Drachenschiffes. Er war älter als Dundhas, kräftiger und mit breiteren Schultern. Das Haar und der geflochtene Bart schimmerten schneeweiß. Als Sonnenlicht Ragnars Gesicht streifte, sah Dundhas, dass die Augen des schmutzigen Nordmannen von durchdringendem Blau waren. Dundhas erschauerte unter diesem Blick.

Ragnar spuckte aus. »Wir haben es beschworen. Das ist wahr. Wie lange bleiben wir hier unentdeckt?«

»Ein paar Tage, denke ich. Niemand hat Grund, hier nach etwas zu suchen. Schon gar nicht nach einem Nordmannenschiff. Vielleicht helfen mir deine Männer, die Waffen hinaufzutragen?«

»Noch nicht.« Der Jarl kratzte sich unter der Schulter und starrte die zernagten Fingernägel an. »Sie sind müde.«

»Dann steig du mit mir hinauf. Du wirst sehen, wie einsam das Land ist. Tausend gute Verstecke für Männer und Waffen.«

Ragnar Weißhaar zeigte auf den trockenen Sand hinter dem Wall aus ineinander verdrehtem und verfilztem Treibgut.

»Zuerst werden wir ausruhen.«

Dundhas begrüßte die Männer der Schiffsbesatzung. Sie hoben Metfässchen und Wasserschläuche über die Bordwand und schleppten mehr als ein Dutzend schwere Packen an Land, in denen metallene Dinge klirrten. Die Nordmannen zogen die nassen Wämser aus und breiteten wassertriefende Fellüberhänge über die Bordwände und das Treibholz. Dundhas rührte im Kessel und sagte: »Der Kräutersud ist fertig. Bringt eure Becher, Freunde.«

Blutrotes Licht der Abenddämmerung färbte die Dreiecke der Wellen, die Dampfwolken ferner Geysire und die Unterseiten langgezogener Wolken. Im letzten Rest Helligkeit, der undeutlich die Felskanten zeigte, stiegen Dundhas und Jarl Ragnar aus der Schlucht ab und traten ins Flackern des Feuers.

»Ein guter Landeplatz«, sagte Ragnar. Seine Männer saßen und lagen in einem großen Kreis ums Feuer. »Aber nur im Sommer. Bei Sturm zermalmen die Wellen und die Felsen bessere Schiffe als unseres.«

»Und oben? Was hast du gesehen?«, fragte Hjalti Eberzahn. Er hatte eine leidlich trockene Decke um die Schultern. Überall lagen und hingen fadenscheinige, trocknende Kleidungsteile, die nach Leder, Fisch und Salzwasser stanken. Dag zog mit gleichmäßigem Geräusch den Schleifstein über die Schneiden seines Kampfbeiles. Der Anführer lachte und schlug Dundhas auf die Schulter.

»Gerade noch, mit den Augen des Fischadlers, sah ich den Turm der Burg. Wenn uns der Weg wieder hierher führt, mit mehr Drachenschiffen, werden wir leichte Beute haben. Aber erst dann, wenn du auf dem Thron genug Reichtümer angehäuft hast, mein guter, bartloser Freund.«

Sein lautes Lachen steckte die Männer an. Dundhas blickte, als begreife er nicht, von einem zum anderen. Schließlich stimmte er zögernd in das Gelächter ein und ließ sich in den warmen Sand fallen. Mit halb geschlossenen Augen betrachtete er die sieben Riesen; jeder war stärker und größer als er, wilder und rücksichtsloser. Sie stanken nach Holzteer, Fisch, kaltem Schweiß, nassem Holz und Meer. Einige trugen das Haar länger als den Bart, sowohl die Bärte als auch das Haar war bei dem einen oder anderen zum Zopf geflochten; jedem fehlten Zähne, und die übriggebliebenen waren gelb und oft angesplittert. Ihm graute vor dem Gedanken, einem von ihnen im Kampf gegenüberstehen zu müssen. Er kannte ihre Taten, hatte verwüstete Siedlungen und deren rauchende Trümmer nach Überfällen der Nordmänner gesehen. Von den abscheulichen Bräuchen, die sie mit gefangenen Frauen und Mädchen trieben, hatten ihm andere Männer erzählt, deren Schiffe ebenfalls das Nordmeer durchfurchten.

Er fürchtete sie schon jetzt, besonders den Jarl Ragnar Weißhaar, denn Ragnar hatte versichert, nach Thule zurückzukommen; bewaffnet und bereit zum Überfallen, Schänden und Mordbrennen, wie es ihr König Trygvesson befohlen hatte. Erstaunlich, dass diese Barbaren schon gut geprägtes Münzgeld verwendeten. Er holte tief Luft und zog den Dolch, um den Braten in dicke Scheiben zu schneiden.

Schweigend aßen die Männer den Braten, nachdem das fetttropfende Fleisch vom Spieß genommen und auf trockenem Brot ausgeteilt worden war.

»Wie viele Männer wirst du brauchen, wenn es soweit ist?«, fragte der Jarl und fuhr sich mit den Händen, an denen Bratenfett glänzte, durch den Bart.

»Mehr als hundert«, brummte Dundhas und verzog angewidert

das Gesicht. »Aber sie reichen nur dann, wenn wir den König überraschen.«

»Und wenn nicht?« Ragnar rülpste laut.

»Gelingt ihm die Flucht in die Burg, dann ist es sinnlos. Niemals können hundert Männer die Burg erobern; man braucht ein halbes Tausend.«

»Beile, Lanzenspitzen, Schwerter und Äxte reichen für mehr als hundert Männer«, meinte Ragnar halblaut.

Dundhas zerrte an seinem Stiefel und sagte: »Das ist gut. Aber bis heute sind es nicht mehr als dreißig Männer, die mit mir kämpfen würden. Auch wäre es Selbstmord, einen Kampf im Winter zu wagen.«

»Nicht einmal wir kämpfen im Winter«, sagte Dag grinsend.

Dundhas fühlte einen eisigen Schauer zwischen den Schulterblättern. Er beugte sich vor und hielt seine Knie mit den Armen fest.

»Und?« Ragnar stieß ihn an. »Was treibst du, bis du König bist? Betest du zu deinem Gott, der keine Schwerter will?«

Dundhas fuhr sich mit den Fingern durchs Haar, hielt erschrocken inne und schüttelte dann Sandkörner heraus. »Ich warte«, sagte er nach einer Weile.

Bjarni Axtklinge lachte rau. »Auf den Frühling?«

»Kann sein. Ich warte auf die richtige Stunde, Nordmann.«

Gischtgekrönte Wellen rauschten mit der Flut aus dem Dunkel heran und bewegten zischend die Sandkörner. Das Feuer aus salzverkrusteten Treibholzstücken loderte mit grünen und bläulichen Flammen, knackend sprangen Funken auf die Männer zu, die auf Decken oder im Sand lagen. Der Jarl lehnte sich gegen die Felswand, sein Gesicht war im Schatten. Nur seine hellen Augen schienen durchdringend zu leuchten wie die eines wilden Tieres. Er schwieg und beobachtete Dundhas.

Hin und wieder, wenn Dundhas sich vorbeugte, um mit einem Ast in der Glut zu stochern, glaubte er in Ragnars Blick hinter dem verfilzten Haar den gnadenlosen Ausdruck von Verschlagenheit und Verachtung zu erkennen.

Gegen Mittag des nächsten Tages waren die schweren Bündel tief im Sand vergraben, im hintersten Winkel einer Höhle voll Vogelkot, deren Boden von Nussschalen und den Skeletten kleiner Tiere bedeckt war. Jarl Ragnar sah hinunter zum Meer. Die Brandungswelle rollte heran, türmte sich auf und überschlug sich, ehe sie schmetternd auf den Felsen zu schneeiger Gischt zerstäubte.

»Gutes Versteck, Dundhas«, meinte Hjalti. »Wir kommen und plündern, wenn du auf dem Thron sitzt.«

Dundhas lachte rau. »Wie erfährst du, wann ich gesiegt habe?«

An der Quelle füllten die Nordmänner die Wassersäcke, ihre Schritte raschelten in welkem Birkenlaub. Ragnar zuckte die muskelstarrenden Schultern.

»Wie immer: das Geschwätz von Händlern und Fischern, die's an unsere Ufer verschlägt.« Er wartete, bis der letzte seiner Männer, schwer mit prallen Wasserschläuchen beladen, langsam über die Felsen kletterte. Winzig klein lag der Meeresdrachen mit gerefftem Segel auf dem Strand. Die Nordmänner schienen nicht größer als Ameisen.

»Es kann sein, dass wir dich und deine Männer mit euren eigenen Schwertern besiegen«, sagte Dundhas halblaut. Der Jarl starrte ihn an, als wisse er nicht, ob Dundhas scherzte oder in grimmigem Ernst sprach.

Ragnar schüttelte den Kopf. »Dann kommen wir wieder zurück. Mit mehr Schiffen, Männern und Waffen. Nimm dich in Acht, Dundhas.«

»Ich tu nichts anderes.« Sie schüttelten einander die Unterarme. Der Jarl drehte sich um und kletterte seinen Männern nach. Dundhas lehnte sich in einen Felsspalt und wartete, bis die Nordmänner das Schiff beladen, die langen Riemen durch die Dollen der Bordwand geschoben und den Rumpf in tiefes Wasser gezerrt hatten. Sie ruderten durch die Brandung, drehten das Schiff herum und entfalteten das Segel. Im Wind aus Südwest tanzte der Meeresdrachen langsam in östliche Richtung davon.

Dundhas hatte keine Eile. Er ging zum Wäldchen hinüber, durchquerte die Senke und holte seinen Sattel unter den Buchen hervor. Er steckte zwei Finger zwischen die Lippen, stieß einen Pfiff aus und brauchte nicht lange zu warten, bis der braune Wallach wiehernd auf ihn zutrabte. Er sattelte das Pferd und schwang sich auf den Rücken; der Wappenschild des Königs Dragonblade hing am Sattelknauf. Dundhas ritt in weitem Bogen zur östlichen Straße und trabte auf die weißen Strohdächer des Weilers zu. Je mehr er sich der Burg näherte, desto mehr Herden weideten auf den hügeligen Wiesen. Zwischen mächtigen Findlingen bereiteten Hirten und Schnitter ihre Mittagssuppe. Der Rauch der Feuer wurde nach

Osten verweht, zum endlosen, salzigen Meer; dort verschwand das Segel der Nordmänner im Dunst.

Im Nordwind, der schweflig roch, raschelten die Blätter der Birken. Das Erlengebüsch und die Haselsträucher lagen im düsteren Schatten des Mondlichts. Metall blinkte zwischen den Zweigen, als sich die Gestalten bewegten. Eine raue Stimme flüsterte: »Es gibt viele Königreiche in Cymru-Wales und anderswo. Die Hälfte gehört kleinen, schwachen Herrschern.«

»Thule ist zwar ein kleines Königreich«, sagte eine andere Stimme ebenso leise, »aber König Greiff Dragonblade ist alles andere als schwach und alt.«

Drei Männer saßen auf Stämmen und Sägeböcken, unter den Sohlen raschelten Hobelspäne. Keiner hatte gewagt, am Rand des Königswaldes eine Fackel anzuzünden oder ein Feuer zu machen. Im bleichen Licht des Vollmonds waren Pfade und Wege schwach zu erkennen.

»König Greiff hat einen Sohn, der in wenigen Jahren herrschen kann. Wenn er so lange lebt.« Der dritte Mann, der zwischen seine Knie griff und Sägemehl aus der Faust rieseln ließ, redete mit grollender Bassstimme. »Verrat und Königsmord, das sind schlimme Dinge.«

Einige Atemzüge lang herrschte Schweigen.

»Wenn der Jarl sein Wort nicht bricht, werden wir uns bald als Herrscher eingesetzt haben.«

»Traust du ihm?«

»Nicht mehr und nicht weniger als jedem anderen.«

»Helfen uns die Nordmänner, wenn's hart auf hart kommt?«

»Sie verwüsten andere Küsten. Wir sind keine Knechte, Bauern oder Leibeigene«, sagte der Bass und zog den Dolch langsam aus der Scheide. »Wir wissen viel und kennen die Waffen. Der Jarl hat versprochen, für Waffen und Schilde zu sorgen.«

»Wenn wir die Burg lange berennen müssen, verhungern wir vor den Mauern.«

»Die Ernte wird gut. Sie können uns widerstehen, bis tief in den Winter und lange ins Jahr.«

»Und dabei ersticken wir im Schnee oder erfrieren. Dann haben die Ritter leichtes Spiel mit uns – so wird's vielleicht enden.«

Wieder ließen die Männer eine Pause eintreten. Schwere Atemzüge, knarrendes Leder und ein unregelmäßiges Geräusch waren zu hören; ein Mann hatte angefangen, an einem Aststück zu schnitzen. Die Bassstimme murmelte: »Fünf Ritter mit Knappen und guten Pferden sind in der Burg. Gäste des Königs. Jeder von ihnen nimmt es mit fünf, sechs von uns auf.«

»Bist du sicher, dass die Ritter bis zum Frühling oder Sommer auf Myngrifon bleiben?«

»Ich hab gehört, wie Greiff sie darum gebeten hat.«

Ein Vogel schrie erschreckt im Nest. Die Flügel einer Eule bewegten sich fast unhörbar, als der Raubvogel zwischen knarrenden Ästen hindurchflog und kurz im Mondlicht zu sehen war. Die wenigen Lichter im Mauerwerk der Burg schienen zu zwinkern; dann ertönte der kurze Pfiff, mit dem die Beute ihr Leben verlor. Der Nachtwind brachte den Geruch frisch gesichelten Grases heran, in der Ferne kläffte ein Hund. Von einer nahen Weide antwortete ein Rind mit dumpfem Brüllen.

»Ich sag euch, was wir tun.« Einer der Männer bewegte sich unruhig, der zweite stand auf und lehnte sich an den Stamm. »Dundhas, der Schwarzhaarige, der König werden will, soll die Waffen der Nordmänner zuerst verstecken und später verteilen. Auch große Pferde brauchen wir, die im Kampf sicher sind, nicht unsere kleinen Gäule.«

»Woher sollen wir sie bekommen?«

Ein kurzes Lachen schnarrte durch die Finsternis.

»Die Nordmänner bringen sie sicherlich nicht mit ihren Schiffen. Im Norden von Thule gibt es Ritterpferde. Greiffs Vater hat sie züchten lassen.«

»Ich erinnere mich.« Ein Ast knackte, wieder kläffte der Hund. »Von dort holen wir sie.«

»Wir nehmen sie den Pferdeknechten weg. Wenn wir stark genug sind, mit oder ohne Nordmänner, können wir einen Plan machen. Nicht früher. Bis dahin mag Greiff, wie jedes Jahr, seinen dummen Bauern beibringen, wie sie das Land besser bestellen können. Ist einer dagegen?«

»Nein«, sagte der schattenhafte Mann, der zuvor gesprochen hatte. »Ein kluger Vorschlag.«

Ohne zu zögern sagte der Bass: »Entweder im Herbst oder mitten im Frühling. Wenn ihr im Winter angreifen wollt, seht ihr mich in Myngrifons Mauern – an der Seite König Dragonblades.«

»Ein klares Wort, ebenso geradeaus wie du.«

Wieder raschelten Holzspäne, langsame Schritte waren zu hören.

Ein hochgewachsener Mann schob sich durch das Gebüsch und huschte zum nächsten Baumstamm. Er verschmolz mit den Schatten und wartete, ehe er sich umsah.

»Keiner zu sehen. Der Weg ist frei«, flüsterte er. »Wir kommen wieder zusammen; am grünen Wasserfall.«

»Einverstanden.«

In das Hundegebell mischte sich das Heulen eines einsamen Wolfes. Im Wald keckerte ein Fuchs. Der Mond wanderte zwischen den Sternen nach Westen und versteckte sich gegen Morgen hinter fahlen Meereswolken.

Der Hufschlag des galoppierenden Rappen dröhnte, der Reiter kam näher und stob in kurzen Sprüngen vorbei. Ritter Bernadin senkte die Lanze, zielte am Hals des Pferdes vorbei und beugte sich im Sattel vor. Unter den Hufen, deren Eisen im Sonnenlicht funkelten, wirbelten Steinchen zur Seite, und schwarze Sandwölkchen flogen in die Höhe. Die stumpfe Spitze der Lanze traf den Schild der Puppe, rammte ihn nach rechts, die lederumhüllte Gestalt auf dem Pfahl drehte sich. Ihr erhobener Arm wirbelte herum, und der Streitkolben drohte Bernadins Nacken zu treffen. Der Ritter, der sich blitzschnell neben dem Hals des Hengstes vorgebeugt hatte, richtete sich auf und warf die Lanze seinem Knappen zu. Cardogh grinste zu Hakonwulf hinüber und wich bis zur Mauer zurück. Bernadin zog das Schwert, das in der Scheide schräg über seinem Rücken hing, und riss, ohne Zügelhilfe, das Pferd auf der Hinterhand herum.

Bernadin stand in den Steigbügeln, wirbelte die Waffe über dem Kopf und galoppierte auf die nächste Strohpuppe zu. Das Schwert pfiff waagrecht durch die Luft, traf den zerbeulten Eisenhelm der Puppe mit scheppderndem Klirren und schleuderte ihn mitsamt zerfetztem Stroh davon. Hakonwulf hatte gesehen, dass der Ritter, nur dreiundzwanzig Sommer jung, ohne viel Kraft zugeschlagen hatte.

Abermals änderte der Rappe, nur mit Knien und Schenkeln gelenkt, seine Richtung. Der Ritter lehnte sich zurück und preschte im Zickzackgalopp zwischen vier eng stehenden Paaren von Holzsäulen hindurch, die mit weißen und roten Bändern bemalt waren. Das Tier wieherte und fiel in Trab; Ritter Bernadin zügelte sein Pferd vor der steinernen Brüstung. Prinz Hakonwulf saß auf den breiten Quadern und baumelte mit den Beinen.

Bernadin lachte. »Wenn es lebende Ritter gewesen wären, Prinz, würde ich mehr schwitzen.« Er nahm die Schwertscheide vom Rücken und schob die Waffe zurück. »Willst du 's versuchen, Hakonwulf?«

»Wenn Ihr mir helft, Herr Bernadin?«

»Natürlich. Komm in den Sattel.«

Es war Sitte, dass selbst Königssöhne, die zum Ritter geschlagen werden wollten, jahrelang als Knappe in der Fremde, bei Freunden des Vaters, dienen mussten. Der Dienst als Knappe des Vaters war nicht weniger hart, und eigentlich sollte Hakonwulf längst in Britannien oder im Frankenreich für seinen Ritter schuften. Aber seit einem Sommer diente er als Knappe sechs Rittern, Vaters Freunden, und er glaubte, von sieben kampferfahrenen Männern mehr lernen zu können als von einem einzelnen Mann, sei er noch so gut. Und Hakonwulf lernte, übte, kämpfte und schwitzte; seine Muskeln entwickelten sich gut zu stählerner Reife. Der Rappe riss den Kopf hoch und prustete leise, als Bernadin neben der Mauer anhielt. Hakonwulf klammerte sich am rasselnden Kettenhemd fest, das den Arm des Ritters umhüllte, und rutschte vor Bernadin in den Sattel.

»Wir reiten im Trab. Gut aufgepasst!«

Bernadin winkte, fing die Lanze auf und packte sie in der Mitte. »Die Puppe teilt böse Hiebe aus. Wenn du den Schild triffst, musst du sofort die Mähne am Ohr spüren. Sonst zerquetsch ich dich, Prinz.«

»Ich weiß.« Hakonwulf nickte und hielt sich mit der Linken am Sattelknauf fest. Bernadin vergewisserte sich, dass Hakonwulf die Lanze richtig gepackt hatte und in der Achselhöhle festhielt. »Die Lanze ist noch zu schwer für dich.«

Er kitzelte den Hengst mit den Sporen und schnalzte mit der Zunge. Das gut ausgebildete Ritterpferd, Bernadins kostbarster Besitz, trabte auf den Pfahl zu, auf dem die zerschlissene Puppe, schwarz bemalt, mit Schild und Kolben wartete. Hakonwulf spürte die Bewegungen des Pferdekörpers, den Arm des Ritters vor seiner Brust und das Gewicht der Lanze, deren Ende sich hob und senkte. Bernadin nahm die Zügel in die Linke und umfasste die Lanze, der Rappe schüttelte den Kopf und trabte schneller; schwankend deutete die Lanzenspitze auf den Schild. Bernadin holte tief Luft und sagte scharf:

»Jetzt, Hakonwulf.«

Die Lanze traf mit blechernem Krachen den Schild, stieß ihn zurück, die Puppe drehte sich knarrend. Der Rappe riss den Kopf nach unten, Bernadins Oberkörper kippte nach vorn, auch Hakonwulf duckte sich im selben Augenblick. Die lange Keule streifte fast über Bernadins Rücken. Langsam ritt er wieder zur Treppe.

»Bis zu deiner ersten Tjost, Prinz, dauert es wohl noch ein Jahr oder zwei.« Bernadin half Hakonwulf zurück auf die Mauer. »Du hast viel gelernt. Wenn es an der Zeit ist, wirst du so gut kämpfen wie ich.«

Hakonwulf lief ein paar Schritte auf der warmen Mauerbrüstung und rief: »Dank, Herr Ritter. Ich geh jetzt schwimmen. Dann lerne ich wieder mit Zuchtmeister Gandalon.«

»Wird dir nicht schaden.« Bernadin nickte und zog am Zügel. Der Rappe drehte sich tänzelnd auf der Stelle, keilte aus und stieg in die Höhe, dann trabte er hinüber zum Stall.

Hakonwulf schob sein helles Haar aus der Stirn und lief durch den Schatten der Burgmauer und des Eckturms. Unter den tiefhängenden Ästen der Apfelbäume sprangen Schafe blökend auseinander, als er vorbeirannte. Hinter den Windschutzmauern des Küchengartens führte der Pfad zu den steingefassten Teichen; er war voller Schafdung. Hakonwulf blieb zwischen den schneeweißen Findlingen stehen und streifte Sandalen und Hemd ab. Das grüne Wasser in den Becken roch nach Schwefel. Hakonwulf kletterte auf den Basaltfelsen und schnellte sich mit einem Kopfsprung hinein. Er schwamm so schnell und gut wie ein Meerlachs, sagte sein Vater. Auch heute schwamm er lange und tauchte, schwamm zuerst auf dem Rücken, dann mit schnellen Kraulschlägen von einem Becken ins andere, bis zu der Stelle, an der das Wasser heiß aus der Tiefe brodelte.

Als seine Sohlen den glatten Boden berührten, drehte er sich um. Die Burg Myngrifon spiegelte sich kopfüber im Wasser: der eckige Hauptturm, graue Dächer über hellen Mauern, der Bergfried aus dunklen Quadern. Masten mit einigen bunten Fahnen ragten vor weißen Wolken auf, die aus dem Süden kamen, vom Meer, weniger als eineinhalb harte Tagesmärsche entfernt. Jetzt schoben sie sich vor die Sonne; wie eine Drohung sanken düstere Schatten über Burg und Umland. Hakonwulf sah die Gänsehaut auf seinen Unterarmen, schüttelte sich und tauchte im warmen Wasser, bis ihm die Luft ausging.

Er schwamm zurück bis zum Überlauf des letzten Beckens, zog

sich an, ging über die Zugbrücke und winkte hinauf zu den kleinen Erkern, wo seine Mutter mit dem weißbärtigen Zuchtmeister Gandalon stand. Roswynda ließ, wie so oft, ihre Merlinfalken fliegen. Hakonwulf sah zu, wie Mutter das Federspiel handhabte, dann stieg er die Wendeltreppe zu seiner Kammer hinauf. Er wusch sich mit kaltem Quellwasser, zog sich um und blickte aus dem Fensterchen. Hinter dem Birkenwald und den Fichtenwäldern, unter den treibenden Wolken, breiteten sich die felsenübersäten Küsten mit den wenigen Sandbuchten aus. Graue Wildgänse flogen in langen Ketten nach Südwesten; ihre Flügel rauschten in der nachmittäglichen Stille.

Mit der flachen Hand wischte der Lehrer die Kohlestriche von der Tischplatte, reinigte die Handfläche und legte sie auf das Buch. Er hob den Kopf; seine tiefblauen Augen blinzelten Hakonwulf an.

»Die Welt ist im Umbruch, mein Prinz. Davon sprechen die frommen Mönche, das liest man in den wenigen Schriften, die zu uns gekommen sind.« Er blickte versonnen ins Abendrot. »Windzeit, Wolfszeit, sagen diejenigen, die es wissen müssen, in Britannien und den anderen Ländern, die sich hinter dem Meer verbergen. Unzählige Reiche und Fürstentümer entstehen und vergehen, wie wir alle.« Er seufzte, gab sich einen Ruck und murmelte: »Für einen jungen Herrn liest und schreibst du ganz gut. Bist viel emsiger als die Knappen Bjarn und Rolf.«

»Ich hab ja nicht viel anderes zu tun in diesem Sommer«, sagte Hakonwulf. »Isst du heute mit uns?«

Gandalon nickte und schien die Rauchsäulen aus den Dächern der Bauernhäuser zu zählen. »Möge der Wandel der Zeiten unser Königreich verschonen. Wenn alle vom Weltuntergang reden, wird etwas daran sein: Aber wir sind am Rand der sündigen Welt, und Gott liebt das Land des Windes, der langen Nächte und der kalten Himmelslichter.«

Hakonwulf stand auf und verbeugte sich, ging durch Korridore und über die steinerne Treppe hinunter in den großen Saal. Dort brannten viele Kienspäne, Talglampen und ein kleines Feuer im Kamin. Der lange Tisch vor der Kaminöffnung war leer. Aus der Küche kam Königin Roswynda.

»Fleißig gelernt, mein Sohn?«

Sie trug ein dünnes, einfaches Kleid, obwohl zwischen den wuchtigen Mauern wohltuende Kühle herrschte. Ihr schwarzes

Haar war zu zwei langen Zöpfen geflochten und von einem schmalen Goldreif über der Stirn gehalten.

»Gandalon ist mitunter sehr geduldig.« Hakonwulf lachte. »Heute hat er mich gelobt. Wo ist Vater?«

»Im Westen. Mit den Rittern Clarance, Alisandor und Belangere. Fürst Dundhas, unser guter Verwalter, sieht im Osten nach dem Rechten. Der Sommer ist hierzulande nicht lang.«

»Wann wird er zurückkommen?«

»Bald. Sieben Tage nach Vollmond, hat er versprochen.«

»Das nächste Mal werd ich ihn bitten«, sagte Hakonwulf und hakte die Daumen in den Gürtel, »dass er mich mitnimmt. Gandalon hat mir so viel von Fürstentümern und Königen erzählt, und ich kenne kaum alle Grenzen unseres eigenen Königreichs.«

Die Mutter breitete ein Tuch über die Tischplatte und zupfte es zurecht.

»Unser Königreich ist nicht groß. Aber du weißt, dass wir alles haben, was wir brauchen. Viele Menschen arbeiten dafür. Hat dein kluger Lehrer dir von den Römern, vom frühen Königreich des britannischen Königs Artus erzählt, von Merlin und König Ethelred, der jetzt über die Insel herrscht, fünfhundert Jahre, nachdem Artus in den Legenden verschwunden ist? Über ein mächtiges Reich, das gegen die Normannen kämpft?«

»Längst nicht alles.« Hakonwulf hob die Schultern und seufzte, dann lächelte er. »Von König Artus und Merlin träum ich schon lange. Und mehr über sie werde ich im Winter erfahren, wenn die Schneestürme heulen.«

»Eines fernen Tages wirst du König von Thule sein, mein Sohn.«

»Ich weiß. In vielen Jahren.« Hakonwulf fühlte Mutters Finger im Haar. »Bis dahin hab ich alles gelernt. Heut war ich wieder mit Ritter Bernadin auf dem Turnierfeld.«

»Er hat's überlebt.« Königin Roswynda lachte leise, legte den Arm um Hakonwulfs Schultern und führte ihn durch die Halle. Sie blieben im Erker stehen. Schwere Holzläden waren im Hof aufgeschichtet, Tischler und Schmiede besserten Schäden des Winters aus und pinselten stinkendes Öl und Farbe auf das gebleichte Holz. Ein Teil des Daches über den Pferdeställen war mit frischen Strohbündeln gedeckt, daneben waren Balken und Bretter zum Dachstuhl gefügt; dunkles, altes Holz und helle, abgeschälte weiße Bohlen und Bretter. Türme und Mauern warfen lange Schatten, einzelne Fackelflammen schwankten durch den Hof. Aus einigen

Fenstern und Türen strahlte gelber Lichtschein. Ein Abend, wie unzählbare andere zuvor, schlich sich lautlos dunkelnd in die Nacht.

Ritter Bernadin kam langsam in die Halle, verbeugte sich tief vor der Königin und schlug Hakonwulf auf die Schulter. »Es ist beruhigend für einen Ritter mit heiserer Stimme, dass in Eurer Burg nicht jeder Abend mit Gesang und Gauklerei endet, Herrin.«

Roswynda zuckte lächelnd mit den Schultern und schob Hakonwulf zum Tisch. »Wenn Thules König einmal so mächtig ist wie der König von Britannien, der späte Nachfolger von Artus, werdet Ihr jeden Abend die Laute schlagen müssen, Herr Ritter.«

Gandalons Sandalen klatschten auf den Stufen der Wendeltreppe. Roswynda begrüßte den Alten und fragte: »Wo ist Herr Laraine? Er wollte heute zurückkommen.«

»Er versprach, pünktlich zu sein, sehr durstig und hungrig«, antwortete Gandalon und setzte sich. Roswynda schnupperte am Haar Hakonwulfs, der rechts von ihr saß.

»Du darfst ruhig mehr Brunnenwasser zum Waschen holen, mein Herz. Du riechst nach dem Schwefel aus dem Teichwasser.«

»Ich bin lange geschwommen. Das Wasser ist gut für die Haut und die Haare! Das sagen alle, nicht wahr, Herr Gandalon?«

Der Lehrer zupfte an seinem wallenden Bart. »Man sagt es, Prinz. Ist wohl richtig.«

»Du sollst schwimmen und tauchen«, sagte die Königin. »Aber du sollst nur nicht nach dem Heilwasser stinken. Als ob du im Schweinestall schlafen müsstest!«

Die Küchenmägde brachten Brot, Käse und Bier. Als sie zu essen begannen, hörten sie langsamen Hufschlag auf dem Pflaster des Burghofs. Einige Augenblicke später kam Ritter Laraine in die Halle, ein schwarzhaariger Mann, hochgewachsen und fünfunddreißig Sommer alt. Die Adlerschwinge auf seinem Wams schien im Licht der rußenden Flämmchen zu flattern, als er die kleine Tischgesellschaft begrüßte und sich setzte; er war im Auftrag des Königs geritten, um das Land für eine geplante Straße nach Norden zu erkunden.

Hakonwulf begrüßte den Ritter. »Werden wir eine Straße bauen? Mit vielen Brücken?«

Laraine hob beide Hände. »Ich bin ohne lange Pausen eineinhalb Tage lang geritten. Es gibt dort kleine Wälder, viele Felsen, auf denen Vögel brüten, heiße, dampfende, stinkende Quellen – und

Steine, nichts als Steine.« Der Ritter hob einen knusprigen Entenschenkel hoch und roch daran. »Es wird eine schwere, lange Arbeit werden. Außer zwei königlichen Jägern und drei Köhlern hab ich jenseits des Flusses keine Menschenseele gesehen.«

»Greiff hat oft davon geredet: ein leeres Land.« Die Königin nickte schwer.

»Ja. Ein felsiges, leeres, wüstes Land«, sagte Laraine und straffte sich. »Schlecht für Pferde, dieses Geröll. Auch ein Heer würde schwerlich dort kämpfen können. Aus dem Boden schießen viele Geysire, und zahlreiche Bäche und Flüsse stürzen über riesige Felsen. Die Straße zum letzten Bauernhof ...«

»...nach Reyri«, murmelte Hakonwulf.

Laraine goss Milch in seinen Becher und lehnte sich zurück. »Diese Straße ist ganz gut. Zwei Brücken sollten gebaut werden, ich werd's deinem Vater raten. Auch Bäume könnten dort wachsen, wenn sie durch Mauern vor den Stürmen geschützt werden. Den Leuten von Reyri sollte er Land geben, im Süden, denn im Norden und Osten können sie nur Steine hauen.«

»Ich will morgen zu den Fischern reiten, zum Hafen.« Ritter Bernadin schnitt eine Scheibe vom Käselaib und spießte sie auf die Dolchspitze. »Selbstverständlich kennst du den Weg nach Halfnaar, Hakonwulf?«

»Er kennt ihn gut.« Der Lehrer legte die Hand auf die Schulter des Prinzen. »Er kennt jeden verborgenen Pfad zwischen der südlichen Küste und der Burg. Ist es nicht so?«

Hakonwulf wusste nicht, ob er es zugeben oder besser schweigen sollte. Er zuckte mit den Schultern und blickte von einem zum anderen. »Ich weiß, wie man auf den breiteren Straßen zum Hafen und zu den Fischern reiten kann. Aber ich kenne auch Wege durch Wald und Felsen.«

Roswyndas Lachen verlor sich zwischen Säulen und Türumrandungen. Sie sagte: »Glaubt mir, meine Herren: Hakonwulf kennt im weiten Kreis um die Burg jeden Hund, jeden größeren Stein und jeden Bauernjungen. Er und sein Freund Dardan, des Gärtners Sohn.«

»Du bist also der beste Begleiter für mich«, sagte Bernadin und legte seine große, harte Hand auf Hakonwulfs Arm. »Bei Sonnenaufgang im Pferdestall! Cardogh wird die Pferde satteln. Nimm den Bogen und einen vollen Köcher mit.«

Er verneigte sich kurz vor der Königin. »Schließlich kennt

Hakonwulf die Burg und all das, seit er laufen gelernt hat. Ich erst seit drei Monden, Herrin.« Er leerte den Becher mit Hydromel, dem gepfefferten Honigwein. »Auf dem Ritt kann er mir alles erklären, was ich nicht weiß.«

»Reitet nur«, sagte Roswynda, stand auf und beendete damit das Mahl. »Grüßt die Fischer, und wenn Händler gelandet sind, ladet sie hierher ein. Das kannst du tun, Hakonwulf.«

»Wir werden Eure Befehle ausführen, Herrin.« Ritter Bernadin legte die Hand auf die Stickerei seines Wamses. »Und nun wünsche ich uns allen tiefen Schlaf und gesunde Träume. Ich spreche mit den Wachen am Tor.« Er winkte Hakonwulf. »Wenn schon die sommerliche Hitze alle Fenster und Türen öffnet, müssen trotzdem die Tore immer geschlossen und die Brücke hochgezogen bleiben.«

2

Der alte Diener nahm die Kienspäne aus den Haltern und löschte sie behutsam, als gelte es, einen kleinen Schatz zu bewahren. Die Halle sank in geheimnisvolles Dunkel.

Mitunter fühlte sich Hakonwulf winzig klein auf dem glänzenden Steinboden der Thronhalle, von den steinernen Mauern, Pfeilern, Säulen und Rundbögen geschützt und geborgen. Heute schienen sie seinen Atem abzuschnüren. Der Vater König Greiffs und davor dessen Vater hatten die erste, einfache Burg ausgebaut, und König Greiffs Handwerker und Arbeiter hatten den hölzernen Bau durch Steinmauern und einen großen Dachstuhl ergänzt und nach zwei Bränden ersetzt. Die Stufen des niedrigen Podests und der einfache Thron aus weißem, geäderten Stein glänzten schwach aus der Dunkelheit; die bunten Teppiche an den Wänden verloren ihre Farben, als nur noch zwei Lämpchen brannten. Hakonwulf lief dem breitschultrigen Ritter nach und holte ihn auf den Stufen zum Palas ein.

»Denkt ihr an Gefahren, Herr?« Er blickte sich um; es war alles wie immer. Am Ziehbrunnen saßen Knechte und Knappen und grüßten den Ritter und den Prinzen.

»Nein. Aber so lange, wie dein Vater durchs Land reitet, müssen wir nach dem Rechten sehen. Wenn etwas geschieht – nicht auszudenken! Wir sind nur wenige, die zu kämpfen vermögen.«

Hakonwulf warf einen Stein ins Wasser des Burggrabens. Die Zugbrücke war hochgezogen, nur die kleinere, schmalere Brücke, auf der gerade mal ein einzelner Besucher den Torturm betreten konnte, lag noch auf dem Widerlager der Burgstraße. Zwei Knechte, Otar und Leif, standen vor dem Eingang. Leif gähnte und sagte:

»Alles ist ruhig und friedlich, Prinz. Wir können ruhig schlafen.«

»Ihr solltet zuvor die kleine Brücke auch hochziehen.« Bernadins Finger legten sich auf den Dolchgriff. »Denkt daran, dass der König nicht in der Burg ist. Wer hat die Wache?«

Otar hob den Arm und deutete auf die Talglampe, die im Schutz des Eisengitters durch die bräunliche Haut aus Schweinsblase leuchtete. »Ich, Herr.«

Leif packte die Speichen der Trommel, über die sich beide Trossen aufrollten. »Hilf mir, Otar.«

Knarrend hoben sich die eisengefassten Balken und verschwanden in der Mauer. Bernadin nickte zufrieden und musterte Hakonwulf.

»Noch nicht müde, Prinz?«

»Weiß nicht.« Ohne Eile gingen sie zu den Kemenaten. »Ich sollte wohl schlafen, wenn wir morgen reiten. Aber ich muss noch meinen Bogen suchen.«

»Du wirst ihn finden.« Der Ritter legte seine Hand auf Hakonwulfs Schulter und schob ihn zur Treppe. »In die Betten. Wir sitzen den ganzen langen Tag im Sattel.«

Hakonwulf rannte hinauf und zündete ein Talglicht an einem blakenden Kienspan an. Auf der Truhe legte er gewissenhaft alle Kleidungsstücke nebeneinander und suchte zusammen, was er bei Sonnenaufgang brauchte.

Der Traumdrache, der den geduckten weißen Rundturm bewachte, stieß weithin loderndes Feuer aus seinem Rachen; die Luft stank schweflig und nach ärgeren Dünsten. Hakonwulf träumte, dass er auf einem breitbrüstigen Schimmelhengst, in Kettenhemd und Panzer gehüllt, mit Schild und Lanze gegen das Untier anritt und es in einem wüsten Kampf besiegte und den Kopf mit dem Schwert abhieb. Neben Merlin und einem König im weißen Gewand stand eine schöne junge Frau zwischen den Turmzinnen, die seinen Traumkampf beobachteten. Der lange Schweif des sterbenden Drachen peitschte hin und her und schlug mächtige Steine aus der Turmwandung, so dass das Bauwerk zitterte und wankte. Die Schöne warf Hakonwulf eine erblühte weiße Blume zu, die aus seinen gepanzerten Fingern in das dampfende Drachenblut fiel; sie beugte sich herunter und bot ihm lächelnd die Wölbungen ihrer Brüste dar. Sie winkte und trat einige Atemzüge später aus dem Tor und kam auf ihn zu. Mit bloßen Füßen schritt sie durch das Blut, das aus den Wunden des Untiers floss. Als sie vor ihm stand, sah er durch die Schleier ihres Kleides, dass sie Brigidas Körper hatte. Sein Blick wanderte zu ihrem Gesicht; er erkannte mit ungläubigem Schrecken, dass sich die Gesichtszüge auflösten und einer leeren Fläche wichen. Der Dampf des Drachenblutes umwaberte den Körper wie dicker Nebel. Als Hakonwulf aufwachte, erinnerte er sich nur noch an das Sterben des Traumdrachen.

Unter den Hufen der Pferde hallten die Brückenbalken. Hakonwulf setzte sich im Sattel zurecht und sah zu Bernadin, der die Lanze hob und ihr Ende in den linken Sattelschuh setzte. Der Schild hing am Sattelhorn, die Stickerei auf der Brust des Wappenrocks, der schwarze Falke, fing zu funkeln an, als sie aus dem Schatten des Torturms ins Sonnenlicht hinausritten und über den Kies der schmalen Burgstraße trabten.

»Reiten wir zum alten Kloster, oder soll ich Euch den geheimen Weg durch den Wald und die Hohlwege zwischen den Felsen zeigen?«, rief Hakonwulf. Er trug den Bogen und den Köcher über der Schulter. Auf seinem Wams leuchtete das Wappenzeichen des Königs, der silberne und blaue Greif.

Ritter Bernadin rückte die Schwertscheide zurecht und entschied: »Bis zum Meer bleiben wir auf guten Straßen. Und wenn wir Zeit haben und in guter Stimmung sind, reiten wir auf deinen Schleichpfaden zurück. Zufrieden?«

»Einverstanden. Ihr gebt die Befehle, Herr Ritter.« Hakonwulf lachte und zeigte auf die Wolken, die im Südwesten aus dem Meer aufstiegen. »Und wenn es regnet?«

»Suchen wir Schutz beim Müller oder im nächsten Weiler.«

Die Sonne hob sich über die Wipfel des Tannenwaldes, langsam verloren die Ränder der langen Schatten über Feldern und Weiden die Schärfe. Die Luft war voller Vogelschwärme, die sich von den Nistklippen ins Meer stürzten. In den Hecken raschelten kleine Tiere; überall war das Summen von Fliegen und Bienen zu hören. Auf der Straße, die sich zwischen Kornfeldern wand, knarrten die Räder der Fuhrwerke. Ritter Bernadin und Hakonwulf erwiderten die Grüße der Bauern und Freisassen und zügelten die Pferde: Ein Schäfer trieb seine Herde über die Straße.

»Du wirst König über ein schönes, fruchtbares Land werden, Hakonwulf«, rief Bernadin, als der Weg wieder frei war. Sie näherten sich dem Gestrüpp am Rand eines Flüsschens, das sich dem Meer entgegenschlängelte.

»Ich will nicht mein Leben lang Baumstämme und Kornsäcke zählen, so wie Fürst Dundhas. Ich will Ritter werden, so wie Ihr und Laraine und die anderen. Ich will nach Britannien und von dort fremde Länder kennenlernen«, erwiderte Hakonwulf.

Bernadin lachte schroff. »Jetzt bist du Knappe vieler Ritter. Bis dich König Greiff zum Ritter schlägt, dauert es noch seine Zeit.«

»Ich weiß, dass ich ungeduldig bin!«, rief Hakonwulf und klopfte den Hals seines Pferdes. »Aber ehe ich über Thule herrschen kann, will ich sehen, wie es in anderen Königreichen aussieht. Ich will Abenteuer erleben, von denen ich träume. Und ich will in Camelot zwischen den berühmten Rittern sitzen.« Er dachte an die Schöne seines Traums, schüttelte sich und kicherte. »Keine Sorge. Ich weiß, dass es keine feuerspeienden Drachen zu besiegen gibt, nirgendwo auf der Welt.«

An den Seiten der Straße und des Baches arbeiteten Bauern auf den Feldern. Auf großen Steinen wuschen Mädchen und Frauen ihre Wäsche, die in den Tümpeln des heißen Wassers eingeweicht gewesen waren.

Auf der Brücke hielt der Ritter an. »Manche Gäste auf Burg Myngrifon kennen die Königsstadt Camelot, die einst König Artus gebaut hat. Wir haben auch viele Erzählungen aus den Ländern über dem Meer gehört.«

Hakonwulf seufzte sehnsüchtig. »Gandalon hat davon viel gesprochen. Es muss herrlich sein, wenn man in Camelot lebt, wo viele Ritter leben und ihre Kräfte messen.«

»Sicherlich trifft man in Camelot mehr Ritter als auf Thule. Aber auch der Hochkönig isst nur Brot aus Korn von seinen Feldern. Glaube nicht, dass anderswo gebratene Hühner in den Bäumen wachsen.«

»Das glaube ich nicht.« Hakonwulf schob die Ledermütze aus der Stirn. »Der Zuchtmeister hat es immer wieder gesagt. Trotzdem – auch Vater hat viel von der Welt gesehen. Er ist erst nach Thule zurückgekommen, als Großvater auf dem Totenbett lag.«

»Schau nicht zu weit in die Zukunft.« Der Ritter ließ prüfende Blicke über die Weiden und die Häuser gleiten. Er schien jede Kleinigkeit zu sehen und erforschen zu wollen. Als er fortfuhr, klang tiefer Ernst aus seiner Stimme. »Niemand kennt sein Schicksal. Wir wissen nicht, was der Herr für den nächsten Tag beschlossen hat. Zuerst der erste Schritt, dann der nächste; das Leben reitet nicht Galopp. Nicht nur du wirst viel lernen müssen; auch wir wissen und kennen längst nicht alles.« Er holte tief Luft und zog die Enden seines mächtigen Schnurrbarts auseinander. Er grinste und sagte: »Und jetzt sag mir, wohin die Straßen nach dem Kreuzweg führen.«

Er gab die Zügel frei und ritt weiter. Hakonwulf folgte und berichtete, was er über Straßen, Brücken, Dörfer und Einödweiler wusste, über Höhlen in den Felsen, von dampfenden Geysiren und den stürzenden Wassern. Gegen Mittag hielt der Ritter seinen Rappen an und stieß das Ende der Lanze in den weichen Boden. Das Fähnchen mit Greiffs Wappen, dem blauen Wunderwesen, das ihn als Königsboten auswies, hing schlaff herunter.

»Ich sehe, Prinz, dass dein Vater über ein ruhiges und reiches Stück der Welt herrscht, selbst wenn es eine Insel weit im kalten Norden ist.«

Auch Hakonwulf stieg ab. Sie führten die Pferde von der Straße auf die niedrigen Mauern zu. Zwischen großen Steinen, über einem Kessel aus weißem Sand, sprudelte eine Quelle im Schatten großer Nadelbäume und lief über eine steinerne Rinne in ein winziges, steingefasstes Becken.

»Das ist sicherlich richtig, Herr Ritter.« Hakonwulf löste die Trense aus dem Maul des Pferdes. »Reiche Vasallen, die Vater Heerfolge leisten müssten, brauchen viel Besitz. Schwerter und Rüstungen sind teuer; ein gut zugerittenes Pferd ist geradezu wertvoll und unersetzlich. Soviel ich weiß, ist seit vielen Jahren kein Bauer ausgepeitscht und kein Betrüger geköpft oder gehenkt worden.« Er legte den Arm um den Hals des Pferdes, das aus der kalten Quelle soff. »In diesem Königreich ist alles klein, gerecht und leicht zu überschauen. Mein Vater, seine Verwalter und Freisassen sind bescheiden. Fürst Dundhas, sagt jeder, ist der beste Mann mit der meisten Erfahrung. Ich will weg von der Insel, für eine Handvoll Jahre; ich will mehr und anderes sehen als Thules zischende Geysire.«

Sie setzten sich auf niedrige Steine und packten den Proviant aus. Bernadin zerteilte einen Brocken harten Käse mit der Dolchspitze, streckte die Beine aus und sah den Pferden beim Grasen zu. »Ich hab nur freundliche, wohlgenährte Untertanen gesehen, die meisten waren sauberer als die Bauern Britanniens«, sagte er kauend. »Ich weiß aber auch, dass es überall Neider und Verräter gibt. Sei wachsam, bleib misstrauisch, Prinz Hakonwulf.«

Hakonwulf nickte langsam. Bernadin runzelte die Stirn und wiegte den Kopf. Im Baum schimpfte eine Amsel, zwischen den Wipfeln krächzten Raben. Lange blickte der Ritter in Hakonwulfs Augen und schwieg; schließlich bekreuzigte er sich und murmelte: »Ich hoffe, dass diese deine Träume niemals wahr werden. Ich hoffe und wünsche es; ich bete darum: für uns alle.«

Am Rand der Straße, die sich in Schlangenlinien abwärts wand, hielt Ritter Bernadin sein Pferd an.

Hakonwulf zügelte sein kleines, weißmähniges Thule-Pferd und deutete nach unten. »Ihr kennt den Hafen, Herr Bernadin. Ich weiß, dass Vaters Gäste meist hier im Fischerdorf Halfnaar an Land gehen.«

»Es war Nacht, Prinz, als ich dort ankam.«

Den Rand des hügeligen Talkessels, in dessen Mitte sich die Burg erhob, bildete eine Kante, die nur einige Pfeilschüsse von den Felsabstürzen zur Brandung entfernt war. So weit man blicken konnte, gab es zwischen schroffen Felsen klar sprudelnde Bäche, windzerzauste Bäume und in flachen Schluchten, abseits der kochendheissen Geysire, kleine Wälder. Die Straße war in den flacheren Teil des Hanges hineingebaut und führte zur Mitte der sichelförmigen Bucht.

»Das ist der wichtigste Hafen«, sagte Hakonwulf und lachte halb verlegen. »Weil er der einzige ist, der diesen Namen verdient.«

Fünf Dutzend Häuser, meist mit Steinplatten gedeckt, standen im Halbkreis verstreut. Ein Steg aus Steinen und Balken sprang in der Mitte der Bucht weit ins Meer vor. Im langen Winter umschlossen zwar mächtige Eispanzer die Bucht, aber ihr innerster Teil blieb eisfrei, weil aus unsichtbaren Spalten ein Fluss warmen Wassers in den Hafen mündete, der mitunter tagelang von nebligem

Hauch verhüllt wurde. Aus der Höhe sahen Hakonwulf und der Ritter die tiefen Stellen und die hellen Flachwasserflächen, die Riffe unter den Wellen und die Boote. Am Strand lag ein klobiges Schiff, und auf dem Steg stapelten Männer viele schwere Fässer, Truhen und Ballen.

»Das ist ein Händlerschiff«, rief Bernadin. »Hast du davon gewusst, Prinz?«

Hakonwulf schüttelte den Kopf. »Jeden Sommer kommen ein paar Händler. Aber niemand kennt den Tag. Thule, sagen viele, liegt hinter dem Ende der Welt.«

»Zum Glück.« Der Ritter gab die Zügel frei und schnalzte. »Sehen wir nach, was es geladen hat?«

Sie trabten die leere Straße hinunter. Das Rauschen der Brandung wurde lauter; der Hufschlag lockte Fischer und Kinder aus den Häusern und von den Netzen und Booten.

»Könnt Ihr sehen, woher das Schiff kommt?«, fragte Hakonwulf.

»Nein. Wahrscheinlich aus Britannien.«

»Aus Camelot.« Hakonwulf richtete sich im Sattel auf. »Von König Artus' mächtigen Nachfolgern, König Ethelred und den anderen!«

»Sicher nicht aus Camelot und von König Artus.« Ritter Bernadin lachte. »Aber vielleicht erzählen dir die Kaufleute etwas über dein großes Vorbild.«

Ein Teil der Dorfbevölkerung half den Männern des Handelsschiffes. Einige alte Männer entwirrten Netze und besserten sie aus. Turik, der Freisasse, vom König zum Verwalter des Dorfes Halfnaar bestimmt, rannte auf Hakonwulf und den Ritter zu. Er riss die Mütze vom Kopf und beugte das Knie. »Prinz Hakonwulf! Und Ritter Bernadin. Habt Ihr vom Händler gewusst?«

Hakonwulf schwang sich aus dem Sattel. »Nein, Turik«, sagte er. »Mein Vater schickt uns. Wir sollen nach trockenem Fisch und nach Salzfisch sehen.«

»Es ist alles, wie es sein soll.« Der Verwalter winkte. »Wollt Ihr bei uns über Nacht bleiben?« Hakonwulf sah den Ritter fragend an.

Bernadin schob die Unterlippe vor, kämmte den Bart mit den Fingern und nickte nach kurzer Überlegung. »Ja. Morgen reiten wir zurück.«

Zwei Jungen brachten die Pferde in den Schatten eines frisch geflickten Strohdachs. Nicht lange, dann hatte sich fast die gesamte

Einwohnerschaft um Bernadin und Hakonwulf versammelt. Sie blieben neben dem Bug des Schiffes stehen. Der Kaufmann, ein rotgesichtiger Mann mit weißem Haarkranz und Spitzbart, kam über die Planke und verbeugte sich vor dem Prinzen.

»Ihr kennt mich nicht mehr, Prinz«, sagte er. »Vor zwei Jahren sah ich Euch in der Burg. Ich hab Euch den neuen Sattel gebracht.«

»Dann seid Ihr Gewor, nicht wahr?«

»Von der großen Insel Britannien, ja. Morgen wollten wir zur Burg aufbrechen.«

»Ihr seid herzlich willkommen«, sagte Hakonwulf lachend, und Bernadin setzte ruhig hinzu: »Wenn Ihr gute Waren und gute Neuigkeiten habt.«

Gewor rieb seine Hände, als wüsche er sie in unsichtbarem Wasser. »Von beidem genug. Ein guter Schluck wird unsere Zungen lösen.«

Ritter Bernadin grinste. »Helft ihm, die Waren unters Dach zu bringen.« Er rammte die Lanze tief in den Sand. »Es scheint, Prinz, dass wir gerade den rechten Abend ausgesucht haben.«

Durchdringender Geruch trocknenden Fisches hing in der Luft. Auch der Seewind, der eine Stunde vor Sonnenuntergang wieder auffrischte, konnte ihn nicht vertreiben. Magere Hunde balgten sich um Eingeweide. Möwen standen mit zitternden Flügelenden im auflandigen, schroffen Wind und schwammen in der Bucht. Ihre jammernden Schreie unterbrachen die Gespräche.

»Mein Vater«, Hakonwulf wandte sich an Turik, »reitet durch andere Teile des Königreichs. Ich zeige dem Herrn Ritter unsere Straßen und Pfade. Ist alles ruhig? Guter Fang? Keine Fremden?«

Der Verwalter schüttelte den Kopf und machte eine Geste der Zufriedenheit. »Niemand ist krank, Prinz. Der Fang war gut, und wir haben genug Salz in den Becken getrocknet. Es wäre gut für das Heil unserer Seelen, wenn wieder Mönche im Kloster wären. Drei Kinder haben wir ohne Segen und richtige Gebete begraben müssen.«

Wieder sah Hakonwulf den Ritter fragend an. Bernadin senkte den Kopf und sagte leise: »Zu mir sagte der König, dass er dem nächsten Händler eine Nachricht mitgeben würde. Er will, dass bald wieder fromme Männer im Kloster wohnen. Aber es dauert wohl noch lange, bis dieser Wunsch in Erfüllung geht.«

»Die Mönche kämen, wie jedermann weiß«, sagte der Handelsmann und breitete verlegen die Arme aus, »mit dem Schiff, weither aus Britannien oder Irland. Eine lange, gefahrvolle Meeresfahrt, junger Herr.«

»In meinem Haus ist Platz zum Schlafen für drei Gäste.« Der Verwalter deutete in den hinteren Teil des Hauses. »Am Tisch können wir zu zehnt sitzen. Deine Seeleute finden ein gutes Lager in Godwins steinerner Scheune.«

Hakonwulf schaute sich um, während der Ritter noch mit dem Verwalter sprach. Langsam ging er zum Ende des Dorfes. Fast alle Türen und die wenigen Fenster befanden sich in der meerabgewandten Seite der Häuser. Hohe Mauern zwischen den Häusern schützten Gewächse der Küchengärten: Petersilie, Kohl, Zwiebeln und Salbei. An Holzgestellen trockneten Lachse und Meeresforellen. Große Bottiche, gefüllt mit milchiger Salzlake und großen Fischstücken, stanken in der Sonne. Der Taubenturm, unweit eines mächtigen Stapels zersägten Treibholzes, der bis zum Herbst noch anwachsen würde, trug die Kotspuren vieler Vögel. Einige Kinder spielten mit einem Kätzchen. Hakonwulf ging zwischen ausgespannten Netzen und kieloben daliegenden Fischerbooten durch den Sand, der von Fischschuppen, Muschelschalen und Fischgräten übersät war. Zwei junge Mädchen kamen mit leeren Wasserkrügen auf den Schultern aus dem nächsten Haus und liefen barfuß zum Brunnentrog, aus dem Quellwasser plätscherte.

Am gegenüberliegenden Ende von Halfnaar drehte er den Kopf und verfolgte mit den Augen den breiten Pfad, der sich zwischen Felsen und salzüberkrustetem Gebüsch in die Höhe wand und hinter den Wurzeln einer riesigen grauen Tanne verschwand. *Morgen zeige ich Bernadin die versteckten Pfade*, dachte Hakonwulf. Er war neugierig auf die Nachrichten, die Händler Gewor brachte. Als er zurückwanderte, standen Bewohner und Besucher des Hafens um Turiks Haus und starrten in die Luft. Ein großer, dichter Schwarm schwarzer Vögel, größer als Raben, kreiste lautlos über dem Ende der Hafenstege und dem Schiff. Nicht ein einziges Tier schrie; im stillen Wasser erschienen die Ringe, die von ihrem Kot herrührten, der stinkend aus der Luft prasselte.

Treeworgh und Turik flüsterten: »Ein schlimmes Zeichen, Prinz!«

Hakonwulf hob die Schultern und sah zu, wie der Schwarm entlang der Steilabfälle der Uferfelsen kreiselte, nach unten taumelte und sich, als er an der Steilklippe in die Höhe schwang, in die Länge zog und zerstreute. »Aber was will uns dieses Zeichen sagen? Aasvögel an unseren Gebeinen, den Knochen der Toten?«

»Vielleicht kann es mir Herr Gandalon sagen.« Hakonwulf ging zu Bernadin und nahm Bogen und Köcher vom Rücken. Als er nach den Vögeln sah, waren sie hinter den Felsen verschwunden.

»Nein«, hörte er Turik sagen. »Keine Toten, an denen die Raben fressen. Wir haben nicht ein einziges Nordmännerschiff gesehen. Nicht einmal von weitem, draußen, auf dem Meer.«

Neben Ritter Bernadin und Turik setzte sich Hakonwulf ans Kopfende der Tafel. Aus eisernen Pfannen dufteten Fisch und heiße Butter.

»Sie kommen aus den Buchten, ihren Viks, wie sie in ihrer Sprache heißen. Schlachtrosse des Meeres nennen sie die Schiffe. Die Nordmänner kämpfen wie die Rasenden. Jeder fürchtet sie.« Treeworgh setzte den Holzbecher ab und nickte in die Runde.

Bernadin hob die Hand und sagte bedächtig: »Auch ich habe schlimme Nachrichten von den Männern aus dem Norden gehört. Ich sah Höfe, Häfen, Klöster und Dörfer, die von ihnen verwüstet wurden. Sie kommen aus keinem anderen Grund, als um Beute zu machen. Sie sind ganz plötzlich da, ohne Warnung; meistens landen sie nachts. Nichts und niemand ist vor ihnen sicher. Sie erschlagen Mönche, rauben und schänden Frauen und töten Männer.«

»Es hört sich an, als wären alle Meere voll von ihren Schiffen«, sagte Turik. »Voll von diesen Brandungskeilern, Seedrachen – oder wie immer sie heißen.«

»Sie zünden an, was sie ausgeplündert haben. Klöster und Häuser. Sie lassen nur Tote und Asche zurück.«

Hakonwulf lauschte, während er mit weichem Brot die Soße aus der Schale wischte. Turiks Tochter, die feuerhaarige Elayne, füllte die Becher wieder mit Sauermilch. So vieles hatte er von den Nordmännern gehört; er wollte nicht glauben, dass sie nur wild und schlecht, rasende Kämpfer und von dumpfer Plündererwut erfüllt waren. Es musste etwas geben, das sie von anderen Männern unterschied und gegenüber anderen auszeichnete. Er zuckte mit den Schultern. »Woher kommen sie?«, fragte er.

»Kämen sie zu uns«, sagte Turik heiser, »würden sie vom Osten her übers Meer kommen, aus den Ländern der Angeln, Sachsen und Dänen. Man sagt, sie sind die besten Schiffbauer und Steuermänner auf der Welt.«

Der Ritter flüsterte: »*A furore Normannorum libera nos, Domine!*«

»Vom Schrecken ...«, übersetzte Hakonwulf zögernd, und der Händler sprach weiter: »...der Nordmannen befreie uns, o Herr. Aber ich kann euch beruhigen. Zwischen Britannien und eurem gemütlichen Hafen hab ich diesmal keines ihrer Segel gesehen. Auch von keinem Überfall gehört.«

»Es sind, das steht fest, die mutigsten und besten Seeleute, von denen man je gehört hat.« Turiks Töchter schenkten Wein, Bier und Honigmilch in die Becher. »Mehr als dreißig Krieger haben Platz in einem Schiff. Sie sind Meister der Wurfaxt.«

»Ich möchte mit keinem von ihnen zusammentreffen«, meinte der Seehändler, nachdem er den Becher geleert hatte. »Nach der furchtbaren Schlacht von Maldon, in Britannien, zwischen Heerführer Byrthnoth und den Schiffskriegern, herrscht Ruhe, obwohl Byrthnoth den Waffengang und den Kopf verloren hat. Und Ihr, junger Prinz, solltet immer daran denken. Sprecht mit Eurem Vater, dem gerechten König. Denkt an die vielen Buchten, an euren Wohlstand, an die sauberen Dörfer und die herrschaftliche Burg. Die Welt ist voller Feinde. Nicht nur Nordmänner morden, plündern und brandschatzen.«

Hakonwulf lehnte sich zurück, lächelte und legte die Hand aufs Herz. »Manchmal träume ich schlecht von dem, was Ihr erzählt habt. Wenn König Greiff von den Grenzen unseres Landes zurückgekommen ist, werden Ritter Bernadin und ich ihm jedes Wort Eurer Warnungen berichten.«

Ritter Bernadin drehte an den Enden seines Bartes und blickte den Händler an. »Auf Burg Myngrifon sind mutige Ritter stets willkommen. Sie erhalten ein Lehen, wenn es notwendig wird, an der Seite des Königs zu kämpfen. Verbreitet in den Häfen und Burgen Britanniens die Einladung, Händler Treeworgh. Sprecht auch, wenn Ihr ein Kloster seht, mit Mönchen oder ihrem Abt.« Schweigend senkte der Händler den Kopf und hielt seinen Becher zum Füllen hin.

Ritter Bernadin beugte sich aus dem Sattel. »Bin ich dir zu schnell, Hakonwulf?« Sie hatten die Hälfte des Hanges unter sich. Frischer Wind wühlte in den Mähnen der Pferde. Noch lauter als der Wind und das Schnauben der Tiere war das ständige Rauschen und Krachen der Brandung, der die heranschäumende Flut folgte. Winzig klein, wie hölzernes Spielzeug, blieben Häuser, Schiffe und Bucht zurück.

»Nein, Herr Ritter«, rief Hakonwulf. »Aber mein Pferd ist kein guter Kletterer.«

»Das also ist dein geheimer Pfad?«

»Nicht mein Pfad. Jeder aus Halfnaar kennt ihn längst. Wartet nur, bald seht Ihr, was ich meine.«

»Los. Schneller. Es ist weit bis zur Burg.«

Zum geringsten Teil war der Weg von den Fischern und ihren Vorvätern den Felsen abgerungen worden. Einige natürliche, meist schmale Simse, mit Geröll übersät, führten im Zickzack in die Höhe. Verwitterte Balken und Geländer aus knorrigem Treibholz bildeten an wenigen Stellen einen fragwürdigen Schutz. Es ging steil aufwärts; mitten auf der Steigung sprang Hakonwulf aus dem Sattel und zog sein Pferd am Zügel hinter sich her. Als er jenseits der Kante stand und hinunterblickte, fühlte er einen leichten Schwindel, wie immer, wenn er hier stand.

»Also, Prinz: an vielen Stellen der Küste ist deines Vaters Land wirklich nicht leicht zu erstürmen.« Der Ritter wartete im Schatten, hatte die Ärmel des Kettenhemdes bis über die Ellbogen hochgerollt und mit Lederschnüren festgebunden.

»Das ist ganz gut so, denke ich.« Hakonwulf bückte sich unter Ästen voller Tannenzapfen. »Rasten wir schon hier?«

Bernadin lachte leise und sah zu, wie Hakonwulf sich mit einem schnellen Ruck in den Sattel zog. »Ich hab das Meer angesehen und mir ein paar Fragen gestellt.« Er schlug mit der flachen Hand auf die Flanke des Pferdes und gab den Zügel frei.

»Welche Fragen? Wichtige Fragen?«

Hakonwulf pflückte einen Zapfen.

»Ja. Die wichtigste ist, ob ich die Einladung deines Vaters annehmen soll.«

Hakonwulf ritt an Bernadin vorbei und wieder auf den Pfad zurück. Er führte in Schlangenlinien durch einen lichten Wald. »Ihr wollt bis zum Frühling bei uns bleiben – mit Laraine, Clarance, Alisandor und den anderen Rittern?«

Oft und lange hatten König Greiff, Hakonwulf und Mutter Roswynda mit dem weisen Gandalon über die Angst so vieler Menschen vor dem Weltuntergang gesprochen, über die Offenbarung des Johannes, vom Jahr Tausend nach der Geburt des Herrn, über den Wahnsinn, mit dem Gott viele Menschen geschlagen hatte und über die Gerechten, die vor dem furchtbaren Tod errettet werden würden: Des erfahrenen Gandalons beruhigende Antworten minderten die Furcht, aber jedes seltsame, unerklärliche Geschehen ließ sie im tiefsten Winkel des Herzens wieder aufflackern. »Der König meinte, dass wir fünf Ritter bis nach dem Winter in der Burg bleiben sollen. Er hat uns gebeten, hat gesagt ...« Bernadin stockte und bückte sich unter den schenkeldicken Fichtenästen. Möwen schrien hungrig über den Köpfen der Reiter. Hakonwulf wartete auf die Fortsetzung; Bernadins Stimme hatte besorgt geklungen.

»Warte, Prinz. Bis wir nebeneinander reiten können. Hinter dem Wald, zwischen den Felsen.«

Die Pferde trabten hintereinander etwa eine halbe Stunde lang durch den dämmrigen Wald. Nachdem der Weg ein Dickicht geteilt hatte, führte er geradeaus zwischen einem Stoppelfeld und einer Weide hindurch. Steinblöcke ragten aus dem Boden wie riesengroße, moosüberwucherte Köpfe, in Tümpeln wie aus farbigem, glatten Ton sprudelten und brodelten die Blasen kochenden Wassers aus der Tiefe.

Bernadin spornte sein Pferd an und holte mit wenigen Sprüngen auf. »Dein Vater spricht nicht gern darüber, nicht laut und nicht lange. Ihn quält mehr als eine Sorge. Auch die Herren Laraine und Belangere denken, dass diese Sorgen nicht unberechtigt sind.«

Hakonwulf schwieg und hörte zu.

»In der Burg leben nur wenige Männer, die eine Waffe führen können. Jetzt sind Fürst Dundhas und fünf geübte Ritter und fünf wackere Knappen bei euch. Wer kämpft gegen die Nordmänner, wenn sie Thule jemals überfallen, wer verteidigt Burg und Dörfer?«

Hakonwulf erinnerte sich an viele Träume und sagte sich, dass ihn wohl solche Gedanken nachts geweckt hatten. Er sprach aus, was er oft von Gandalon und Königin Roswynda gehört hatte. »Thule ist voller friedliebender Männer. Aber wenn der König eines Tages tatsächlich zur Heerfolge ruft, kommen viele hundert Freie aus allen Teilen des Reiches.«

»Das mag richtig sein. Aber überall gibt's Schurken und Verräter. Wohl einst und heute auch am Hofe von Camelot, glaub mir.«

»Für die Nordmänner ist Thule zu weit entfernt, sagt man.«

»Sie wissen nur noch nichts von Thule, vom versteckten Reichtum des Landes. Ich meine nicht Goldschätze oder Jungfrauen, sondern Vieh, volle Scheunen und Mühlen.«

»Manchmal schimpft Gandalon, dass ich Märchen erfinde. Aber

meint Ihr wirklich, dass es Freisassen, Vasallen oder Lehensnehmer gibt, die eine Waffe gegen meinen Vater heben würden?«

Der Ritter senkte den Kopf und antwortete erst, als beide Pferde gestreckt auf dunkelgrauem Sand zwischen Felsmauern und einem Wald junger Eichen galoppierten. »Ich kenne keinen, Prinz.«

»Aber ...wie könnt Ihr dann sagen, dass einer unserer Vasallen es wagen würde?«

»Weil kein Thron für alle Zeit sicher ist, was in vielen Legenden, Sagen, Märchen und Berichten zu lesen ist.«

Hakonwulf überdachte schweigend, was Bernadin gesagt hatte. Aus der Tiefe schwarzer Träume löste sich wieder die Furcht vor den nächsten Monden und Jahren. »Dann, Ritter Bernadin, bitte ich Euch auch zu bleiben«, rief Hakonwulf. »Ihr und die anderen, mit Euren Knappen.«

»Ich bin schon so gut wie entschlossen, Prinz.« Wieder verließ der Pfad den offenen Teil der Landschaft. Hin und wieder waren Axtschläge zu hören, aber seit Stunden sahen die Reiter zwar Rauch von Herdfeuern, aber keine Menschenseele. Kleine Rudel Rotwild flüchteten mit zögernden Sprüngen. Die Tiere schienen zu ahnen, dass Hakonwulf heute nicht nach seinen Pfeilen greifen wollte.

»Glaubt Ihr mir jetzt?«, fragte Hakonwulf, als sie durch ein flaches Tal ritten, das von niedrigen, grasbedeckten Hügelkuppen, staubigem Geröll und großen Steinen ausgefüllt war.

»Was soll ich glauben?«

Die Pferde trabten. Schweiß färbte ihr Fell dunkel.

»Dass meine Pfade und Wege geheimnisvoll sind, unbekannt?«

Bernadin knurrte: »Sie sind jedenfalls keine Straßen, auf denen man viele Wanderer trifft.«

Der Weg führte gegen Mittag durch einen felsstarrenden Hohlweg an den Rand eines weiteren Tals. Hakonwulf hob die Hand und zügelte sein Pferd, das bisher im Tölt gegangen war, in jener außergewöhnlichen Gangart der stämmigen kleinen Pferde, fast so schnell wie der Galopp des Rappen. Die Reiter hielten zwischen schwarzen Steinsäulen am Kamm des Talrandes. Sieben Säulen standen nebeneinander. Zehn oder zwölf Ellen hoch, sieben Ellen voneinander entfernt, wie halb geborstene Säulen einer verschwundenen Mauer. Ringsherum waren Gräser und Kräuter kurz gehalten; eine Schafherde hatte die Weide abgegrast.

»He!« Der Ritter berührte die eingemeißelten Linien und Kreise.

»Wolltest du mir die Steine zeigen?«

»Ja. Reiten wir nun geradeaus, kommen wir zu einem Weiler; vier Bauernhäuser und Scheunen. Nach rechts, da würde uns niemand sehen können.«

»Ich sage, wir reiten geradeaus. Oder sollen wir uns etwa verstecken? Vor wem?«

Sie stiegen aus den Sätteln und gingen langsam von einem Menhir zum nächsten. Als ihre Finger die Linien, Vertiefungen und Muster nachfuhren, war es, als ob düstere Zauberkräfte der Vergangenheit in ihre Körper strömten; trotz des Christentums, des neuen Glaubens auf Thule, schienen die vielen alten Götter zu ihnen sprechen zu wollen. Hakonwulf konnte die uralten Zeichen auf den Säulen ebenso wenig deuten wie sein Vater oder Gandalon oder ein anderer. Er wusste nur, dass schon sein Urgroßvater manchmal hierher geritten war, um lautlose Zwiesprache mit den Göttern der Druiden zu halten; was immer er wirklich damit gemeint hatte. Er schüttelte sich und holte tief Luft, dachte an Elaynes langes Feuerhaar und ihr Lächeln. Dann nahm er den Zügel und legte die Hand auf den Sattelknauf.

»Wir sollen eigentlich möglichst viele Männer treffen und über alles ausfragen.« Hakonwulf stieg auf und lenkte das Pferd den sanften Hang abwärts. »Auf den Straßen geht es schneller, Herr Ritter. Wir können heute noch in der Burg sein«, sagte der Prinz. »Im Weiler bekommen wir zu essen, und die Pferde werden fressen und saufen.«

»Recht so!« Bernadin richtete sich ächzend im Sattel auf. »Zurück zur Burg.«

König Greiff nahm einen Schluck aus seinem silbernen Becher und nickte mit sichtlicher Zufriedenheit.

»Der Wein des Händlers ist gut. Ihr wisst, meine Herren, dass auf Thule nicht eine Traube wüchse, selbst wenn man's versuchte.« Er lachte. »Aber ich ziehe dem Wein ohnehin ein gutes Bier vor, obwohl Bier nicht als ritterlicher Trunk gilt. Jeder so gut, wie er kann! Manches ist in meinem kleinen Reich eben ganz anders als im großen Britannien.«

»Der Wein kommt aus der Bretagne«, sagte Belangere. »Früher nannte man das Land Klein-Britannien, noch früher hieß es Armorica.«

»Auch ich trank das Bier mit großem Durst und ebensolchem

Vergnügen.« Alisandor hob den Humpen. »Und wieder einmal rühmen wir die königliche Küche und den herrlich gedeckten Tisch.«

»Und die Gastfreundschaft des Königspaares auf Myngrifon!« Bernadin klopfte mit dem leeren Krug auf den Tisch.

Auf der Terrasse zwischen Kemenate und Palas war das Mittagsmahl angerichtet worden. Das Laub der Bäume und Beerensträucher begann sich herbstlich zu färben.

Königin Roswynda lächelte in die Runde und hob den Pokal, der im Sonnenlicht funkelte. »Es wird Zeit, mein vielbeschäftigter Gemahl, allen hier am Tisch zu danken. Es war ein langer, reicher Sommer, und auch heute zeigt er sich von seiner schönsten Seite. Fast alles Getreide ist eingebracht, die Schafe sind geschoren, und Thule wurde von Plagen, Seuchen, Krankheiten und Feuersnot ebenso verschont wie von Stürmen und Regenfluten.«

»Und von den Vorboten des Weltuntergangs«, murmelte Gandalon.

»Das alles sind Gottesgeschenke.« Greiff blickte in die Wolken. »Dass die Ernte in den Scheuern ist, verdanken wir dem Fleiß der Lehensnehmer, Freisassen, Bauern, Fischer und Handwerker. Dass wir wissen, wie viel das ist, wie schwer das wiegt, dafür danke ich Fürst Dundhas, der unermüdlich messen ließ und alles aufschrieb.«

Der schlanke Mann im Lederwams verbeugte sich, lachte die Königin, den König und die Ritter an und sagte: »Ich bin froh, etliche dicke Striche gezogen zu haben. Noch mehr freut es mich, nicht ununterbrochen im Sattel, sondern endlich wieder hier zu sitzen. Ihr seid zufrieden, mein König?«

»Mehr als das.« Greiff wartete, bis die Dienerin nachgeschenkt hatte. »Wenn du dir in ein, zwei Jahren ein größeres fürstliches Lehen wünschst, wirst du bei mit offne Ohren finden und eine großzügige Hand.«

Dundhas verbeugte sich schweigend. Mägde und Diener trugen die Nachspeisen auf und nahmen leere Schüsseln, Näpfe und Holzplatten mit.

Roswynda zog Hakonwulf an sich und sagte: »Eigentlich sollte unser Prinz jetzt reden. Schließlich ist er fast erwachsen, bald wird er wohl seine Knappenjahre beendet haben. Und er hat fünf Freunde gefunden, die ihn alle ritterlichen Tugenden gelehrt haben.«

Bernadin lächelte. »Noch hat er keinen von uns aus dem Sattel gestoßen.«

»Mit Pfeil und Bogen geht er besser um als ein britannischer Bogner«, rief Belangere. »Bald wird er einen schweren Bogen spannen können.«

Hakonwulf legte seine Hände an die Ohren; sie schienen plötzlich zu glühen.

»Hör gut zu!« König Greiff biss in die Pastete aus Rehfleisch. »Soviel Lob wirst du so bald nicht wieder hören. Wie kämpft er mit dem Holzschwert und dem stumpfen Schirmschwert?«

»Gut mit der hölzernen Waffe. Das Eisen ist noch ein wenig zu schwer«, sagte Ritter Alisandor. »Aber er ist sehr geschickt und schnell.«

»Dass er besser schwimmt als ich, weiß jedermann in der Burg«, brummte Clarance. Die Tischgesellschaft lachte; einmal war Hakonwulf im See, ein zweites Mal in den warmen Schwefelwasserbecken mit Clarance um die Wette geschwommen und hatte ihn, scheinbar ohne Anstrengung, weit hinter sich gelassen.

»Und in einem Jahr sitzt er auch richtig auf einem starken Hengst, wie es einem Ritter gebührt«, rief Bernadin.

»Laufen braucht er nicht mehr zu lernen«, meinte Alisandor. »Aber die edle Form des britannischen Ringkampfs, da fehlt es noch weit. Rolf, mein Knappe, wirft ihn jedes zweite Mal.«

»Rolf ist neunzehn!« Roswynda lächelte und zog die Brauen hoch, als sie sah, wie Ritter Belangere Brigidas Hüfte streichelte. »Seid nicht ungerecht, Herr Ritter. Aber eigentlich wollten wir Euch danken. Ihr wart bisher Augen, Ohren und Gewissen des Königs, überall im Land.«

»Fast überall«, knurrte Laraine. »Ihr habt für uns gesorgt, als wären wir Eure Brüder, edle Herrin der Falken.« Er hob den Pokal und trank dem Königspaar zu. Die Dienerin Brigida, eine Tochter des Dorfschulzen, nahm den Krug in beide Hände und schenkte nach.

»Ihr wart mehr als Waffenbrüder«, sagte der König ruhig. »Ich kann nur hoffen, dass Ihr Euch im langen, dunklen und stürmischen Winter nicht zu Tode langweilt.«

»Liegt der Schnee nicht höher als unsere Köpfe«, meinte Bernadin und zwirbelte die Enden seines Schnurrbarts, »finden wir um die Burg herum sicherlich etwas Minnigliches.«

»Mehr als zuvor fehlen uns Mönche und Priester.« Die Königin seufzte, aber ihr Lächeln bewies, dass sie den Ausruf halb scherzhaft meinte. »Ach! Wäre unser Thule doch ein Königreich, das nicht hinter dem Ende der Welt liegt.«

Der König blickte nachdenklich auf das bunte Laub und die verwelkten Gräser. »Noch zwei Monde, oder ein, zwei Siebentage weniger – selten kam der Winter früher im Jahr. Ein göttliches Zeichen?«

Belangere und Clarance zogen die Schultern in die Höhe und machten ratlose Gesichter. Gandalon wiegte unschlüssig den Kopf, sagte aber nichts. Die Ritter Bernadin und Alisandor hatten versprochen, noch länger Gäste auf Thule zu bleiben. Im Frühling wollten sie mit ihren Knappen entlang der östlichen Küste nach Norden reiten und herausfinden, ob Schäfer und Bauern nur oft gehörte Märchen wiederholten oder ob zwischen den urzeitlichen Steinen wirklich die Nachkommen von druidischen Zauberern hausten. Alisandor glaubte kein Wort davon und versprach, den Aberglauben ausrotten zu helfen.

Clarance, Belangere und Laraine meinten, es wäre möglich, mitsamt den unersetzlichen Pferden nach Britannien zurückzusegeln. Händler Treeworgh und Verwalter Turik hatten beide ungläubig gelacht und versichert, es sei billiger und gefahrloser, Pferde in Britannien zu kaufen, und kein noch so gut zugerittenes Pferd würde – selbst wenn man es ins Schiff trüge! –, die Fahrt überleben.

Mit Pferden oder nur mit den Sätteln: Die fünf Ritter würden Thule verlassen, im Sommer, wenn das Meer eisfrei und ruhig genug war und der erste Händler wieder in See ging.

»Auch der Herbst ist eine Zeit schwerer Arbeit«, sagt Dundhas übergangslos. »Andere Arbeiten. Die Saat muss in die Furchen.«

Prinz Hakonwulf schloss die Augen. Die Sonne, die über dem Dach des Bergfrieds leuchtete, blendete ihn. Als er den Kopf drehte, trafen ihn Dundhas' Blicke. Der Verwalter sah ihn, wie es schien, prüfend und sehr nachdenklich an. Er strich über sein Wams aus rautenförmigen Lederflecken, dann wanderten seine Blicke langsam von einem Gesicht zum anderen; es war, als sähe er seine Tochter und die Tischgäste zum erstenmal und müsse sich ihr Aussehen einprägen. Hakonwulf glaubte, von jedem Bewohner der Burg mehr zu wissen als von Dundhas; obwohl er meist in Burg Myngrifon lebte, hatte er, solange Hakonwulf denken konnte, mit ihm den wenigsten Umgang gehabt.

»Du sollst dich auch bei deinem geduldigen Zuchtmeister bedanken, mein Sohn.« König Greiff schlug ihm kräftig auf die Schulter. »Ich habe von ihm gehört, dass der Junge, der von Merlin träumt, klüger sein will als Merlin selbst, der unsterbliche Zauberer?« Er grinste und kniff ein Auge zu.

Gandalon lächelte in seinen weißen Bart. Er sprach langsam und mit unüberhörbarer Deutlichkeit. »Nicht einmal in hundert Jahren würde es einer von uns schaffen, weiser als Merlin zu sein. Denn Merlin – der zweifellos einst gelebt hat – vereinigte in sich uraltes und neues Wissen; sein Geist, sein Verstand bewegten sich zwischen den heidnischen Zeiten der alten Götter und der Klarheit des Christentums. Er war ein Zauberer, ein Magus. Er half König Artus, oder King Arthur, wie ihn die Britannier nennen, und er versprach, bisweilen das Rad der Zeit anhalten zu können. Selbst ich bewundere ihn, obwohl er selbst keine geschriebene Zeile hinterlassen hat.«

Er heftete den Blick seiner kurzsichtigen Augen auf Hakonwulf und sprach leise weiter: »Euer Sohn, König, hat mich zufrieden gemacht. Er liest in meinen Büchern, schreibt leserlich, aber nie zu viel; Sprachen hat er so leicht gelernt wie fast jedes Kind. Aber nichts geht über die Beispiele, die uns das Leben beschert: In Camelot, wohin er unbedingt segeln will, würde er feine Sitten lernen, das Spielen auf Harfe und Laute, die Dichtkunst und die höfische Art. Aber das wisst Ihr ja selbst, König Greiff.«

Greiff hob unschlüssig die Arme und schlug mit den flachen Händen auf den Tisch. »Wir werden sehen. Später.« Dann nahm er die Hand Roswyndas, auf der schmale Kratzer von Falkenkrallen vernarbten, und führte sie an seine Lippen. »Ich bin König eines glücklichen Landes; so scheint es in diesen Tagen zu sein. Eigentlich sollte ich das Jahr mit einem prächtigen Turnier feiern und beschließen. Aber mit nur sechs Rittern? Wir sind nicht in Camelot!« Er breitete die Arme aus. »Ich hab's! Im Frühling, um Ostern oder Pfingsten, wenn die Tage warm genug sind, bringen wir unseren Reichtum unters Volk. Ein Fest, drei Tage lang: Markt, Gaukler und Braten am Spieß! Und Gaben an die Armen!«

»Aber bitte nicht erst, nachdem wir Thule verlassen haben!«, rief Clarance.

Greiff schüttelte den Kopf, dass sein schulterlanges braunes Haar flog. »Versprochen!«, rief er so laut, dass Handwerker und Knechte aus dem Burghof verständnislos heraufblickten und schließlich zögernd mitlachten. »Zu Pfingsten wird Thule seinen schönsten Tag am Hofe König Greiff Dragonblades erleben!«

Dundhas hob seinen Pokal und nickte ernst. »Pfingsten, das

sind die besten Tage für ein solches Fest.« Er schien sich zu einem Lächeln zu zwingen. »Wahrhaftig!« Er blickte dem König über den Rand des Gefäßes in die Augen und nahm einen tiefen Schluck.

Auf der Hügelkuppe pfiff und wimmerte kalter Septemberwind. Eine blasse Sonne versuchte den bläulichen Dunst zu durchdringen. Ritter Belangere zog den Saum des Mantels über seine Knie und drehte sich halb herum. Königin Roswynda hatte ihr Pferd gezügelt und versuchte, ihren Wollmantel, der weit über die Kruppe des Pferdes hing, vor der Brust zu schließen.

»Es wird Winter, Herrin!«, rief Belangere. »Aber in sieben Stunden sind wir im Warmen.«

Auch heute hatte Bernadin, der Gutmütige, die Riemen der Steigbügel zwei Löcher höher geschnallt und erlaubt, dass Hakonwulf seinen Rappen ritt. Belangere blieb meist neben dem Prinzen und achtete darauf, dass Hakonwulf – der auf den kleinen Inselpferden meisterhaft reiten konnte –, die Zügel richtig führte. Der breit gebaute Hengst trabte, ohne auszubrechen oder zu scheuen.

Hakonwulf zog die Kapuze in die Stirn. »Im Wald unten werden wir den Sturm kaum spüren. Frierst du sehr, Mutter?«

»Noch nicht. Aber wir sollten nicht zu lange säumen.«

Die Satteltaschen waren prall gefüllt. Hinter den Sätteln waren dicke, halb mannslange Bündel festgeschnallt. Die beiden Saumpferde, ebenfalls schwer bepackt, keuchten und schwitzten; weißgraue Wolken dampften den Tieren aus den Nüstern.

Kurz nach Sonnenaufgang waren sie vom Dörfchen Bardron aufgebrochen, die Taschen und Bündel gefüllt mit gebleichter und gefärbter Schafswolle, Leinen und gegerbten Fellen, Daunen und Leder. Ein Teil gehörte zu den Abgaben des Dorfs, den Rest hatte die Königin mit Silbermünzen bezahlt. Mädchen und Frauen in der Burg würden nun an jedem Tag des Winters genügend Vorräte zum Spinnen, Nähen, Weben und Sticken haben.

Sie trabten am Meilenstein vorbei hügelabwärts. Die Laubbäume hatten die letzten Blätter verloren. Aus dem Gebüsch rannte eine Rotte schwarzer Wildschweine zu den Furchen des frisch umgebrochenen Ackers. Als zwischen den ersten Bäumen des Waldes das Heulen des Windes leiser wurde, hörten die Reiter durch das Hufgetrappel und das Schnauben der Tiere ungewohnte Geräusche. Es war, als würden Äxte in Holz geschlagen, ohne dass ein Baum gefällt wurde. Hin und wieder ertönte ein scharfes Klirren.

»Ihr habt überaus emsige Untertanen, Königin«, rief Belangere und deutete nach links in eine Schneise. Der Wald war an den Rändern ausgelichtet worden, alle geschlagenen Stämme lagen umgeschlagen und zu drei Ellen langen Stücken zersägt zwischen dem Weg und den Bääumen. Im Unterholz zielten einige Männer mit unterarmlangen Äxten auf Bäume, schleuderten die Äxte und Beile weiter als zwanzig Schritte in die Stämme. Die blitzenden Schneiden wirbelten durch die Luft, überschlugen sich und blieben dumpf dröhnend stecken. Ein Waldarbeiter, der gerade zwei Klingen aus dem Stamm hebelte, drehte sich um und sah die Reiter. Er rief den anderen etwas zu. Sie zuckten zusammen, grüßten und schienen weder die Königin noch den Prinz zu erkennen; sie waren verlegen, so, als habe man sie bei einer verbotenen Jagd erwischt.

Ritter Belangere schwenkte grüßend die Lanze, auch die Königin hob den Arm, ohne ihr Pferd zu zügeln. Die Schar trabte vorbei. Aus dem Augenwinkel glaubte Hakonwulf auf dem Rücken des Aufsehers ein langes Schwert in lederner Scheide zu sehen. Als sich der hünenhafte Mann in knielanger Felljacke umdrehte, sah Hakonwulf, dass es nur ein Werkzeug war.

Er duckte sich unter einem schneidenden Windstoß, der aus dem Hohlweg wimmerte und die Mäntel gegen die Schultern presste. Knirschend rieben Äste und Zweige aneinander, schlugen gegen die Stämme; ein Stöhnen ging durch den Wald. Krähen und Rabenvögel, die von den dampfenden Feldern aufstiegen, kämpften gegen den eisigen Wind.

»Hakonwulf! Übernimm die Spitze!«, rief Belangere und zügelte das Pferd. Er wartete, bis die Königin und der Prinz vorbeigetrabt waren, gefolgt von den Saumpferden, deren lange Zügel sie an den Sätteln festgeknotet hatten.

»Heute Nacht haben wir den schönsten Wintersturm«, gab Hakonwulf zurück und lachte bei dem Gedanken, unter warmen Decken zu liegen und den Sturm über Dächer und ums Gemäuer heulen zu hören.

»Er kommt nicht erst nachts! Wir sind jetzt schon mittendrin.« Das Heulen riss Roswynda die Worte von den Lippen.

Belangere blieb hinter dem letzten Packtier und blickte sich wachsam um. *Etwas scheint ihn gestört zu haben*, dachte Hakonwulf. Die Waldarbeiter – ihr Verhalten entsprach offensichtlich in seinen Augen nicht dem, das er gewohnt war. Keiner hatte gelacht oder eine freundliche Bemerkung gemacht. Holzfälleräxte als Wurfgeschosse kannte er: Ein Ritter musste lernen, damit umzugehen. Aber es waren die bevorzugten Waffen der Nordmänner. Er zuckte mit den Schultern und sah gegen den grauen Himmel die ersten Schneeflocken wirbeln. Er drehte sich um und schloss die Augen zu schmalen Schlitzen.

Der Wind biss in Stirn und Wangen. Hinter dem Waldrand breiteten sich Äcker und Weiden aus. Eine halbe Stunde später zitterten die Reiter und ihre Tiere in der Kälte. Die Wucht des Schneewindes wurde nicht mehr durch den Wald abgefangen, hinter Felsen bildeten sich lange Flockenwirbel. Ohne dass die Sporen eingesetzt werden mussten, wurden die Pferde schneller. Undeutlich ragten die kantigen Türme der Burg auf der anderen Seite des Tals auf. Belangere galoppierte zwischen die Königin und Hakonwulf.

»Hoffentlich legt sich der Sturm!«, rief er. »Wir haben noch fünf Stunden vor uns.«

»Eher wird er stärker, ich kenne diesen Wind«, antwortete die Königin. »Vielleicht sollten wir am nächsten Kreuzweg Richtung Calaghh reiten.«

»Das sind vier Stunden.« Hakonwulf schüttelte den Kopf. »Dort, geradeaus! Wir sehen ja schon die Burg! Ich will nach Hause, Mutter.«

»Wir versuchen es.« Eine Strähne blauschimmerndes Haar geriet ins Sonnenlicht; durch ein Wolkenloch fuhr ein gleißender Strahlenbalken zur Erde. »Die Straße ist gut.«

Einige Atemzüge lang überschüttete kaltes Licht die Landschaft. Die Pferde galoppierten langsamer, der Weg führte leicht abwärts und verschwand zwischen Felsen. Hier kreischte der Wind, fing sich in Höhlen und fegte weiter durch Risse und Spalten. Das Licht brach; Schneewirbel schoben sich vor den glimmenden Sonnenfleck. Seit sie den Wald verlassen hatten, schien die Landschaft menschenleer zu sein. Ab und zu versuchte eine Krähe oder ein Rabenpärchen, im Sturm zum Unterschlupf zu flattern. Die Reiter, tief über die Hälse ihrer Tiere gebeugt, galoppierten über den Kreuzweg und geradeaus weiter. Jetzt gab es keinen Unterschlupf mehr bis zum Burgtor.

Eine halbe Stunde lang, während sich der Weg durchs Tal schlängelte, erstickte gurgelndes Fauchen des Westwindes jedes Wort. Obwohl noch vier Stunden zum Anbruch der Nacht fehlten, herrschte graues Zwielicht. In den Wirbeln der Schneeflocken zeichnete sich das Band der Straße zwischen dunklen Ackerfurchen und

Windschutzhecken ab. Schleier und Schneewirbel blendeten Reiter und Pferde, legten sich über den Boden, wenn der Wind nachließ. Die Pferde spürten die wachsende Furcht der Reiter und galoppierten weiter, keuchend und dampfend vor Schweiß.

»Wir schaffen es!«, brüllte Ritter Belangere. »Nicht langsamer werden!«

Hakonwulf hielt sich mit einiger Mühe im Sattel und fühlte, wie die Kälte seine Zehen und Fingerspitzen gefühllos werden ließ. Er hielt die Zügel mit einer Hand und steckte die andere in die Achselhöhle. Das starke Pferd brauchte seine Hilfen nicht und griff im kurzen Galopp aus, solange es die Straße erkannte, an deren Seiten sich Schnee türmte. Hakonwulf begann sich zu fürchten. Er war oft am späten Morgen aufgewacht und hatte die Umgebung der Burg vom Schnee bedeckt erlebt: Eine Nacht hatte ausgereicht, um das gesamte Umland unter einer weißen Decke zu ersticken, höher als ein ausgewachsener Mann. Er hob den Kopf, als das Winseln des Sturms einen Atemzug lang erstarb. Er schrie: »Hältst du es noch aus, Mutter?« Der Saum seiner Kapuze war voller Eiskristalle.

»Ja! Wenn wir sehen können, wohin wir reiten!«

»Nach der zweiten Brücke!« Hakonwulf schrie und winkte über die Lasten den Rittern zu. »Dort steht eine uralte Hirtenhütte!«

Belangere brüllte: »Du kennst den Weg, Prinz?«

»Ja! Ziemlich gut!«

»Halt an, wenn wir in der Nähe sind«, schrie der Ritter. »Ich hab Feuerstein und Werg im Beutel.«

»Noch eine Stunde!«, rief Hakonwulf. Er war überzeugt, dass sein Vater und die Ritter in der Burg ebenso besorgt waren wie seine Mutter, Belangere und er.

Unter tiefem, grauem Himmel, in einer Dämmerung ohne Schatten, bildeten die drei Reiter und ihre Tiere eine lange Kette. Keiner sprach, keiner drehte sich um. Die Burg versteckte sich völlig im Schneetreiben. Auch Hügel, Felsen und Waldinseln der Umgebung verschwanden. Eben noch hatten die Reiter dreißig Schritte geradeaus klar sehen können, kurze Zeit danach lag der Weg nur noch zehn Schritte weit vor den Augen: Die Kälte schnitt wie mit Messern in die Haut, unaufhörlich blinzelte Hakonwulf. Er hatte das Gefühl, als ob die Tränen, die der Frost aus den Augenwinkeln trieb, zu Eisperlen gefrören. Auch in der Mähne des Pferdes bildeten sich Eisklumpen. Die Zeit schien stillzustehen in diesem grauweißen Einerlei. Gerade als Hakonwulf wieder aufatmete und glaubte, der Sturm würde sich in den letzten Abendstunden legen, wurde das peinigende Wimmern und Heulen plötzlich durchdringend laut. Der Sturm riss ihn fast aus dem Sattel. Er duckte sich und drehte sich um; weit hinter ihnen, wie eine Brandungswelle, schob sich eine Wolke näher, zeichnete sich schwarz gegen den dunkelgrauen Himmel ab. Der Sturm wütete, wirbelte Schneemassen in die Luft, riss und rüttelte an den Reitern und den Bäumen, die geisterhaft schwarz neben dem Weg rauschten und knarrten.

Eiseskälte drang von allen Seiten auf Mensch und Tier ein. Der Schnee schmolz längst nicht mehr auf dem Weg, sondern blieb schon eine Handbreit hoch liegen. Die Reiter stiegen ab und führten die Tiere durch das Schneegestöber. Belangere hatte die Zügel hatte die Zügel des Pferdes knapp hinter dem Gebiss gepackt und setzte, halb blind, einen Fuß vor den anderen; er schritt so schnell aus, wie es der dichte Schnee zuließ. Niemand sah weiter als fünf Schritte. Die Königin hatte einen Arm durch einen Packriemen geschoben und ließ sich halb vom Pferd mitziehen. Jetzt war es fast vollständig dunkel geworden; das Atmen wurde schwerer, und der Schnee klebte auf Kopf und Schultern. Hakonwulf glaubte, seinen Herzschlag hämmern zu hören, er suchte nach einem Zeichen, das die Gruppe zur Ruine führen konnte.

Er entsann sich einer Felsgruppe, eines Geröllstreifens und einer Baumreihe links an der Straße. Die erste Brücke hatten sie mit hohl pochendem Hufschlag auf den schneebedeckten Bohlen überquert. Jetzt zeigte das veränderte Geräusch, das die Hufeisen erzeugten, dass sie wieder auf der sandigen Straße waren. Der Ruf des Ritters kam durch die wattige Dunkelheit.

»Weißt du jetzt den Weg zur Hütte, Prinz?«

Die Pferde schüttelten sich. Aus der weißen Flut, die von pfeifenden Sturmstößen immer wieder aufgerissen und durcheinandergewirbelt wurde, drang kein Licht hervor. Nach vielleicht hundert Schritten stießen die Reiter an eine Hecke: Jetzt war Hakonwulf sicher, die Stelle erkannt zu haben, an der sie sich befanden. Er wartete, bis der Sturm weniger laut heulte, holte tief Luft, hustete und schrie:

»Gleich kommt die zweite Brücke!«

»Ich gebe acht«, versprach der Ritter.

Auch die entlaubte Hecke hielt weder Schneewirbel noch Kälte ab. Stolpernd und rutschend kamen sie bis an deren Ende. Eine Felswand folgte, dann dröhnten die Hufe von Belangeres Reitpferd auf den Brückenbohlen. Die Pferde strauchelten, aber dann fanden ihre Hufe im weichen Schnee mehr Halt. Nach einer Weile rief Hakonwulf:

»Jetzt! Da ist ein Geröllfeld, Ritter!«

»Ich versuch's. Kommt, Herrin. Mir nach!«

Schemenhaft erkannte Hakonwulf, dass Belangere die Pferde nach links führte. Er fasste nach der Lanze, die er am Sattel festgebunden hatte. Mit den Fußspitzen versuchte er nach dem Untergrund zu tasten. Er fühlte wieder, wie die Angst in ihm hochkletterte: Was war, wenn sie doch nicht die richtige Stelle getroffen hatten? Unter dem Schnee spürte er grobes Gestein, zweimal knickten seine Füße ein, weil er auf große Brocken trat und abrutschte. Langsam folgte ihm die Königin. Die Dunkelheit verschluckte Belangere und die Pferde; ob der Ritter sie in gerader Linie oder im Zickzack führte, vermochte Hakonwulf nicht zu erkennen. Die steinige Strecke schien sich eine Ewigkeit weit hinzuziehen.

Endlich ertönte ein Schrei der Erleichterung: »Hierher! Ich hab's!«

Undeutliche Geräusche drangen an Hakonwulfs Ohren. Belangere tastete sich an einer verwitterten Mauer entlang, ein Pferd wieherte schrill, und wenige Atemzüge später drängten sich Tiere und Menschen vor dem Eingang der halbverfallenen Hirtenhütte. Der Ritter schnallte die Lanze vom Sattel, führte die Königin hinein und wartete auf Hakonwulf. Er zwängte die Tiere in die hinterste Ecke und sagte: »Sieh zu, dass du Stroh und Holz findest.«

Durch die Hälfte des Daches wirbelte Schnee herein, aber der Sturm war zwischen den Mauern kaum zu spüren. Hakonwulf suchte auf dem Boden, tastete in den Ecken und fand, was Hirten oder Bauern liegengelassen hatten. Er schichtete in einem Winkel einen Haufen Stroh und Holzsplitter auf, sah fast nicht mehr, wohin er fasste. Der Ritter schlug Funken aus dem Feuerstein; winzige Lichtblitze zuckten durch die Finsternis.

Endlich gelang es Belangere, aus dem trockenen Zunder kleine Flammen zu entfachen. Er und Hakonwulf bliesen heftig in die winzige Glut, schoben leidlich trockenes Stroh in die Flamme und husteten im Schwelrauch. Eine Weile lang zitterten die mageren Flämmchen im Wind, dann brannte das Stroh, und die zuckend wachsenden Flammen zeigten ihnen das Innere der Hütte.

Die Königin hielt die Zügel der Pferde, die wild mit den Augen rollten. Sie trocknete mit dem Mantel Köpfe und Hälse der Tiere und redete beruhigend auf sie ein. »Wir brauchen viel Holz, und trocken sollte es sein!«

Belangere häufte Stroh und feuchte Rindenstücke auf das Feuer. Der Rauch wirbelte durch die Schneeflocken zur Öffnung des halb niedergebrochenen Daches hinaus. »Vielleicht finde ich noch etwas Brennbares.«

Hakonwulf blickte sich um. Der Boden der Hütte war zur Hälfte von Schnee bedeckt, zwischen den Hufen der Pferde fand er feuchtes Stroh und schwarze Holzstücke. Er zerrte sie zum Feuer. Der Ritter sagte nach einem kurzen, erleichterten Lachen: »Fürs erste, Herrin, sind wir in Sicherheit. Wenn wir genug Holz finden, halten wir's bis zum Tageslicht aus.«

»Es war Rettung im letzten Augenblick«, sagte Roswynda. »Ihr habt uns richtig geführt.«

»Ohne Euren Sohn hätte niemand die Hütte gefunden.«

Hakonwulf stapfte vor dem Eingang hin und her, stieß an Steinblöcke und versuchte, im Widerschein des Lichts aus der Öffnung etwas zu erkennen. Aus der Schneedecke ragten kantige Gegenstände; er rüttelte daran, schüttelte den Schnee ab und zerrte einen Balken zwischen dornigen Ranken und Stroh hervor. Er schleppte ihn zum Feuer und sagte: »Holz, Herr Belangere. Ich glaube, da ist noch mehr.«

Belangere nickte, hob den Kopf und streckte sich. Er brach tropfende Dachsparren aus dem verwitterten Gerüst und duckte sich unter herabfallenden Trümmern. »Noch mehr Holz fürs Feuer«, sagte er und grinste. Er nahm den schweren, nassen Mantel von den Schultern, legte ihn über den Rücken seines Pferdes und schichtete Holz in die Flammen. »Wir werden nicht erfrieren, und Licht haben wir auch. Und es wird ja wohl auch nicht tagelang schneien.«

Die Königin streifte die Kapuze in den Nacken und schüttelte Tropfen aus dem Haar. »Greiff sucht nach uns. Das weiß ich.« Sie setzte sich auf ein Mauerstück. Die Flammen loderten auf, das Feuer verbreitete mehr Wärme, und die Scheite dampften und schleuderten Funken umher. »Wahrscheinlich sitzen sie schon im Sattel und haben die Fackeln angezündet.«

»Hoffentlich können sie unser Feuer sehen.« Hakonwulf spürte, wie langsam die Kälte aus den Zehen und Fingern wich. »Ich seh nach, ob ich noch mehr Holz finde. Die Nacht dauert lang.«

Unverändert heulte der Schneesturm und hüllte die niedrige

Hütte in der Flut weißer Flocken ein. Er riss den Rauch und einen Funkenwirbel durch die Dachöffnung; Wasser troff an der Mauer herunter. Die Pferde dampften, aber hatten sich beruhigt, auch die Kleidung begann zu dampfen. Belangere und Hakonwulf zogen brennende Stöcke aus den Flammen, verließen das Gemäuer und kämpften sich Schritt um Schritt an den Mauern entlang. Sie suchten nach Abfällen früherer Hirtenfeuer.

Belangere brüllte im Fauchen des Sturms: »Geh nicht zu weit von der Mauer weg, Prinz!«

Hakonwulf steckte den halb glühenden Ast in den Schnee und suchte zwischen Steinen und Ranken nach Brennholz. Er und der Ritter zerrten einen Stapel schneebedeckter Holzreste bis zum Eingang. Die Königin hatte einige Mauerbrocken vom nassen Abfall gesäubert, breitete ein Tuch darüber und packte Brot, Braten und Käse aus der Satteltasche darauf.

Der Ritter stellte sich mit dem Rücken vor den zerfallenen Eingang. »Ich denke, dass wir das Feuer bis zum Morgen mit feuchtem Holz füttern können.«

»Soll ich die Lasten abschnallen?«, fragte Hakonwulf. Die Pferde standen dicht aneinandergepresst im hintersten Winkel. Hakonwulf half Belangere, sie trockenzureiben.

Der Ritter überlegte kurz und meinte: »Besser, wir warten noch eine Weile. Sonst wird es noch enger. Vielleicht wimmelt es in einer Stunde von Reitern mit Fackeln und heißem Kräutersud.«

Die Königin lächelte, klappte das Brot über dem Braten zusammen und reichte es Hakonwulf. »Dass du gewusst hast, dass es diese Hütte gibt – das hat uns gerettet, mein Sohn. Belangere, setzt Euch zu uns. Wir haben das Schlimmste hinter uns.«

»Das glaube ich auch.« Belangere setzte sich ächzend und griff nach dem Brot. Hakonwulf gähnte und streckte die Beine zum Feuer aus. Er spürte, dass er schläfrig wurde, seine Finger zitterten, als er die nassen Handschuhe auszog und neben das Feuer legte.

»Ob sie uns wirklich finden? Hier?«

Roswynda legte den Arm um ihn und zog ihn an sich. »Wenn es nicht noch mehr schneit, können sie unsere Spuren sehen.«

Belangere löste den Wassersack vom Sattel. »Morgen früh finden wir ohne viel Mühe den Weg durch den Schnee zur Burg.«

»Sicherlich.« Hakonwulf gähnte wieder. Seine Augen fielen zu; er legte den Kopf in den Nacken und vergaß das Kribbeln in den Zehen.

»Wenn du müde bist, versuch zu schlafen«, sagte die Königin. Sie lachte. »Ein trockenes Lager wirst du hier nicht finden.«

»Ich bin kein Kind mehr«, murmelte er. Er blinzelte; Belangere hielt ihm den Ledersack hin. Hakonwulf trank und spürte, dass ihm die Mutter den klammen, stinkenden Mantel umlegte. Er lehnte sich an die Mauer. Vor den geschlossenen Augen zuckten rotgelbe Lichter und Schatten. Halb im Schlaf hörte er, wie seine Mutter und der Ritter leise miteinander redeten. Die Pferde scharrten mit den Hufen; die Trensen klirrten, als die Tiere am stinkenden Heu schnupperten und lustlos knabberten. Hakonwulf streckte sich aus und schlief ein.

3

Aus dem Flackern und den Schatten wuchs eine Gestalt im hellen Mantel. Hakonwulf wusste nicht, ob er einen Geist sah oder ob er träumte. Der Schemen trat ins Flackerlicht und schlug mit beiden Händen die Kapuze zurück, dann öffnete er den weiten Mantel. Vor ihm stand eine junge Frau mit langem, schwarzem Haar, die er mit beiden Armen an seine Brust zog; ihre Gesichtszüge ähnelten denen der grauäugigen Elayne aus Halfnaar. Ein Mann trat neben die Frau ins Licht. An seinen Fingern funkelten rote, güldene und blaue Edelsteine in schweren Ringen. Ein heller Bart umrahmte das längliche, alterslose Gesicht, das nackenlange Haar schien blond oder silbern zu sein. Augen von unbestimmbarer Farbe, in denen sich die Flammen spiegelten, richteten sich auf Hakonwulf. *Merlin!*, dachte der Prinz. *Merlin, Myrddin oder Ambrosius!* Aber – wer war die Frau?

»An vielen Orten kennt man mich«, sagte der Mann. »Viele nennen mich den Zauberer. Mitunter gelingt es mir, das Rad der Zeit anzuhalten. Von dir, junger Prinz, weiß ich schon seit langer Zeit.«

Hakonwulf sprang verwirrt auf und verbeugte sich tief vor dem Zauberer und dessen Begleiterin, die ihn mit undeutbarem Lächeln ansah. Er merkte, dass er zu stottern begann. »Ich habe so oft von

Euch geträumt und gelesen, großer Zauberer. Mir ist, als ob Ihr mich nach Camelot rufen würdet. Aber – wie habt Ihr uns hier im tiefen Schnee gefunden?«

Merlin hob lächelnd die Hand. Das Blitzen der Ringe und Steine blendete Hakonwulf. »Es ist leicht für einen Zauberer, der auf dem schmalen Grat zwischen dem längst Vergangenen und dem Gegenwärtigen schreitet, jemanden zu finden, von dessen Schicksal er das Eine oder Andere weiß.«

Hakonwulf blickte sich um. Der Ritter und seine Mutter waren eingeschlafen; er war allein mit Merlin und der Unbekannten und wusste nicht recht, was er antworten sollte. Merlin öffnete seinen Mantel und trat näher ans Feuer. Er trug einen breiten Gürtel mit silberner Schnalle. Langsam rieb er die Finger aneinander und senkte den Kopf. Um den Hals der Schwarzhaarigen im halb durchsichtigen Kleid lag ein breiter Goldreif mit einem blütenartigen großen Zeichen in der Mitte. »Du träumst davon, Prinz Hakonwulf, ein Ritter in König Ethelreds Runde zu werden. Ich weiß es.«

»Davon träume ich, Herr Merlin«, sagte Hakonwulf, dessen Mund wie ausgetrocknet war. »Ein Ritter wie Vater Greiff und meine fünf Freunde. Ich bin alt genug dazu, aber ich weiß auch, dass mir noch viel dazu fehlt.«

»Bald wirst du alt und kräftig genug sein für die Schwertleite, Prinz. In Camelot, auch das weiß ich, bist du willkommen. Du und deine ritterlichen Freunde.« Der Zauberer bewegte sich kaum. Seine Blicke hielten Hakonwulf in Bann; Merlin strahlte Weisheit und eine seltsame Macht aus, die Hakonwulf nicht kannte, nicht einmal bei Gandalon zu sehen geglaubt hatte. Er prägte sich das Schmuckzeichen des Halsbands ein, eine silberne Blüte, größer als drei Fingerbreit.

»Jeden Tag, Herr«, sagte er, »denke ich kaum an etwas anderes. Ich lerne, reite und übe«, er zuckte mit den Schultern, »und werde ein wenig älter.«

Merlin lächelte versonnen. Seine linke Hand vollführte eine Geste, die Hakonwulf nicht deuten konnte; es war wie ein Segen. »Manche Menschen hat das Schicksal auserwählt. Andere sterben früh, wieder andere enden qualvoll. Allerorten gerät die gute Ordnung der Welt aus den Fugen. Ich, der aus der Vergangenheit kommt, kann in deiner Zukunft lesen. Nicht alles, wovon du träumst und was du dir wünschst, wird sich erfüllen, aber vieles davon. Der Weg dorthin ist schwer und dornenreich, aber du wirst ihn mit kraftvollen Schritten gehen und überleben.«

Sein Lächeln wurde schmerzlich. Hakonwulf meinte, sein Herz bis in die Schläfen hämmern zu hören. Merlin schüttelte sehr langsam den Kopf und strich das dunkle Haar aus dem Gesicht der Frau.

»Dein Leben wird nicht so sein, wie es die Legenden deines Lehrers schildern. Zahllose Stufen sind zu erklimmen auf dem langen Weg. Um dein Glück wirst du kämpfen müssen, mehr als andere jungen Ritter. Schurken, Bösewichte, Verräter und gute Freunde kreuzen deinen Weg. Die Frauen«, er berührte die volle Brust der Unbekannten, »werden dich verwöhnen: Häng noch nicht dein Herz an eine der Schönen; nimm dankbar an, was sie dir schenken. Dein Körper und mehr noch dein Herz werden Wunden empfangen, die nur langsam vernarben.«

»Herr Merlin«, flüsterte Hakonwulf, »ich weiß, dass ein Ritter tapfer sein muss, bescheiden und sittsam, auch tugendsam. Er muss sich selbst beherrschen und ...«

»Das lernt jeder einfache Knappe«, sagte Merlin nicht ohne Schärfe. »Du wirst viele Abenteuer bestehen. Die geheimnisvolle ferne Welt liegt noch verhüllt vor dir, in den Nebeln der Zukunft. Aus jeder Aventiure wirst du stärker hervorgehen, und jede Niederlage wird dir jene Grenzen zeigen, die auch du nicht überschreiten kannst. Aber mir ist nicht bange um dich, Prinz.« Die schlanke Gestalt schien an den Rändern des Umrisses zu zerfließen und sich ins Dunkel zurückzuziehen, die Frau näherte sich Hakonwulf mit kleinen Schritten. Die Flammen flackerten und loderten wieder hoch.

»Ihr seid wahrhaftig ein Zauberer, ein wahrer Magus, Herr Merlin«, stammelte Hakonwulf. Merlins Lachen mischte sich in das Fauchen des Schneesturms, das völlig bedeutungslos geworden war.

»Heute mag es dir so scheinen, Hakonwulf. Ich ahne, dass nicht viel Zeit vergeht, bis wir uns wieder treffen. Wo immer du sein wirst – meine Augen werden dich sehen.«

Durch den Eingang wirbelte Schnee. Merlin hob die Hand, die Schmuckringe glühten auf; er schloss den Mantel und verschwand im Schneetreiben. Hakonwulf streckte die Hand nach der Schwarzhaarigen aus. Auch sie verschwand im Schneewirbel. Er ließ die Schultern sinken und setzte sich neben seine Mutter. Seine Knie zitterten. Roswynda schlief, auch Belangeres Kopf war nach vorn gesunken. Die Pferde standen mit tief gesenkten Köpfen ruhig da. Hakonwulf starrte in die Nacht und fragte sich, ob er geträumt hatte oder noch immer schlief.

Die Pferde wurden unruhig. Während der schwarze Hengst wieherte, ertönte aus weiter Ferne das schauerliche Heulen eines einsamen Wolfs. Stimmen und Lärm waren zu hören. Ritter Belangere zuckte zusammen, griff nach dem Schwert und sprang auf die Beine. Er trat gegen das niedergebrannte Holz, schob zwei Stücke in die Glut, so dass zuerst Funken, kurz darauf Flammen hochschlugen. Dann warf er seinen Mantel zu Boden und glitt schnell wie ein Schatten durch den Eingang. Er schrie: »Hier sind wir! Seid Ihr das, König?«

Stimmengewirr und laute Rufe kamen aus der Dunkelheit. Hakonwulf fühlte Hände an den Schultern, die ihn wachrüttelten. Er riss die Augen auf und schloss sie geblendet; durch das offene Dach loderten halb mannshohe Flammen. Roswynda stand auf und rief: »Greiff hat uns gefunden. Sie sind draußen, Sohn.«

»Und wo ist Merlin? Und die Schöne?«, flüsterte Hakonwulf und sah sich um. Er erinnerte sich an jedes Wort und jede Geste. Dann machte er einige lange Schritte zum Ausgang.

»Vater!«, rief er.

Mindestens sieben Männer saßen, blakende und knisternde Fackeln in den Händen, in den Sätteln. Er erkannte Dundhas, der mit einem Schild einen Weg durch hüfthohen Schnee schaufelte. Belangere schob das Schwert in die Scheide und hob die Arme.

»Schneller als gehofft, Herr König«, rief er. »Ihr habt unser Feuer gesehen?«

»Den Rauch haben wir schon vor einer Stunde gerochen. Dann sahen wir das Licht«, antwortete der König und stieg aus dem Sattel. »Hör auf zu zittern, Sohn: Wir sind da.«

Dundhas richtete sich auf, wischte den Schweiß von der Stirn und scharrte den Weg bis zum Eingang frei. Erst jetzt merkte Hakonwulf, dass es weder schneite noch stürmte. Sternklarer Himmel wölbte sich über das Land, die Mondsichel hing über der Burg. Winzig klein waren die Lichter aus Fenstern und vom Torturm.

»Wir waren so sicher, dass ihr uns aus dem Schneeberg holen würdet«, sagte Belangere und half der Königin. »Wir haben tatsächlich alle drei geschlafen.«

»Ihr seid nicht verletzt? Ist euch nichts geschehen?« Die anderen Ritter ließen ihre Pferde auf der Stelle drehen, um den Schnee niederzutreten.

Roswynda rief: »Unser Sohn, Greiff, hat uns in die Hütte geführt. Belangere machte Feuer, wir haben genug Holz. Wir sind nur nass und müde, Liebster.«

»Die Pferde? Die Lasten?«, erkundigte sich Bernadin.

»Die Tiere sind auch müde und nass. Und hungrig. Aber sonst sind wir alle wohlauf.« Belangere schlang den Mantel um die Schultern und führte sein Pferd ins Freie.

Die Männer aus der Burg waren bis zur Unkenntlichkeit in Mäntel und Kapuzen gehüllt und hatten die Kleidung mit Riemen und Stoffstreifen festgebunden.

Greiff winkte und rief: »Bevor wir festfrieren – holt die Pferde und bringt sie auf den Weg. Hierher haben wir eine Stunde gebraucht. Jetzt schaffen wir's vielleicht in der halben Zeit.«

Hakonwulf ergriff die Hand seines Vaters, stellte seinen Fuß auf den Steigbügel und ließ sich in den Sattel ziehen. Er bohrte die Blicke ins Dunkel und suchte noch immer nach Merlin. Langsam verstand er, dass es ein Traum gewesen war, aber so wesenhaft und wirklich hatte er noch nie geträumt. Merlins Worte würde er nie vergessen. Er war ganz sicher: Viele Träume waren schön, dieser aber bedeutete viel mehr für ihn ale jeder andere Traum.

»Ich hab mich erinnert«, sagte er leise. »Der alte Stall. Mit Dardan hab ich oft hier gespielt. Sonst hätte Belangere niemals hierher gefunden.«

»Du bist der Held dieser sorgenvollen Sturmnacht«, sagte Greiff, und sein Arm presste ihn fest an seine Brust. Die Retter und die Geretteten tasteten sich langsam zurück zur Straße.

Das Badehaus neben dem Gebäude, in dem die Ritter wohnten, dampfte aus allen Fugen und Ritzen. Heiße Steine und kochendes Wasser in großen Holzzubern, Dampf aus Eisenkesseln und Dutzende dicker Talglichter verbreiteten feuchte Hitze. Schläfrige Knechte halfen den Männern aus den Stiefeln und hängten dampfende Kleidungsstücke in die Nähe der Feuer. Hakonwulf kletterte in den Bottich, tauchte zuerst die Zehen ein und sank dann bis zum Hals ins warme Wasser.

Der König rief: »Morgen schlafen wir, bis uns der Hunger aus den Decken treibt. Wo bleibt das heiße Essen?«

Die Ritter stiegen splitternackt ins heiße Wasser und streckten sich aus. »Und wo bleibt der Trunk?«

Knappen legten Bretter über den Rand der Zuber und stellten Schüsseln und Schalen darauf. Hakonwulf erinnerte sich plötzlich, dass sein Magen geknurrt hatte wie ein Hund, und langte mit beiden Händen zu: weiches Brot, Braten, Pastete, Entenkeulen und schäumendes Warmbier wurden aufgetragen. Bald wich die Starre aus den Körpern, Zehen und Finger prickelten.

»Schenkt unserem Führer durch Sturm und Schneegestöber tüchtig ein. Bier und Würzwein!«, rief Belangere. »Er hat's verdient.«

Hakonwulf grinste und hob das Brot in die Höhe, als er mit dem Kopf untertauchte und prustend wieder in die Höhe kam.

»Ein wenig Trunkenheit lässt ihn besser schlafen.« König Greiff lachte, dann sagte er nachdenklich: »Für viele Tage, scheint mir, war das unser letzter Ritt vor die Mauern.«

»Uns gefällt's im Schutz der Mauern und am Kamin«, meinte Bernadin.

Hakonwulf nahm einen herzhaften Schluck vom heißen Würzwein und aß eine fingerdicke Scheibe Schafskäse. Er schwankte zwischen Aufgeregtheit und Müdigkeit. Die Männer scherzten, tranken, plantschten und bürsteten ihre Haut. Sie blieben im Wasser, bis es abgekühlt war, trockneten sich dann, auf Schaffellen stehend, mit großen Tüchern ab und kletterten, in trockene Decken und Mäntel gehüllt, einer nach dem anderen die knarrenden Stufen hinauf.

König Greiff und Ritter Bernadin trugen Hakonwulf, der auf der Bank neben dem Bottich eingeschlafen war, auf den Armen in dessen Kemenate und stopften Decken und Leintücher um seinen Hals und die Schultern fest. In der Ecke glommen Holzkohlen in einem schmiedeeisernen Korb; ein kleines Talglicht flackerte.

Als Greiff sich umdrehte, flüsterte Hakonwulf: »Ich hab den Zauberer Merlin gesehen, Vater, mit einer jungen Frau. Er hat mit mir geredet.«

Greiff legte den Finger an die Lippen und sagte: »Schlaf dich aus, Söhnchen. Morgen feiern wir eure glückliche Rettung. Träum von vielen schönen Abenteuern.«

Leise schloss sich die Tür in ledernen Angeln. Der König fragte einen Knecht, ob die Zugbrücke hochgezogen sei. Als er hörte, dass beide Brücken hochgeklappt waren, nickte er zufrieden.

Auf den steilen Dächern und Mauerkronen von Burg Myngrifon lag Schnee. An den Traufen hingen armlange Eiszapfen, die in der blassen Sonne tropften. Im Thronsaal waren Tische und Holzbänke, dazu einige Faltsessel, über deren Ledergurten Decke und Felle lagen, als offenes Viereck vor dem Kamin aufgestellt. So war es jeden Winter gewesen, so weit Hakonwulf zurückdenken konnte. Ritter Bernadin hatte von vielen Burgen berichtet, deren Gemäuer eiskalt und feucht war und durch deren Fenster und Türen kalte Luft zog. Burg Myngrifon hatte dichte Läden und verhängte Fenster und kleine, offene Bronzerohre im Dach. Die mächtige Steinmasse des kantigen Kamins erhitzte die Luft, sog frische Luft an und erwärmte die eisigen Mauern nicht nur einige Schritte weit, sondern auch viele Räume neben dem Thronsaal und darüber.

Stundenlang hatten Knappen und einige Ritter in der geräumigen Halle mit stumpfen Waffen geübt. Hakonwulf schoss Pfeile mit dem Bogen Alisandors in die Strohscheibe; aber nach einem Dutzend Schüsse war das Spannen der schweren Waffe zuviel für seine Muskeln geworden. Die Mädchen und Frauen spannen, webten, strickten und stickten. Königin Roswynda spielte Schach gegen Greiff und die Ritter; von einem Dutzend Spiele gewann sie neun. Eine Tür flog weit auf; plötzlich drangen köstliche Gerüche aus der Küche: Rehbraten, mit viel Pfeffer und Kräutern gewürzt, Zwiebeln und geröstete Kastanien, Fisch, der in Öl und Butter briet, Kuchen und frisches Brot. Langsam setzten sich die Königsfamilie, die ritterlichen Gäste und alle Freien, die in der Burg arbeiteten und wohnten, an die große Tafel. König Greiff Dragonblade hatte zum Festtag des heiligen Amandus, am sechsundzwanzigsten Tag im Oktober, die bunte Schar im Thronsaal versammelt.

»Wir können zufrieden sein«, sagte Fürst Dundhas. »Die Reichtümer des Königs sind vermehrt. Niemand in der Burg ist ernstlich krank. Der Tod verschonte uns bis heute. Und so voll wie in diesem Winter waren die Kammern, Truhen und Krüge noch nie.«

»Obwohl auch dieses Jahr viel weniger als der Zehnt eingehoben werden musste. Wie gut, dass wir nicht mehr brauchen. So können die Bauern mehr verkaufen und werden eines Tages reicher sein als ich.« König Greiff lachte, während er den Pokal hob, und nickte Fürst Dundhas zu.

»Es klingt nicht so, als ob die Langeweile zwischen unseren Mauern hockt«, rief die Königin. »Obwohl alle Straßen und Wege zum dritten Mal tief verschneit sind.«

»Thule-Winter.« Laraine seufzte. »Mir ist nicht nach Reiten zumute.«

»Mir ist nach Baden im heißen Schwefelwasser und nach Wälzen im Schnee.« Clarance lehnte sich gemütlich zurück. Die Ritter erzählten den staunenden Handwerkern und Knechten abenteuerliche Geschichten. Die jungen Frauen kicherten und liefen mit den Krügen zwischen der Küche und den Tischen hin und her. Hakonwulf saß auf der Holzbank, lehnte mit der linken Schulter an der Wand und hatte den Fuß aufs Holz gestützt. Sein Blick kehrte von den Wappenschilden an der ihm gegenüberliegenden Längswand der Halle zurück und heftete sich auf die braunhaarige Brigida, die mit schwingenden Hüften umherging. Etwa fünf Dutzend Menschen saßen an den Tischen. Die Flammen der harzigen Kienspäne flackerten und endeten in dicken Rußfäden. Knackend sprangen Funken aus den wuchtigen Treibholzkloben; das salzgetränkte Holz brannte mit verschiedenfarbenen Flammen.

Hakonwulf hatte von Belangere und Alisandor, dem zweitältesten Ritter, erfahren, dass eine solche Tischgesellschaft ungewöhnlich war und an anderen Höfen wohl unbekannt. In anderen Burgen, in anderen Ländern mochte es ungewöhnlich scheinen: Im kleinen Königreich Thule saßen Königin und König mit Mägden und Schmieden an einem Tisch, sprach der Zuchtmeister mit Rittern, der Vogt mit dem Aufseher über die Ställe. Der Gärtner und der Bierbrauer redeten mit den Knappen, die mit den jungen Mägden schäkerten.

Dampf brodelte aus den Schüsseln, die Köche auf das Leinen stellten. Wieder hallte Gelächter durch den Saal. Der Geruch von drei Sorten irischen Brotes zog über den Tisch. Hakonwulf rührte einen Löffel Honig in die warme Milch und zuckte zusammen, als Dardan ihn am Oberarm fasste.

»Schläfst du, Hakonwulf?« Dardan, der Sohn des Gärtners, war ein halbes Jahr jünger als der Prinz und einer seiner wenigen Spielgefährten. Von ihm kannte Hakonwulf alle Pflanzen, Früchte und Bäume, die im Königreich wuchsen.

»Ich bin nicht einmal müde. Ich träume nur ein bisschen.«

»Jetzt schon?« Hakonwulf kam nicht mehr dazu, auf Dardans Neckerei zu antworten. Hungrig sah er zu, wie der Braten hereingebracht, vom Spieß geschoben und zerteilt wurde.

»Gehen wir morgen ins Dorf?« Dardan schob sein blondes Haar aus der Stirn. »Die Wege sind freigeschaufelt.«

»Weiß ich nicht«, sagte Hakonwulf. Er spießte ein Bratenstück auf. »Ich glaub, ich muss wieder mit Gandalon lernen.«

»Armer Kerl.« Dardan machte eine gleichgültige Geste.

Hakonwulf grinste. »Könnte dir auch nicht schaden, Dardan, besser schreiben und lesen zu lernen.«

»Ich werd's niemals brauchen, Prinz.«

»Wer weiß?«

»Wir werden ja niemals aus Thule weggehen.« Dardan lächelte und strahlte Hakonwulf aus hellblauen Augen an. »Und ich kenne alle Pflanzen, ohne dass ich schreiben muss. Das bisschen, was du mir gezeigt hast, genügt mir.«

»Man kann nicht zu viel lernen und wissen.« Hakonwulf nickte der Mutter zu, die immer streng auf seine Studien achtete. Die Abendmahlzeit dauerte bis Mittnacht. Der König achtete darauf, dass die Gäste nicht zu viel tranken und die Tischsitten nicht verwilderten.

Mit tiefen Verbeugungen verabschiedeten sich Knechte und Handwerker vom Königspaar. Hakonwulf nickte ihnen zu, unterdrückte ein Gähnen und brach die salzbestreute Brezel auseinander, trank ein paar Schluck vom gemischten Wein. Dardan wollte kein Knappe, kein Ritter werden, selbst wenn es sein Stand ihm gestattet hätte. Vielleicht war er doch nicht mehr der richtige Spielgefährte für ihn.

Der Traum, an den er sich erinnerte, war lang, farbenfroh und schön gewesen: ein Wiederholungstraum. Nach einer langen Meeresfahrt, zusammen mit einigen Rittern und ihren Pferden in einem großen, starken Schiff mit dem silberblauen Greif auf dem weißen Segel landeten sie im grünen, warmen Britannien, an der Küste der Normannen, in Cymru oder Wales, in einem der Fjorde nahe Tintagel, Carlisle oder im herrlichen Camelot. Mit flatternden Wimpeln an den Lanzenspitzen waren sie durch sommerliches Land geritten, durch Wälder und entlang sprudelnder Flüsse, durch schmucke Dörfer und im Schatten alter Apfelbäume. Viele Ritter hatten sie getroffen, hatten in Städten aus weißen Zelten ritterliche Spiele miterlebt und Heldentaten vollbracht, von denen ganz Britannien bewundernd flüsterte und redete; rothaarige, schwarzhaarige und blonde Frauen scharten sich um die Ritter und verführten sie in leidenschaftlichen Nächten. Auch Merlin, der Unsterbliche, war in seinem Traum erschienen und hatte ihm versprochen, zwischen den fürstlichen Rittern am großen Tisch sitzen zu dürfen, im Angesicht des Königs Ethelred – dem mächtigsten und gerechtesten Nachfolger des Königs Artus. Denn »King Arthur«, hatte Gan dalon vorgelesen, war seit fast fünf Jahrhunderten nach seiner letzten Schlacht verschwunden. Hakonwulf würde dort sitzen, essen, trinken und reden, nachdem er einen Sieg errungen hatte, ein Abenteuer bestanden, das nur er überleben konnte. Hakonwulf wachte auf und fühlte, dass er lächelte.

Auf dem Dach lärmten Dohlen und Krähen. Die Steine der Aussenmauern strahlten eisige Kälte aus. Hakonwulf schlug das dicke Fell zur Seite, stieß den Laden auf und – blinzelte. Sonnenlicht blendete auf dem Schnee. Der Prinz schüttelte sich und schirmte die Augen mit der flachen Hand. Hier vom Bergfried aus konnte er bis zu den Bergen sehen; eine hügelige weiße Fläche, von Felsen und den dunklen Flächen der warmen Teiche unterbrochen. Nur einige schwarze Amseln saßen auf dem Baum vor der Mauer. Niemand bewegte sich in der riesigen weißen Einsamkeit. Aus den Hüttendächern quoll dünner Rauch und verlor sich im hellen Himmel. Plätschern und leises Gelächter drangen von den dampfenden Schwimmteichen her. Hakonwulf blickte hinunter und sah Brigida aus dem Wasser tauchen. Sie schüttelte einen Tropfenschauer aus dem Haar und versuchte lachend einem Schatten auszuweichen, der auf sie zuschwamm. Ritter Belangere kam wie ein Fisch aus der Tiefe, packte die Kreischende und zog sie an sich. Sie drängte sich an ihn, ließ sich küssen und genoss offensichtlich jede Berührung seiner großen Hände. Der Prinz sah einige Atemzüge lang dem nassen Liebesspiel zu und schloss dann wie betäubt die Augen; er zog den Laden vor die Öffnung. Das Fell vor dem Fenster war an den Rändern hart gefroren. Er lief die Stufen der Wendeltreppe im eckigen Turm weiter aufwärts. Hakonwulf liebte die Stille, die im Gemäuer des Bergfrieds herrschte. An manchen Tagen schien die Burg menschenleer zu sein.

Der Prinz stemmte mit einiger Mühe die schmale Tür zum Dachboden auf und tastete sich über den eisbedeckten Steg hinüber ins Dachgeschoss des Palas. Das kantige Bauwerk mit dem steingedeckten Dach zwischen Bergfried und Ritterhaus war selbst im obersten Geschoss weniger kalt als der Turm. An den Ketten, mit denen der Steg zum Bergfried hochgezogen werden konnte, hingen lange Reihen dicker Eiszapfen. Die Bohlentür knarrte und bewegte sich langsam nach innen, als sich Hakonwulf dagegen stemmte.

»Hier war ich schon lange nicht mehr«, murmelte er. Als er die Tür schloss, herrschte Halbdunkel. Langsam gewöhnten sich seine Augen daran. Er tastete sich zu einem Fenster und klappte den Laden in die Höhe. Im fahlen Licht erkannte Hakonwulf, dass auf dem Boden aus rissigen Brettern einige Klafter bearbeiteter Bohlen für den Dachstuhl lagen. Es roch durchdringend nach der Tinktur, mit der die Balken eingelassen worden waren. Hakonwulf grinste zu der Eule im Gebälk hinauf, schob tote Mäuse und das Gewölle der nächtlichen Jäger mit der Stiefelspitze zur Seite und lehnte sich an die warmen Quader des Kaminschachts. Ein Prinz, sagte Mutter, legt sich nicht zum Gesinde. Aber für Ritter galt diese Regel wohl nicht? Er unterdrückte seine Enttäuschung und sah sich um: Als Kind hatte er oft hier gespielt und sich versteckt, manchmal zusammen mit Dardan. Plötzlich hörte er leise Stimmen; Flüstern und Murmeln.

Drei Schritte auf Zehenspitzen brachten ihn zur eisernen Tür, die einen Zugang zum Kamin verschloss. Sie öffnete sich leicht; die Angeln und der Riegel, der auch von innen aufgeschoben werden konnte, waren eingefettet. Das Gemurmel wurde lauter, stechender Geruch warmen Rauchs schlug Hakonwulf entgegen. Er beugte sich in den Luftstrom, hielt sich am Steighaken fest und konnte zwei Stimmen unterscheiden.

»... den richtigen Augenblick abwarten. Wir haben jetzt nur ein Dutzend Männer, die kämpfen werden.«

Hakonwulf erkannte die Stimmen nicht.

»Ein Dutzend gegen fast zehn Dutzend. Das richtige Verhältnis.«

Die Männer mussten entweder in der Küche, in der großen Halle, in einer Kemenate oder an einer anderen Stelle unmittelbar vor einer Kaminöffnung stehen. Atemlos lauschte Hakonwulf und unterdrückte mit aller Kraft sein lautes Atmen und den Drang, husten zu müssen.

»Man muss warten.«

»Bis nach dem Winter. Es gibt nur einen Versuch. Gewinnen wir nicht, werden wir grausam gestraft und hingerichtet.«

»Wir müssen sie überraschen. Wenn sie am wenigsten daran denken. Dann sind sie vor Schrecken starr, wissen nicht, was sie tun sollen. Dann fällt ihnen der Himmel auf die Köpfe.«

Die Männer lachten leise. Hakonwulf fuhr zurück. Sein Magen

krampfte sich zusammen. Ganz langsam begann er zu begreifen, dass er Zeuge eines Gesprächs zwischen Verrätern war. Aber noch konnte er es nicht glauben und hoffte, halb verwundert, halb entsetzt, dass er sich täuschte.

»Man muss geduldig warten, bis alle wehrhaften Männer die Burg verlassen haben.« Die Stimme kam ihm gleichermaßen fremd und bekannt vor. »Wenn wir sie belagern müssen, wenn sie sich verschanzen, haben wir das ganze Königreich gegen uns.«

»Das ist schon oft besprochen worden.«

Hakonwulfs Herz schlug wie im Fieber; eisige Kälte kroch in seine Gelenke. Er zog den Kopf zurück und hustete unterdrückt. Er presste das Kinn in die Armbeuge und hoffte, dass ihn die Verräter nicht so deutlich hörten wie er sie.

»Die Waffen sind versteckt? Jeder weiß, was er zu tun hat?«

»Es ist immer wieder über den richtigen Tag geredet worden. Alle wissen es.«

»Und alle können mit den Waffen richtig umgehen?«

»Längst nicht so gut wie die Ritter. Sie üben in jeder freien Stunde. Aber die Unsern werden dreinschlagen wie die Teufel, weil sie wissen, wofür sie ihr Leben wagen.«

»Sei still. Da kommt jemand.« Ein Hund, der jappend eine Katze hetzte, bellte laut und winselte.

»Ich hab nichts gesagt. Dort hinüber.« Hakonwulf hörte die Schritte nicht mehr. Er schloss leise, Fingerbreit um Fingerbreit, die Eisentür und fasste in schmierigen Ruß. Als er nach einem Tuch suchte, sah er, dass seine Finger zitterten. Er hatte nicht geträumt; jedes Wort der Verräter konnte er wie eine Litanei wiederholen.

»Zauberer Merlin«, flüsterte er und schlich auf Zehenspitzen zur Falltür. »Jetzt bräuchte ich deinen Rat.«

Er zuckte mit den Schultern. Der weise Merlin würde ihm vielleicht im Traum helfen, aber jetzt war heller Tag; Hakonwulf musste sofort handeln. Er ging zum Fensterspalt und befestigte den Innenladen, tastete sich halb blind durchs Dunkel bis zu den Ritzen der Bodentür. Seine Zehen stießen gegen den klirrenden Eisenring. »Verräter!«, zischte er.

Er zerrte an der schweren Holzplatte. Die Stufen knarrten, als er in die Vorratskammer hinunterkletterte und zwischen Kornsäcken, trocknenden Schinken und Salzfisch zur Wendeltreppe ging. Mit jedem Schritt erwachte er mehr aus der Benommenheit, die ihn lähmte. Mehr und mehr erkannte er die Bedeutung des Gespräches, dessen Zeuge er soeben geworden war.

Als Hakonwulf in die Halle lief, sah er seinen Vater mit Dundhas am Steintisch stehen. Pergamentrollen, ein großes Buch und einige Kästchen lagen zwischen Schreibfedern und Tintenfässchen. Hakonwulf zögerte, zuckte mit den Schultern. Er musste mit seinem Vater allein sprechen. Nur einen konnte er noch ins Vertrauen ziehen: Gandalon, den alten Lehrer, den der Prinz seit seiner Kindheit kannte. Er rannte zur Studierstube und klopfte an die Tür. Als er die halblaute Aufforderung hörte, trat er ein.

»Herr Gandalon«, sagte er atemlos. »Ich muss mit Euch sprechen. Es ist wichtig. Ich hab gehört, wie Verräter sich verabredet haben.«

Gandalon streute Sand auf das Pergament, das er beschrieben hatte, und legte die Feder zurück. »Verräter, Prinz?« Er fragte ungläubig und rückte den Leuchter nach rechts, so dass die Talglichtflammen in Hakonwulfs Gesicht leuchteten. »Hast du schon mit deinem Vater gesprochen?«

Hakonwulf setzte sich auf den Schemel und starrte in das faltige Gesicht des Zuchtmeisters. »Er war nicht allein. Also, ich war im Dachstuhl.« Er zeigte zur Decke. »Hab nur so herumgeschaut, weil mir langweilig war. Ich hab gehört, dass Männer gesprochen haben, vor irgendeinem Kamin.«

»Sprachen sie von Verrat?«

»Ja. Von Waffen, von uns, von den Rittern ...«

»Ganz ruhig, Prinz.« Gandalons Gesten vermochten Hakonwulf nur wenig zu beruhigen. Hakonwulf sprudelte alles hervor, was er gehört hatte. Als er fertig war, sah er verwundert, dass Gandalon lächelte.

»Ich hab immer gesagt, dass du ein gewissenhafter Schüler bist, Prinz.« Er nickte. »Du scheinst dir jedes Wort gemerkt zu haben. Mehr oder anderes haben sie nicht miteinander beredet?«

Hakonwulf schüttelte den Kopf. Plötzlich weiteten sich seine Augen. Er atmete tief ein und aus.

»Dir ist doch noch etwas eingefallen, Prinz?« Gandalon lächelte nicht mehr. Er saß starr in seinem hochlehnigen Stuhl und presste die Hände auf die Pergamente und Holztafeln.

»Die Arbeiter im Wald!« Hakonwulf sah die Szene wieder vor sich, wie die einfachen Männer blitzende Äxte schleuderten. »Ihr habt mir viel von den Nordmännern erzählt und vorgelesen. Sie werfen die Streitäxte so sicher, wie ein Schütze seine Pfeile schießt.«

Er deutete auf das verhängte Fenster. »Damals, vor dem Schneetreiben, haben die Königin, Belangere und ich viele Männer gesehen. Wir dachten, es sind Waldarbeiter ... Aber sie haben Äxte auf Bäume geworfen, so wie es Nordmannen tun! Und sie haben gut getroffen!«

Gandalon nickte bedächtig. »Deine Mutter und der Ritter haben es auch gesehen?«

»Ja. Jetzt erinnere ich mich auch wieder: Die Männer waren ehrerbietig, wie immer. Aber sie benahmen sich merkwürdig – als hätten sie ein schlechtes Gewissen.«

»Du hast keinen erkannt?« Die Katze sprang auf den Tisch, stolzierte zwischen den Pergamenten umher und glitt auf Gandalons Schoß. Er streichelte sie gedankenverloren. Sein Blick heftete sich auf einen Punkt über Hakonwulfs Schulter. Hakonwulf wusste, ohne den Kopf zu drehen, dass dort das Kreuz hing.

»Woher soll ich die Waldarbeiter kennen? Vielleicht weiß Dundhas den Namen des Vorstehers.«

»Und die Männer am Kamin?«

»Ihre Stimmen hab ich nicht erkannt.«

Gandalons Schultern sanken nach vorn. Die Katze schloss die gelben Augen und schnurrte. »Waren es zwei oder mehr?«

»Ich glaube, es waren zwei. Vielleicht drei. Dann kam jemand herein, und sie sagten nichts mehr.«

»Aber wir sagen etwas; deinem Vater.« Der Zuchtmeister schob die Katze von den Knien und stand auf. »Von dir haben die feigen Verschwörer am Kamin nichts gesehen oder gehört?«

»Nein. Als ich husten musste, haben sie es nicht gemerkt.«

»Die schlimme Nachricht duldet keinen Aufschub. Auch wenn sich vielleicht alles als harmloses Geschwätz erweist, muss es dein Vater so bald wie möglich wissen. Ich sehe nach, ob er allein ist.« Er blieb stehen und runzelte die Stirn. »Es kann, beim Heiligen Kelch, möglich sein, dass einer unserer ritterlichen Freunde darin verwickelt ist.«

Hakonwulf schüttelte wild den Kopf und sprang auf. »Nein!«, rief er erschrocken. Eine Handbewegung Gandalons dämpfte seine lauten Worte. »Ich hätte die Stimme eines Ritters erkannt. Glaubt mir, Zuchtmeister.«

»Ich glaub dir, Prinz. Warte, schweige, hör zu! Lass mich vorausgehen.« Er verließ den Raum. Hakonwulf wartete auf halber Höhe der Treppe, bis er Gandalons Ruf hörte. König Greiff stand am mächtigen Steintisch, hatte die Hände auf der Platte und starrte schweigend in die Augen des Weißbärtigen.

Es war fast Mitternacht, als der König nach einer langen, im Flüsterton gehaltenen Aussprache den Pokal anhob und die fünf Ritter am Steintisch anblickte. Wieder ging sein Blick, nachdenklich und voller Ernst, von einem Gesicht zum anderen.

»Deswegen sitzen wir hier, meine Königin, Zuchtmeister Gandalon, Ihr Ritter. Wenn schon die Kamine Ohren haben.« Er blickte Hakonwulf mit kurzem Lächeln an. »Wir sprachen leise, weit genug von jedem Lauscher entfernt ... Ihr wisst jetzt alles.«

»Verräter vor den Mauern, Verschwörer in der Burg.« Bernadin legte die Linke aufs Wappen seines Lederwamses. »Eine Verschwörung also! Im Frühling, wenn wir die Burg verlassen können.«

Sie sprachen noch immer leise. Wenn ihnen ein Knecht auflegte oder eine Magd nachschenkte, redeten sie von Schneestürmen oder dem Flug der grauen Gänse.

»Unsere Blicke werden bis Pfingsten voller Misstrauen sein müssen, König«, sagte Belangere und nahm einen Schluck. »Wärst du mein Knappe, Prinz, würde ich dich laut loben.«

»Das habe ich schon getan.« Der König stützte den Ellbogen auf den Tisch. Das Tuch, voller Weinflecken und Brotkrümel, schlug große Falten. »Eure Augen, Ihr Herren, müssen scharf sein. Sucht überall nach Waffen und verräterischen Blicken.«

Alisandor deutete auf den goldfarbenen Blitz des Waffenrocks. »Meine Ohren werden spitzer sein als die von Füchsen. Selbst wenn die Gerüchte und die Worte der Verschwörer schnell wie der Blitz sind – ich höre sie!«

»Und auch dich, mein Sohn, muss ich auffordern: Sprich mit niemandem außer uns über das, was wir wissen!« Der König fuhr mit den Fingern durch den Bart. »Lausche weiter. Vielleicht wissen wir noch vor dem schrecklichen Tag ihres Überfalls, wer der Anführer der Verschwörer ist.«

»Wer auch immer.« Laraine schlug mit der flachen Hand auf den Tisch. »Er wird mein Schwert zu spüren bekommen.«

Der König schüttelte den Kopf und flüsterte: »Er wird hängen, Freunde. Wie es unser Gesetz vorsieht.«

»Reitet in den nächsten Monden einer von uns, leichtsinnig und allein, aus der Burg, werden sie ihn angreifen. Reiten wir alle, ist jedermann schutzlos, der in der Burg bleibt. Eine Lage, die Nachdenken erfordert.«

»Nein.« König Greiff legte die Arme um Hakonwulf und die Königin. »Wenn wir zusammen bleiben, greift uns in der Burg niemand an.« Er zuckte mit den Schultern. »Man kann uns angreifen, aber wir trotzen ein, zwei Jahre jeder Belagerung.«

Gandalon hob den Zeigefinger und deutete zu den Rundbögen über dem Pfeiler. »Bleibt wachsam. Such in jedem möglichen Versteck, Hakonwulf. Aber bring dich dabei nicht in Gefahr.«

Hakonwulf senkte den Kopf und starrte in den leeren Becher. »Ich versuch's, Herr Gandalon.« Er blickte Bernadin und Belangere an. »Noch mehr als zwei Monde, bis der Schnee schmilzt. Dann kommt Ostern, dann Pfingsten. Bis zu diesen Festen ...«

Belangere schlug ihm anerkennend auf die Schulter und rief: »Bis dahin –« Als Gandalon den Finger an die Lippen legte, flüsterte er: »...werden wir mehr erfahren und wachsam bleiben. Ein Dutzend tapferer, kluger Knappen Männer und, um Vergebung, eine kluge Frau – und unser Prinz natürlich! Wir sehen mit scharfem Auge, was sich tut. Auch Verschwörer machen Fehler. Nicht die Holzfäller müssen wir fürchten, sondern ihre Anführer.«

»Ich jedenfalls, meine Herren«, Alisandor leerte, als er aufstand, seinen Pokal, »und mein Knappe schlafen ab heute mit dem Dolch und dem Schwert neben uns. Und mit wohlverriegelten Türen.« Der König nahm das Handgelenk des Ritters und legte die andere Hand auf seine Schulter. »Danke, Alisandor. Ich treffe alle Vorkehrungen, und noch einige mehr, die übertrieben erscheinen mögen. Zu Bett nun, und ruhigen Schlaf! Ostern und Pfingsten sind noch fern.«

Die Königin hatte den Arm um Hakonwulfs Schultern gelegt und begleitete ihn schweigend zu seiner Kemenate. Auch in dieser Nacht erschien Merlin nicht in seinen Träumen. Hakonwulf wachte sehr früh auf und wusste nicht, was er tun sollte. Noch vor dem kargen Morgenessen rannte er durch den verharschten Schnee und schwamm länger als eine Stunde allein im warmen Schwefelwasser.

Die Tage wurden unmerklich länger. Ritter und Knappen übten in der Halle und, wenn es das Wetter erlaubte, im Burghof und auf dem Eis des Wassergrabens. Fast immer war Hakonwulf dabei und focht, zog oft die Sehne des schweren Bogens bis zum Kinn aus, lernte mit Dolch und Kampfbeil umzugehen und den Schild richtig zu gebrauchen.

Bjarn, der Knappe Ritter Belangeres, lehrte ihn die Kunst des Ringens. Der schlanke junge Mann mit kurzem schwarzem Haar, im Süden Britanniens aufgewachsen, zeigte ihm auch Griffe, die nicht jeder kannte: Überraschungen, mit denen selbst ein Schwächerer den Stärkeren besiegen konnte. Auf dicken Matten aus Schilfgeflecht, aneinandergenähten Strohzöpfen und alten Wolldecken klatschten die Griffe auf schweißnasser Haut, wirbelten Körper herum, die mit trockenem Krachen aufschlugen.

»Eines Tages«, Bjarn half Hakonwulf auf die Füße, »wenn du gewachsen, stärker und schwerer bist, möchte ich im Ernst nicht gegen dich kämpfen. Du hast Talent, mein Prinz, und viel Kraft.«

Hakonwulf zuckte mit den Schultern und verzog das Gesicht. »Ich habe mehr blaue Flecken als Haut, Bjarn. Und ich bin erst, glaub's oder nicht, vierzehn und ein halbes Jahr jung.«

»Aber du begreifst, worum es geht bei der edlen Kunst des Ringkampfes.«

Von Laraines Knappen, dem blonden Gofrit, lernte Prinz Hakonwulf, mit dem Dolch umzugehen. Vater Greiff schenkte ihm die Waffe; Gofrit selbst half dem Schmied und feilte lange am Griff aus geriffeltem Fischzahn, bis Klinge und Griff *ausgewogen* waren, wie Gofrit sagte. Der Griff schien sich in die Finger zu schmiegen, und wenn Hakonwulf den Dolch auf die Pfeilscheibe schleuderte, bohrte sich stets die Spitze ins Stroh. Je mehr sie übten, desto seltener traf er die Holzwand oder den Rand der Scheibe. Hakonwulf warf Dolche und Messer ein paar tausendmal.

Mit hölzernen Dolchen, deren Spitzen abgerundet waren, kämpften sie gegeneinander. Gofrits Bewegungen waren manchmal so schnell, dass Hakonwulf sie nicht mehr richtig sah: Er sammelte viele blaue Flecken und blutunterlaufene Stellen. Ritter und Knappen dachten bei all ihren Übungen an Ostern und Pfingsten – und an die lauernden Gefahren. Die Sättel und jeden Teil der Ausrüstung, bis hinunter zu den Sporen, ließen sie ausbessern, wiederherstellen, einölen, einfetten und erneuern. Die Verschwörer aber machten keinen Fehler mehr; nichts war von ihrem Treiben zu sehen oder zu hören.

Die Ruhe des frühen Abends erfüllte die dämmrige Halle. Fünf Kerzen aus Fett, das man im Schlachthaus aus den Innereien der Tiere schnitt und auskochte, brannten im eisernen Leuchter.

Hakonwulf studierte die Schriftzüge auf dem raschelnden Pergament des Zinsbuches von Fürst Dundhas. Der junge Prinz war offen für alles, was in seines Vaters Reich geschah. Er hatte gehört, dass die Bauern anderer Königreiche in Hütten aus Holz, Lehm und Geflecht lebten, zusammen mit ihrem Vieh in einem Raum, unter verräucherten, triefenden Strohdächern. Vater hatte erzählt, dass schon sein Großvater vieles geändert hatte.

Oft, sagten die Alten, musste er Neues und Besseres in seine Bauern hineinprügeln. Im Königreich Thule, dem winddurchtosten Eiland, stand das Vieh in hellen Ställen, die Vorräte lagerten trocken in Scheunen; weil es wenig Lehm und Binsen gab, waren die meisten Bauten aus Stein, mit Stroh gedeckt, das im Winter warm und im Sommer kühl hielt. Und dass Bauern, Knechte und Mägde vor Dreck starrten, dass Flöhe, Läuse und ansteckende Krankheiten sie plagten, das mochte draußen in der Welt so sein. In Thule gab es so viele warme und heiße Quellen, dass darin nicht nur wollene Kittel, sondern auch Körper leicht sauberzuhalten waren.

Bauern, Hirten, Handwerker und Köhler, Gerber und Ledermacher schufteten nicht für den König und seine Hofhaltung, die große Mengen der Ernten verschlang, sondern zunächst für ihren Hof, ihr Dorf und sich selbst. Ein kleiner Betrag von jedem Handel war dem Königshaus vorbehalten. Die Händler kamen gern nach Thule, wenn auch nicht sehr häufig. Und sie legten stets mit vollen Schiffen ab. Für das Metall, das sie brachten, bekamen sie genug, um gut zu verdienen. Luftgetrockneter und gesalzener Fisch, geräuchertes Fleisch, Felle und Pelze, feines Leder, weiches Leinen aus Flachs, viel gesponnene und gefärbte Schafwolle und drei Arten Korn stapelten sich in den Schiffen der Händler. Gefäße aus Bronze und Eisen, Rundsicheln und Pflugscharen, Äxte, Sägen und anderes Werkzeug – diese Waren brachten sie aus Britannien, wo derlei nichts Besonderes war.

Hakonwulf hob den Kopf von den Zeilen und Zahlen, die den steigenden Reichtum seines Vaters zeigten. Schritte näherten sich. Er erkannte im Halbdunkel der langen Halle den Gärtner Rarn. Mit gesenktem Kopf, in schmutzigen Lederstiefeln, kam er näher.

»Was hast du, Rarn?« Hakonwulf stand auf. »Setz dich.«

Der Gärtner kam in den Bereich der Kerzenflammen. Über sein stoppelbärtiges Gesicht liefen Tränen. »Es ist wegen Gunde ... meiner braven Frau.«

Hakonwulf ging um die Steinplatte herum. »Frau Gunde«, sagte er. »Was ist geschehen? Warum weinst du, Rarn?«

»Gunde ... im Wald. Sie ist tot. Ist dagelegen, ganz steif. Dardan und ich, wir haben sie gefunden.«

»Warte!« Hakonwulf trat hinter den Gärtner. Die Schultern des Mannes zuckten. Er senkte den Kopf und legte ihn in die Hände. Hakonwulf sah schwarzen Schmutz unter den rissigen Nägeln.

»Ich hole die Königin. Warte hier, Rarn.« Er lief, so schnell er konnte, und klopfte atemlos an die Tür von Roswyndas Kemenate. Hastig berichtete er, dass Dardan keine Mutter mehr habe. Roswynda legte, während sie zuhörte, den Stickrahmen zur Seite und folgte ihm. Sie ließ aus der Küche zwei Becher Wein kommen. Schweigend hörte Hakonwulf zu, was Rarn berichtete: Gunde war über den Burggraben zum Königswald gegangen. Sie wollte, wie Dutzende Male jedes Jahr, Fallen nachsehen und Zapfen sammeln. Im Schutz der Mauern des Burggartens wurden viele Hunderte Baumschösslinge gezogen. Sie war, als es dunkelte, nicht zurückgekommen. Dardan und Rarn suchten sie mit Fackeln und fanden sie schließlich zwischen den Wurzeln einer Buche.

»Ihr Mantel ...« Rarn schluchzte. Der Becher in seinen Fingern zitterte; Wein tropfte auf seine Knie. » ...er war voller Blut. Ich glaub, sie ist auf den Baum geklettert.«

»Und heruntergefallen, Rarn«, sagte die Königin leise. »Ihr habt sie in die Burg getragen?«

»Sie liegt im Burghof. Die Zugbrücke ...«

»Geh in dein Haus, Rarn. Wir helfen dir. Ich rufe die Leute zusammen.« Die Königin strich über Rarns schweißnasses Haar. »Wir bringen Gunde in dein Haus, und später in die Kapelle.«

»Ja, Herrin.« Rarn stierte in die Flammen und stürzte den Wein herunter, stand auf und verharrte mit hängenden Schultern. »Danke, Königin.«

Königin Roswynda rief die Burgknechte Leif und Otar und brachte Rarn hinaus. »Bringt die Frau in Rarns Haus und bahrt sie auf. Ich hole Gandalon und den König. Sie sollen sich Gundes Leiche ansehen.«

Hakonwulf suchte in der aufgeregten Menge, die im Burghof stand, nach Dardan. Schließlich sah er ihn; Rarn hielt ihn an den Schultern, und es schien, als stütze er sich auf Dardan. Kurz darauf schoben sich Bernadin, Laraine und Clarance an den Brunnen, neben dem Fackeln brannten; sie trugen die Tote. Gandalon und König Greiff blieben einige Schritte zurück.

»Sie kann nicht nur vom Baum gefallen sein«, flüsterte der Zuchtmeister und wandte sich an Greiff. »Ihr Schädel ist völlig zertrümmert. Sie muss einen Schlag auf den Kopf bekommen haben. Vielleicht mit einem Knüppel oder der stumpfen Seite einer Axt.«

König Dragonblade runzelte die Stirn und biss die Zähne zusammen. »Aber warum? Wer könnte einen Grund haben, die arme Frau zu erschlagen?«

Gandalon sah Greiff fest in die Augen. »Mit einer Axt, mein König.«

»Ihr meint – die Verräter?« Greiff blickte zu den Rittern mit der Bahre, auf der unter einer blutigen Decke der leblose Körper lag. »Sie kann es uns nicht mehr sagen.«

»Wer weiß, was sie gehört oder gesehen hat«, murmelte Gandalon. Der König nickte grimmig.

»Wir müssen uns vorsehen, auch mit unseren Worten. Nur die Königin, der Prinz und die Ritter dürfen die wahre Todesursache erfahren. Ich will die Verräter nicht warnen und keine Ängste schüren.«

Es schneite dünn. Dardan wandte sich ab, und Hakonwulf blickte auf die Steinplatte im Boden. Eis glitzerte zwischen den Erdbrocken des niedrigen Grabhügels. Der Prinz nahm die Hand des Gärtnerjungen. »Komm, mein Freund«, sagte er. »Du kannst nichts mehr tun.«

Dardan nickte. Er war wie erstarrt. Brigida, die Geliebte Ritter Belangeres, lächelte Hakonwulf schweigend an und schloss die Arme um Dardan. Sie flüsterte: »Ich besorge Rarns Haus, Prinz. Es ist gut. Ich sorge für alles. Rarn kennt mich lange und vertraut mir.« Sie führte Dardan quer über den Burghof zu Rarns schmalem Häuschen, dessen Rückseite an der Burgmauer klebte.

Das Schneetreiben wurde stärker, als König Greiff aus dem Friedhof kam, neben sich Roswynda. Mit den Knappen Cardogh und Gofrit ging Hakonwulf zurück in den Palas. Schweigen und Ratlosigkeit lasteten schwer wie triefender Nebel auf der Burg. Selbst im Dorf, dessen Häuser sich im Kreis um die Burg gruppierten, herrschte ungewohnte Stille. Im Eingang der Halle, noch auf dem Vorplatz beider Treppen, stand der alte Gandalon und blickte nachdenklich in den Burghof.

»Der Tod, Hakonwulf«, sagte er leise, »wird bald Teil deines Lebens sein. Auch der gewaltsame. Nimm dich in Acht.« Hakonwulf zog die Schultern hoch. Ein Schauer lief ihm über den Rücken; er dachte an die blutüberströmte Gunde, fühlte sich elend und fand kein Ziel für seine Gedanken. Langsam ging er in seine Kemenate, schüttete Holzkohle ins Glutbecken und setzte sich auf sein Lager. Nachdem er sich ausgestreckt hatte, versuchte er seinen Lieblingstraum herbeizuzwingen. Aber in dieser Nacht erschien ihm weder der weise Merlin, noch träumte er von seiner einzigartigen Heldentat, die ihn, Hakonwulf, jung und unerfahren, als Jüngsten unter Gleichen zu einem Ritter des Königs führen würde, und auch keine nackte Schönheit trat seinen Traum, um ihn anzulocken und zu verführen.

Zwischen den runden Tortürmchen drehte sich Ritter Bernadin herum und deutete auf den Dorfplatz. Er lag von schmelzendem Schnee bedeckt, schräg unter der Burgstraße. »Ich habe lange nachgedacht, König Greiff.« Seine Stimme klang gepresst, aber er sprach wohlüberlegt. »Selbst zweihundert schwerbewaffnete Ritter, die eine Burg zu stürmen wissen, würden bei Eurer Burg Myngrifon etliche Monde dazu brauchen. Während sie dies versuchen, würden sie von Euren treuen Untertanen angegriffen. Seid Ihr auch dieser Meinung?«

Die Zugbrücke lag auf dem steinernen Widerlager. Schnee und Eis auf den schwarzen Balken waren längst geschmolzen. Der König hob die Schultern, nickte und sagte: »Ich bin, wie Ihr, der sicheren Gewissheit. Was wollt Ihr sagen?«

»Ein Pfeil nach dem anderen. Ich bin ein langsamer Denker, Herr. Überfallen uns zehn Dutzend Männer, die ihre Waffen wohl führen können, vielleicht sogar Berittene – was werden die Dörfler tun?«

Hakonwulf blickte zwischen ihnen hin und her und öffnete seinen Mantel am Hals. Sein Vater zuckte mit den Schultern und stieß ein kurzes Lachen aus. Es klang nicht im mindesten, als wäre er erfreut.

»Sie würden schreiend in alle Windrichtungen davonrennen, übereinander fallen und im Kampf zwischen den Feinden und uns verwundet werden. Wenn sie zuerst fliehen und sich dann besonnen haben, viel später, helfen sie uns vielleicht.«

»Mit Bratspießen, Sicheln und Äxten?«, fragte Hakonwulf zögernd.

»Mit allem, was sie haben. Aber nur wenige Freisassen und Bauern können wirklich kämpfen.« Der König zog Hakonwulf und den Ritter an den Straßenrand. Ein Pferdegespann kam den Berg herauf, hoch beladen mit Heu für die Pferde. Seit einigen Tagen brachten die Bauern ihre Abgaben in die Königsburg; Eier und Schinken, Korn und Trockenfisch, Käse, Holzkohle oder Honig, und vieles andere. »Sie mussten nie kämpfen seit den Tagen meines Vaters. Woher sollten sie es können?«

»Ich glaube, Ihr habt Recht. Nein: Ich bin sicher, dass es so und nicht anders sein wird. Hundertzwanzig Männer gegen uns, ein rundes Dutzend. Wie endet dies, König?«

»Mit einem Gemetzel unter den Angreifern, wenn wir uns alle in der Burg schützen.«

»Und, zum Beispiel, während des großen Markttages zu Pfingsten?« Die Scheibenräder dröhnten über die Zugbrücke. Echos schlugen zwischen den Mauern des Torturms hervor.

»Sie warten, glaube ich«, sagte Greiff nach einer Weile bekümmert, »bis Roswynda, Hakonwulf und ich am verwundbarsten sind. Der Markttag wäre eine gute Gelegenheit dafür. Sie wollen den König töten und das Königreich erobern. Ihr, Ritter und Knappen, seid nur dann ihre Feinde, wenn Ihr uns helft.«

Bernadin lächelte hinter dem sorgfältig gestutzten Bart. »*Item* und also, König Greiff, solltet Ihr zweierlei tun: Ruft so spät wie möglich den großen Markttag für Ostern aus, nicht für Pfingsten. Dann haben die Verräter wenig Zeit zu planen. Trotzdem werden sie es wagen anzugreifen, weil sie glauben, uns überraschen zu können. Aber wir werden vorbereitet sein.«

Greiff packte den Ritter an den Schultern, schüttelte ihn und sagte: »So halten wir es, mein Freund.«

4

Hakonwulf hörte die Männer lachen; ein mutiges, aber kein frohes Lachen. Sie gingen ohne jede Eile auf dem eisverkrusteten Weg um die Burg herum, entlang des tiefen Grabens, unter den senkrechten Felsen und zurück auf die Straße, vorbei an den dampfenden Teichen und über die Zugbrücke. Gut zugerittene und ausgeruhte Pferde, im Reiterkampf erfahren, geschliffene Schwerter, geübte Ritter und Knappen; selbst wenn der Angriff der Verräter heute beginnen würde, waren sie bereit. Aber nicht die winzigste Einzelheit hatte bisher die Verschwörer verraten. Weder Anführer noch Mithelfer waren bekannt.

Hakonwulf schüttelte sich. War es möglich, dass Schmied, Koch oder Zimmermann zu den Verrätern hielten? Hakonwulf hatte zum ersten Mal gewagt, den Aufseher der Ställe den kräftigen Hengst satteln zu lassen, eines der kleinen Thule-Pferde mit fast weißem Schweif und langer, dichter Mähne. Er gewöhnte das Tier an sich und setzte die Trense ein, legte den Zügel über den Hals und sprach leise auf den Hengst ein. Otar half, den Sattel über das Schaffell zu schnallen, prüfte Bauchgurt und Steigbügel.

»Ich hab ihn heute schon hart geritten. Er wird nicht übermütig sein«, sagte Otar. »Trotzdem, Prinz, gebt Acht.«

An den Knöcheln klingelten die Sporen. Hakonwulf rückte die Dolchscheide am Gürtel nach links und führte das Pferd ins Freie. Belangere und sein Knappe Bjarn schwangen sich nach ihm in die Sättel. Bernadin hob die Hand und rief: »Wir reiten. Hinterher, Ihr Herren!«

Nacheinander trabten die Ritter, ihre Knappen und zuletzt Hakonwulf aus dem Burghof. Die Hufschläge hallten von den Mauern wider. Es war ein trüber Tag, von Dächern und Traufen tropfte es unentwegt. So weit man sah, schmolz letzter Schnee, nur die Berge jenseits der Wälder waren hoch von Eis und Schnee bedeckt. In langer Reihe, mit Waffen und prallen Satteltaschen, schwere Bündel hinter den Sätteln, folgten Hakonwulf und neun Männer dem Ritter Bernadin, die Kettenhauben über Kopf und Schultern. Als sie das Tor durchritten, mussten sie die Lanzen senken. Metall und Farben leuchteten, als die Reiter auf der geschlängelten Straße zum Dorf hinunter trabten und durch einen Teil des Dorfes über den schlammigen Platz der Straße dem Hafen zustrebten.

Hakonwulf spürte, dass ihm das Pferd gehorchte. Er setzte sich im Sattel zurecht und straffte die Schultern. Als der Kreuzweg erreicht war, ritt Hakonwulf neben Bernadin und deutete nach links. Im Galopp, zwei Reiter nebeneinander, preschten sie auf jene Straße zu, die hinter dem Wald in viele Pfade verzweigte und in wenig bekannte Wege mündete.

Kurz vor Mittag, zwischen Trab, Schritt und Galopp wechselnd, jenseits der schwarzen druidischen Steinsäulen, erreichten sie den Einlass des Hohlweges. Die verkrüppelten Bäume, deren Wurzeln sich in Felsspalten krallten, waren reglos und schwarz. Wasser lief über die steinernen Flanken.

»Du bist ganz sicher, Prinz? An keiner anderen Stelle kommt man auf deinen geheimen Pfad?«

»Kein Mann zu Pferde, Herr Alisandor.« Hakonwulf deutete in den Wald. »Ich hab's einmal versucht. Der Wald ist viel zu dicht.«

»Natürlich weiter westlich, auf der bekannten Straße.« Laraine hob die Hand. »Da gibt's nicht einmal Schwierigkeiten für ein kleines Heer.«

Belangere sprengte tiefer in das zerklüftete Steingewirr hinein, zügelte seinen Schecken und stieg ab. Er rief: »Ans Werk!«

Die Reiter saßen ab, öffneten die Taschen und schnallten ihre Lasten ab. Quer über die engsten Stellen des gewundenen Pfades knoteten sie an Felsspitzen und dicke Baumstämme in Kopfhöhe und darunter Seile und Netze, schlangen Knoten, umwickelten Holzstäbe mit Seilen und hoben Gruben aus. Laraine und Alisandor hatten sich einen Plan ausgedacht, der leicht durchführbar zu sein schien – die Verräter mussten gegebenenfalls nur in den engen Hohlweg gelockt werden. Netze und Seile würden sie aufhalten, und mit Leichtigkeit konnte selbst eine Übermacht überwältigt werden. Es dauerte ungefähr zwei Stunden, dann waren die Knappen und Ritter mit ihrer Arbeit zufrieden. Hakonwulf reinigte die Dolchklinge mit feuchtem Sand und schob sie zurück.

»Gibt es einen guten Weg hinüber zur Straße?« Alisandor deutete nach Westen.

»Für uns? Mit den Pferden?« Hakonwulf brauchte nicht lange nachzudenken. »Dort, woher wir kommen, führt er über Weiden und zwischen Feldern.«

»Die Pferde sind fett und voller Kraft.« Belangere klopfte seinem Hengst den Hals. »Sie werden nicht zusammenbrechen. In die Sättel, Freunde! Du reitest uns voran, Prinz?«

»Ich kenne den Weg.« Hakonwulf führte sein Pferd aus dem Hohlweg, stellte den Fuß in den Steigbügel und zog sich in den Sattel. Über eine Weide, deren Boden Üüber der gefrorenen Schicht weich und schwer war, trabten die Ritter nach Westen. Sie erreichten nach einem kräftezehrenden Ritt die Straße und hielten die Pferde an der Quelle an.

»Hört zu, Freunde!« Belangere schob eine blonde Haarsträhne zurück. »Seht euch jede Stelle genau an. Wenn wir die Verschwörer in eine Falle locken, darf sie nicht über uns zufallen.«

Noch immer war die Sonne nicht durch das Grau des Himmels gedrungen. Hakonwulf rief: »Auch wenn wir galoppieren, ihr Herren, kommen wir nicht mehr vor der Nacht zur Burg.«

Alisandor lachte und zog sein Pferd vom Wasser weg. »Wir haben den besten Anführer, mein Prinz, und überdies werden uns Fackeln leuchten.«

Die Reiter blieben bis zum Burgdorf allein auf der Straße. Nur die Rauchsäulen aus Hüttendächern unterbrachen den grauen Nebel, färbten sich mit ihm und verschmolzen mit der Dunkelheit. Knisternde Fackeln bildeten eine Kette heller Punkte, die sich über die Straße, durchs stille Dorf und bis zum Torturm bewegten.

König Greiff wartete, die Hand am Schwertgriff, vor der schmalen Brücke. Er winkte, rief einige Befehle, und klirrend klappte die Zugbrücke über den Burggraben, auf dessen Wasser noch Eis lag.

Hakonwulf ging zur Fensternische und öffnete die verhängten Läden. Frühlingssturm fauchte durch das hohe Fenster, wirbelte Staub auf und wehte ihn durch die Öffnungen des Holzgeländers. Greiff runzelte die Stirn. »Muss das sein, frierender Träumer von Merlin? Wenn du frische Luft brauchst, geh zu deiner Mutter.«

»Wo ist sie?« Hakonwulf zerrte die Läden vor die Maueröffnung und hängte die Riegel ein.

»Auf dem Nordturm. Sie lässt ihre Falken fliegen«, sagte sein Vater. »Sieh zu, ob sie auch wieder zurückkommen.«

Greiff schob ihn zur Treppe. Auf den Steinstufen entschied sich Hakonwulf, die Falken nicht vom Turm, sondern von irgendeiner Stelle jenseits des Burggrabens zu beobachten. Er grüßte Rarn, Dardan und Brigida, die im Burggarten arbeiteten, blinzelte in der Sonne und rannte gegen den warmen Sturm über die Zugbrücke. An den Zweigen sah er winzige Knospen. Er lief in den Schatten und suchte den Himmel ab. Drei Falken entdeckte er als sichelförmige Schatten vor den dahinjagenden Wolken. Die Luft roch nach feuchter Erde. Der erste Falke, der in geringerer Höhe seine Kreise zog, sich gegen den Wind stemmte und gellende Schreie ausstieß, flatterte zum Turm. Hinter Hakonwulf, im Königswald, krachte ein Ast. Er drehte sich um und sah durch entlaubtes Gebüsch eine Gestalt rennen. Ein brauner Körper duckte sich und verschwand im

Wald. Hakonwulf stockte der Atem. Nicht weit von der Stelle war Dardans Mutter grausam zugerichtet gefunden worden. Mit klopfendem Herzen sprang er über einen Graben und schob mit beiden Armen dürres Gestrüpp und kratzende Äste zur Seite. Fünfzehn Schritte vom Gebüsch entfernt, an der Stelle, von der die Gestalt geflüchtet war, lagen helle Holzspäne auf dem Waldboden. Der Prinz bückte sich. Die Späne waren ganz frisch. Weidenruten und Schilfhalme lagen neben den Wurzeln. Hakonwulf sah unter einer Matte aus Moosflecken einen bräunlichen Fetzen. Er zog daran und hielt die Ecke eines Lederstücks in den Fingern. Unter dem Leder sah er, aus Stäben und gebogenem Holz, Weidenruten und breiten Brettern zusammengesetzt und geflochten, ein radähnliches Etwas.

»Das ist ein unfertiger Schild«, flüsterte Hakonwulf überrascht. Er hob das Leder und den Schild auf. Stechender Geruch drang in seine Nase. Die unregelmäßig geschnittene Rinderhaut musste von einem nachlässigen Gerber kommen. Oder sie war zu lange auf dem feuchten Waldboden gelegen. Hakonwulf tastete die raue Oberfläche ab. Sie war fast trocken. Als er seinen Fund aus dem Halbdunkel ins Sonnenlicht hinauszog, bemerkte er auf der glatten Seite des Leders eine Art eingeritzter Zeichnung, grob ausgeführt und etwa viermal so groß wie seine Hand. Hakonwulf brauchte nicht lange nachzudenken. Er wickelte die starre Haut zusammen und hob die Scheibe auf. »Ein Zeichen der Verräter«, murmelte er. »Ob Gunde deswegen sterben musste?« Aufgeregt schlich er in die Burg zurück. Er hoffte, dass ihn möglichst wenig Blicke trafen. Wenn es Verschwörer in der Burg gab, würden sie sich entdeckt fühlen. Und dann widerfuhr ihm vielleicht das gleiche Schicksal wie der Gärtnersfrau. Aber die wenigen Mägde und Knechte, die im Burghof arbeiteten, blickten kaum auf, als Hakonwulf die Treppe zum Palast hinaufstürmte und durch die Halle rannte. Sein Vater stand mit Clarance am Steintisch. »Vater!«

Der König blickte auf. Hakonwulf lief zum Tisch, legte die Scheibe vor König Greiff und breitete das Leder aus.

»Was ist das?«, fragte Clarance stirnrunzelnd. »Ein Schild, wie?«

»Ein Schild, ein geflochtenes Gerüst, das eine lederne Oberfläche bekommen sollte.« Hakonwulf fuhr mit der Hand über die gebogenen Weidenruten. »Ich hab ihn im Königswald entdeckt. Im Gebüsch, nicht weit von der Stelle, wo man Gunde gefunden hat. Vater, es ist ein Schild, den ein Verräter sich geschnitzt und geflochten hat!« Der Prinz stockte.

»Und Gunde – sie wurde erschlagen, weil sie den Verräter beobachtet hat«, fuhr Greiff langsam fort und legte seine Hand auf Hakonwulfs Schulter. Clarance fuhr mit einem Stück Zeichenkohle die eingeritzten Linien nach und verband einige Punkte. Dann hob er die Scheibe an einer Seite an und hielt sie ins Kerzenlicht.

»Tiere? Ein Wappen?«, fragte der König verwundert. »Vielleicht wollte jemand einen stehenden Leu malen. Ein einfacher Mann, der nicht zeichnen gelernt hat«.

Hakonwulf kniff die Augen zusammen.

»Wenn das ein Löwe ist«, brummte Clarance und fügte einige Striche und Rundungen hinzu, malte noch ein Auge und den fehlenden Schweif, »dann könnte das andere eine Axt sein, König. Kennt Ihr ein solches Wappen? Wer führt es?«

Greiff blickte seinen Sohn schweigend an, als erwarte er, dass Hakonwulf die Frage beantworten könnte. Der Prinz schüttelte ebenso wie Greiff den Kopf.

»Sollte sich auf Thule ein Ritter verstecken, der dieses Wappen führt und Euch nach Leben und Königreich trachtet?«

Der König setzte sich schwer in den knarrenden Scherensessel, lehnte sich zurück und verschränkte die Arme vor der Brust. »Das kann ich nicht glauben, Ritter Clarance«, sagte er leise. »Er kann nur mit dem Schiff gekommen sein. Aber ich weiß von jedem Handelsschiff. Turik hätte den Ritter oder einen Boten hierher geschickt.«

»Vielleicht landete er allein an einem einsamen Strand?« Auch der Ritter setzte sich. »Bauern, Schäfer, Waldarbeiter müssten ihn gesehen haben. Er kann nicht im Wald gelebt und dort die Verräter um sich geschart haben.«

Sie schwiegen und blickten wieder auf das Leder mit dem seltsamen Zeichen eines Verräters.

»Ich kann es noch immer nicht glauben.« Der König schlug mit der Faust auf den Tisch. »Ein Fremder fällt überall auf.«

»Nicht in einem Weiler, zum Beispiel, in dem ein Verräter wohnt, oder im Wald. Das Land ist voller Fledermaushöhlen.« Clarance blickte Hakonwulf fragend an.

»Da könnt Ihr Recht haben, Clarance. Löwe und Beil also! Könnt Ihr Euch erinnern, jemals dieses Wappen gesehen zu haben?« Der König schien ratlos zu sein und griff nach dem Krug.

»Jedes andere Tier, nach links oder rechts blickend, König. Aber mit dem Beil? Nein. Niemals. Ich bin ganz sicher.«

Der König füllte die Becher. Seine Hände waren ruhig. Er packte den Schild, blickte zum Kamin und schien den Fund in die Glut werfen zu wollen. Dann hob er die Schultern und sagte: »Wir wissen: Verräter sammeln sich unter dem Zeichen von Leu und Axt. Wenn wir dieses Zeichen sehen, können wir sicher sein, dass sie in unserer Nähe sind.«

Er reichte Clarance den silbernen Becher. »Ihr sprecht aus, was ich seit einiger Zeit denke, König!«

Seit einigen Tagen füllten sich die Baumkronen mit hellgrünen Blättern. So weit man sehen konnte, grünten und blühten Gräser, Büsche und Bäume. Die warme Luft aus Süden duftete nach Blüten und feuchter Erde. Ator jagte einen Hasen im Buschwerk neben dem Graben. Für den alten Hofhund war der Hase viel zu schnell, aber Ator gab nicht auf. Sein zorniges Bellen mischte sich mit dem Quaken der Enten und dem Gänsegeschnatter. Auf der Straße näherten sich, winzig klein, drei Ochsengespanne. Hakonwulf kniff die Augen zusammen. Er erkannte hochbeladene Wagen und Zugtiere, aber keine anderen Einzelheiten.

»Vielleicht hat ein Händler angelegt?« Hakonwulf beobachtete vom Fenster des Bergfrieds aus den Zug und wartete, bis das letzte Gespann das Dorf erreicht hatte. Dann lief er in den Burghof. Vor der Schmiede traf der Prinz Cardogh, den britannischen Knappen Bernadins.

»Hast du den Türmer abgelöst, Prinz?«, fragte Cardogh und grinste.

Hakonwulf nickte und grinste zurück. Dann sagte er feierlich: »Wir haben den Händler Treeworgh gebeten, im Land des Ameraudur Arthur ...«

Der Knappe unterbrach ihn. »... was soviel wie *Imperator* bei den Römern heißt, wie wir klugen jungen Ritter wissen ...«

»...im Land des Ameraudur Arthur Händler und Ritter nach Thule einzuladen«, fuhr Hakonwulf gewichtig fort, um dann zum normalen Tonfall zurückzukehren. »Der Händler hat unsere Einladungen sicherlich weitergegeben. Läufst du mit mir ins Dorf? Eben sind drei Gespanne gekommen. Ich glaube, dass Händler in Halfnaar gelandet sind.«

»Bestimmt kein Schiff von König Artus.«

»Nein«, sagte Hakonwulf. »Aber eines aus Britannien. Rechtzeitig zum Osterfest und ganz bestimmt mit viel Ladung. Sehen wir zu, wie sie auspacken?«

»Ich komme mit.« Sie trabten den Hang hinunter und wurden von den Dörflern begrüßt. Die Gespanne standen auf trockenen Plätzen vor Bauernhöfen, am Rand des Dorfplatzes. Cardogh zog Hakonwulf zum Gespannführer. Der Prinz erkannte einen Mann aus dem Fischerdorf.

»Hab ich Recht?«, fragte er und lächelte. »Ihr bringt Handelswaren?«

Der Freisasse nahm die Mütze ab, kratzte sich im Nacken und lehnte sich gegen die Seitenwand des Karrens. »Und die Händler dazu, Prinz. Ihre zwei Schiffe waren randvoll. Sie wollen reich werden mit unseren Waren.«

»Ist Händler Treeworgh gelandet? Den kenne ich schon.« Hakonwulf sah sich suchend um.

»Nein. Aber zwei Ritter sind mitgekommen. Eben waren sie noch da.«

»Ritter? Warum sind sie nicht zur Burg gekommen?« Hakonwulf sah Cardogh an. Der zuckte die Schultern.

»Ich weiß es nicht, Prinz«, sagte der Gespannführer und wuchtete eine Truhe vom Wagen. »Ich hab sie mit dem Karren hierher gebracht und ihnen die Straße zur Burg gezeigt ...«

»Sie können sich nicht verlaufen«, sagte Hakonwulf erstaunt. »Sie haben doch Schilde gehabt und Waffenröcke?«

Sein Gegenüber grinste und zeigte bräunliche Zähne. »Es waren keine reichen Ritter, Prinz. Die Wappenröcke, nun, fadenscheinig wie des Bettelmanns Kleid, und voller Salz waren sie. Und beide waren froh, dass sie festen Boden unter den Füßen hatten.«

»Das verstehe ich gut. Das Meer ist auch nicht gerade mein bester Freund. Danke.«

Hakonwulf drängte sich durch die Menge, stolperte über Bretter und Balken und blieb neben Cardogh stehen. Der Knappe sprach gerade mit einem hochgewachsenen Mann mit rotem Gesicht. »Der Händler Jergulman, Hakonwulf. Ein Freund Treeworghs.«

»Willkommen im Burgdorf«, sagte Hakonwulf. »Ihr seid rechtzeitig zu Ostern gekommen. Habt Ihr Botschaften mitgebracht oder gute Neuigkeiten?«

Der Händler musterte ihn aus grünen Augen. Sein Haar war rot, wie sein kurzer Bart. »Nur eine Botschaft von Treeworgh. Er sagt, er will zu Pfingsten wieder in Halfnaar sein.«

»Dank Euch. Ich habe gehört, dass Ihr zwei Ritter übers Meer mitgenommen habt?«

Der Händler nickte und lachte kurz. »Sie haben ihre letzte Barschaft für die Überfahrt gezahlt. Unterwegs waren sie sicher, dass sie besser in Britannien hätten bleiben sollen. Jeder hat einen Scheffel voll ins Meer gespien. Ich glaube, sie werden bis zu ihrem Tod nicht mehr baden.« Er lachte wieder. Cardogh deutete mit ausgestrecktem Arm auf die Straße zur Burg. Hakonwulf drehte den Kopf. »Da sind sie.«

Zwei graue Gestalten, die Lanzen auf den Schultern, gingen langsam auf der Straße zur Zugbrücke. Ihre Bewegungen zeigten deutlich, dass sie erschöpft waren.

»Dann kann ich sie kennen lernen. Mein Vater schickt derweil seinen Verwalter. Natürlich dürft Ihr am Rand des Platzes Zelte aufrichten und Verkaufsstände aufbauen. Die Burgbauern machen Euch Platz in den Scheunen. Wie lange bleibt Ihr?«

»Bis wir alles verkauft haben, was wir mitgebracht haben.«

»Eine gute Antwort.« Cardogh verbeugte sich kurz. »Gehen wir zur Burg, Hakonwulf? Vielleicht müssen wir helfen.«

»Gehen wir.« Hakonwulf wandte sich wieder an Jergulman. »Wir werden uns, glaube ich, jeden Tag sehen. Und vielleicht müsst Ihr uns auf der Burg alles erzählen, was Ihr von Britannien wisst und von Camelot und König Artus' Nachfolger.«

»Kommt nur, Prinz. Wir wissen wenig von den hohen Herren, aber viel vom einfachen Volk, von Händlern und Häfen«, sagte Jergulman und lachte herzlich. »Ich hoffe, Ihr habt eine gemütliche Schänke mit gutem Bier.«

»Beim jungen Tagel, dort drüben. Er braut auch das Bier für uns«, sagte Hakonwulf und lief zusammen mit Cardogh zurück zur Straße. Fast jedermann aus dem Dorf war auf den Beinen und drängte sich um den Händler und seine Gehilfen. Hunde sprangen kläffend zwischen den Leuten herum.

»Zwei arme, seekranke Ritter«, murmelte Cardogh abwesend und lächelte einer jungen Bäuerin zu. »Mich würde es nicht wundern, wenn einer Löwe und Axt im Wappen hätte.«

»Das kann ich nicht glauben.« Hakonwulf wischte sich Schweiß von der Stirn und schüttelte den Kopf. »Eher helfen sie uns, wenn es hart auf hart geht.«

»Abwarten, Prinz.«

Sie kamen zu spät, um die fremden Ritter als Erste begrüßen zu können. Auf dem Treppenabsatz des Palas drängten sich die anderen Ritter. König Greiff und Königin Roswynda standen unter dem Mauerbogen des Portals und sprachen mit den Ankömmlingen. Cardogh und Hakonwulf stiegen die letzten Stufen hinauf.

»Ich, Bronzefist von Celidon, danke Euch für die herzliche Aufnahme. Wir sind von Camelot aufgebrochen.« Der schlanke Mann, dessen Gesicht noch die Strapazen der Reise zeigte, hob die rechte Hand und führte sie zum Herzen.

»Die Meerfahrt war schlimmer als der Kampf gegen hundert Männer und die lange Reise an Britanniens Westküste«, sagte der andere Ritter halblaut. »Aarebrand aus Agneth. Bronzefist hat's gesagt. Bis uns das Schicksal wieder auf die Wellen führt, sitze ich lieber auf kaltem Stein.«

»Ihr werdet weiche Lager im Ritterhaus finden«, sagte Greiff lachend.

Bronzefist und Aarebrand berichteten, dass sie im Südosten Britanniens große, nebeneinander liegende Besitztümer besaßen, uralte Königslehen. Vor Jahren hatten sie das sandige, morastige Land geprüft: es taugte nichts, lag fernab jeder Straße und des Meeres, war sumpfig, sandig und waldig – ein Niemands-Land. Die Ritter dachten nicht daran, sich dort anzusiedeln, suchten stattdessen Hochkönig Ethelred auf, um ihn um Rat und seine Hilfe zu bitten. Und er riet ihnen, nach Thule zu segeln, zur Burg Myngrifon und König Greiff Dragonblade.

König Greiff nickte. »Heute Abend, beim Mahl, werde ich Euch erzählen, wie es um Thule steht, und dass ich um Eure Freundschaft und Unterstützung bitte. Das hier ist mein Sohn, Prinz Hakonwulf.« Er nahm Hakonwulfs Hand und zog ihn zwischen Roswynda und sich. Hakonwulf wollte zeigen, was er gelernt hatte, und begrüßte die Ritter höflich auf angemessene Weise. Er stockte nur zweimal kurz, aber die richtigen Worte fielen ihm wieder ein. Schweigend hörten alle Versammelten zu.

»Wohl gesprochen, Prinz«, sagte Ritter Laraine schließlich. »Meine Freunde – folgt mir ins Ritterhaus. Unsere Knappen werden Euch bei den Waffen und der Rüstung helfen.«

»Wo sind Eure Sättel?« fragte Belangere.

»Auf dem Wagen des Habgierigen, dieses rothaarigen Fürsten der Brandung«, sagte Ritter Aarebrand. »Er hat stets versichert, das Meer meine es gut mit uns.«

»Nehmt einen Willkommenstrank«, sagte Königin Roswynda lächelnd. »Esst und schlaft Euch aus, geht zuvor ins Badehaus. Bald werdet Ihr den Tanz auf den Wellen vergessen haben.«

»Nie in meinem ganzen Leben!« Die Ritter gaben die Lanzen und Schilde den Knappen, ließen sich die Treppe hinunter und über den Burghof begleiten und ins Ritterhaus führen. Die Königin winkte Brigida herbei und trug ihr auf, zwei Lager in der Ritterkemenate zu bereiten und für heißes Wasser und frische Leibwäsche zu sorgen.

»Um das Essen kümmere ich mich selbst«, sagte sie und drehte sich um.

Hakonwulf folgte ihr in die Küche. »Ich hab die Schilde genau angesehen: Bronzefist hat einen Adlerkopf, und Aarebrands Schild zeigt einen Turm auf der Bergkuppe. Kein Leu und keine Axt, Mutter.«

»Wir können nur hoffen, dass sie unser wackeres Häuflein vergrößern. Geh zu Leif; er soll alle Sättel aus dem Dorf holen.«

Hakonwulf nahm ein Stück Braten und lief hinaus. Sie kamen aus Camelot! Jeder Tag bis zum Osterfest würde voller Aufregung und kleiner Abenteuer sein. Der junge Prinz freute sich auf jede Stunde.

Bis zum Abend hatten die beiden Neuankömmlinge geruht und gebadet, und fanden sich mit geschnittenem Haar und Kleidern aus Greiffs Truhen, frisch erwachtem Appetit und guter Laune an der Tafel ein. Mit der gesamten kleinen Ritterschaft von Thule und der Königsfamilie saßen sie um den Steintisch in der Halle und beratschlagten.

Ritter Bronzefist stützte sein schmales, bartloses Gesicht in die rechte Hand und schwieg. Seine Atemzüge ließen die Kerzenflamme zittern. »Ihr sagt, König, dass Ihr den Überfall während des heiligen Osterfestes erwartet, an dem sich viele Menschen aus allen Teilen des Königreichs versammeln werden. Bis zum Ostersonntag, ich bin sicher, haben wir uns längst erholt.«

»Und, Ihr Herren, seid gewiss«, sagte Gofrit als Sprecher der Knappen, »bis zu dieser Stunde sind all Eure Waffen so gut wie neu, vom Hersenier und der Helmzier bis hinunter zu den Sporen.«

Knappen und Handwerker hatten zusammengeholfen, um Lederriemen auszubessern, Nieten neu zu schlagen, Schwerter und Dolche zu schärfen. Aarebrand zupfte an seinem braunen Kinnbart.

»Morgen helfen wir mit. Dank, Herr König, für die Pferde.«

»Es sind die letzten in den Ställen«, sagte Greiff. »Wir haben wenige Tiere, die einen bewaffneten Ritter tragen und für scharfen Ritt und Kampf taugen. Unsere Inselpferde sind, wie Ihr gesehen habt, kleiner und tragen nicht soviel.«

»Ihr habt kein zweites Zeichen der Verschwörer gefunden?«

Fürst Dundhas richtete seinen Blick misstrauisch auf Hakonwulf, der mit den Schultern zuckte und den Kopf schüttelte.

»Nein. Noch immer besteht das Geheimnis von Leu und Axt«, sagte der König. »Bald wird es sich enthüllen, und dann tauchen unsere Schwerter tief in Blut.«

»Das Zeichen für eine böse Zeit, für die Tage vor dem Weltuntergang.« Dundhas sah Greiff lauernd an. »Wir fürchten ihn nicht; die Welt ist älter und hat manche Untergänge überlebt! Ich würde es noch verstehen können, wenn in den Gewölben der Burg ein riesiger Goldschatz versteckt wäre. Wegen der paar Goldmünzen und dem Silber ...«

»Ich halte mehr von einem reichen Königreich als von einer goldenen Burg.« König Greiff blieb ruhig und ernst. »Und möglicherweise versteht es jeder von Euch: Mein Vater brauchte in Thule sein Schwert niemals gegen Verräter zu zücken. Ich schwöre, dass ich es auch nicht ziehen will.« Nach kurzem Schweigen schloss er: »Aber ich werde es tun, wenn es sein muss.«

»Zu Ostern oder Pfingsten«, Aarebrand stieß Bronzefist an. »Mit der Suche nach Druiden und weißhaarigen Feen wird es wohl nichts, Freunde.«

Zelte mit bunten Fahnen und Wimpeln, große Bretterplatten auf Pfählen, Bauernkarren ohne Zugtiere, Bänke und viele hundert Menschen standen auf dem Platz und zwischen den Häusern. Die Gestelle, an denen dünne Eisenreifen im Wind schaukelten und klingelten, waren im Gewimmel fast nicht mehr zu sehen. Auch die bunten Pfähle und die Puppen in zerschrammten Lederpanzern konnte kein Auge mehr von Kindern und herausgeputzten Frauen, von Bauern und Handwerkern unterscheiden. Die eiserne Scheibe im Türmchen neben der Burgkapelle wurde mit Klöppeln geschlagen; die weithallenden Klänge läuteten das Osterfest ein.

König Greiff trat vom Fenster zurück und nahm Roswyndas Hand. Der Merlin-Falke auf ihrer Hand, die lederne Haube über den Augen, klickte mit dem Hakenschnabel.

»Fürst Dundhas wird, wenn es an der Zeit ist, genug Platz schaffen. Ein Tjost und ein Ringelstechen können unsere Wachsamkeit nicht einschränken.«

»Mir ist nicht wohl, Greiff, wenn wir jetzt hinunterreiten«, sagte die Königin. »Denkst du auch wirklich an alles, was geschehen kann?«

»Wir haben endlos lang alles besprochen, Liebste.« Greiff zog die Handschuhe straff. »Es ist gut zu wissen, wann sie aus ihren Löchern und unter den feuchten Steinen hervorgekrochen kommen. Und dieser Zeitpunkt ist nicht fern. Ich bin sicher.«

»Ich wünschte, es würde etwas geschehen«, sagte Hakonwulf. »Ich bin nicht stark wie ein Ritter. Aber ich halte das Warten nicht mehr aus.«

»So geht's uns allen«, sagte der König. »Kommt. Gehen wir zu unseren Freunden. Glaub mir, Roswynda: Wir haben uns auf diesen Tag vorbereitet. Wir werden sie in die Falle locken. Außerdem trage ich den größten Teil Gold und Silber bei mir. In den Satteltaschen der anderen Herren ist der Rest unseres Schatzes wohlverwahrt. Selbst wenn wir an eine Flucht dächten, wären wir damit für lange Jahre gerüstet.«

»Du hast wahrlich an alles gedacht«, seufzte Roswynda. »Gehen wir. Eröffnen wir das Fest.«

Die tönende Scheibe schlug zweimal an, der dritte Klang wimmerte über den Burgberg und die Dächer, als König Dragonblade an der Spitze der fünfzehn Reiter die Lanze unter den Stützbalken des Torbogens senkte und über die Zugbrücke ritt. Hakonwulf im Sattel eines Thule-Pferdes ritt zwischen Cardogh und Laraine. Zum erstenmal trug er sein eigenes Kettenhemd, ohne Kettenhandschuhe und Kettenhaube; es reichte bis unter die Knie. Langsam folgten die Pferde der Straße. Noch konnte die Morgensonne nichts gegen die Kälte der Nacht ausrichten. Ein kühler Südwestwind strich über das grüne Land, in dem dunkelbraune Äcker eckige und geschwungene Muster bildeten, wie Flicken auf einem großen grünen Mantel. Von dreizehn Lanzenspitzen flatterten die Wimpel mit dem eisblauen Greiff.

Gesichter, rot vor Aufregung, wandten sich den Ankömmlingen zu, unzählige Augenpaare schienen sich an dem farbenfrohen Bild nicht satt sehen zu können. In Zweierreihen trabten die Ritter hinter dem Königspaar zwischen den Häusern des Dorfes hindurch und zum Rand des Platzes. Eine breite Gasse öffnete sich. Die

Dorfbewohner klatschten in die Hände, verbeugten sich und riefen fröhlich durcheinander. Sonnenlicht funkelte von Helmen, dem Kettengewebe der Herseniers und den leuchtenden Wappen der Schilde. Auf dem linken Unterarm Roswyndas krallte der Falke seine Fänge in den gepolsterten Lederschutz. Die Pferde schäumten und tänzelten. Langsam ritt der König bis zur Mitte der Weide, der Schecke drehte sich einmal und stieg auf Befehl leise wiehernd.

»Aus allen Teilen Thules seid ihr gekommen. Jeder, der ein wenig Zeit hatte«, rief der König. Die Zuschauer hatten um ihn einen Kreis freigemacht und drängten sich vor den Marktständen und zwischen den Zelten zusammen. »Seid alle von ganzem Herzen willkommen!«

Die Pferde ließen sich von der Begeisterung anstecken, als einige hundert Männer und Frauen begeistert klatschten und riefen. Als sich der Lärm gelegt hatte und nur noch ein Hund kläffte, sprach der König weiter. »Lasst uns das Osterfest freudig feiern! Nächstes Jahr oder schon früher werden fromme Mönche für uns Gottesdienste abhalten, denn ich habe Botschaft nach Britannien geschickt und sie eingeladen.«

Wieder kamen Hochrufe aus allen Richtungen. Taubenschwärme, von beiden Enden des Dorfes aufgeflattert, schlossen sich zusammen und kreisten über dem Platz wie eine kleine Wolke.

»Ihr habt Braten am Spieß und genug zu trinken. Die Händler haben teure Waren und billige Geschichten; lasst euch von Fürst Dundhas beraten, kauft und tauscht nicht zu leichtsinnig.«

Die Königin, in der Mitte der Ritter und Knappen, beugte sich im Sattel und sprach lachend mit drei dicken Bäuerinnen.

Nicht nur Hakonwulf, sondern alle Ritter und Knappen blickten in die Gesichter und versuchten, zwischen den vielen Menschen verdächtige Bewegungen zu sehen oder ein Zeichen, vielleicht einen Schild mit dem unbekannten Wappen. König Greiff lenkte mit langem Zügel sein Pferd noch einmal in einen engen Kreis und rief: »Der Tag ist lang und warm. Freies Bier für alle gibt es erst am Abend. Drei Tage lang dauert das Fest. Morgen werden die Ritter und ich unsere Geschicklichkeit zeigen und ein Schauspiel geben.«

Er bewegte die Lanze; der lange Wimpel unterhalb des Stichblatts flatterte fröhlich. Langsam ritt er zurück zum Mittelpunkt des Halbkreises, in dem sich die Berittenen aufgestellt hatten. Es dauerte nur ein paar Atemzüge, bis sich der Platz wieder gefüllt hatte. Die Händler fingen an, die Waren und deren Vorzüge laut zu loben.

Cardogh bückte sich. Da er auf einem großen Pferde saß, schien er zwei Ellen größer als Hakonwulf zu sein. »Bis zur Nacht warten wir auf die Verräter, Prinz?«, flüsterte er.

Hakonwulf nickte und fühlte die Blicke einiger junger Frauen, die ihn und jede seiner Bewegungen verfolgten. Er schenkte ihnen flüchtige Blicke und wünschte, er wäre mit der einen oder anderen weit weg und allein. Aber sie lächelten und winkten nur den Rittern zu, die vom Pferderücken aus grinsend tief in die Mieder blickten. »Nur zu den Festtagen können unbemerkt so viele Verräter zusammenkommen, wie es braucht, um uns zu überfallen.«

»Ich weiß.« Cardogh drehte sich halb herum und sagte zu Bernadin: »Kommt Ihr mit, Herr Bernadin?«

»Wohin? Zum Bier? Zu den Maiden und Frauen?«

»Nein. Wir reiten einmal ums Dorf. Vielleicht versteckt sich ein kleines Heer irgendwo.«

»Ich reite mit Euch«, rief Hakonwulf, rückte den Bogen über der Schulter zurecht und lockerte den Zug am Zügel.

»Ich wollte gerade Alisandor das gleiche fragen«, sagte Bernadin. »Wohlan. Suchen wir den Leu und die Axt.« Der Ritter flüsterte Clarance zu, was sie vorhatten, und lenkte das Reittier langsam vom Rand der Wiese weg.

Durch schwarzen Schlamm, an Misthaufen und Brennholzbergen vorbei und unter weit vorspringenden Dächern ritt Hakonwulf zwischen Bernadin und Cardogh auf den Durchgang zweier Windmauern zu. Der fröhliche Lärm blieb hinter ihnen zurück.

»Natürlich halten sie sich versteckt«, sagte Bernadin nach einer Weile. »Ich sehe nichts Verräterisches.«

»Auch Verräter brauchen Zeit, um zusammenzukommen«, versetzte Hakonwulf unterdrückt. »Die Sonne ist kaum am Himmel.«

Neben ausgebesserten und halb zusammengebrochenen Zäunen ritten sie auf das Wäldchen zu. Nirgendwo waren auffällige Spuren zu erkennen, nirgendwo versteckten sich bewaffnete Männer.

»Belangere und Alisandor werden in Häusern und Scheunen suchen.« Cardogh gab seinem Pferd die Sporen und galoppierte zu den schrägen Steinzähnen hinüber. Die frische Saat links von den Reitern war ohne Spuren. Hakonwulf fühlte in seinem Magen einen Klumpen, der langsam wuchs und härter wurde. »Ich hasse das Warten!«, stieß er zwischen zusammengebissenen Zähnen hervor. »Ich hasse die Verräter!«

»Bleib geduldig, Prinz«, rief ihm Cardogh zu. »Bis Mittag fehlen noch mehr als vier Stunden.«

»Ich habe keinen Hunger«, murmelte Hakonwulf. Er ritt auf der anderen Seite um den steinernen Kreis herum, blickte in die Tümpel und schloss zu Bernadin auf. Auf einem verdreckten Viehpfad ritten sie auf die Straße, hörten Gelächter, Geschrei und Rufe vom Marktplatz und sahen im Westen des Dorfes Alisandor und Belangere, die sich der doppelten Baumreihe am Straßenrand näherten.

»Sie haben auch niemanden gefunden«, sagte Bernadin. »Reiten wir zurück ins Dorf.« Sie warteten, bis die Ritter die Straße erreicht hatten, und trabten zum Marktplatz.

Zwei Bauern lagen schnarchend in der prallen Sonne. Eine Schar Kinder rannte kreischend vor König Greiffs Pferd vorbei. Der Schecke riss den Kopf hoch und wieherte. Als der König den Zügel straffte, tänzelte das Pferd drei Schritte rückwärts. Hakonwulf blickte am Kopf des Tieres vorbei in eine dunkle Scheune hinein. Zwischen Ackergerät und Kornsäcken kamen zwei Männer ins Sonnenlicht. Sie trugen Schilde und hielten Schwerter in den Händen. Hakonwulf brüllte schrill: »Vater! Die Verräter, in der Scheune!«

Der König sah sie im gleichen Augenblick. In einem Ton, der keinen Widerspruch zuließ, rief er: »Reite mit deiner Mutter sofort in die Burg! Die Zugbrücke hoch! Rarn soll die Leute zusammenrufen! Los!«

»Wo ist Mutter?«

»Drüben bei der Schänke.«

Hakonwulf gehorchte wortlos. Er riss am Zügel, gab dem Pferd die Sporen und ritt im kurzen Galopp entlang der Stallmauer auf die Schänke zu. Vor ihm sprangen die Gestalten zur Seite. Von rechts kam Ritter Bernadin langsam auf ihn zugeritten; er beugte sich weit aus dem Sattel und sprach mit einer jungen Frau, die ihr langes rotes Haar raufte.

»Bernadin!«, rief Hakonwulf und fühlte sein Herz bis zum Hals klopfen. »Reite zum König. Die Verschwörer!«

Hinter sich hörte er wildes Geschrei. Bernadin richtete sich auf, hob die Lanze und rief: »Ich komme, König!« Rücksichtslos drängte er sein Pferd durch die Menge.

Hakonwulf ritt weiter. »Mutter! In die Burg!«, keuchte er und war mit wenigen Galoppsprüngen an ihrer Seite. Sie drehte den Kopf, sah Hakonwulf heranpreschen und spornte ihr Pferd. Nebeneinander ritten Königin Roswynda und Hakonwulf zwischen Häusern hindurch und im Galopp aus dem Dorf hinaus. Als sie die erste Biegung hinter sich gelassen hatten und nach links freie Sicht hatten, drang Lärm an ihre Ohren. Menschen rannten und stolperten vom Festplatz aus in alle Richtungen.

»Ich habe nur zwei Männer mit diesen Schilden gesehen«, rief Hakonwulf und lehnte sich zurück, als sein Pferd die Krümmung der Burgstraße entlang polterte.

»Wo zwei sind, sind auch die anderen«, rief die Königin. »Sie haben sich unerkannt ins Dorf geschlichen.«

Die Straße war menschenleer. Unter tiefhängenden Zweigen ritten sie auf den Burggraben zu. Roswynda zügelte das Pferd, Hakonwulf sah im letzten Augenblick, dass die Zugbrücke hochgezogen war.

»Sie sind schon in der Burg«, sagte Roswynda verzweifelt. Auch der schmale Steg zeigte die Balken und Bretter seiner Unterseite. Auf dem Torturm, hinter den Zinnen, schob sich langsam eine Gestalt in die Höhe. Hakonwulf erkannte Rarn, den Gärtner. Er hob die Hand und legte den Zeigefinger an die Lippen. Dann duckte er sich wieder und lief auf der Mauerkrone entlang, durch den Türbogen des zweiten Turms. Hakonwulf lenkte sein Pferd schnell zurück zur Straße.

»Wir können jetzt nicht hinein«, sagte er. »Aber Rarn wird uns helfen. Nur was tun wir, wenn zu viele Bewaffnete in der Burg sind?«

Die Königin starrte ins Dorf hinunter. Der Lärm, zusammengesetzt aus undeutlichem Geschrei und Krachen, Klirren und Poltern, Hundegebell und schrillen Rufen, erscholl bis hierher. »Die meisten werden im Dorf kämpfen.«

»Ich hab meine Pfeile«, sagte Hakonwulf, nahm den Bogen von der Schulter und gab seinem Pferd die Sporen. »Ich muss Vater helfen. Und du versteckst dich.«

»Gib auf dich acht, mein Sohn!«, bat die Königin. Wieder galoppierten sie die Schlangenlinie der Straße hinunter. Die ersten Bauern hatten das Dorf verlassen und rannten kopflos umher. Hakonwulf wartete, bis Roswynda die Scheune an der Weggabelung erreicht hatte, dann griff er über die Schulter, fasste das eingekerbte Ende eines Pfeils und zog das Geschoss aus dem Köcher. Ritter Aarebrand ritt mit gesenkter Lanze, den Schild vor der Brust, im gestreckten Galopp auf den Festplatz zu. Hakonwulf legte den Pfeil auf die Sehne und folgte ihm etwas langsamer. Der Festplatz war fast leer. Reiter und Männer zu Fuß, mit Schwertern und Äxten bewaffnet, kämpften zwischen den Karren, Zelten und Marktständen. Flüche, Schreie und Waffengeklirr hallten von den Mauern zurück, Kinder und Frauen kreischten, Hunde kläfften wie rasend. Hakonwulf zitterte vor Aufregung. Bernadins Pferd sprang mit einem weiten Satz über einen halb zusammengebrochenen Tisch. Die Lanze senkte sich und zielte auf den Rücken eines Flüchtenden. Ein furchtbarer Stoß traf den Mann zwischen die Schulterblätter und warf ihn zehn Ellen weit gegen das Scheunentor.

Da erhob sich hinter dem Ritter ein Angreifer, senkte den Schild und holte mit einer kurzgeschafteten Wurfaxt aus. Hakonwulf zog mit der rechten Hand die Sehne seines Bogens bis zum Kinn. Sie schnitt durch das Handschuhleder in die Fingerspitzen. Die Entfernung bis zum Angreifer mit der Axt war nicht größer als zwei Dutzend Schritte. Der Prinz sah das Gesicht, von Wut und Anstrengung rot und schweißüberströmt. Hakonwulf zielte sorgfältig und löste die Bogensehne. Der Pfeil sirrte heulend davon, die Sehne schlug hart gegen die Handschuhstulpe am linken Unterarm. Eine Handbreit unter dem Kinn des Angreifers bohrte sich die Pfeilspitze durch das Wams aus dickem Leder, an dem kupferne Nieten leuchteten. Der Mann sank nach hinten. Bernadin hatte nichts von dem Angriff gemerkt und galoppierte quer über den Festplatz. Cardogh war plötzlich neben Hakonwulf und rief: »Da hinten sind Reiter, Prinz. Die Übermacht wächst.«

Er zeigte auf die Hügel, zwischen denen die Straße aus dem Süden verlief. Hakonwulf sah eine große Gruppe Berittener, noch weit entfernt, aber auf ihren Schilden glaubte er die verhassten Zeichen erkennen zu können. Belangeres Lanze war zerbrochen, nur noch halb so lang. Er hielt sie wie eine lange Keule in der Faust. Damit ritt er an einen Schwertkämpfer heran und holte weit aus. Die Keule traf unter dem Eisenrand des Nordmannenhelms den Hals. Wie eine große Puppe mit schlenkernden Armen wurde der Mann zur Seite gerissen. Er überschlug sich, und sein aufblitzendes Schwert flog im hohen Bogen durch die Luft. Der Schild rollte wie ein Wagenrad auf die zertrampelte Wiese hinaus, deren Gras von weggeworfenen und verlorenen Gegenständen und Tüchern bedeckt war. Einer der vielen Angreifer drehte sich um, hob die Axt und schleuderte sie auf den Ritter. Bernadin hob den Schild, bog den Oberkörper zurück und fing das Geschoss mit dem oberen Schildrand auf. Noch während die Klinge nach einem klirrenden Aufprall durchs Sonnenlicht blitzte, schleuderte Bernadin den Lanzenstumpf wie einen Speer über sieben Schritte hinweg ins Gesicht des Axtwerfers.

Hakonwulf ritt einige Schritte näher an das Kampfgetümmel heran. Er konnte die Körper und die Bewegungen nicht mehr richtig unterscheiden. Um Ritter Bronzefist, dessen Pferd sich unablässig drehte, auskeilte und einigen Angreifern tödliche Tritte versetzte, sprangen und kämpften mindestens sieben Männer. Bisher hatte er jeden Angriff abgewehrt; seine Lanze mähte quer durch die Luft, warf die Männer um, schlug gegen die aufdröhnenden Helme und klatschte gegen lederne Kappen.

Hakonwulf spannte den Bogen und suchte nach einem Ziel. Die Angreifer bewegten sich viel zu schnell. Aus den Trümmern eines Verkaufsstandes kroch ein breitschultriger Mann mit blutüberströmtem Gesicht, zog seinen Dolch und wollte ihn auf Ritter Bronzefist schleudern. Hakonwulfs Pfeil traf den Angreifer zwischen Herz und Schulter. Trotz des zermalmenden Lärms hörte Hakonwulf seinen jaulenden Schmerzensschrei.

Ritter Bronzefist war dem Kreis seiner Angreifer entkommen und galoppierte auf die Gruppe zu, die Clarance aus dem Sattel zerren wollte. Von der anderen Seite stürmte Alisandor heran, führte die Zügel mit der Linken und schwang über dem Kopf ein langes Schwert. Hakonwulf, den dritten Pfeil in der Hand, schrie, so laut er konnte: »Viele Reiter kommen, Vater!«

Seine helle Stimme durchdrang das Waffengeklirr, das Prusten, Wiehern und Keuchen der Pferde und das Trommeln ihrer Hufe. König Greiff schlug mit dem Schwert einen Mann nieder, war mit zwei Sprüngen in der Mitte des Platzes und brüllte, während sein Blick Hakonwulf traf: »Sammeln! Zur Burg! Sofort!«

Laraine und Gofrit ritten so dicht nebeneinander, dass sich kein Angreifer dazwischendrängen konnte. Sie kamen auf Hakonwulf zu, während sie nach rechts und links Hiebe austeilten und Schilde zertrümmerten. Sie hatten den Schrei des Königs gehört; noch hatten die Reiter das Dorf nicht erreicht.

Aus den windschiefen und zerbrochenen Türen einiger Häuser starrten verängstigte Dörfler. Einige Bauern trugen blutige Binden um die Köpfe. Zwischen dem Rand des verwüsteten Festplatzes und den Häusern lagen reglose Körper, daneben Schilde und Helme. Hakonwulfs nächster Pfeil traf einen jungen Mann in den Oberschenkel. Der Angreifer hatte den Prinz am Mantel aus dem Sattel zerren wollen. Aus allen Richtungen kamen Ritter und Knappen auf den Prinzen zu.

Alar beugte sich weit aus dem Sattel, hob eine Wurfaxt auf und schleuderte sie nach einem Angreifer. Er rief: »Viele Reiter mit Wappenschilden und Schwertern, auf der Straße von Halfnaar.«

»Sie haben sich hinter den Hügeln gesammelt«, sagte Greiff. »Wo ist deine Mutter, Prinz?«

»In der Scheune. Dort drüben, bei den Bauern.«

»Warum seid ihr nicht in der Burg?« Bernadin ließ den Schild sinken und lockerte den Zügel.

Hakonwulf schluckte. Er senkte den Kopf. »Die Verräter sind uns zuvorgekommen. Sie haben beide Brücken hochgezogen. Aber Rarn hat uns ein Zeichen gegeben. Er will uns helfen.«

»Er und andere Getreue«, sagte der König. Die Ritter schlossen um ihn und Hakonwulf den Kreis. Die Spitzen der Speere und die Schwerter zeigten nach außen und hielten die Angreifer zurück. Hakonwulf versuchte die feindlichen Männer mit Schilden zu zählen: Es mochten an die Hundert sein. Fast ein Drittel der Schilde war halb zerhauen. Jetzt konnten die Ritter die grob ausgeführten Wappentiere deutlich sehen. »Wir tun, was wir geplant haben.«

»Also – auf die Burgstraße, Freunde«, sagte Alisandor.

Greiff nickte Hakonwulf zu. »Bring die Königin zu uns, Söhnchen.«

Die Angreifer drangen auf die Ritter ein und wichen wieder zurück, wenn die Königstreuen auf sie zuritten oder die Pferde hochsteigen ließen. Die Ritter und der König versperrten einen Hauptausgang des Platzes zwischen den Häusern, wie Steine, die das Bachwasser stauten. Hakonwulf ritt zur Scheune, rief nach seiner Mutter und führte ihr Pferd am Zügel ums Bauernhaus herum zur Straße. Die Königin sah sich um.

»Ich vermisse Fürst Dundhas. Hat er tapfer gekämpft?«

»Fürst Dundhas?« Bernadin blickte Hakonwulf fragend an. »Hast du ihn irgendwo gesehen, Prinz?«

Hakonwulf schüttelte den Kopf.

Die Stimme seines Vaters grollte tief und voller Wut. »Macht Euch mit dem Gedanken vertraut, dass unser Fürst ohne Lehen der Anführer der Verräter ist.«

»Dundhas!« Die Königin schüttelte den Kopf. Sie schien das Maß des Verrates nicht glauben zu können. Aber dann erkannte sie die Gestalt an der Spitze des Reiterzuges. »Er ist wirklich der Anführer der Reiter, Greiff! Ich traue meinen Augen nicht ...«

Die Fußkämpfer schienen nun die Reiter ebenfalls gesehen zu haben. Sie ließen von des Königs Rittern ab und verfolgten sie nicht, als sie sich auf der Straße versammelten und aus den Wasserschläuchen tranken. Leise sprachen Ritter und Knappen miteinander. Hakonwulf blickte von einem zum anderen. Sie sahen angespannt, aber nicht erschöpft aus. Auch die Tiere schienen noch frisch. Einige Bauern wagten sich aus ihren Verstecken und kamen auf Roswynda, Greiff und Hakonwulf zu.

»Haltet euch aus dem Kampf heraus«, sagte der König zu den Bauern. »Dundhas und die übrigen Verräter haben sich lange auf den heutigen Tag vorbereitet. Ihr helft mir und meinen Freunden am besten, wenn ihr die Waffen aufhebt und versteckt. Geht zu den Reitern und sagt, ihr habt uns nicht gesehen.«

Sie rannten erleichtert davon. Bronzefist ritt an König Greiff heran und rückte mit beiden Händen seinen Helm zurecht. »Alles, wie wir's besprochen haben?«

»Ja. Wir locken sie in die Falle im Hohlweg. Wir können nur hoffen, dass der Verräter Dundhas nichts von diesem Plan weiß«, sagte König Greiff.

Bronzefist schüttelte den Kopf. »Nur wir Ritter und Knappen.«

»Wer weiß ...«, murmelte der König besorgt. »Wir warten, bis sie auf dem Festplatz sind.«

Das Hufgetrappel einer großen Menge Berittener kam näher und ließ den Boden dröhnen. Die Ritter warfen einander besorgte Blicke zu.

»Fünfzig? Fünfundsiebzig? Oder noch mehr?« Alisandor überlegte laut und streckte den Arm mit dem Schwert aus. »Es gibt eine Grenze, König, für jeden von uns.«

»Ich weiß. Machen wir uns auf einen schweren Kampf gefasst. Zuerst unsere kleine Kriegslist.«

»Wie abgesprochen.« Voller Unruhe warteten die fünfzehn. Roswynda streichelte gedankenverloren das Gefieder des Falken. Kurze Zeit später verriet das Hufgetrappel, dass die Reiter von der Straße abbogen und auf unterschiedlichen Wegen ins Dorf einritten.

König Greiff hob seine Lanze, senkte sie und rief: »Los! Es geht um Thule!« Er ritt an der Spitze. Alisandor und Aarebrand nahmen die Königin und Hakonwulf in die Mitte. Auf der kurzen Strecke der geraden Straße, bevor sie das Dorf durchquerten, preschten alle Pferde schon im Galopp und wurden schneller, als sie die Häuser hinter sich gelassen hatten. Eine langgezogene, keilförmige Gruppe gepanzerter Reiter preschte klirrend und polternd durchs Dorf. Fünf Angreifer, die aus Scheunen und hinter Mauern hervorkamen, wurden niedergeritten. Sie überschlugen sich und brachen schreiend zusammen. Hufe krachten auf splitternde Schilde. Hühner flatterten wild gackernd auf und versuchten zu fliegen, stürzten sich in Hecken und gegen Mauern. Ein Hund, der nach den Pferdebeinen schnappte, wirbelte mit gebrochenen Knochen in eine Pfütze. Einige Reiter verfolgten König Greiffs Gruppe, als sie am Eingang des Festplatzes vorbeihetzte.

Roswynda nahm die Haube des Falken ab, deutete auf den ersten Reiter und schleuderte den Jagdvogel mit einer weich ruckenden Armbewegung in die Luft. Der Falke gewann flatternd an Höhe, senkte sich in schnellem Sturzflug und schoss wie ein Pfeil auf den ersten Verfolger zu. Der Mann sah ihn zu spät, wollte den Schild hochnehmen, aber das Tier landete mit gespreizten Krallen in seinem Gesicht, hackte in die Stirn und bohrte die gekrümmten Fänge in die Augen des Reiters. Der Reiter warf die Arme in die Luft, griff nach seinen Augen und kreischte. Sein Pferd stolperte und überschlug sich. Die nachfolgenden Angreifer versuchten, die Tiere herumzureißen, stießen gegeneinander, strauchelten und fielen.

Ein Gemenge aus zuckenden Pferdeleibern, keilenden Hufen, Gestalten, Schwertern und Schilden wälzte sich mitten auf der Dorfstraße. König Greiff führte seine Schar einige hundert Galoppsprünge weit nach Süden und wartete am Rand des Pfades, bis Bronzefist an ihm vorbeiritt und sein Schwert in die Scheide schob.

»Schont die Pferde!«, rief der König. »Ich bin hinter euch.«

Als sie den steinigen Weg zwischen den Feldern erreichten, hielten sie an.

Alisandor brachte sein Pferd neben dem König zum Stehen. Er ließ den Lanzenschaft durch seine Hände rutschen und lehnte sich auf die Waffe, als ihr Ende den Boden berührte.

»Es wird Nacht sein, wenn wir, mit einigem Glück, wieder vor der Burg sind, König«, sagte er halblaut. »Was tun wir, wenn die Zugbrücken noch immer hochgezogen sind?«

»Fragt mich Leichteres, Ritter«, knurrte der König. »Ich weiß es auch nicht.«

»Die Verräter in der Burg werden denen, die uns überfielen, die kleine Pforte öffnen«, sagte Roswynda. »Damit ist die Burg verloren, Liebster.«

Der König klopfte den Hals des Schecken. Die Tiere soffen aus einem Rinnsal am Rand der Geröllfläche. »So leicht werden wir nicht aufgeben.«

»Sie werden Lehrer Gandalon etwas antun!«, rief Hakonwulf. »Selbst wenn wir die Pferde schinden, sind wir erst am Morgen bei der Burg.«

»Das stimmt, Prinz«, sagte Cardogh. Er grinste wie ein hungriger Wolf. »Aber noch ist der größte Teil des Haufens hinter uns her. Zum Hohlweg – wie's geplant war.«

Alisandor hängte den Lederriemen des Schildes über den Sattelknauf und ritt langsam an den anderen vorbei an die Spitze des Zuges.

»Unsere Spuren werden sie noch stundenlang leicht verfolgen können«, sagte Hakonwulf. »Geht es weiter, Vater?«

»Ja. Bleib am Kopf der Schlange, Sohn.«

Hakonwulf trabte an. Der Ostersonntag zeigte seinen schönsten Morgenhimmel: Weiße Wolken kamen aus dem Nordwesten und trieben an der Sonne vorbei über den dunkelblauen Frühlingshimmel. Überall dunstete das Land die Feuchtigkeit des Winters aus. Roswynda folgte Hakonwulf, die Ritter schlossen sich an. Links vom Pfad blieben die schwarzen Steinsäulen zurück. Würde er diese glänzenden Steine jemals wiedersehen? Der Gedanke schmerzte, wie so viele andere. Schnell drehte sich der Prinz um und rief seiner Mutter zu: »Frag die Ritter, ob sie unsere Verfolger sehen können.«

Königin Roswynda gab die Frage weiter. Es dauerte nicht lange, bis sie Hakonwulf zurief: »Clarance reitet mit Alar am Schluss. Er sagt, er hat ein paar Mal Schwerter oder andere Waffen blitzen gesehen.«

Die Ritter, die meist in einer langen Reihe hintereinander ritten, hinterließen eine fast schnurgerade Spur im Geröllfeld. Der Hohlweg war noch knapp eine Stunde Ritt entfernt.

»Seid Ihr sicher, dass niemand diesem Schurken Dundhas etwas von der Falle verraten hat, ohne es zu wollen?«, fragte Aarebrand Laraine.

»Ich hab kein Wort gesagt. Nur mit Euch haben wir's besprochen«, sagte Laraine. Schweigend ritten sie weiter; die Sonne näherte sich dem Mittag. Die Ritter wussten, dass sie in dieser Nacht nicht in den weichen Lagern des Ritterhauses schlafen würden, sondern, wenn überhaupt, auf feuchtem Laub und unter schützenden Ästen. Felsen und verkrüppelter Bewuchs an beiden Seiten schoben sich näher an den Pfad heran. Die Baumwipfel zeichneten sich hinter dem kleinen Hügel schwarz gegen den Himmel ab. Hakonwulf brauchte den Zügel nicht mehr. Sein Pferd blieb auf dem schmalen Pfad; rechts und links davon lagen kantige Steinbrocken. Sie waren gezwungen, langsam zu reiten. Schrundiger Fels verengte nach zwei Dutzend Schritten den Durchgang, der zwischen den Wänden verschwand und sich zu schlängeln begann.

Hakonwulf blickte auf den Boden und sah erleichtert, dass die erste Falle nicht angetastet war. Er ritt auf dem Pfad, der nicht breiter als zwei Ellen war, bis zum Ende des Hohlweges und fand auch hier die versteckten und vergrabenen Seile unentdeckt. Als er aus dem Sattel glitt und den Zügel um ein Birkenstämmchen knoten wollte, ritt seine Mutter aus dem Schatten heraus. Bronzefist folgte ihr und schaute sich um. Hakonwulf winkte. »Hierher. Der beste Platz für die Pferde.«

Die Ritter stiegen aus den Sätteln und führten die Tiere abseits vom Ende des Hohlweges.

»Jemand sollte sie ruhig halten. Wenn die Pferde wiehern, hören es unsere schäbigen Freunde«, brummte Alisandor.

»Roswynda, Hakonwulf – ihr bleibt da«, befahl der König.

Die Ritter lehnten die Lanzen ins Geäst der Bäume und rannten auf den Einschnitt zu, kletterten links und rechts zwischen den Felsen in die Höhe und waren nach wenigen Atemzügen nicht mehr zu sehen. Nur ein paar Mal klirrten Sporen oder Schwerter auf Stein. Cardogh winkte Hakonwulf, ehe er hinter der Krümmung verschwand.

König Greiff hielt die Lanze in der rechten Hand, mit der linken fasste er den Zügel. »Wir werden sie nicht besiegen können, wenn sie einen Funken Mut haben. Es sind zu viele.«

Königin Roswynda nickte, streichelte schweigend den Falken. »Wenn wir die Feiglinge voneinander trennen können, in mehrere kleine Gruppen«, der König sprach mit wenig hoffnungsvoller Stimme, »hätten wir es nicht so schwer. Aber unsere Falle wird einige Verfolger aufhalten.«

»Blut und Tod am Ostersonntag, mitten in Thule«, sagte Roswynda traurig. »Haben wir gesündigt? Warum wird Thule so gestraft?«

»Nur Gott weiß es.« Der König gab Hakonwulf die Lanze und stemmte den Fuß tief in den Steigbügel. »Verrat trifft auch milde und gerechte Herrscher.« Er setzte sich im Sattel zurecht und hob die lange Waffe. Seine Hände waren ruhig wie immer. Er nickte Hakonwulf und Roswynda zu, wendete bedächtig das Pferd und lenkte es zum Felseinschnitt.

Hakonwulf hob den Kopf und sah hoch über der Schlucht die knorrigen Wurzeln einiger Bäume. Zwischen den Stämmen wuchsen niedrige Büsche. Lange Ranken hingen über den zerklüfteten Steinen. »Wenn ich hinaufklettere«, sagte er halblaut, »kann ich dich sehen. Und die Ritter. Und in den Hohlweg kann ich auch hineinschauen.« Er hob den Bogen. Die Pferde waren ruhig und standen mit gesenkten Köpfen am Waldrand.

»Du sollst hier bleiben.« Roswynda hielt ihn an der Schulter fest. Hakonwulf schüttelte den Kopf und sagte: »Du hast den Falken, Mutter. Die Ritter und ihre Knappen wagen ihr Leben für uns. Ich muss ihnen helfen.«

Die Königin sah in seine Augen. »Bleib bei mir, Sohn.«

»Sie sind noch nicht da. Ich klettere hinauf und bin gleich wieder hier, Mutter.« Er riss sich los und rannte zu den Felsen. Einige Atemzüge später sah ihn Roswynda nicht mehr; er duckte sich im Dunkel zwischen den Stämmen, und nicht einmal die Blätter der Büsche zitterten. Roswynda sah nur einmal den weißen Pelzsaum des Rockes aufblitzen. Das Warten auf die Verfolger schien endlos lang zu dauern. Ganz plötzlich, erschreckend laut und schrill, hallten die Geräusche eines Kampfes aus dem Hohlweg.

Der Bogen lag vor ihm auf einem morschen Ast. Mit beiden Händen schob Hakonwulf die Blätter auseinander. Als er die Menge der Verfolger sah, zuckte er zusammen: Über eine halbe Hundertschaft Berittene näherten sich dem Ende des Hohlweges.

Neun Reiter zügelten die Pferde, zogen die Schwerter und trabten hintereinander zwischen die Felsmauern. Er sah flüchtig die Gesichter der Männer. Nur wenige Reiter trugen Nordmannenhelme, an denen kurze, aufwärts geschwungene Rinderhörner befestigt waren.

»Dieser Feigling«, flüsterte der Prinz, und hob den Bogen auf. »Dundhas schickt seine Männer vor.«

Die Hauptgruppe wartete ungeduldig. Von hinten kamen noch mehr Reiter und bildeten einen ungeordneten Haufen.

Clarance hob sich links hinter dem Felsen aus dem Versteck. Er zog mit aller Kraft an einem Tau, holte es ein und wickelte es um den dicksten Baumstamm. Aus dem Boden des Hohlwegs, kurz bevor sich der Weg verbreiterte, lösten sich Tauwerk und Hölzer. Ein Gitter versperrte den Durchgang. Alles war völlig lautlos vor sich gegangen.

Hakonwulf legte einen Pfeil auf die Sehne. Eben noch hatte sein Herz so hart geschlagen, dass er es im Hals spürte. Jetzt war die Aufregung verschwunden.

Ritter Belangere, am anderen Ende des Hohlweges, riss und zerrte das zweite Netz in die Höhe. Ein Verräter sah ihn und fing zu schreien an. Er deutete mit der Schwertspitze auf den Ritter und drängte sein keuchendes Pferd in die Richtung der Felsen.

Noch immer suchte Hakonwulf nach Dundhas. Ein Anführer musste an einer prächtigen Rüstung oder besonderen Waffen zu erkennen sein, einem Wappen oder der Fahne. Nichts von alledem. Der Prinz zielte mit der Pfeilspitze auf die ungeschützte Seite eines Verräters und löste die Sehne. Der Pfeil drang zwei Handbreit unter der Achsel in den Körper des Angreifers ein. Der Mann ächzte, schwankte im Sattel und rutschte schreiend vom Pferderücken.

Plötzlich ritten einige Männer auf das Netz zu. Sie versuchten, Seile und hölzerne Sprossen in Stücke zu hauen und die Falle zu zerschneiden. Aber ebenso plötzlich waren Ritter und Knappen zu sehen. Sie schleuderten kantige Steinbrocken auf die Reiter in der Enge des Hohlweges. Die Steine polterten auf den Schilden, ein Pferd riss sich los, drängte sich rückwärts und verfing sich in den Maschen. Hufschläge, Schmerzensschreie und Flüche erschollen aus der Felsenfalle. Unter wütenden Schwerthieben zerriss das Netz. Als Hakonwulf den nächsten Pfeil abschoss, duckte und drehte sich der Reiter. Der Pfeil traf fast in die Mitte des Schildes und blieb zitternd stecken. Hakonwulf sah undeutlich, wie die Ritter über der Eingangsseite der Schlucht ihren Standort wechselten. Sie kletterten einige Schritte weiter nach links, in die Richtung ihrer Pferde.

5

Zwischen Pferdeleibern und Felsbrocken lagen bewegungslose Körper und zerschrammte Schilde im Hohlweg. Die ersichtliche Übermacht der Verräter konnte hier nicht zum Zuge kommen. Mitten in dem kämpfenden Haufen gab ein Mann unentwegt Befehle. Hakonwulf glaubte, Dundhas' Stimme zu erkennen. Zu gern würde er ihm einen Pfeil schicken, doch er war nicht erreichbar. Als der Junge seinen Blick schweifen ließ sah er, dass König Greiff soeben auf freies Gelände hinausritt. Die Spitze seiner Lanze war voller Blut. Doch schon wurde seine Aufmerksamkeit wieder auf den Kampf unter ihm gerichtet. Hakonwulf zog den nächsten Pfeil aus dem Köcher und ging in Wartestellung. Zwei Pferde mit zerrissenen Zügeln und blutendem Fell trabten aus der Felsspalte. Ein Reiter lag auf dem Hals des Tieres. Seine Arme schlenkerten leblos an den Seiten, und er zuckte zu den Bewegungen des Pferdes.

Mit dem Pfeil auf der gespannten Bogensehne zielte Hakonwulf so lange, bis sein Arm zitterte. Dann heulte der Pfeil durch das schräge Muster aus Sonnenlicht und Schatten. Mit kreischendem Klirren prallte er vom Helm des Verräters auf dem zweiten Pferd ab, der sich soeben im Schutz seines Schildes dem Netz nähern wollte. Die Wucht des Aufschlags hielt ihn jedoch auf und schleuderte ihn gegen die Felswand. Taumelnd hob er den Schild über den Kopf. Knappe Rolf, der sich fast genau über ihm befand, nutzte den Moment und schleuderte einen Felsbrocken auf ihn herab, der ihm den Schild aus dem Arm prellte und seine Rippen zerschmetterte.

Nun hatten sie für den Moment augenscheinlich genug. Die Berittenen zogen sich in sichere Entfernung zurück. Ihr Anführer schien einzusehen, dass der Hohlweg für jeden, der sich hineinwagte, zur Todesfalle wurde.

Hakonwulf sah, dass sein Vater von der Verfolgung abließ und wendete. Er verließ seine Position, machte sich an den Abstieg und wartete schwer atmend auf die Rückkehr des Königs. »Ich wollte Dundhas treffen, Vater, aber er versteckt sich zwischen seinen Reitern.«

»Er ist vorerst entkommen. Sie werden sich vermutlich nicht mehr in den Hohlweg wagen.« Greiff richtete seinen Blick auf Bernadin und Cardogh, die von den Felsen sprangen und die Schwerter in die Scheiden steckten. »Was nun, Freunde?«

»Wir warten, was Dundhas beschließt«, sagte Bernadin. »Wenn er seines Lebens müde ist, greift er uns hier wieder an.«

König Greiff deutete auf die Stelle, von der aus Hakonwulf seine Pfeile verschossen hatte. »Klettere wieder hinauf und versuche festzustellen, was sie unternehmen wollen.«

Hakonwulf nickte und lief mit wehendem Mantel und rasselndem Kettenhemd zum Felshang und kletterte auf den kantigen Vorsprüngen in den Waldsaum hinauf. Auf halber Höhe begegnete er Ritter Laraine. Er lehnte an einem Baumstamm und hatte die Unterarme auf dem Schild verschränkt. Die Spitze des Schildes steckte zwei Handbreit tief im Waldboden.

»Was tun sie?«, fragte Hakonwulf.

Laraine blickte zu den Berittenen hinüber und hob die Schultern. Die Eisenmaschen des Kettenhemdes rieben sich schnarrend aneinander. »Es scheint, dass sie sich in zwei Gruppen teilen«, antwortete der Ritter. »Wie es aussieht, will ein Teil uns hier belagern.«

Hakonwulf kletterte einige Ellen weiter und spähte aufs freie Feld hinaus. Weit außerhalb der Entfernung, die ein Pfeilschuss überwinden konnte, teilte Dundhas seine Männer ein. Er deutete zum Hohlweg und nach Westen. Etwa die Hälfte seiner Berittenen trug Helme, die anderen Männer hatten sich mit Lederkappen geschützt oder trugen nur zusammengedrehte Stoffstreifen um die Stirn. Hakonwulf merkte, dass gegen diese Übermacht selbst der Mut seines Vaters und der Ritter nichts ausrichten konnte. Der Verrat musste sehr lange vorbereitet gewesen sein. Die Schilde zeigten es, denn es dauerte lange, so viele Scheiben zu flechten und Rinderhäute dafür zu kaufen oder zu stehlen. Aber woher kamen Schwerter und Helme? Und die vielen ehernen Äxte, manche mit doppelter Schneide?

Eine erste Gruppe, ungefähr ein Dutzend Reiter, sprengte nach Westen davon, in die untergehende Sonne hinein. Dort führte die Straße von Halfnaar zur Burg. Hakonwulf sah Dundhas' glänzenden Helm mit langem Schmuckfederbusch. Er führte die Gruppe an. Die übrigen Reiter blieben am Waldrand. Der Prinz versuchte sie zu zählen. Ungefähr dreißig bildeten einen unregelmäßigen Kreis. Einige hielten die unruhigen Pferde am Zügel. Erst jetzt wurde dem Prinzen bewusst, dass die Anführer auf großen, starken Pferden wie Vater und die Ritter saßen. Es gab nur zwei Dörfer, weit im Norden Thules, in denen diese Pferde gezüchtet wurden. Überall sonst auf der Insel gab es nur die zähen kleinen Ponys, von denen auch Hakonwulf eines ritt.

Seit Jahren musste Fürst Dundhas im Namen des Königs Material und Tiere für den Verrat beiseite geschafft haben. Die Menge der Verschwörer bewies es ebenso wie die Anzahl der Pferde.

»Sie wollen uns wirklich belagern«, rief er unterdrückt zu Laraine hinunter. »Was sollen wir tun, Ritter?«

»Wir können jedenfalls nicht auf dem Weg zurückreiten, auf dem wir sie hierher geführt haben. Sie sind immer noch in der Übermacht. Leider konnten wir nicht ahnen, dass es so viele sind.«

»Vielleicht wollen sie sich in der Nacht anschleichen?«

»Das lässt sich leicht verhindern. Ein einzelner Mann kann den Hohlweg sperren«, sagte Laraine grimmig.

Hakonwulf blinzelte und sah, wie ihre Belagerer aus Wasserschläuchen tranken. Drei Männer führten einen Teil der Pferde zur Wiese am Waldrand, andere suchten nach Feuerholz.

»Nicht mehr ganz zwei Stunden bis zur Dämmerung, Ritter«, sagte Hakonwulf. »Sie werden bald ein Feuer machen. Vielleicht gelingt es uns, nachts an ihnen vorbei zu kommen.«

»Eine von mehreren Möglichkeiten.« Der Ritter hob den Schild auf und warf ihn sich über den Rücken. »Ich spreche mit dem König. Du beobachtest sie noch eine Weile?«

Hakonwulf nickte. »Ich bleibe hier, bis man mich ablöst.«

Laraine verließ mit den übrigen Rittern und Knappen die Verstecke und stieg zwischen raschelnden Büschen zu König Greiff und den Pferden hinunter.

Der Prinz wartete geduldig und versuchte, aus den Bewegungen und dem wirren Durcheinander der Stimmen herauszufinden, was die Verschwörer planten. Für Hakonwulf stand fest, dass die Ritterschar, die sich um seine Eltern drängte, zusammenbleiben musste. Nur wenn sie alle Seite an Seite kämpften, konnten sie die Verräter besiegen. Es würde länger dauern, als Vater und die Ritter gedacht hatten. Und es standen noch harte Kämpfe und lange Ritte bevor.

König Dragonblade deutete zu Boden. Wachsam stand Gofrit mit gesenkter Lanze vor dem Felsspalt. Sein Pferd scharrte unruhig im Sand. »Bis Dundhas' Reiter hier sein können, wenn sie uns tatsächlich vom Westen aus umgehen und von Süden angreifen wollten, ist es früher Morgen. Ist das Mondlicht hell genug, können sie auch nachts reiten, aber nicht schnell genug.«

»Zunächst sind wir hier sicher«, sagte Belangere. »Was denkt Ihr über einen Ausbruch, mitten in der Nacht?«

»Nur, wenn er gut vorbereitet ist«, antwortete der König. »Gelänge es, ihre Pferde wegzutreiben, wäre viel gewonnen.«

»Warten wir. Noch haben sie nicht entschieden, was sie tun.« Laraine deutete nach Norden. »Hakonwulf beobachtet sie.«

Im Hohlweg lagen einige Leichen. Zwei Pferde, deren Zügel sich verfangen hatten, standen zwischen den Felsen und konnten weder vorwärts noch rückwärts. Niemand kam an ihnen vorbei.

Der König hörte den Vorschlägen der Ritter zu. Schließlich nickte er. »Wir werden sie angreifen, wenn sie es am wenigsten vermuten. So, wie Dundhas es versucht hat. Wenn wir sie auseinandertreiben und ihnen möglichst viele Waffen abnehmen können, stehen nur noch Dundhas' Berittene gegen uns. Wir holen zuerst die Pferde und die Toten aus dem Hohlweg.«

»Los!«, sagte Ritter Belangere und winkte Bjarn an seine Seite. »Räumen wir den Hohlweg.«

Gofrit, Laraines Knappe, löste das Halteseil des Netzes. Die Knappen trugen die Toten auf den halb zertrümmerten Schilden und legten sie nebeneinander vor den Büschen ins Gras. Ein Pferd hatte sich den Vorderfuß gebrochen; abseits der anderen Tiere schnitt Laraine die Kehle des Tieres durch.

Noch immer hockte Hakonwulf oben auf dem moosbedeckten Stein und beobachtete die Verräter. Alle waren abgesessen und hatten die Zügel der Pferde an zwei Seile zwischen Baumstämmen geknotet. Einzelne Flämmchen züngelten in der Mitte eines großen Holzstoßes. Die Männer standen und saßen zwischen großen Steinen im Geröll. In unregelmäßigen Abständen rannte ein Bewaffneter in die Nähe des Hohlwegs, spähte hinein und kam wieder zurück.

»Sie sollen uns bewachen«, sagte Hakonwulf leise zu sich. »Sie dürfen uns nicht durchlassen. Einen Angriff von acht Rittern fürchten sie bestimmt.«

Bald würde die Sonne untergehen; eine knappe Stunde blieb noch. Hakonwulf überlegte. Die Verräter nahmen möglicherweise an, dass die Ritter es nicht wagen würden, den Hohlweg zu durchqueren. Vielleicht versuchte Dundhas' kleines Heer, von Süden aus die Ritter und den König einzukesseln. Dann säßen sie in der Falle.

Prinz Hakonwulf hatte genug gesehen. Sobald die Sonne untergegangen war, würde er nicht mehr die Hand vor Augen sehen können. Hoffentlich hatte sein Vater inzwischen einen Plan. Er machte sich an den Abstieg.

»Ich fürchte, Freunde, die Pferde verraten uns, noch ehe wir aus dem Mauseloch draußen sind«, sagte Ritter Bernadin mit rauer Stimme. Er rieb die Finger im heißen Luftstrom über den Flammen. Das trockene Holz brannte ohne viel Rauch. »Aber zu Fuß ist's auch kein guter Kampf.«

Roswynda und Hakonwulf saßen ebenfalls an dem winzigen Feuer. Neben den Flammen lagen Fackeln aus Holz, Reisig und dürrem Stroh, von den Knappen sorgsam zusammengeschnürt.

»Wenn das Feuer heruntergebrannt ist, zwischen Mitternacht und Morgendämmerung, überraschen wir sie. Zu Fuß oder im Sattel – es ist gleich«, meinte Clarance. »Einverstanden, König Greiff?«

Der König nickte. »Einverstanden. Der Eulenruf wird das Signal sein.«

Hastig beendeten Königin Roswynda und die Ritter ihr kaltes Mahl. Bronzefist ging mit gezogenem Schwert unruhig vor den Felsen hin und her. Hakonwulf riss zum vierten Mal mit aller Anstrengung die Augen auf. Er gähnte und schüttelte sich.

Der Widerschein der Flammen fiel auf Cardoghs Wams. Der Knappe schob sich hinter die Felsen und war bald darauf verschwunden. Er sollte sich im Wald verstecken und mit den anderen Knappen im richtigen Augenblick Verwirrung stiften.

»Ob sie es schaffen?«, fragte Aarebrand und lauschte ins Dunkel hinein. Nur die Laute des nächtlichen Waldes waren zu hören, und manchmal das Knistern brennenden Holzes.

»Cardogh ist schnell und lautlos wie eine Schlange«, sagte Bernadin nicht ohne Stolz. »Wenn er es nicht schafft, dann keiner.«

Hakonwulfs Kopf sank auf die Knie der Königin.

Clarance ging zu Bronzefist, schlug ihm auf die Schulter und zog das Schwert.

»Du willst es jetzt wagen, Ritter?«, flüsterte Bronzefist.

Clarance nickte. Er ging auf Zehenspitzen in den Hohlweg hinein. Zehn Schritt weit ließ ihn Bronzefist vorausgehen, dann folgte er ebenso leise und langsam. Die Männer tasteten sich zwischen den Felsen entlang und achteten darauf, nicht mit dem Schild oder der Schwertklinge gegen den Stein zu schlagen. Mit grimmiger Zufriedenheit dachten sie daran, dass fünf Schilde und Schwerter und zwei Helme im Hohlweg aufgesammelt worden waren. Die Schilde brannten im Feuer, die Klingen waren zerbrochen. Fünf Gegner konnten also gerade noch Steine schleudern oder ihre Dolche gebrauchen.

Nur zweimal knirschten Steinchen unter den Stiefelsohlen der Ritter. Clarance schob den Kopf ein wenig aus der Deckung und sah Feuerschein, vor dem sich einige Gestalten bewegten. Er duckte sich, stellte den Schild ab und spähte zu den Verfolgern hinüber.

Hinter ihm ließ sich Bronzefist auf ein Knie nieder und berührte ihn an der Schulter. »Wohin reiten wir nach dem Angriff?«, fragte er flüsternd.

»Nicht zur Burg«, sagte Clarance. »Vielleicht zur Straße. Warten wir bis nach dem Kampf.«

»Wir sollten unsere Pferde durch die Felsen bringen.«

»Dafür bin ich auch.« Clarance legte den Finger an die Lippen. Eine Handvoll Verräter stand neben dem Feuer. Ein Dutzend saß vor den Flammen. In einem großen Kreis waren bewegungslose Körper zu sehen, die sich auf dem Geröll in Mäntel gewickelt und ausgestreckt hatten. Die Pferde am Waldrand waren ruhig; auch dort gingen zwei Wachen hin und her.

»Geht zurück, Herr Bronzefist. Sagt dem König, wie es steht«, flüsterte Clarance. »Wir alle warten auf den Ruf der Eule.«

Zwischen den Frühlingssternen trieben Wolken nach Südost. In rötlichem Gelb hob sich dort, wo die weit entfernte Burg stand, der Vollmond hinter dem Gebirge empor. Durch die Luft huschten schwarze Vögel, und der nahe Wald rauschte und rieb knarrende Äste aneinander.

Die Ritter hielten die Zügel knapp. In einer Reihe stapften die Pferde durch die Finsternis des Hohlwegs. Hakonwulf wartete, bis sein Vater im Sattel saß, entzündete die letzte Fackel und reichte sie dem König.

»Ihr bleibt hier. Wartet im Sattel«, sagte Greiff streng. »Wir kommen alle zurück, und unverletzt.« Er senkte die Fackel und lenkte den Schecken in den Hohlweg. Einige Atemzüge lang sah Hakonwulf noch den Lichtschein. Cardogh, der in den Ästen über dem Versteck des Prinzen hockte, ahmte täuschend echt den Ruf einer Eule nach.

König Greiff kam als letzter aus dem Einschnitt. Die Ritter und die Knappen versammelten sich zu Pferde um ihn und zündeten ihre Fackeln am brennenden Strohbüschel an. Als sie zu einer Linie auseinander ritten, ertönte aus dem Wald zum zweiten Mal der Eulenschrei. Die Pferde reagierten augenblicklich auf die Sporen und stürmten vorwärts. Aus den Fackeln schlugen lange, weiß lodernde Flammen. Die Ritter brüllten Angriffsschreie, während Cardogh wie ein Geist aus der Dunkelheit hervorkam und mit schnellen Dolchschnitten die Seile durchtrennte, an denen die Pferde angebunden waren. Belangere und Bjarn ritten auf die Pferde zu, schwangen die flammenden Fackeln über den Köpfen und schrien gellend. Die Pferde scheuten, rissen an den Zügeln und keilten aus. Sie bäumten sich wiehernd auf, sprangen nach rechts und links, und die ersten stoben buckelnd in die Dunkelheit davon.

Bernadin schleuderte seine Fackel einem Angreifer, einem bärtigen, langhaarigen Nordlandbauern, entgegen. Das auseinanderbrechende Reisigbündel traf den Mann ins Gesicht und gegen Brust und Schultern. Augenblicklich fingen Bart und Haar Feuer. Cardogh schwang sich auf sein Pferd, das Bjarn hinter sich herzog, schob den Arm durch die Lederschlaufen des Schildes und fing die Lanze auf, die ihm Bjarn zuwarf. Der König und die Ritter neben ihm griffen in breiter Reihe an. Sie schleuderten die Fackeln, als sie die Hälfte der Entfernung zwischen dem Ende des Hohlweges und den Belagerern zurückgelegt hatten, in die Richtung des niedergebrannten Feuers.

Feurige Räder schienen durch die Finsternis zu wirbeln. Der Holzhaufen neben der Feuerstelle wurde getroffen und entzündete sich. Rotweiß flammendes Feuer und bleiches Mondlicht beleuchteten das Geröllfeld. Die Männer Dundhas', meist Bauern und Holzfäller aus dem Norden Thules, waren völlig überrascht worden; trotzdem waren sie schnell auf den Beinen und kämpften um ihr Leben.

Pferdehufe trommelten mit dumpfem Dröhnen. Die Tiere schnaubten und keuchten, die Sättel knirschten, und Waffen, Trensen und Steigbügel klirrten. Dünner Rauch und mächtige Funken wirbelten in einer langgezogenen Spirale aus dem Feuer hoch in die Luft. Das Wiehern der erschreckten Pferde war noch in weitem Umkreis zu hören. Auf der kurzen Strecke erreichten die Pferde ihre größte Geschwindigkeit. Die Lanzen senkten sich, Flammen spiegelten sich in den metallenen Beschlägen der Schildwappen und in den Maschen der rasselnden Herseniers. Nur eine Handvoll von Dundhas Männern ergriff die Flucht. Bjarn und Cardogh verfolgten sie mit knisternden Fackeln bis zum Waldrand. Als sie zwischen Buschwerk und jungen Tannen verschwanden, rissen die Knappen die Pferde herum, warfen die Fackeln weg und setzten mit einem Sprung über einen Mann hinweg, der die Hände in sein Gesicht gekrallt hatte und sich schreiend am Boden wälzte.

Die Königstreuen erreichten den Rand des Kreises um das Feuer. Jeder Ritter setzte seine gesamte Kraft und die Kunst seiner Waffen ein, um den Kampf so schnell wie möglich zu beenden. Krachend rammten die eisernen Spitzen der Lanzen gegen hochgerissene Schilde, bohrten sich tief ins Leder und schleuderten die Männer mit knochenbrechender Wucht zu Boden. Auf Schwertschneiden blitzte gelb und rot die matte Spiegelung der Flammen. Wurfäxte flogen durch die Luft und schmetterten gegen Schilde und die eisernen Schutzplatten an Schultern und Ellenbogen. Weithin war das Splittern von Lanzen zu hören. Schwerter kreuzten sich, die Schneiden kratzten aneinander, helles Klirren scheuchte im ruhenden Wald Tiere auf. Die Kette der anstürmenden Ritter teilte sich. Die Pferde drehten sich, keilten aus, bäumten sich auf und sprangen an beiden Seiten des Feuers vorbei. Dröhnend prasselten Schwertschläge gegen die Schilde der Feinde, schlugen dreieckige Stücke aus den Rändern und trafen dahinter die Körper. Ins Waffengeklirr mischten sich Flüche und Schmerzensschreie.

Nach wenigen Atemzügen hatten die Ritter das Lager durchquert. Sie duckten sich tief neben die Hälse der Pferde, als sie das Feuer in ihrem Rücken hatten und die sandige Ebene erreichten.

»Halt! Noch ein Stechen und Hauen, Freunde!«, rief der König heiser.

Alisandor spuckte aus und keuchte: »Eine Gruppe sollte den Hohlweg sichern.«

»Verstanden. Zurück – auf ein Neues!«

Am Rand der Geröllfläche, vor mondbeschienenen Felsen, sammelten sie sich. Hinter dem Feuer standen die Verschwörer und hoben Schwerter und Äxte. Dunkel und bewegungslos lagen Schilde, Mäntel und große Körper im Kies verstreut. Alisandor zog das Schwert und packte es unter dem Schild an der Klinge. Er schwang den Rest seiner Lanze wie einc Keule und wandte den Kopf. König Greiff gab das Zeichen.

»Vorwärts! Auf die Verräter!« Fast gleichzeitig setzten sich die Pferde in Bewegung und galoppierten mit wirbelnden Hufen vorwärts. Sand und Kies spritzten in breiten Bahnen nach allen Seiten. Die Verräter bewegten sich unruhig. Sie schienen hin- und hergerissen von der Angst, verwundet oder getötet zu werden, und von der Bedeutung des Schwurs, den sie Fürst Dundhas geleistet hatten.

Der Zusammenprall war ebenso furchtbar wie der erste. König Greiff setzte in einem weiten Sprung durch Rauch und Flammen, seine Lanze traf einen Helm und riss ihn vom Kopf. Die stumpfe Seite eines Beiles schlug gegen Greiffs Schulter, ein Schwerthieb spaltete die Lanze. Er ließ sie fallen, riss das Schwert aus dem Gürtel und schlug senkrecht hinunter. Die Klinge drang zwischen Hals und Schulter eines Körpers.

»Fast nur Bauern!«, rief Laraine keuchend, mit freudlosem Lachen. »Das ist ... kein ritterlicher ... Kampf.«

Sein Pferd warf einen Mann in die Flammen. Der König wich seitwärts aus, zwei Ritter galoppierten schräg an ihm vorbei. Schreiende Männer hockten auf dem Boden. Bjarn, Alar und Cardogh waren aus den Sätteln gesprungen, liefen im Zickzack zwischen den Verwundeten hin und her und sammelten Schwerter und Äxte ein. Als eine dunkle Gestalt im wehenden Mantel Cardogh angriff, kam Bernadin von hinten und schleuderte den Angreifer mit einem Lanzenstich zu Boden.

»Aufhören, Cardogh«, brüllte Bernadin. »In die Sättel!«

Die Verschwörer sahen ein, dass sie gegen die Ritter nicht mehr gewinnen konnten. Sie ergriffen die Flucht.

König Greiff erreichte den Hohlweg, sein Pferd drehte sich, und Alisandor sprang, nachdem er das Tier angehalten hatte, aus dem Sattel. Er fasste den Zügel und ging mit langen Schritten in den Felsspalt.

Aarebrand folgte und betrachtete traurig seine zersplitterte Lanze. »Ich hoffe, Herr Bronzefist«, sagte er scheinbar voller Heiterkeit, »Ihr seid nicht verletzt?«

»Nein. Nur mein Stolz ist verwundet«, knurrte der Ritter. »Ich kämpfe nicht jeden Tag gegen Bauern und Holzarbeiter.«

»Wohl auch nicht jede Nacht.«

So schnell sie im Mondlicht gehen konnten, ohne die Beine der Pferde in Gefahr zu bringen, führten sie die Tiere durch den Hohlweg und zum Feuer, neben dem Hakonwulf und die Königin warteten.

»Viele von ihnen haben einen langen Heimweg. Zu Fuß.« Clarance ließ sich von Alisandor den Trinkschlauch reichen. »Wir haben sie übel zugerichtet.«

»Seid Ihr verletzt?«, rief Hakonwulf.

»Beruhige dich, Prinz«, sagte Belangere. »Es gab nur ein paar Prellungen und blaue Flecken.«

Der König ordnete an, die brauchbaren Schwerter und Äxte der Beute zu verteilen. Jeder steckte ein oder zwei Waffen in Lederschlaufen am Sattel.

Bernadin beugte sich zu Hakonwulf herab. »Kannst du uns auf die Straße zur Burg führen, Prinz?«, fragte der Ritter halblaut. »Ohne dass wir und unsere tapferen Pferde uns alle Knochen brechen und in die Irre reiten?«

»Ihr wisst, dass ich alle Wege und Pfade kenne«, machte Hakonwulf deutlich. »Warum aber zur Straße?«

»Weil wir dort am schnellsten vorankommen.« König Greiff stieg aus dem Sattel und umarmte die Königin. »Die Verräter«, er deutete mit dem Daumen über die Schulter, »brauchen zwei Tage bis zur Burg. Selbst wenn sie einen Teil der Pferde einfangen, dauert es länger als einen Tag. Wir werden schneller dort sein. Wenn wir auf der Straße Dundhas' Reitern begegnen, reiten wir sie dort leichter nieder als im unwegsamen Gelände.«

»Ich reite voraus«, schlug Hakonwulf vor. »Das Mondlicht zeigt uns den Weg.«

König Greiffs Weinschlauch ging von Hand zu Hand. Prinz Hakonwulf ritt langsam zwischen den Rittern und Knappen hindurch, den Hang aufwärts und aufs freie Feld hinaus. Der Wald stand wie eine schwarze Mauer zu seiner Linken. Am höchsten Punkt des Hügels, zwischen frischer Saat und einer Weide, zog er am Zügel und wartete auf die anderen.

Königin Roswynda trieb ihren Rappen durch das taufeuchte Gras. »Wir haben so viele Legenden und Erzählungen gehört«, sagte sie mit dunkler Stimme voller Traurigkeit. »Jetzt geschieht in unserem friedlichen Thule das Gleiche. Verrat, Hinterlist und Tücke,

Kampf und Tod. Du lernst viel zu früh, mein Herz, was es bedeutet, ein beneideter Herrscher zu sein.«

»Ja, Mutter.« Hakonwulf blickte angestrengt nach vorn und spähte nach Schatten aus, die sich bewegten, nach Reitern oder einem Hinterhalt. Aber nichts regte sich. Nur der Nachtwind flüsterte in den Baumkronen und duckte lautlos die fingerkurzen Hälmchen des jungen Korns. »Wenn ich älter wäre und stärker, dann wüsste ich auch, wie ich mich gegen Verräter wehren müsste.«

»Bis jetzt hatten wir den Vorteil derjenigen, die mit Waffen richtig umgehen können.« Ritter Bernadin ritt neben der Königin. »Könnt Ihr schneller reiten, mein Prinz?«

Hakonwulf berührte mit den Sporen den Bauch des Pferdes, gab die Zügel frei, und das Tier schüttelte den Kopf. Die helle Mähne flog um die Lederbänder. Dann fiel das Pferd in den lockeren Tölt.

»So ist's recht«, sagte Cardogh und kam an Hakonwulfs rechte Seite. »Keine Sorge, Prinz. Die Tiere sind trittsicher.«

Hakonwulf spürte abgrundtiefe Müdigkeit; seine Augen tränten. Ab und zu knurrte sein Magen. Er dachte gähnend an die Wegstrecke, die vor ihnen lag, setzte sich im Sattel zurecht und vertraute schweigend darauf, dass sein Pferd nicht stolperte. Zwischen Waldrand und wenigen Steinhügeln ging der Weg, durch Gräben und Bäche entlang hüfthoher Mauern. Am Horizont begannen die ersten großen Sterne zu blinken.

Kurz vor der Morgendämmerung, als sich dünne Nebelschwaden dicht über dem Boden ausbreiteten, erreichten Hakonwulf und die anderen den Rand der Straße. Eine doppelte Reihe Buchen säumte das helle Band. Im letzten Mondlicht warfen die Ritter verzerrte Schatten ins angrenzende Feld.

Hakonwulf spürte ein stechendes Ziehen in seinen Muskeln und rutschte aus dem Sattel. »Jetzt bin ich wirklich müde.« Er stöhnte und lehnte sich gegen den Baumstamm. »Nach Halfnaar ist es genauso weit wie bis zu unserer Burg. Sollen wir wirklich wagen, nach Hause zu reiten?«

»Ja.« Der König hatte sich darüber mit den Rittern beraten und war zu einem Entschluss gekommen.

Alisandor legte die Hand an den Sattel seines Knappen. »Du reitest vorsichtig in Richtung Burg voraus, Rolf«, sagte er. »Sieh zu, dass du die Verräter früher siehst als sie dich. Sobald du sie entdeckst, kehrst du augenblicklich zu uns um. Wir folgen dir langsamer.«

Rolfs Handschuh schlug gegen die runde Eisenplatte auf seinem Wams über dem Herzen. »Ich habe verstanden.« Er hob den Zügel und schnalzte mit der Zunge. »Für Thule!« Er grinste und ritt unter den raschelnden Blättern, von denen kleine Tropfen fielen, in nordöstliche Richtung.

Noch drei Stunden lang zog die narbige Mondscheibe durch die Wolken über den Himmel und versank gilbend hinter dem Kamm der Berge. Die Pferde gingen im Schritt; Knappen und Ritter hingen halb schlafend in den Sätteln. Als sich im Osten das erste Grau zeigte, hielt König Greiffs Schecke von selbst an und tappte vom Sand der Straße hinunter zum Quellbecken. Ein zweites Pferd wieherte kurz. Das Geräusch der Hufe, das einschläfernd gewesen war, riss plötzlich ab. Nacheinander schreckten die Reiter hoch.

»Wir füllen die Wassersäcke auf«, ordnete Greiff an, während er abstieg. »Lasst die Pferde derweil saufen.« Er blickte zum düsteren Himmel. »Diese Nacht will kein Ende nehmen, scheint mir.« Er streckte beide Arme aus und half Roswynda aus dem Sattel. Das Land rings um die Wasserstelle war leer und ruhig. Nur das letzte Mondlicht und der schwache Schimmer der Sterne hellten den dünnen Bodennebel ein wenig auf, als sich Ritter, Knappen und Pferde um das steinerne Becken versammelten.

»In einer Stunde ist's hell«, meinte Alisandor. »Und dann stürzen wir uns auf die Männer von Dundhas.«

»Vorher stürze ich mich ins Gras, für eine Stunde Schlaf«, brummte Bernadin. Tiefe Müdigkeit drückte sich in jeder Geste aus. Die Kettenhemden und Eisenteile der Rüstung wogen scheinbar dreimal soviel wie am Morgen. Ob Gefahr drohte, wusste niemand; aber jede weitere Stunde würde die Erschöpfung nur steigern und noch mehr Kräfte rauben. Ritter Bronzefist hängte den prallen Wassersack an den Sattel und wartete, bis sich sein Pferd satt gesoffen hatte. »Und wie wäre es, wenn wir uns verstecken, ein wenig schlafen und den armen Kreaturen frisches Gras gönnen?«

»Ich überlege es gerade«, sagte der König. »Weit genug von der Straße entfernt ... sie suchen uns vielleicht in Halfnaar.«

»Oder sie suchen uns nicht mehr und erwarten uns in der Burg?«, meinte Belangere.

»Still!« Gleichzeitig zogen Alisandor und Laraine die schweren Herseniers von den Köpfen. Die eisernen Maschen legten sich wie nasse Tuchstreifen auf die Schultern.

»Hufschlag« sagte Hakonwulf und gähnte. Tränen der Müdigkeit sickerten aus den Augenwinkeln. »Ein Reiter.«

Alisandor hob den Arm. »Es ist hoffentlich mein Knappe Rolf.«

Wenige Zeit später, ohne dass bisher etwas anderes als grauer Nebel zu sehen war, wurde das Geräusch lauter. Dann näherte sich ein einzelner Reiter von Nordosten in holprigem Galopp.

»Es muss Rolf sein«, sagte der König. »Wenn er galoppiert, wird's wohl nichts mit erholsamem Schlaf, meine Herren Ritter.«

»Fürchte ich auch«, sagte Alisandor und hielt sich am Sattel fest. »Kein leichter Kampf um Euren Thron, König.«

Die Nebel und die Umgebung verschmolzen zu hellerem Grau. Im Norden schienen über dem silbrigen Dunst Kopf und Hals eines Pferdes und dahinter der Oberkörper eines Mannes zu schweben.

»Es ist Rolf«, sagte Alisandor ruhig. »Aber es sieht nicht aus, als würde ihn die nackte Angst jagen.«

Das Pferd keuchte; es war fast am Ende seiner Kraft. Der Reiter entdeckte wohl soeben die Schilde und wenigen Lanzen entdeckte, denn er parierte das Pferd zum Schritt durch.

Rolf fiel beinahe aus dem Sattel, klammerte sich am Steigbügel fest. »König Greiff, meine Ritter ... Dundhas ist hinter mir her. Mit so vielen Reitern, dass sie uns so leicht besiegen wie eine Handvoll wehrloser Kinder.«

Aarebrand stöhnte: »Ich hab's befürchtet. Wie viel Stunden trennen uns von den Reitern?«

Rolf hob die Schultern. Von Osten kroch graurosa Helligkeit heran. Der Nebel wurde silberhell. »In zwei Stunden sind sie hier. Sie reiten im Schritt, manchmal im Trab.«

»Eher weiter als zwei Stunden oder näher, Rolf?« fragte König Greiff.

Gierig trank Rolf aus Alisandors Schlauch. »Eher weiter, König.«

Über den Bergen, hinter denen der Mond verschwunden war, stieg ein grauer Streifen mit weißen und roten Rändern und tauchte die schmalen, übernächtigen Gesichter der Männer in fahles Morgenlicht.

»Also kein Kampf, meine Freunde.« Der König deutete nach Süden. »Wir weichen aus. In Halfnaar werden wir Hilfe bekommen und zur Not ein Schiff.«

»Müssen wir schwimmend kämpfen?«, fragte Aarebrand. »Das schaffe ich nicht einmal ohne Rüstung und Stiefel, Herr König.«

»Auf die Pferde.« Der König war ungeduldig. »Ich erklär's Euch unterwegs. Ein Vorsprung von zwei Stunden ist gut; ein halber Tag wäre besser. Keine Sorge, Herr Aarebrand von Agneth. Ihr werdet nicht schwimmen müssen.«

Die Männer halfen einander in die Sättel. Hakonwulf trabte neben Roswynda nach Südwest. Zur linken Hand zuckten die ersten Sonnenstrahlen zwischen den Berggipfeln hindurch und färbten den Himmel.

»Die Fischer werden uns helfen«, sagte der König so laut, dass es auch Hakonwulf fast am Ende der Gruppe verstand. »Ihre Familien können auf Booten in eine andere Bucht segeln oder rudern. Es gibt genug steinerne Häuser im Fischerdorf.«

Laraine stieß ein hartes Lachen aus. »Aus den Jägern sind wohl plötzlich Gejagte geworden, Herr Dragonblade?«

»Ihr habt Recht, Ritter.«

Die Pferde schafften es noch, in leichten Galopp zu gehen. In Dreierreihen, schwitzend und dampfend, folgten sie der Straße. Birkenstämme schoben sich zwischen Sonne und Reiter, Schatten und helles Licht wechselten einander ab. »Gegen fünf Dutzend Reiter, selbst wenn sie nicht zum ritterlichen Kampf antreten, sind wir verloren«, sagte der König. »Es ist klüger, dem Tod in einem solchen Kampf auszuweichen.«

»Wahr gesprochen«, brummte Clarance. »Die Verräter sind genauso müde wie wir, und ihre Pferde werden wohl nicht frischer sein.«

Eine Stunde oder etwas länger ritten sie schweigend dahin. Manchmal drehte sich ein Ritter um und spähte nach Verfolgern. Das Land war hügelig und von kahlen Geröllbergen unterbrochen. Die Straße schlängelte sich durch windstille Senken.

Als die Pferde immer häufiger stolperten, rief König Greiff: »Langsamer! In drei Stunden sehen wir das Meer.«

Sie schleppten sich weiter. Die Sonne stieg höher; die Wärme ihrer Strahlen nahm zu. Der König ritt mit gesenktem Kopf, sprach mit Roswynda und Ritter Belangere, später mit Bronzefist und Aarebrand. Nach dem letzten Waldstreifen breitete sich vor ihnen die endlose Fläche des Wassers aus. Dicht vor der Kante der Steilküste, einen Steinwurf von der Stelle entfernt, an der sich die Straße nach Halfnaar senkte, glaubte Bronzefist gegen die Sonne Gestalten zu sehen: Männer auf Pferden, die nicht schneller waren als die Ritter selbst. Bronzefist schirmte mit beiden Händen die

Augen und zählte laut. Er wandte sich an den König und rief: »Acht Pferde und ebenso viele Reiter, König. Direkt vor uns. Ihr Ziel ist ohne Zweifel das Fischerdorf.«

Bronzefist gab seinem Pferd das letzte Mal die Sporen. Er erreichte die kleine Gruppe, als sie jenseits des Felsabsturzes war. Bald darauf winkte er mit beiden Armen.

»Das sind nicht Dundhas' Leute!«, rief Hakonwulf freudig.

Die Pferde ließen sich von seiner Aufgeregtheit anstecken und holten ihre letzten Kraftreserven aus sich heraus. Sie keuchten bis zur Felskante. Kühler Wind blies den Geruch der Brandung in die Gesichter der Reiter. Hakonwulf vergaß seine Müdigkeit: Er erkannte Lehrer Gandalon und Rarn, den Gärtner, unter den Reitern. Sein Freund Dardan hing zwischen ihnen im Sattel, daneben ritt Brigida mit Sinead, Ailsandors junger Geliebter; gefolgt von zwei weiteren Reitern. Mit gedämpften Rufen begrüßten sich die beiden Gruppen. Gandalon nickte müde, aber würdevoll. Rarn verbeugte sich vor dem König und sagte: »Ein Pfeil steckt in Dardans Rücken. Herr! Die Burg ist besetzt. Wir sind gerade noch geflohen, nachdem der Prinz und Eure Königin vor den hochgezogenen Toren standen.«

»Es ist gut«, sagte Greiff. »Meine Herren Ritter: Es wird hart. Sagt Euren Knappen, dass sie die Burgflüchtlinge zu Verwalter Turik bringen sollen.« Mit leerem Blick sah er in die dunkle Bucht. »Jetzt bleibt uns nur, Dundhas' Männer aufzuhalten – bis wir fliehen können.«

Die Ritter wendeten ihre Pferde und folgten Greiff in die Richtung, aus der sie gekommen waren. Hakonwulf nahm Gandalons Hand und sagte: »Komm mit mir. Dardan wird gleich auf weichem Stroh liegen. Wir schaffen es noch bis zum Dorf.« Der Prinz starrte müde in den Hafen und auf die Landzunge hinunter. Sie hatten ihr Ziel fast erreicht. Am Steg lag aber nur ein einziges großes Schiff; das zweimastige Boot des Händlers aus Britannien.

»Blutiger Ostermontag«, sagte Königin Roswynda halblaut. »Welch ein furchtbarer Tag.«

Die ersten Fischer sahen sie, deuteten herauf und liefen zum Haus des Verwalters.

Hakonwulf versuchte in Dardans Gesicht zu blicken. Er sah den großen Fleck verkrusteten Blutes und den drei Finger langen Rest eines abgebrochenen Pfeils im Rücken des Freundes. Gandalon zwinkerte ihm zu; von der Schläfe bis zum Hals bedeckte getrocknetes Blut die rechte Seite des bleichen, müden Gesichts. Die Flüchtlinge waren völlig erschöpft. Ihre Gesichter, grau und schmutzig, zeigten deutlich, dass sie seit gestern Mittag ununterbrochen unterwegs gewesen waren. Die Pferde stolperten und schwitzten, ihre Flanken flogen.

Der Koch und die junge Barbra hatten sich retten können. Ebenso der Zimmermann, zwei Frauen, die Hakonwulf nicht wiedererkannte, und der Burgschmied, der zwei große Hämmer im breiten Ledergürtel trug.

»Gildas, der Schmied, hat uns herausgebracht. Zuerst waren nur ein paar Männer in der Burg. Sie zwangen uns, die große Zugbrücke hochzuziehen«, erzählte Rarn. »Derweil hat Gildas die Getreuen zusammengeholt. Im Stall haben sie alle Pferde gesattelt. Mit dem Hammer hat er«, er deutete auf den breitschultrigen Schmied, »drei Verräter erschlagen.«

Die Flüchtlinge und die Knappen ritten, von den Fischern begleitet, bis zum Steinhaus des Verwalters. Königin Roswynda sprach mit Turik, der auf einzelne Männer zeigte und mit lauter Stimme seine Anordnungen traf.

»Bringt die Pferde in die Ställe. Die Kinder füttern und striegeln die Tiere. Jeder nimmt einen Flüchtling in sein Haus. Den Jungen mit dem Pfeil in mein Haus. Schnell!«

Hakonwulf stieg mit zitternden Beinen aus dem Sattel. »Wo ist Cioran? Wir brauchen sein Boot, den *Großen Fisch*«. Er fragte einen alten Fischer.

Der kahlköpfige Mann mit den Wangennarben deutete nach Osten. »Auf dem Meer. Kommt mittags zurück, Prinz.«

Cardogh führte die Königin in ein Haus. Gandalon stand in der Menge und ließ sich schließlich mitziehen. Das Durcheinander zwischen dem Steg und den ersten Häusern war zu viel für Hakonwulf. Er gesellte sich zu Rarn. Der Gärtner blickte den vier Fischern nach, die seinen Sohn vor sichtig ins Haus trugen.

»Wie ist es geschehen, Rarn?«

Der Gärtner ließ die Schultern hängen. Brigida wischte mit ihrem Mantel über sein Gesicht. »Prinz«, sagte er mit tonloser Stimme, »er war der tapferste von uns allen. Er ist zum Torturm. Hat sich hingeschlichen. Mit dem Messer hat er die Seile durchgeschnitten. Der kleine Steg ist mit großem Krachen heruntergefallen.«

»Und dann ist er zum Stall gerannt«, fuhr Brigida fort. »Ein Wächter auf dem Turm hat ihn gesehen und geschossen. Er hat viel Blut verloren. Wir haben nicht gewagt, den Pfeil aus dem Rücken zu ziehen.«

Mittagssonne stach herab. Der Seewind kühlte und blies den Schweiß aus dem verklebten Haar. Die Knappen kamen aus den Ställen, trugen Sättel über den Schultern und verluden sie ins Händlerschiff.

»Und jetzt ist die Burg voller Verräter?«, fragte Hakonwulf.

»Wir waren gerade auf der Burgstraße. Da sind sie alle vom Festplatz gekommen. Einer nach dem anderen, mit blutigen Schwerte'n und Beilen. Wir flohen über die Felder.«

»Sie interessierten sich nicht für uns«, sagte Brigida und band ihren Zopf mit einem Lederriemchen fest. »Wir haben Euch noch in der Ferne kämpfen gesehen. Dann kam Fürst Dundhas mit den Reitern.«

»Komm, du brauchst Ruhe.« Gofrit nahm Hakonwulf am Arm und zog ihn ins nächste Haus. Der Prinz folgte langsam und ließ sich neben Turiks Feuerstelle auf die klobige Holzbank sinken.

Turiks Frau drückte ihm einen Becher Honigmilch in die Hand. »Ihr seht sehr müde aus, Prinz«, sagte sie leise. »Euer Vater will die Verräter vertreiben?« Hoffnung stand in ihren Augen.

Hakonwulf zuckte mit den Achseln und verschluckte sich fast. »Wir sind zu wenige gegen sie.« Er wünschte sich, dass Zauberer Merlin erscheinen und ihn in seine Welt mitnehmen würde, in einen Traum von Sicherheit und Ruhe, der zur Wirklichkeit werden konnte. Er hörte nur halb zu, wie die Knappen sich mit dem Verwalter berieten.

»Und du, Alar, solltest dort hinaufklettern und dich verstecken. Warne uns, wenn die Feinde herunterkommen wollen.«

»Du denkst, der König stellt sich ihnen nicht?«

»König Greiff ist ein kluger Mann. Unsere Ritter sind's nicht minder.«

Cardogh starrte in das Gesicht des Jüngeren und stieß ein kurzes, hässliches Lachen aus. »Für den Augenblick, für die nächste Zeit ... sind wir geschlagen.«

Der Knappe schwieg. Dann stand er entschlossen auf und fasste Hakonwulf an der Schulter. »Nimm dein Essen mit. Wir warten auf den Fischer und sein großes Boot. Der König hat gesagt, dass wir auf den Booten sicherer sind als zwischen den Mauern hier.«

Alar hielt sein Schwert fest, bückte sich unter dem Türbalken und ging zum Ende der Dorfgasse. Auch er hatte alle seine Kräfte zusammengenommen und vergaß die Müdigkeit. Turik saß mit hängendem Kopf neben dem Brunnen und schüttete einen dünnen Strahl dunklen Wein in zwei Holzbecher. Cardogh, der seine Erschöpfung nicht mehr verbergen konnte, nickte und sagte leise: »Mit den Booten können wir, ohne die Pferde, rund um die Insel viele Buchten anlaufen. Aber der König hält es für besser, irgendwann in Britannien ein Heer zu sammeln und dann überzusetzen.«

»Und wenn Dundhas uns alle bestraft?«

Ihre Augen trafen sich über den Rändern der Becher. Im Fischerdorf herrschte eine trügerische Ruhe. Das fauchende Donnern der Brandung kam in gleichmäßigem Takt.

»Ihr sagt, wir hätten euch mit blankem Schwert bedroht. Ihr hattet keine andere Wahl. Ihr habt nur dem König gehorcht, klar? Vielleicht setzt dich Dundhas als Verwalter ab, wer weiß.«

»Es ist zu ertragen. Wenn ich nur nicht von Halfnaar fort muss.« Turik starrte in seinen Becher. »Und die Pferde?«

»Weiß ich nicht, Fischersmann.« Cardogh seufzte. »Zwei oder drei können wir vielleicht mitnehmen; ihr könnt sie nicht brauchen, sie fressen euren Ochsen das Heu weg. Lasst sie notfalls Dundhas.«

»Meine Frau ist bei dem Jungen«, sagte Turik nach kurzem Schweigen. »Sie macht uns wenig Hoffnung.«

»Der Junge sah halb tot aus. Aber es gibt immer solche Wunder von schneller Genesung«, sagte der Knappe und stemmte sich in die Höhe. »Ruf mich, wenn sich Ciorans Schiff zeigt.«

»Verlasst Euch auf mich, Herr Knappe.« Cardogh ging von einem Haus zum anderen, sah nach jeder Frau und jedem Mann, übernahm einen Teil der Verantwortung seines Ritters und bereitete die Fischer darauf vor, ihnen schnell zu helfen. Der Händler war aufgewacht und redete mit König Greiff: Sie waren sich bald einig.

Ständig glitten Hakonwulfs Blicke hinaus aufs Meer. Erst zwei Stunden später sah er drei breitbrüstige Boote, die sich mit schlaffen Segeln quälend langsam näherten. Ein einziger Gedanke brachte ihm ein wenig Erleichterung. Der Knappe Alar hatte noch nicht gewarnt. Also war der Angriff der Verräter noch nicht sofort zu erwarten.

6

Der alte Fischer legte das Messer auf das blutige Tuch. Reglos lag Dardan auf der Tischplatte, den Rücken im Flackerlicht der Fischöllämpchen. Neben dem Messer lag der Pfeil mit der eisernen Spitze. Brigida tupfte von den Schnitten das Blut weg, während eine ältere Frau einen dünnen Faden in eine Nadel aus Fischbein einfädelte. Sinead wusch den Umkreis der Wunde mit heißem Wasser.

»Lebt er noch?«, flüsterte Hakonwulf. Brigida nickte. Der Körper des Jungen hob und senkte sich langsam. Die Fischersfrau nähte die Wundränder zusammen. Hakonwulf zwang sich hinzusehen, obwohl es ihm in der Kehle würgte. Seine Gedanken wirbelten ohne einen festen Punkt herum. Es gab in diesen Stunden keine Sicherheit. Weder Mutter noch Turik wussten, was der Abend und die Nacht bringen würden. Er war kurz davor, wegzulaufen und sich irgendwo zu verstecken. Aber schweigend sah er zu, wie zwei Frauen einen Brei aus heißen Kräutern brachten, in ein sauberes Tuch einschlugen und auf die vernähte Wunde legten. Dann hoben die Helfer den schlaffen Körper hoch und wickelten breite Binden um Brustkorb und Rücken.

»Ich hab schon oft zugesehen«, flüsterte Knappe Bjarn. »Sie machen es so gut wie ein Wundarzt. Sie haben ihm Wein und Mohnmilch gegeben. Er wird jetzt lange und tief schlafen.«

»Wird er wieder gesund?«, fragte Hakonwulf. Flüchtig dachte er an die kleinen Abenteuer rund um die Burg, die er zusammen mit Dardan erlebt hatte.

»Vielleicht. Vielleicht auch nicht. Das weiß niemand.«

Die Fischer zogen die Boote auf den Sand. Ihre Netze waren voll, und die Frauen und Männer schleppten den Fang zu den Häusern. Hakonwulf hielt einen jungen Fischer am Ärmel fest. »Hast du Ciorans großes Boot gesehen?«

»Ja, im Osten. Er hat vorhin sein Netz eingeholt.« Sein Blick glitt zum Meer hinaus. »Er müsste schon auf dem Weg zurück sein,

Prinz.« Zuchtmeister Gandalon hatte also oftmals die zwar schlimmen, aber leider die richtigen Legenden erzählt, sagte sich Hakonwulf bekümmert und blickte hinauf, wo die Straße jenseits der Felskante verschwand: Es war Wolfszeit; Gott schien die Zuchtrute zu schwingen. Von Zeichen am Himmel und Finsternissen der Sonne oder des Mondes hatte niemand etwas gehört, aber Hakonwulf fühlte, dass sein behüteter Lebensabschnitt zu Ende ging. Die Burg Myngrifon und fast eineinhalb Jahrzehnte seines Lebens lagen plötzlich in unerreichbarer Ferne. Er seufzte und blieb auf dem Steg neben dem leeren Händlerboot stehen, in dem die Mannschaft Verschläge für die Pferde zimmerte.

Dann zuckte er mit den Schultern. »Vielleicht sehe ich Merlin, die Burg Camelot und den großen König Ethelred früher, als ich geträumt habe«, sagte er leise zu sich selbst. »Die Nachfahren von Merlin und Artus. Die Ruinen von Camelot – oder eine neue, weiße Stadt, wer weiß?«

Aber die Eltern und er, die Ritter und die Knappen, zwei oder drei Pferde – fanden sie alle auf dem Händlerboot und in Ciorans Schiff Platz? Und konnten sie auch die sieben Flüchtlinge oder acht, falls Dardan überlebte, mitnehmen? Dundhas würde sich an ihnen rächen wollen. Wie lange dauerte wohl die Fahrt nach Britannien? Stürme, riesige Wellen und Meeresungeheuer, die groß genug waren, um Schiffe verschlingen zu können – lauerten sie draußen im Wasser, ohne Grenzen und festen Boden unter den Füßen? Dem Prinzen schwindelte; er zwang sich dazu, nicht daran zu denken. Er starrte zum östlichen Ende der Bucht und hörte gedankenverloren die greinenden Möwenschreie und die schrillen Laute der Seeschwalben.

Da kam das Schiff. Zuerst sah er hinter den gischtumtobten Felsen die Mastspitzen, wenige Atemzüge danach den Bug des Schiffes. Es war der *Große Fisch*, der tief im Wasser lag und sich mit schäumender Bugwelle näherte, langsam und in weitem Bogen. Prinz Hakonwulf legte den zusammengefalteten Mantel im Bug des Schiffes auf die Planken und blickte zum wiederholten Mal zur Felskante. Die Stelle, an der sein Pfad begann, kannte er genau, obwohl sich seit letztem Jahr viel neues Grün ausgebreitet hatte.

Gofrit keuchte mit zwei Sätteln heran und ließ sie auf den Steg fallen. »Die Herren Ritter werden sich wohl bald wieder die Seele aus dem Leib speien«, sagte er und grinste. Sein Kinn war voller Bartstoppeln; er blinzelte aus entzündeten Augen. »Aber besser wenig Übelkeit als viel Tod.«

»Du bist sicher, dass wir nach Britannien fliehen müssen?« Hakonwulf und Cioran sahen sich schweigend an.

»Vielleicht nicht bis nach Britannien. Aber weit weg von Halfnaar.« Der Knappe stemmte den Sattel in die Höhe. »Es tut mir leid für dich, Fischersmann. Aber auch fremde Küsten haben ihre verborgenen Schönheiten, viel Treibholz und unbekannte Gefahren.«

Cioran senkte den Kopf. »Alle Zeichen stehen günstig. Bei Dunkelheit läuft die Ebbe ab und zieht uns hinaus. Und der Wind ist stetig und weht aus Nordwest.«

»Du solltest mit Turik sprechen, wegen Essen und Wasser«, sagte Hakonwulf leise. »Der Verwalter wird tun, was Mutter ihm befiehlt.«

Cioran half Gofrit, die letzten Sättel zu verstauen. Nebeneinander gingen sie zum Haus des Verwalters.

Hakonwulf hatte eine halbe Stunde geschlafen und war von selbst wach geworden. Die Stille zwischen Halfnaars Hütten bewies, dass auch Roswynda und die anderen die Zeit dazu benutzten, sich auszuruhen. Er setzte sich in den Bug des *Großen Fisches* und wartete müde und geduldig. Cioran hatte versprochen, sie bis nach Britannien zu bringen, wenn sein König es ihm befahl. Drei Fischer, die besten des Dorfes, wollten mit den Rittern und dem Königspaar segeln. Der Händler Sordhand, Cardogh und Gofrit hatten Cioran davon überzeugen können, dass eine Fahrt zu Britanniens westlicher Küste lang dauern konnte, aber längst kein tödliches Wagnis darstellte – sie selbst waren der lebende Beweis, dass das Meer nicht jeden verschlang.

»Wo bleiben die Ritter?«, flüsterte Hakonwulf.

Es gab niemanden, der ihm antworten konnte.

Die Sonnenwärme nahm ab, die Schatten wuchsen ostwärts. Aus den Häusern kamen Mädchen und Frauen. Sie trugen Säcke, Fässchen und große Packen. Er hatte immer weniger Zweifel: Beide Schiffe würden ablegen, sobald Vater und seine Freunde den Verrätern entkommen waren. Bisher konnte Hakonwulf, der unablässig jeden Fußbreit des Dorfes, der Straße und der Felsenkante beobachtete, keine Anzeichen dafür erkennen. Spitze Schatten schlichen langsam über die Felsen des schrundigen Absturzes, über das Meer fiel ein purpurnes Gemenge aus Licht und Wolkenschatten, aus dem Furcht in die Herzen kroch. Die Sonne würde in einer halben Stunde von Halfnaar aus nicht mehr zu sehen sein. Hakonwulf spürte seine Besorgnis wachsen. Er half den Töchtern und Frauen der Fischer, Proviant und Wasserfässer zu verstauen; Beutewaffen und Satteltaschen türmten sich zwischen den Ruderbänken und unter den Halbdecks. Das Innere des Schiffes roch nach fauligem Wasser und Fisch.

Hakonwulf sog die Luft tief in seine Lungen, um seinen eigenen Geruch nach kaltem Schweiß, muffigen Kleidern und nassem Leder zu entgehen, in den sich Pferdegestank mischte.

Cioran trug eine lederne Jacke, einen Mantel und mehrere Decken über dem Arm. Er ging schweigend, ohne sich umzudrehen, zu seinem Schiff. Zwei knisternde Binsenlichter verbreiteten spärliche Helligkeit.

Turiks rothaarige Tochter Elayne hielt Hakonwulf an der Schulter fest. »Soll ich Euch helfen, Prinz? Das Kettenhemd –«

»Ja. Danke.« Hakonwulf sah in ihr junges, schmales Gesicht. Ihre Augen flirrten; die Flämmchen spiegelten sich im goldgesprenkelten Grau. Er drehte sich um. Er nickte, ihre Finger öffneten die Schnallen, mit denen das Kettengewebe am Rücken zusammengefasst wurde. Der schwere Rock rasselte zu Boden. Hakonwulf hob ihn auf und warf ihn ins Schiff. Elayne nahm seine Hände und lehnte sich an seine Schulter.

»Ich will mit Euch kommen, Prinz«, sagte sie. »Ich fürchte diesen Dundhas und seine Verräter.«

Er senkte müde den Kopf. »Es ist so weit weg. Aber – rede mit meiner Mutter, Elayne.«

Sie nickte, lief über den Steg zum Land und verschwand zwischen den Häusern.

Rolf und Bjarn wuschen sich an der heißen Quelle und spülten ihr Haar am Brunnen. Neben ihnen lehnten die Schilde. Gurte und Schwertgehenke lagen auf dem Brunnenrand. Ein Dutzend Atemzüge später kam Königin Roswynda aus Turiks Haus. Sie blickte um sich, als sähe sie das Dorf zum ersten Mal. Elayne ging zur Königin und hob die Arme. Hakonwulf tappte müde über die Bohlen und stellte sich neben die Frauen.

»Ist Dardan schon aufgewacht?«, fragte er. »Vater und die Ritter sind noch nicht zu sehen.«

Die Königin breitete hilflos die Arme aus. »Ich weiß gar nichts. Gehen wir zu Dardan.« Sie legte den Arm um Hakonwulfs und

Elaynes Schultern, streichelte seine Wange und schien ebenso unsicher und niedergeschlagen wie er.

Dardan lag reglos auf den Decken und Kissen der Ofenbank. Hakonwulf kauerte sich neben ihn auf den Lehmboden, starrte in sein Gesicht und hielt die Finger unter Dardans Nasenlöcher. Er spürte keinen Lufthauch und hörte den Atem auch nicht mehr. Der Prinz berührte die Stirn des Freundes. Das Gesicht war bleich; spitz stachen Kinn und Nase hervor.

»Mutter ... ist er tot?«, flüsterte Hakonwulf. Die Königin setzte sich neben ihn. Eine Fischersfrau stellte eine flackernde Talgkerze auf die Kante des Hockers. Im zuckenden Licht sah Hakonwulf, dass die Augen des Freundes an seiner Schulter vorbei zum hellen Viereck der Tür blickten. Die Pupillen blieben groß, als sich das Licht in den Augen spiegelte. Königin Roswyndas weiße Finger drückten die Augenlider hinunter. Hakonwulf fühlte eine unsichtbare Hand an der Kehle.

»Dardan wird den Hof von Camelot nicht sehen«, sagte seine Mutter weich. »Er ist eingeschlafen und nicht mehr aufgewacht. Friede seiner Seele.«

Sie bekreuzigte sich. Hakonwulf und die Frauen schlugen schweigend das Kreuzzeichen. Roswynda zog ihn an den Schultern hoch und nahm seine Hand. Sie gingen schweigend aus dem Haus. Erst als zwei Tränen warm auf seine Hand tropften, merkte Hakonwulf, dass er weinte.

Alar hatte von dem geheimen Pfad gehört, den nur Hakonwulf kannte. Er befand sich rechts von ihm, weit abseits der Straße. Der Knappe hockte in der Astgabelung einer vom Wind zerzausten Föhre und konnte das Land weit überblicken. Jetzt sah er den Zug der näherkommenden Reiter Dundhas' und das Häuflein der königstreuen Ritter, die in zwei Gruppen vor dem Wald warteten. König Greiff war ein Mann voller Listen und Einfälle. Aber jetzt gab es für ihn keine Wahl mehr. Vor dieser Überzahl an Feinden musste er fliehen. Die Verfolger kamen zwischen den niedrigen Hügeln hervor aufs freie Feld. Bald war Alar sich sicher, dass es tatsächlich Dutzende waren. Jetzt schienen auch König Greiff und seine Ritter die Verfolger gesehen zu haben. Sie rissen die Pferde herum und galoppierten nach Südwesten zurück.

Alar kletterte von der Buche und rannte auf dem schmalen Felssims ins Dorf hinunter. Seine Gedanken überschlugen sich. Der

König und seine Ritter würden auf Hakonwulfs geheimem Pfad mit einer Stunde Vorsprung am Fischersteg von Halfnaar sein. Bis dahin mussten die Knappen alles für die Flucht gerichtet haben. Ciorans Schiff lag schon am Steg und wurde gerade beladen, das Händlerschiff schien bereit zum Ablegen zu sein. Wenn der König und die Ritter ankamen, musste Cioran sofort bereit sein, in See zu stechen.

Mit den abendlichen Schatten, deren Purpur in Schwarz wechselte, kamen die Wolken, kühler Wind und Feuchtigkeit. Auf weichen Decken, an Säcke gelehnt, saßen Königin Roswynda und Hakonwulf im Bug des *Großen Fisches*. Hakonwulf spürte, wie die Erschöpfung seine Arme und Beine ergriff, als wären sie tief in Sand begraben. Elayne, in einen schwarzen Mantel gehüllt, streichelte den Hals des Rappen, dem man die Augen verbunden hatte. Der Merlin-Falke hockte auf der Bordwand und würgte an einem Fleischbrocken. Bilder und Eindrücke verschmolzen vor Hakonwulfs schläfrigen Augen. Alle Geräusche wurden leiser und verloren schließlich ihre Bedeutung. Ab und zu schreckte er aus dem Schlaf und glaubte, Stücke aus einem Traum zu sehen. Rarn und die weinende Brigida kamen zum Schiff. Gandalon, ein Bündel, seine Bücher und einen ledernen Sack neben sich, setzte sich ins Heck, neben den Platz des Steuermannes. Der Schmied und der Zimmermann ließen sich von den Fischern erklären, was mit den hölzernen Ruderriemen zu tun sei und welche Leinen und Taue sie besser unangetastet ließen. Zwei Pferde wurden mit klappernden Hufen über die Planken geführt und am tiefsten Punkt des Bootes festgebunden. Der Koch und die junge Küchenmagd suchten sich einen Platz am Mast, zwischen Ballen, Sätteln und den zwei Ankern. Am Steg standen vier Knappen, die Schilde am Knie und die Hände an den Schwertgriffen.

Die ablaufende Ebbe begann am Schiff zu zerren. Von der Felskante fuhr wimmernd der erste Stoß des Nachtwindes. Die Felsen der Klippe hoben sich schwarz gegen den Himmel ab, an dem die ersten Sterne erschienen. Ein scharfer Pfiff war zu hören und brach sich als Echo in den Klippen.

»Das war Alar«, sagte Cardogh. »Sie kommen.«

»Wer?« Bjarn griff nach dem Schild. »Dundhas' Leute?«

»Alle. Nein. Der König.« Lange war nichts zu hören und zu sehen. Einzelne Fackeln tauchten zwischen den Häusern auf. Cioran zündete die Kerze einer Handlaterne an. Kurz darauf waren leise Hufschläge zu hören, ab und zu das Klirren einer Waffe.

»Sie kommen über den Pfad, den uns der Prinz gezeigt hat«, rief Rolf unterdrückt. »Gehen wir ihnen entgegen?«

»Wir sollten warten.« Gofrit hängte seinen Schild auf den Rücken. »Ihre Sättel und die Taschen müssen ins Schiff. Bist du bereit, Cioran?«

»Bereit, als ginge es zum Fischfang.« Stimmen, Klirren, Huftritte und das Keuchen der Pferde wurden lauter. Männer rannten mit Fackeln an die Stelle, an der ein Ritter auf den Strand hinaustrat. Jemand zählte laut bis acht.

Der König warf die Zügel des erschöpft trottenden Schecken einem Jungen zu und wandte sich an Cardogh. »Sie sind weniger als eine Stunde hinter uns, zerstreut und müde. Einige haben sich im Wald verirrt. Wo ist Alar?«

»Alar gab eben das Zeichen. Er folgt Euch, König. Alles ist bereit – aufs Schiff, Herr!«

»Ja.« Greiff senkte den Kopf. »Bringt Pferde über die Planken ins Schiff. Einen Hengst und die junge Stute. Der König flieht von Thule. «Er sprach voller Bitterkeit und ging auf das Schiff zu, trat ins Licht der Hecklaterne und legte Cioran die Hand auf die Schulter. »Du bringst uns nach Britannien, Fischer Cioran? Keine Angst, dass dich Dundhas später bestraft?«

Cioran zuckte mit den Schultern. Ritter und Knappen schnallten die Sättel ab und schleppten sie zum Schiff; nur noch ein Pferd fand Platz zwischen den Packen und Ballen. Die Schlingen um das gereffte Segel wurden gelöst.

»Mein Schicksal«, sagte der Fischer mürrisch, »liegt nicht in seiner Hand, Herr. Wir weichen der Übermacht. Eure Gemahlin und der Prinz sind schon an Bord.«

»Ich werde dir danken, Cioran, wenn die rechte Zeit dafür gekommen ist.« Der König ging an Bord. »Es geht zu König Artus' Camelot, zu seinem Nachfolger, meine Freunde.« Er winkte Roswynda, die soeben aus dem Unterdeck heraufkam. Die Pferde wurden zwischen Decken, Holzlatten und Stricken an der tiefsten Stelle des Schiffes festgebunden und beruhigten sich nur langsam. Der Lichtschein der Fackeln und Laternen tanzte um das Schiff.

»Bugleine los«, sagte Cioran scharf. Aarebrand und Clarance schwangen sich über die Bordwand. Der Schmied packte einen Riemen und stemmte das breite Ruderblatt in den Meeresboden an der Backbordseite.

»Wollt Ihr etwa an Land bleiben, Belangere?«, rief Bernadin und streckte die Hand aus.

»Keineswegs.« Belangere kletterte an Bord des Händlerbootes und ließ sich ächzend auf eine Ruderbank fallen. Als letzter kam Bronzefist, betrachtete die vollen Schiffe und zog die Schultern hoch. Er machte eine Geste, die seinen Abschied vom festen Boden kennzeichnete, und kletterte an Bord. Das Schiff trieb langsam vom Steg in die schwache Brandungswelle; das Meer zerrte am Kiel, noch ehe die Riemen freikamen und sich die Segel füllten; das Händlerboot folgte.

»Betet darum, dass wir Mond und Sterne sehen«, sagte Cioran zu Ritter Laraine. »Den Mond für das Licht auf den Wellen, und die Sterne für unser Ziel.«

Laraine schlug ihm schwer auf die Schulter, lachte halb erleichtert und sagte: »Von Britanniens Küste aus fanden wir leicht die Insel Thule. Für Euch, Herr der Fische, muss es leicht sein, mit dem Bug die Küste Britanniens zu rammen. Der Händler wird uns beim Kurs helfen.«

»Irgendwo findet sich immer Land.« Gandalon lehnte sich zurück. Mit leisem Knallen entfaltete sich das viereckige Segel. Knappen und Ritter halfen den vier Fischern, so gut sie es vermochten. König Greiff setzte sich zu seiner Frau und legte die schweren Teile seiner Ausrüstung ab. Die wenigen Lichter am Ufer und der Widerschein an den Mauern wurden kleiner und verschwanden ebenso wie ihre Spiegelungen im Wasser. Die erste große Welle hob und senkte das Schiff, der Bug des anderen Schiffes schnitt durch den Gischt und richtete sich nach Süden.

»Jetzt sind die Riemen wichtiger als die Waffen«, sagte der König müde. »Ich bin gewiss, dass uns die Müdigkeit gut schlafen lässt. In wenigen Tagen sehen wir Britanniens Küste. Auch auf dem Meer sind wir, ebenso wie in der Burg, in Gottes Hand.« Er machte eine Pause und sagte heiser: »Wie es das Schicksal uns allen gerade bewiesen hat. Du teilst die Wachen ein, Cioran?«

»Bis Mitternacht, Herr, steh ich am Steuer. Dann können Eure Herren das Segel trimmen und den Ausguck besetzen.«

Über der Küste glühte einige Atemzüge lang ein dunkles Abendrot, das sich in nächtlicher Schwärze auflöste. Die ersten Sterne blinkten zwischen den Nachtwolken. Der Bug wies nach Südost. Die Segel knarrten hart und füllten sich wieder; das Rauschen der

Bugwelle blieb und schläferte die Insassen des Schiffes ein. Lange vor Mitternacht, nachdem sie im gelben Licht gegessen und getrunken hatten, schliefen die erschöpften Männer ein.

Hakonwulfs Schlaf wurde immer wieder unterbrochen. Beide Schiffe fuhren in Rufweite nebeneinander; der Wind blies stetig, und nur in langen Abständen prasselte hochgeschleudertes Wasser von den Bugwellen in die Schiffe. Der Mond wanderte durch die Sterne und versank, die Morgendämmerung zeigte einen Himmel, dessen Wolken unaufhörlich die Farben wechselten. Das Händlerschiff blieb zurück, und nur von der Schulter der weiten Dünung war das eckige Segel am Horizont zu sehen. Zwischen Träumen und Wirklichkeit wiederholte ein Teil von Hakonwulfs Erinnerungen, was er von dem Inselreich erfahren hatte: Die römischen Eroberer-Legionen, deren Schritte vor tausend Jahren die Insel erschüttert hatte, die unzählbar vielen Stammesfürsten, die einander bekriegten und fünfhundert Jahre danach mühsam von König Artus und Merlin gezähmt wurden, während des Eindringens der Sachsen, Angeln und Jüten und später der Nordmannen; aus Artus' Lanzenreitern waren Ritter geworden, und aus ärmlichen Nachbauten römischer Häuser war die strahlende Stadt Camelot entstanden.

Von Thule vertrieben, hilflos dem Meer und dessen Gewalten ausgeliefert – Hakonwulf war auf dem Weg nach Camelot, und er begann sich zu fühlen wie ein waffenloser, einsamer Eindringling in einen unzugänglichen Wald von riesenhafter Ausdehnung, voller Gefahren aus Gegenwart und Vergangenheit.

Dämmerung, Tageshelle, Wind und Wellen, das Klatschen schwerer Brecher, die alle Insassen mit Salzwasser überschütteten, stechende Sonne und Nebel, aufgeregte Pferde, Müdigkeit und Arbeit am Segel, lange Gespräche über die steilen Küsten und das Moor jenseits der Ebbstrände, aufgetürmte Sturmwolken im Westen – Tage und Nächte lösten einander im beunruhigenden Gleichmaß ab. Das Meer, das keine Grenzen hatte und in dem sich nicht das winzigste Eiland zeigte, wechselte seine Färbung. Sterne und Mond kamen und vergingen, das Händlerschiff, längst verlorengegangen geglaubt, war plötzlich wieder zu sehen.

Und dann – an Backbord erschien ein weißer Streifen: endlich Land!

Entlang schneeweißer Felsen, die sich wie steife Falten eines Gewandes senkrecht aus den Brechern hoben, segelte Ciorans Schiff voraus nach Nordost, gefolgt vom zweiten Schiff. Von der Höhe der Kreidefelsen herunter winkten Menschen. Zweimal sah es so aus, als gäbe es eine freundliche Küste, an der sie landen konnten, aber die Strände blieben abweisend; vernichtend für hölzerne, überbeladene Schiffe. Aarebrand und Bronzefist versuchten dem Steuermann zu erklären, jenseits welcher Klippen ihr Land lag; sie erkannten bisher keine einzige Landmarke mit Gewissheit wieder.

»Nicht überall in Britannien lädt die Küste zur guten Landung ein, König«, sagte Belangere ein wenig spöttisch. »Hier seht Ihr die Brandung wilder Stürme von gestern.«

Nebel stieg auf. Sturm trieb das Schiff nach Norden. Die stürmische Fahrt dauerte weitere zermürbende zwei Tage und zwei Nächte.

Am nebelverhangenen Vormittag des dritten Tages, nachdem der Ausguck zweimal vor starker Brandung gewarnt hatte, schwemmte eine mächtige Woge den *Großen Fisch* auf einen sandigen Strand. Weit draußen warf die Mannschaft des Händlers Anker und wartete, den Bug in die Wellen gerichtet und das Segel gerefft. Schwere Brecher dröhnten gegen die Planken, schoben den berstenden Rumpf weiter den flachen Strand hinauf, und als das Wasser ablief, wagten sich die Männer aus Thule über die Bordwand in den nassen Sand.

»Das Schiff ist verloren, Herr.« Cioran besah den leckgeschlagenen Rumpf.

»So wie mein Königreich, Cioran.« Greiff hob die Königin vom Schiff herunter. Es schien, als schwanke der ganze Strand. »Kennt Ihr diesen Teil Britanniens, meine Herren?«

Der Nebel löste sich im Sonnenlicht auf, und die zurückströmende Flut zerrte an den krachenden Planken des Schiffs. Hakonwulf stolperte zu den Sanddünen hinauf, die von Strandhafer und niedrigen Büschen bewachsen waren. Er rief: »Vater! Nur Dünen und Morast. Was für eine hässliche Gegend ...«

»Göttliche Fügung brachte uns hierher. Hier sind wir vorerst sicher«, versetzte König Dragonblade.

»Menschenleeres Land«, bemerkte Bronzefist. »Zwei Tage Fußmarsch nach Westen, und ich zeige Euch Land, in dem wir bleiben können. Sehr weit weg, sage ich, von Camelot oder jeder Siedlung.«

Mehrmals wanderten alle Insassen des Schiffes zwischen den

Dünen und dem gestrandeten Schiff hin und her. Sie brachten Pferde, Sättel, Waffen, Gepäck und alle Vorräte in Sicherheit.

Zwei Tage lang ruhten sie sich aus und wanderten den Strand entlang. Als das Meer sich beruhigt hatte, ruderten die Händler bei Hochflut zum Strand und begannen erst auszuladen, als bei Ebbe das Schiff tief im Schlick versank. Gemeinsam brachen sie Richtung Norden auf, zerrten auf geflochtenen Binsentragen Segel, Trossen und das wertvolle Holz des Wracks durch sumpfiges und schließlich über festes Land. Unterwegs trieben sie johlend eine kleine Herde verwilderter Schafe zusammen.

Ritter Aarebrand hob den Arm. So ernst hatte ihn Hakonwulf noch nie erlebt.

Der Ritter suchte nach den richtigen Worten: »König Greiff Dragonblade Ohneland. Wir sollten auf einer Halbinsel, die wir bald erreichen, Häuser und Palisaden bauen. Wir arbeiten und helfen einander. Gewiss, wir fangen klein an. Eines Tages aber haben wir alle ein Heim, und wenn wir Nachsiedler finden, wenn uns König Ethelred unterstützt, haben wir ein gutes Leben. Ihr seid in Britannien, gesund und in Sicherheit. Es wird schließlich der Tag kommen, an dem wir mit einem Heer nach Thule übersetzen und Dundhas vertreiben. Hier meine Hand, König – schlagt Ihr ein?«

Greiff legte seine Arme um Roswynda, nickte schwer und blickte in die Runde. Er sah jedem in die Augen und betrachtete dann den Sumpf, schüttelte Händler Sordhands Arm und knotete einen Lederbeutel vom Gürtel. »Ich schlage ein. Hier: meine Hand. Unsere Satteltaschen sind voller Gold und Silber, aber woher bekommen wir, was wir brauchen? Wir brauchen viel, fast alles. Da verlasse ich mich auf die Zunft der Händler, guter Sordhand.«

»Ich versprechs, König: Ich tu, was ich vermag!«, rief Sordhand und wog den schweren Beutel in den Händen. Münzen klirrten in der nassen Lederhülle.

Bronzefist lächelte. »Auch das wird sich finden. Man hat uns von den Klippen gesehen; bald werden Händler kommen, nicht wahr, Sordhand? Keiner wird in unserem Land hungern. Aber so schön wie auf Burg Myngrifon wird es vielleicht erst in einem Dutzend Jahren.«

»Unsere neue Heimat«, sagte Roswynda und lächelte Elayne zu. »Jeder wurde nackt geboren, wir sind jedoch nicht gänzlich hilflos. Gott hat uns überleben lassen. Nun fangen wir wieder an, als wären wir Kinder.«

»Aber wir sind stark, klug, und der Sommer beginnt. Besser arm im Moor von Niemands-Land als krank, verwundet oder tot im schönen Königreich Thule. Gehen wir!« Aarebrand lachte fröhlich. »In einem Tag und einer Nacht zeige ich Euch das neue Land von Myngrifon.«

Sie schleppten drei Tage lang alles, was sie aus Thule hatten retten können, über den Sand, durch Schlamm und Schlick, entlang eines verwilderten Flussufers bis mitten in einen lichten Hügelwald, der wie ein gekrümmter Finger ins Moor hineinragte. Mit wenig Arbeit konnte die Landzunge zu einer hügeligen Insel gemacht werden, mit schützender Zugbrücke. Zuerst gruben die Ankömmlinge einen Brunnen.

Neun Tage später, umgeben von gefällten Bäumen, in der Mitte einer kreisrunden Lichtung und auf dem höchsten Punkt der Halbinsel, breitete König Greiff Dragonblade die Arme aus. »Hier bleiben wir. So lange, bis uns das Schicksal besser gesonnen ist. Wir werden jagen und fischen, feste Häuser bauen und eines Tages zurückkehren, um Thule zu befreien. Es mag etliche Jahre dauern. Euch, meine Herren Ritter, ihr Knappen und Fischer, euch, den sieben Getreuen aus der Burg und den Frauen, die ihnen gefolgt sind, sage ich: Alles Silber und Gold aus der Burg tragen wir in Gürteln und Satteltaschen bei uns, dazu viel gutes Werkzeug. Was wir nicht aus eigener Kraft schaffen, können wir kaufen, ob es Baumeister sind oder ein neues Schiff für dich, Cioran.«

Er schwieg. Seine Blicke wanderten von einem Gesicht zum anderen. König Greiff sah, dass jeder seiner Rede zustimmte. Er stand auf. »Und nun suchen wir den besten Platz für unser Heim. In einem halben Jahr, zum Wintereinbruch, haben wir dichte Dächer über den Köpfen und Feuer in den Kaminen.«

Ritter und Knappen schlugen mit den Schwertern gegen die Schilde. Gildas schwang den Schmiedehammer. Königin Roswynda lächelte zum ersten Mal seit vielen Tagen; der Falke krächzte heiser.

»Wenn ich richtig ausgeschlafen habe, gehe ich mit Pfeil und Bogen auf die Jagd«, sagte Hakonwulf zu Bronzefist. »In sieben Tagen kenne ich die ganze sumpfige und waldige Umgebung.«

Ritter Belangere atmete tief ein und aus, blickte einem Schwarm Wildenten nach. »In diesen Tagen, Prinzlein, wirst du von uns allen wohl den meisten Spaß haben. Weißt du, wie gern ich gebratene

Enten esse?«

Die umstehenden Knappen und Ritter lachten laut. Die Sonne schien genauso hell wie über Thule, aber ihre Strahlen wärmten viel mehr als dort; die Unterschiede von Tag und Nacht veränderten sich unaufhörlich. Hakonwulf dachte an Burg Myngrifon und freute sich auf die Abenteuer im menschenleeren Moor. Die Kindheit war vorbei, für jeden Flüchtling begann ein neuer Lebensabschnitt. Er, Hakonwulf, war in Britannien, und jeder Mondwechsel bedeutete einen Schritt auf Camelot zu, in die Welt hinaus, zu den Rittern der Tafel, in die aufregenden Jahre nach dem Ende seiner Kindheit. Er schwieg, lächelte und verstand zum ersten Mal, dass seine Träume wahr zu werden begannen.

Sommerwind, der nach trocknendem Moos und faulenden Wasserpflanzen roch, ließ die gilbenden Binsen rascheln und kräuselte die Oberfläche des Kanals. Eben noch hatten sich die schneeweißen Wolken über dem Niemands-Land im Wasser gespiegelt. Lautlos richtete sich Prinz Hakonwulf im Heck auf, zog die Bogensehne zum Ohr und wartete, bis die fette Wildente kurz vor der Wurzel vorbeischwamm. Die Sehne zirpte und schlug gegen den ledernen Unterarmschutz. Der Pfeil heulte zwölf Schritte weit durch die Luft und nagelte den Hals der Ente ans Wurzelholz. Hakonwulf legte den Bogen vor seine Knie, hockte sich auf das breite Brett und trieb das Boot mit langsamen Paddelschlägen aus dem Schilf heraus und hinüber zu seiner Beute. Er zog den Pfeil aus dem harten Holz und warf die Ente zu den anderen sechs Wasservögeln und einigen Fischen in den Bug.

»Entenbraten, nicht nur für Belangere.« Hakonwulf sah nach dem Sonnenstand: Eine Stunde nach Mittag.

Er hatte Zeit, an Elayne zu denken und nach seinen restlichen Fischreusen zu sehen und zur Insel zurückzupaddeln. Er blickte sich um. Am Zusammenfluss zweier flacher Moorkanäle stand ein uralter Baum inmitten von Schilf und dornigen Himbeer- und Brombeerranken. Der Stamm war mit tiefgrünem Moos bewachsen. In Augenhöhe hatte Hakonwulf, als er das erste Mal so weit ins Moor vorgedrungen war, einen Pfeil eingeschnitten. Das helle Zeichen in der Rinde und die Fläche, auf der er das Moos abgekratzt hatte, waren unübersehbar. Er nickte zufrieden. Es gab inzwischen mehr als fünf Dutzend solcher Zeichen, rund um die baumbestandene Insel. Hakonwulf legte sich ins Heck seines Bootes aus dünnem Holz, verschränkte die Arme hinter dem Kopf und blinzelte in den strahlenden Himmel. Er sah zu, wie sich die Wolken veränderten. Aus Gesichtern wurden Tiere, die zu seltsamen Felsnasen auseinanderglitten, ein Turm zerschmolz zu Bergen und Hügeln, die bald wieder Gnome, Ungeheuer und Drachen darstellten. Lange starrte ein riesiger Menschenkopf mit aufgerissenem Mund in die Sonne.

Frösche sprangen ins schwarze Schlammwasser; Libellen blitzten durchs Sonnenlicht wie fliegende Edelsteine. Auf kahlen Ästen hockten Reiher, und über einem anderen Teil der feuchten Wiesen drehten Dutzende weißer Störche ihre lautlosen Kreise. An Stellen, die er noch längst nicht kannte, stand das Moor mit dem Meer oder einem Fluss in Verbindung, denn Hakonwulf bemerkte in den breiten, meist zwei oder drei Ellen seichten Kanälen, Nebenkanälen, Gräben und Wasseradern eine Bewegung des Wassers. Er wandte, als das Boot in den Schatten trieb, die Augen. Aus einer Baumhöhle glotzte ihn eine Mooreule an, klappte mit dem Hakenschnabel und zog den Kopf zwischen die Schultern.

Hakonwulf richtete sich auf, setzte sich auf das dreieckige Heck aus Weidenrutengeflecht und legte die Hand hinters Ohr. Er war nicht sicher, aber er glaubte Geräusche und Laute gehört zu haben, die nicht in die Leere des Landes passten. Er hatte im Westen auch einige erkaltete Feuerstellen inmitten kniehoher Steinkreise gefunden. Vielleicht zogen bisweilen Jäger durch das flache Land.

»Ich seh's! Da gibt es also doch Menschen!«, sagte Hakonwulf leise. Er tauchte das Paddel rechts und links ein und trieb das schlanke Boot in den Kanal hinein, in die Richtung zur Halbinsel. Der Kanal kam vom Meer; die Dünen waren mehr als drei Tagesmärsche entfernt. Hakonwulf hatte sich noch nicht auf diesen Weg gewagt. Das Heck des Bootes schob sich zwischen raschelndes Schilf und Wasserpflanzen. Als sich vor dem Bug die Binsen wie ein Vorhang schlossen, kroch Hakonwulf nach vorn und schob knisternde Halme zur Seite. Über dem dunklen Wasser tanzte ein großer Mückenschwarm. Stimmen wurden lauter. Von links kamen unregelmäßige Ruderschläge; eine Frau lachte.

Hakonwulf schob den Kopf zwischen den Stängeln hindurch und sah den Bug eines überladenen Bootes. Welch ein seltsames Fahrzeug!

Groß und mit flachem Boden, uralt und scheinbar morsch, tief im Wasser liegend, auf dessen Deck einige hüttenähnliche Aufbauten zu sehen waren, aus Balken, Schilf und Leinwand grob zusammengefügt. Im Heck brannte in einer großen Röhre, vielleicht aus Ton, ein Feuer; eine Frau hockte vor dem Holzkohlenfeuer im Schutz eines halbrunden Windschutzes aus Weidenstangen und Leinwand. Jede Einzelheit des Bootes trug eine andere Farbe, und alles war voller Schmutz und trocknendem Schlamm. Drei bärtige Männer ruderten und paddelten, im Bug hockte ein bartloser Mann und spähte geradeaus. Eine Wolke stechenden Geruchs wehte von dem seltsamen Sumpfgefährt zu Hakonwulf herüber.

»Wir können nicht mehr weit weg von der Burg sein!« Der untersetzte, halbnackte Mann im Bug spähte nach allen Seiten. »Das ist der breite Kanal, von dem Sordhand erzählt hat, nicht wahr?«

»Das ist er. Nur zu. Sie haben eine Fahne auf dem Turm.«

Hakonwulf sah genauer hin. Zwischen Heck und Bug des auffallend breiten Bootes, durch Risse und Löcher der Wandungen zu sehen, türmten sich Truhen und Ballen. Kupferne Kessel und Pfannen waren zu einem wackligen Turm ineinandergestellt, die Ladung kreuz und quer mit alten Stricken festgebunden. Die Frau kochte Suppe oder Hirsebrei und rührte selbstvergessen im Eisenkessel.

»Der Rückweg wird leichter«, rief der Mann mit dem schulterlangen Zopf im Bug. Er ließ das Ruder durchs Wasser schleifen und blickte in die Richtung, in der ein Steg zu sehen war.

»Ob der König wirklich so viel Silber hat?«, rief ein Bootsinsasse. »Oder zahlt er uns Händler mit Entenfedern?«

»Als König? Ich glaub' das eine und das andere nicht.«

Die Bootsleute waren also wirklich die lang erwarteten Händler! Hakonwulf senkte das Paddel ins Wasser und trieb das Boot mit schnellen Schlägen aus dem Versteck. Er drehte den Bug ins Kielwasser des Händlerbootes, paddelte schneller und fuhr hinter dem Heck an die rechte Seite, griff nach der Bordwand und rief: »Du kannst es glauben, Händler. Der König wird mit gutem Silber zahlen. Wir warten schon seit dem Vollmond auf dich.«

Der Händler ließ beinahe das Ruder fallen. »He! Wer bist du?«

»Ich lebe auf der Insel. Hoffentlich habt ihr alles dabei, was wir brauchen.«

Die Frau lachte zahnlos, rührte langsamer und rief: »Wir werden das Boot ausleeren. Es ist alles für euch. Die Leute haben uns gesagt, dass ihr alles brauchen könnt.«

»Dann ist es gut.« Hakonwulf paddelte weiter. »Kommt hinter

mir her. Wir müssen nicht mehr lange rudern.«

»Wer bist du?«, schrie ihm der Händler nach.

Hakonwulf rief lachend: »Der Jäger und Fischer, Herr.«

Den Händlern war anzusehen, dass sie eine lange, beschwerliche Reise hinter sich hatten. Packstücke und Fässer trugen Schmutzspuren; Leder und Nähte platzten an den Ecken der Ballen auf. Haar und Bärte der Männer brauchten das Messer ebenso dringend wie viel warmes Wasser. Die Arme und Schultern waren von kleinen roten Pickeln übersät. Das Boot stank nach kaltem Schweiß und fettem Ruß.

»Woher kommt ihr?« rief Hakonwulf, als er in die stille Wasserfläche der nächsten Biegung paddelte.

»Von Süden. Vom großen Fluss und immer entlang der Küste.«

»Wer hat euch gesagt, wo ihr uns findet?« Zuchtmeister Gandalon und die Knappen hatten Hakonwulf erzählt, dass sich die Händler immer wieder an bestimmten Plätzen trafen und dort Neuigkeiten austauschten.

»Zuerst Sordhand, und später ein paar Felljäger aus den südlichen Sümpfen. Wir haben auch andere Händler getroffen. Einer hieß Treeworgh, der andere nannte sich Jergulman oder so ähnlich. Wohnt dort wirklich der König von Thule?«

Schwerfällig bewegte sich das überladene Boot hinter der Nussschale durch das gerade Stück des Kanals. Der Wind kam von vorn und vertrieb den Gestank. Hakonwulf schnupperte; schon jetzt schmeckte er den stechenden Rauch der Ziegelbrennerei aus den Gerüchen des Sumpfes heraus und den Schweiß der Pferde, die als Zugtiere die schweren Baumstämme an die vorbestimmten Plätze zogen.

»Mein Ehrenwort«, sagte Hakonwulf. »Der König, die Königin und viele Ritter. Allerdings werdet ihr sie nicht gleich als Ritter erkennen.«

»Wie das?« Die Frau spuckte ins Wasser.

»Weil sie wie Maurer und Holzarbeiter aussehen.« Er paddelte um die freiliegenden Wurzeln eines abgestorbenen Baumes herum. Die Reiher auf den blattlosen, weißen Ästen äugten neugierig auf die Boote herunter. Ein Hengst wieherte irgendwo nach einer rossigen Stute. Der Kanal wurde breiter, die überwucherten Ufer traten zurück und bildeten vier Bogenschüsse weit entfernt die unregelmäßigen Ränder einer Seefläche. Junger Wald wuchs bis knapp ans Wasser.

»Geradeaus, ihr Händler«, rief Hakonwulf. »Seht ihr?«

»Du hast uns einige Umwege erspart.« Der blonde Händler im Bug stemmte sich schwer gegen das Ruder.

Die Schafe hatten Gras und kleine Pflanzen zwischen den ersten Mauern abgefressen. Ein schmaler Pfad wand sich vom Steg zu den Mauern, Gerüsten und dem halbfertigen Turm; am Rand der Lichtung war der fette Boden in Ackerfurchen aufgebrochen.

»Ein schönes Königreich.« Der Händler grinste breit. »Mitten im Niemands-Land.«

»Besser ein kleines Königreich als gar keines.« Hakonwulf paddelte, bis der Bug neben dem Steg aufs Gras hochrutschte. Er sprang ins Wasser und zog das Boot zwischen die Büsche. »Macht am Steg fest«, rief er. »Er ist fest gebaut und sicher. Braucht ihr Hilfe?«

»Wir schaffen es leicht.«

Hakonwulf zuckte mit den Schultern und warf Köcher und Bogen über seinen nackten Rücken. Er band eine Lederschnur um die Hälse der Enten, hob die Fische aus dem Boot und wartete, bis die Händler ihr Boot längs des Steges gestakt und mit Seilschlingen festgemacht hatten. Von den Gebäuden her hörte er Rufe, Gelächter und den Klang von Äxten und Sägen. Krachend fiel am Rand der Lichtung ein Baum, dessen Krone zur Hälfte abgestorben war. Königin Roswynda kam aus dem langgestreckten Palas, dem größten Gebäude, das diesen hochtrabenden Namen noch lange nicht verdiente. Das Dach aus öligen Binsenbündeln leuchtete gelb im Sonnenlicht.

»Hier, Mutter.« Hakonwulf strahlte und hielt die Beute in die Höhe. »Enten und Fisch. Und: vielleicht haben wir heute Abend Bier und Wein! Die Händler sind endlich gekommen.«

»Händler? Hierher – wirklich?« Die Mutter hob die Hand über die Augen und blinzelte. Am Steg verwandelten sich die Händler in Schattenrisse vor dem Licht, das auf dem Wasser flirrte.

»Ein großes Boot. Drei Männer, ein Junge und eine Frau. Sie haben durch den Sumpf gefunden.«

»Endlich!« Die Königin zog ihren Sohn durch das Balkentor, das sich auf dem flachen Steinfundament erhob. An jeder Stelle um den Vorplatz arbeiteten Angehörige von König Greiff Dragonblades bescheidener Hofhaltung.

»Die Händler sind da!«, rief Hakonwulf zu Cioran und Aarebrand hinauf. Sie hämmerten mit Beuteäxten runde Zapfen durch schenkeldicke Balken. Der Dachstuhl des Ritterhauses war halb fertig gezimmert. »Am Steg, Aarebrand.«

Die Männer hörten zu hämmern auf, schlugen die Äxte ins Holz und blickten zum Wasser.

»Tatsächlich! Eine willkommene Unterbrechung.« Aarebrand lachte und winkte. »Vielleicht gibt's endlich einen kräftigen Humpen Bier.«

Roswynda und Hakonwulf gingen die Stufen aus gebrannten Ziegeln hinauf in die Küche. Brigida und Barbra hatten den einzigen Kessel über die Glut gehängt und bereiteten Suppe zu: Pilze, Fleischbrocken, gehackte Kräuter und Innereien lagen auf den Holzbrettern, an denen Elayne hantierte. Sie lächelte Hakonwulf zu, er legte seine Beute auf einen Tisch.

»Der Fang für heute«, sagte er. »Bald wird eure Küche so schön und voll sein wie in der Burg.«

Brigida, die junge Gefährtin des Gärtners Rarn, musterte die Enten und nickte zufrieden. »Es ist an der Zeit, Prinz«, sagte sie. »Hab ich richtig gehört? Die Händler sind da?«

»So ist es.« Die Königin breitete die Arme aus. »Wir gehen zum Steg und helfen ihnen tragen. Das Leben kann nur noch besser werden.«

Immerhin hatte die Küche schon einen gemauerten Kamin. Die andere Hälfte heizte jenseits der Wand aus Holzfachwerk und Lehmziegeln die noch dachlose Halle. »Thronsaal« nannten lachend König Greiff und die Ritter den lang gestreckten Raum mit dem Boden aus festgestampftem Lehm über Schichten aus Kies, Bohlen und Brettern.

»Los, zum Steg. Ich hole die anderen«, rief Hakonwulf, hängte Bogen und Köcher an den Zacken des Hirschgeweihs und lief hinaus.

Es war schön, sich auf dem Land des Ritters Bronzefist einzuleben, dachte Hakonwulf. Die Erinnerung an Vaters Burg auf Thule verblasste mit jedem Viertelmond mehr. Der Prinz liebte bereits das neue Heim und zählte jeden Balken und jeden Lehmziegel. Um einen länglichen Platz gruppierten sich vier Häuser und zwei Türme. Das Haupthaus, der zweistöckige Palas mit den Kemenaten unter dem dicken Dach, und das Ritterhaus waren fertig. Zwischen zwei gut mannshohen Turmstümpfen zog sich ein acht Ellen hoher Palisadenzaun entlang.

König Greiff sprang von der Leiter auf den Grasboden,

scheuchte die Schafe auseinander und lachte. »Die scharfen Augen meines Sohnes, wie? Hast du dich schon mit den Händlern angefreundet? Sie sind heute die wichtigsten Leute im ganzen Land.«

»Sie brauchen viele Zuber heißes Wasser. Ihr Boot sinkt beinahe, so voll ist es.« Etwas leiser fügte er hinzu: »Und es stinkt fürchterlich, wie Drachenmist.«

»In einer Stunde ist es leer.« Sein Vater lachte schallend. Von allen Seiten, von den Gerüsten der wachsenden Mauern und aus dem Gebälk unfertiger Dachstühle kamen Knappen, Ritter, Handwerker, ehemalige Fischer und aus der Küche die zwei jungen Frauen. Greiff klatschte in die Hände und rief: »Wenn die trefflichen Händler Bier oder, was ein Wunder wäre, Wein gebracht haben, feiern wir heute Abend das erste richtige Fest.« Er winkte; lachend liefen alle Inselbewohner zum Steg. Würdevoll und schwitzend folgte ihnen Lehrer Gandalon. Greiff hob den Arm und rief: »Willkommen, ihr Händler. Ich bin König Dragonblade, Herrscher über einige Jauchert Wald und Gebüsch. Ihr seid die ersten Boten aus unserer neuen Welt, seit uns Aarebrand und Bronzefist das Land gaben. Was habt ihr mitgebracht?« Er strahlte über sein bärtiges Gesicht. Sägespäne lagen auf dem Haar und rieselten aus dem kurzen Bart. »Seid gewiss: Ich hab kein großes Königreich, aber genug Silber und Gold, um euch zu bezahlen.«

Der älteste Mann lud ein Fässchen von den Schultern, stellte den bloßen Fuß darauf und nickte. »Roter Wein aus Gallien. Wir haben von Euch gehört, König. Allerlei Gerüchte, Geschwätz und das eine oder andere, das wahr sein kann. Ich bin Granghan, Händler des Nützlichen.«

»Handelt Ihr mit Nützlichem, Granghan, dann nehmt das volle Maß unserer Gastfreundschaft. Fürs Notwendige ist gesorgt – Schwelgerei kann ich leider nicht bieten.«

Granghan musterte Hakonwulf und brummte: »Schwelgerei hab ich im Sumpf auch nicht erwartet. Euer Fischer und Jäger, der braungebrannte Jüngling hier ...«

»... ist unser Sohn, Prinz Hakonwulf«, ergänzte Roswynda und wandte sich an ihre Gefolgschaft. »Jeder nimmt ein Stück und schleppt es in den Hof. Und ihr, Händler, bleibt ein paar Tage bei uns, und erzählt uns, wie es in der Welt aussieht. Seit drei Monden haben wir nichts davon gehört.«

»Mit großer Vergnügnis und tiefem Dank, o Herrin.«

Einträchtig schleppte jeder, was er tragen konnte. Noch einmal mussten sie zum Steg, dann war das Boot bis auf die Ruder und den Schmutz über dem Kiel leer. Die Händler Jehan, Apen und Granghan blickten sich erstaunt auf der Baustelle um. Der namenlose Junge starrte Seonaid an, als habe er noch nie eine schöne Frau gesehen. Marian, der drei Zähne fehlten, stellte den Kessel neben eine Truhe in den Sand und sagte: »Ihr werdet wohl nicht so bald nach Thule zurückkehren, Herr König?«

Das Lächeln wich aus Greiffs Gesicht. »Nicht, bis ich ein Heer gesammelt habe, das groß genug ist, um Dundhas und seine Verräter zu vertreiben. Lasst uns von anderem sprechen. Zählt auf, was ihr mitgebracht habt. Nennt uns den Preis. Rechnest du mit, lieber Gandalon?«

»Schon hab ich meinen Federkiel gespitzt.« Der Weißbärtige schielte nach dem Fass, in dem gallischer Wein gluckerte. »Jehan. Fang an.«

Granghan stolzierte zwischen den Truhen und Ballen umher und deutete auf einzelne Stücke. »Alles für das Wohl des Leibes und der Zunge. Für Küche und Kammer.«

Messer und bronzene Gabeln. Tönerne Becher, Schalen, Näpfe und Tonkrüge, mit Salz, Honig, Gewürz, Öl und gesalzener Butter gefüllt. Ein Dutzend Kessel, ein halbes Dutzend Töpfe und Pfannen aus Eisen. Haken und nützliches Gerät wie Mörser und Stößel. Brigida, Rarn und Barbra trugen die Waren in die Küche, während die Königin zufrieden lächelte.

»Ihr habt das Richtige gebracht, Granghan«, sagte sie. »AII das mussten wir lange entbehren:«

Mehrere Fässer Bier und Wein. Ein großes Fass Butter, Käse aus Kuhmilch, Sägen, Hämmer, Äxte und Nägel aus Eisen und Bronze. Ein paar Barren Eisen für Gildas, den Schmied, dessen schmutziges Gesicht fröhlicher wurde, als Apen, der jüngste Händler, einen Amboss hochwuchtete und in den Sand warf. Greiff sagte zu Barbra:

»Warte, bis das Bier kühl ist. Stellt die Krüge ins Quellwasser. Jeder hat sich einen Schluck verdient, sage ich.«

»Wir sind noch lange nicht fertig«, sagte Granghan. »Hier: Tücher, Kleider, eine Menge Zeug, nützlich und schön.«

Die Lederballen wurden aufgeschnürt. Tücher aus Leinen, farbige Wollstoffe, Kittel, Sandalen und Stiefel, Mäntel, Decken, vieles andere; Hakonwulf staunte, wie viel Last das Boot getragen hatte. Die Königin zählte lachend die Schätze, die das Leben leichter und schöner machen würden. Granghan hockte auf der Bank, blickte in die Gesichter der Umstehenden und stützte die schmutzigen Arme auf seine Knie. »Zufrieden, Herr König?«

»Wir sind sehr zufrieden«, sagte Greiff. »Könnt ihr den weiten Weg hierher noch einmal machen?«

»Wenn Ihr wollt? Und wenn der Handel für beide Seiten gut war. Wir können in zwei Monden wieder hier anlegen. Sagt uns, was Ihr braucht, Frau Königin, und wir schaffen es her.«

»Nichts leichter als das.« Gandalon strich seinen Bart. »Morgen früh habt ihr eine lange Liste.«

»Einverstanden.«

Als die letzte Truhe ins Haus geschafft war, setzte sich Greiff neben den Händler. Königin Roswynda sorgte dafür, dass die Waren richtig verteilt wurden. Barbra und Brigida warteten, bis die Knappen einen Tisch aufgestellt hatten. Aus großen Tonkrügen, von unzähligen Wasserperlen bedeckt und gekühlt, lief schäumendes Bier in handgroße, dünne Holzbecher.

»Denkt euch, es wären silberne Pokale«, rief Ritter Laraine. »Einen Trinkspruch? Auf unser sumpfiges Königreich, König Dragonblade?«

»Auf die tapferen Männer und Frauen, die mit mir hierher geflüchtet sind!«

Auch Hakonwulf trank einen halben Becher. Das Bier schäumte noch zu sehr, denn es war nicht genügend ausgekühlt. König Greiff und der Händler feilschten und schacherten nicht lange. Greiff holte Münzen und zählte sie einzeln auf das Holz der Bank. Zweimal biss Granghan auf eine Münze, grinste breit und sagte leise: »Ein königlicher Preis, Herr. Es ist eine Freude, hier im Niemands-Sumpfland Handel zu treiben.«

Ebenso leise antwortete der König: »Komm bald wieder; mit dem, was wir aufschreiben, weitgereister Händler. Dort drüben, zwischen den Mauern ohne Dach, findet deine Truppe warmes Wasser und, dank eurer Weitsicht, saubere Tücher. Lasst euch Zeit. Wir essen in der Halle, hier, hinter dem Eingang. Tut, als wäre es euer Heim.«

Die Händler waren überrascht. Ein König, der höflicher war als gewohnt, die Gastfreundschaft, die von Herzen kam, Ritter, die wie Knechte arbeiteten – ein fürwahr seltsamer Königshof!

Roswynda saß neben Gandalon, der winzige Buchstaben auf raschelndes Pergament schrieb. Granghan verbeugte sich tief vor dem Königspaar und sagte ehrfürchtig: »Unser Dank für einen guten Handel ist groß. Ihr alle, scheint mir, verdient das Wohlwollen derer, die Euch das Land ließen. Gottes Segen, Herr König.«

In langen Reihen trockneten längliche Ziegel; fetter Lehm, mit feuchtem Stroh vermischt und durchgeknetet. Tücher und Hemden blähten sich im warmen Wind. Rarn hatte den Händlern das Haar geschnitten und saß mit ihnen und Ritter Bronzefist, der einen Neuntagebart von seinem Kinn schabte, im Schatten. Ehe Hakonwulf die Feder eintauchte, ließ er seine Augen über Garten, Mauern, Feuerstellen und Dachstühle gleiten.

»Schreib weiter, Merlinträumer«, sagte Gandalon, »du verlernst sonst alles, was du weißt, großer Entenjäger.«

»Alles, was mich die Ritter gelehrt haben, ist schon vergessen.« Hakonwulf glättete die dünne Tierhaut. »Bis aufs Bogenschießen.«

»Wart nur, bis alle Dächer eingedeckt sind. Dann kannst du wieder mit Cardogh Messerstechen üben. Und jetzt ...«

Hakonwulf schrieb, was ihm Gandalon halblaut vorsagte:

»Nachdem der Verräter, Fürst Dundhas Ohneland, uns trotz mutiger Gegenwehr verjagt hatte, flohen wir mit Cioran, Händler Sordhand und vier Fischern zu Schiff. Lange irrten wir durchs Meer, bis wir mit Gottes Hilfe das Land Britannien erreichten, eine Insel, auf der, wie man sagt, König Ethelred herrscht. Eingeborene sahen wir nur an der Küste. Den Rittern Bronzefist und Aarebrand verdanken wir die neue Heimat im Niemands-Land, von dem ein Viertel Moor und Sumpf ist, die Hälfte sandiger Strand. Hier siedeln König Greiff Dragonblade, seine Gemahlin Roswynda und ihr Sohn Hakonwulf, mit sieben Rittern, fünf Knappen und ihren Frauen. Eine Handvoll Gesinde der Burg Myngrifon, die König Greiff längst zu Freisassen gemacht hat, sind bei uns. Nur Gott weiß, wie viele Jahre es dauern wird, bis der König, nachdem er Camelot besucht hat, mit einem Heer nach Thule übersetzen und den Verräter jagen wird.«

Gandalon wartete, bis die Tinte getrocknet war, drehte das Pergament zu sich und las schweigend. Er nickte. »Schreib die Namen auf, Prinz. Eines Tages wird es wichtig sein.«

»So wie der Weg nach Camelot für Vater und mich.« Hakonwulf tauchte den Gänsefederkiel ein und schrieb weiter:

»Rarn, der Gärtner, dessen Sohn Dardan von Dundhas Pfeil getötet ward, nahm Barbra zur Frau. Gildas schmiedet Eisen für die neue Burg. Von Emric, dem Zimmermann, lernen wir, mit Holz zu bauen. Walon, der Koch, formt Lehmziegel und brennt Ziegel aus Ton. Barbra besorgt Küche und Vorratskammer. Cioran, Meiko und Claas haben Steineschlagen gelernt. Elayne, Seonaid, Moer und Sigur helfen und arbeiten überall. Bevor Kälte und Herbstregen, Schnee und Stürme kommen, wird die kleine Burg uns allen Schutz geben.«

»Gut so«, sagte Gandalon. »Es ist wichtig, die Chronik zu schreiben. Die Tinte ist trocken – du kannst wieder den Sumpf unsicher machen.«

»Gut! Gestern habe ich nicht alle Reusen überprüft.« Hakonwulf sprang auf. »Ich will heute im Osten nachsehen und Elayne das Moor zeigen, damit sie sich nicht verirrt; da gibt es manchmal Rauch wie von Jägerfeuern.«

»Sei vorsichtig, Prinzlein«, sagte Gandalon und schob das Pergament zwischen die Seiten seines dicken Buches. Die Tische neben dem Hintereingang der Küche waren mit Scheuerstein abgeschliffen und geputzt worden; knackend trocknete das Holz. Sigur und Claas mauerten einen Ring zwischen die Fachwerkbalken; Lehm quoll aus den Fugen großer Ziegel.

Der Prinz schnallte den Gurt fest, rückte die Dolchscheide über den Schenkel und suchte seine Jägerausrüstung zusammen.

»Mauert nur«, rief Hakonwulf und winkte. »Ich bring euch große Fische.«

»Ein Hirschbraten oder ein fettes Wildschwein wäre uns lieber!« Sigur klatschte Lehm auf die Wand und wischte ihn mit einem nassen Holzbrett glatt.

Hakonwulf lief zum Boot, kippte das Wasser heraus und wartete, bis sich Apen umdrehte. »Sag, Apen, weißt du, wo Camelot liegt, die Burg, die König Artus gebaut hat?«

»Ich hab nur davon gehört. Du musst Granghan fragen, Prinz. Geht's zur Jagd?«

»Ja. Elayne begleitet mich.« Hakonwulf winkte der jungen Frau, die auf bloßen Sohlen auf den rissigen Brettern zum Ende des Stegs kam, sich mit schwingenden Hüften an Apen vorbeischob und vorsichtig vor Hakonwulf in den Einbaum kletterte. Sie warf ein kleines Bündel ins Boot, setzte sich zurecht und löste den Griff um das vorstehende Brett.

»Willst du mit mir lange im Moor bleiben?«, fragte sie. Ihr Haar war zu einem dicken Zopf über dem rechten Ohr geflochten.

»Bis zum Sonnenuntergang.« Hakonwulf schob das Boot ins tiefe Wasser, packte das Paddel und steuerte links um die Insel herum. Die Sonne blendete ihn, der Baulärm blieb zurück. Das Boot glitt schnell, fast geräuschlos, durchs schwarze Moorwasser, zwischen dem Rand der Insel und dem Ufer voll Jungwald. Hakonwulf überlegte, welche Richtung sie einschlagen sollten. Ein Wildschwein allein zu verfolgen, wagte er nicht. Aber einen Rehbock oder ein Stück Hirschwild konnte er mit einem oder zwei guten Bogenschüssen erlegen.

»Ich versuch's«, meinte er und bog in den gewundenen Kanal ein, der im Osten blind endete und zu den alten Steinen führte. Es gab viele Geheimnisse im Moor. Kalte Feuerstellen und Steine, die wie Zähne aus dem trockenen Land herauswuchsen. Manchmal ästen dort Rehe und Hirsche.

Hakonwulf überließ sich dem ruhigen Dahintreiben zwischen raschelndem Uferdickicht. Fliegen und Mücken tanzten über den winzigen Wellen, die sein Boot aufwarf. Die Enten und Gänse liessen sich von den Fremdlingen ebensowenig stören wie Frösche, Kröten und Fische.

»Ich wollte schon lange einmal aus der Burg heraus«, sagte Elayne nach einer Weile, während sie die Umgebung staunend betrachtete. »Einmal allein sein. Du machst es richtig, Prinz. Tag und Nacht hocken alle Bewohner beieinander, wie im Hühnerstall.«

»Es ist wichtig, dass wir im Winter im Warmen sitzen und unsere Vorratshäuser gefüllt sind.« Hakonwulf paddelte ohne Eile weiter und sah zu, wie Elaynes Haar im Wechsel von Schatten und Sonnenstrahlen die Farbe veränderte. Er betrachtete Elaynes Nacken und ihre gebräunten Schultern. »Ich jage nicht nur, sondern suche einen Weg aus dem Moor hinaus, in bewohntes Land und nach Camelot.«

»Du musst mir alles zeigen«, sagte sie. »Auch wo ich schwimmen kann, im klaren Wasser, wie damals im Meer.«

»Ich zeig's dir.« Hakonwulf zeigte an ihrer Schulter vorbei nach rechts. »Dort sind Teiche und ein Bach, wo du bis auf den Grund sehen kannst.«

Die Seitenkanäle und die Seen bildeten eine zusammenhängende Kette und verloren sich hinter Schilfwäldern. Der kleine Nachen schob sich durch einen Tümpel, in dem unaufhörlich Blasen platzten und übelriechende Luft entließen. In einem Einschnitt, vier Fuß breit, ging Hakonwulf an Land und half der jungen Frau aus dem Boot. Ein Hase hoppelte davon. Das Gras war an den Seiten eines Tierpfades abgefressen. Der Duft unzähliger Blüten und Blumen, deren Namen Hakonwulf nicht kannte, umgab ihn schon nach dreißig vorsichtigen Schritten. Von den geheimnisvollen Steinen sah er nur den größten. Er blieb stehen, als sich der Pfad verzweigte. Eine Schlange glitt davon; Elayne zuckte zusammen und hängte sich an Hakonwulfs Arm. Er legte beruhigend den Arm um ihre Schultern, sah sich nach einem Baum um und bahnte sich, während sie ihm langsam folgte, mit der Sichel einen Weg durch nasses Gebüsch zu einer großen Buche. In der Krone, auf einer federnden Astgabel, rutschte er vorsichtig nach vorn und streckte den Arm aus.

»Klettere zu mir«, rief er. »Von hier aus siehst du bis zur Burg.«

Sie schüttelte den Kopf und lehnte sich an den Stamm. Er betrachtete das Land aus der Höhe von dreißig Ellen.

»Sieben Steine«, murmelte er. Schräg unter ihm, nicht weit vom Pfad entfernt, erhoben sich die schwarz und weiß geäderten Finger. Hakonwulf schirmte die Augen ab und sah, dass zwischen den Steinen, die unterschiedlich hoch waren, alle Gräser und Pflanzen fingerkurz abgeweidet oder gesichelt worden waren. An der Aussenseite des Kreises bildeten Sträucher, kleine Bäume und dornige Büsche einen breiten Wall. Die runde Fläche wirkte wie ein Loch in einem Feld. Das Licht der frühen Sonne lag sichelförmig in der Vertiefung.

»Das sehe ich mir aus der Nähe an«, flüsterte der Prinz. Ein Geräusch lenkte ihn ab. Rehe kamen auf den Pfad hinaus und trippelten zum Wasser, ohne Elayne zu bemerken.

»Und Jagdbeute ist auch ganz nahe«, sagte er sich und kletterte hinunter. Mit der Sichel versuchte er, das Gebüsch zu durchdringen; schweigend schob Elayne Gras und dicke Halme zur Seite. Sie mussten sich jeden Schritt freischneiden. Mücken plagten sie, Heuschrecken sprangen schnurrend zwischen den Blättern, und Vögel flüchteten und zeterten.

Hakonwulf duckte sich, als es vor ihm heller wurde. Noch ein Hieb mit der Sichel, einige brechende Äste: Er stand in einem schmalen Gang zwischen den Gewächsen. Er ließ die Sichel sinken, zog Elayne durch den Spalt, drehte sich nach rechts und ging langsam, nach rechts und links sichernd, auf den Steinkreis zu. Rings um ihn lärmten Vögel und Grillen. Schlangen, Mäuse und große Käfer raschelten am Boden. Er blinzelte, als sie in den leeren Kreis traten, und es schien, als würde plötzlich alles ruhiger. Eine Insel der seltsamen Stille inmitten des Lebens.

Hakonwulf und Elayne standen im Schatten. Letzte Tautropfen glänzten an den Enden der Halme. In den rissigen Keilen, die gekippt und schräg in die Höhe standen, fehlten Schriftzeichen, wie in Thule. Aber sie trugen Augenhöhlen, Münder und Nasen. Die Löcher und Vertiefungen waren wenig bearbeitet, die nach unten gekrümmten Lippen dagegen tief eingekerbt. Sieben Gesichter starrten sich gegenseitig an, blickten in die Mitte des Kreises und vereinigten ihre stummen, bösen Blicke auf Hakonwulf und seine Begleiterin. Die Härchen an seinen Unterarmen stellten sich auf. Elayne drängte sich an ihn und versuchte, die Härchen glattzustreichen; er sah sie von der Seite an und dachte für einen Moment nur an ihren Körper. Dann riss er sich zusammen, ging von einer Säule zur anderen und betrachtete sie genau.

Er blieb vor einem weiteren Gang durch das Gebüsch stehen. Hier hatten keine Tiere geweidet; die Äste waren sauber beschnitten. Jäger? Ein Druide, der das Steinheiligtum bewachte? Eingeborene, von denen niemand etwas wusste?

»Ein geheimnisvoller Platz«, flüsterte er. »Wie die schwarzen Menhire in Thule.«

»Selbst hier im leeren Moor.« Auch Elayne sah sich furchtsam um und schauderte. »Ich glaub, ich fang an, mich zu fürchten.«

»Ich hab Bogen und Pfeile und ein Messer.« Hakonwulf legte die Hand auf den Dolch und ging lautlos zurück zu ihrem Pfad. Sie traten behutsam auf, blickten sich um, starrten in die Baumkronen und nach allen Seiten, aber niemand verfolgte oder bedrohte sie; kleine Tiere raschelten im Gras, in den Büschen und im Schilf.

Eine Stunde später schob sich der Bug des Boots aus dem schlammigen Kanal in die Bachmündung und nach einigen Paddelschlägen in den kreisrunden See. Ungehindert loderten die Sonnenstrahlen auf die Wasseroberfläche, Mückenschwärme tanzten vor den Schilfhalmen, und die jagenden Vögel ließen sich nicht von Hakonwulf und Elayne stören. Sie drehte sich halb herum, schwang die Beine ins Wasser und zog, bevor sie sich nach vorn fallen ließ, den Kittel über den Kopf.

»Es ist kühl und wird immer wärmer.« Sie lachte. Hakonwulfs Blicke wechselten zwischen ihrem Gesicht und den Brüsten. »Man hat gesagt, dass du besser als ein Otter schwimmst. Komm!«

Der Teich, in dem sie platschend untertauchte, war nicht tief. Als Hakonwulf sie mit kräftigen Schlägen schwimmen sah, legte er schnell den Dolchgurt ab und rutschte vorsichtig aus dem schaukelnden Einbaum – auf der anderen Seite, damit sie seine Erregung nicht sah. Als seine Füße den Grund berührten, zog er sich aus, breitete den triefenden Kittel über das Bootsheck und schwamm langsam zu Elayne.

Als er sie erreichte, blieb er stehen und strich das Wasser aus dem Haar. Es reichte bis zu seiner Brust. Elayne machte einige schwerfällige Schritte vorwärts und legte die Hände auf seine Schultern.

»Ich bin wegen dir mitgekommen, Prinz«, sagte sie leise und schob sich an seine Brust. »Ich hab keinen Fischer gewollt, keinen Bauern. So oft hast du mich angesehen, mir so oft zugelächelt. Ich will dir zeigen, warum Brigida auf Zehenspitzen nachts zu Ritter Belangere schleicht.«

»Zeig's mir.« Hakonwulfs Stimme war rau, er blinzelte im grellen Licht der zitternden Spiegelungen. »Ich hab so oft daran gedacht, davon geträumt, aber niemals gewagt, dich zu umarmen.«

»Wenn man's weiß und kann, ist es ganz einfach.« Sie lachte und hob die Brüste aus dem Wasser. »Lass dich küssen, mein schöner Prinz.«

Elayne küsste ihn, zeigte seinen Lippen und suchenden Fingern die Wege, knotete den Zopf auf und tauchte. Sie verführte Hakonwulf lächelnd und langsam, nachdem sie ihn zum Rand des Tümpels und auf weiches Gras gedrängt hatte. Jeder Muskel seines Körpers spannte sich, wie eine Bogensehne, und Elaynes kühle Finger führten ihn sacht und erfahren, bis sich die Spannung löste und ihm ein tiefes Stöhnen entlockte. Flüchtig zuckte der Gedanke durch seinen Kopf, dass Elayne älter war als er. Er erkannte, wie unerfahren er war. Voll Staunen, erschöpft schweigend, streckte er sich neben ihr aus und ließ die feuerfarbene Haarflut durch seine Finger gleiten. Sein Herz schlug und hämmerte bis in die Schläfen. Große Wasserperlen krochen über ihre Haut und lösten sich in der Hitze auf.

»Es war ... so aufregend, schön, einzigartig ... ich hab keine richtigen Worte«, sagte er leise. Seine Finger zitterten, in den Knien spürte er eine Art beginnender Lähmung, sein Herzschlag beruhigte sich. »Wird es immer so sein, so bleiben?«

Sie gurrte wie eine Taube. »Wenn wir es wollen und der König es dir nicht verbietet, und wenn wir mehr voneinander erfahren, Prinz.«

Er beugte sich über sie, presste die Lippen auf die Brüste und murmelte: »Nicht nur im Moor. In vielen Nächten und an vielen Tagen, schönste Elayne.«

Von schönen Frauen und von Leidenschaft hatte Hakonwulf zahllose Male geträumt. Jetzt kannte er die Leidenschaft und den Körper einer Frau, glaubte er, als Elayne die Arme ausstreckte und ihre Finger auf seinem sonnenheißen Rücken das Begehren wieder weckten.

7

Am nächsten Tag, nachdem Elayne vor dem Morgengrauen seine Kemenate verlassen hatte und der Schweiß seines Körpers trocknete, nach wenigen Stunden abgrundtiefen Schlafs, jagte Hakonwulf wieder allein. In seinem Rücken spürte er feuchte Rinde. Er lehnte am Baumstamm, hielt den Pfeil auf der Sehne und hoffte, dass ihn die Tiere nicht witterten. Er wartete, blickte umher, ließ seine Gedanken kreisen. Die Ritter hatten davon erzählt, und er hatte ihren Worten gelauscht: Die Welt war voller seltsamer Orte, an denen das Böse umging, wo Wunder geschahen, die im Mittelpunkt unerklärlicher Vorkommnisse standen. Welches Geheimnis bargen wohl die sieben stummen Felsbrocken aus ferner Vergangenheit? Wer sorgte dafür, dass die Gräser kurz blieben?

Dann vergaß er die Umgebung und ihre Mysterien, vollzog staunend in Gedanken die Verführung nach und erlebte noch einmal das lautlose Gewitter seiner neuen, einzigartigen Empfindungen. Plötzlich war die Stille des Moores voll begehrenswerter Geheimnisse: Elayne und er teilten sie sich.

Hakonwulf hielt den Atem an, spürte die Schweißtropfen rinnen, blieb stehen und lauschte. Das Rehrudel näherte sich von links. Langsam spannte Hakonwulf den Bogen und zielte, das rechte Auge zukneifend, auf den fetten Bock. Er blickte am Pfeil entlang und heftete seinen Blick auf die Stelle dicht hinter dem Vorderschenkel. Als die Sehne anschlug, zuckten die Tiere zusammen. Der Pfeil verschwand im braunen Fell, noch ehe der Bock den Sprung beendet hatte. In wilder Flucht hetzten die Tiere davon. Der Bock stolperte nach drei unsichren Sprüngen und überschlug sich.

»Braten für die Maurer«, sagte Hakonwulf, hob den Bock auf die Schulter und schleppte ihn zum Boot.

Einige Atemzüge später roch er ein Feuer. Er steckte den Zeigefinger in den Mund, hob den Arm und stellte an der kühlen Haut des Fingers die Windrichtung fest. Er paddelte weiter und drang tiefer ins Durcheinander dunkler Moorwasserflächen ein. Er hatte gelernt, unsichere Stellen zu meiden. Im freien Wasser konnte ihm nichts passieren, die Pfade der Tiere führten über festes Land. Schon zwei Ellen neben ihren Wegen konnte man im schwarzen Brei versinken. Der Geruch des Rauches trieb von Osten heran. Das Paddel scharrte auf dem Grund und streifte schwimmende Blätter. Der Geruch wurde stärker. Hakonwulf versuchte, keine verräterischen Geräusche zu machen, als er bis zum Ende des Grabens paddelte. Hinter einer Schilfwand weitete sich das Wasser zu einem winzigen See. Hakonwulf hielt sein Boot an, als er die Fläche überblicken konnte. Ein kleines Boot lag halb im Wasser, halb an Land; ein Gebilde aus Rinde und Flechtwerk. Zehn Schritte entfernt brannte ein Feuer fast ohne Rauch. Dahinter stand eine Hütte aus Schilfgarben und dürren Ästen, mehr ein Verschlag gegen Sonne und Regen. Niemand war am Feuer zu sehen. An einem Ast baumelten Fische und die Häute von Sumpfottern. An kreisförmig zusammengebundenen Ruten waren Felle ausgespannt. Ein Rabe hockte auf einem Ast und schielte Hakonwulf an.

Ein Jäger oder Fallensteller, dachte Hakonwulf. Über dem Feuer hing ein kleiner, verrosteter Topf. Hakonwulf wartete ungeduldig. Aus der Hütte kroch eine Gestalt, stand auf und ging zum Feuer; ein hochgewachsener Mann, so alt wie Laraine oder Aarebrand, größer als Hakonwulf und in einen Kittel aus Wolle und Fell gekleidet. Das lange braune Haar war im Nacken zusammengefasst, im schmalen, sonnengebräunten Gesicht hing ein Bart über die Oberlippe. Die hellen Augen blinzelten in der Sonne. Der Moorbewohner schien allein zu sein, ging auf dem Platz rund ums Feuer, rührte im Topf, pfiff leise und warf dem Raben einen Brocken hin. Der Vogel verfolgte mit schiefgelegtem Kopf, wie der Leckerbissen ins Gebüsch flog. Dann krächzte er kurz.

Hakonwulf setzte das Paddel ein und rief, als er dicht vor dem Ufer war: »Erschrick nicht.«

Der Einsiedler hob den Kopf und griff an den Gürtel. Hakonwulf warf das Paddel auf den toten Bock und hob die Arme, als sein Boot gegen das morastige Ufer stieß. Er lachte. »Ich tu dir nichts. Ich bin Prinz Hakonwulf von der Sumpfburg.«

Der fremde Jäger stemmte die Fäuste in die Seiten und kam langsam auf Hakonwulf zu. Er trug dicke Felle an den Füßen, mit gekreuzten Lederbändern bis unter die Knie festgebunden. Im Gürtel steckte ein Steinmesser. Er sah schweigend zu, wie der Prinz ausstieg und das Boot sicherte.

»Ich bin Pattrick. Pattrick ar Wysk, aus Britannien. Immer hier. Du auch Jäger?«

Hakonwulf lachte und zeigte auf den erlegten Rehbock. Er redete langsam, damit Pattrick ihn verstand. »Ich bin Hakonwulf. Jäger von Enten, Fischen und Rehen. Ich bin Sohn von König auf Insel, hast du verstanden?« Er unterstrich jedes Wort mit einer Geste.

Pattrick grinste, als er die Jagdbeute sah. »Ich verstehen. Groß' Jäger. Ich jagen für mich. Manchmal fremde Händler kaufen, ja.«

Hakonwulf streckte die Hand aus. Pattrick fasste nach seinem Handgelenk und schüttelte es, dann blickte er auf den Dolch an Hakonwulfs Ledergürtel.

»Gutes Eisen, ja?«

»Es ist ein guter Dolch«, sagte Hakonwulf, nahm den Dolch und schleuderte ihn. Die Klinge überschlug sich, blitzte im Sonnenlicht und bohrte sich krachend in die Rinde. Der Rabe schlug mit den Flügeln und krächzte laut. Hakonwulf hebelte die Waffe aus dem Baum und zeigte auf die Hütte. »Hier lebst du, allein, Pattrick? Keine anderen Jäger?«

»Mein Haus. Ich bin allein.«

Ein Gedanke, eine Frage schoss Hakonwulf durch den Kopf. Pattrick redete, als habe er das Sprechen halb verlernt, in einer langen Zeit, in der er nur mit sich hatte sprechen können; er rang nach jedem zweiten Wort in der britannischen Sprache. Überdies schien er nicht nur ein einfacher Felljäger im Moor zu sein.

»Du hast keine Familie? Kein Dorf, in dem ihr wohnt?«

Pattrick schüttelte den Kopf. »Vater tot. Mutter tot, unser Besitz verloren. Ich wegrennen, vor paar Jahren. Machen alles selbst.«

»Die Feuerstellen, überall hier«, Hakonwulf schwenkte seinen Arm, »hast du die Feuer gemacht?«

»Nicht alle. Ich überall. Ich dich oft gesehen.«

»Dann kennst du auch das Baumland und unsere Häuser?«

»Ich alles kennen.«

Hakonwulf nickte. An tiefhängenden Ästen baumelte ein rundes Netz mit ausgebesserten Maschen. Zwei Speere mit Steinspitzen und Widerhaken lehnten am Hüttendach. In einem Köcher entdeckte Hakonwulf seltsame Pfeile. Er zog vorsichtig ein langes Geschoss heraus und sah, dass die Spitze in dünne Gabelzinken auslief, an denen Dornen als Widerhaken eingeklemmt und festgebunden waren.

»Enten. Gänse. Für alle groß Vögel«, sagte Pattrick.

»Das musst du mir zeigen. Jagen wir morgen zusammen?«

»Ich Sumpf zeigen. Bis zum groß Wasser, ja?«

»Meine Eltern werden dich einladen«, sagte Hakonwulf. »Besuch mich auf der Insel. Im Winter erfrierst du hier.«

»Später. Du hast Steine gesehen?« Pattrick deutete in die Richtung des Steinkreises.

Wieder nickte Hakonwulf und senkte seine Stimme. »Großes Geheimnis. Hast du das Gras abgeschnitten?«

»Nein. Nicht hingehen. Böse Stelle. Nachts oft Lärm. Wir treffen morgen bei Häuser?«

»Du kannst mich begleiten, wenn du willst.«

»Ja. Erst trinken.«

Hakonwulf setzte sich zum Feuer. Pattrick holte eine Tonschale, aus der ein Stück des Randes herausgebrochen war. Er ließ Honig aus zerschnittenen Bienenwaben in den Topf laufen, nahm ihn vom Feuer und füllte den klobigen Becher. Sie tranken abwechselnd daraus; der heiße Kräutersud schmeckte nicht schlecht, war aber viel zu süß. Pattrick zeigte auf den Dolch.

»Du geben Messer. Ich dafür jagen.«

»Ich will sehen, ob wir ein Messer oder einen Dolch für dich haben. Meinen Dolch geb ich nicht her.«

»Ich verstehe.« Pattrick nickte verständnisvoll. Hakonwulf öffnete den Lederbeutel an seinem Gurt, holte einen Brotfladen, ein Stück Braten und gelben Schafskäse hervor. Er teilte das Essen und legte es auf das Tuch, das er übers Gras gebreitet hatte.

»Gut. Eure Schafe, ja?«

»Warte, bis wir erst Rinder und Hühner haben. Und genug Korn für mehr gutes Brot.«

Sie aßen und tranken schweigend. Hakonwulf begann zu begreifen, dass er zusammen mit Pattrick, der das Moorland und dessen trostlos leere Umgebung wahrscheinlich viel besser kannte als er, aufregende Abenteuer erleben konnte.

»Warst du schon am Meer?« Er faltete das Tuch zusammen und steckte es in den Beutel zurück. »Kennst du Straßen und die nächste Stadt?«

»Meer, das Groß Wasser: ja. Kenn ich. Auf den Straßen will ich nicht gehn.«

»Erkläre ich dir später. Willst du dein ganzes Leben im Niemands-Land bleiben, im Moor?«

»Weiß nicht. Will vielleicht Schäfer werden. Hab alten Schäfer getroffen.« Er deutete nach Norden. »Mehr trinken?«

»Nein. Ich muss nach den Fischreusen sehen. Kommst du mit?«

»Ja. Warte.« Pattrick schob sorgfältig eine Lehmschicht über die Glut und holte Bogen, Köcher und einen Speer. Seine Bewegungen waren sicher und schnell, wie Hakonwulf es von den Rittern kannte. Er paddelte in seinem Boot hinter Hakonwulf hinüber zu den Steinen, dann in den breiten Kanal. Schließlich fuhren sie nebeneinander her auf den See zu, in dem Hakonwulf Reusen versenkt und festgebunden hatte. Er zog das Ende der Trichter aus Weidengeflecht hoch und sah in den Korb. Ein Dutzend handgroßer Fische zappelte darin.

Pattrick kicherte und sagte: »Schlechter Fischer. Ich zeigen.«

Er griff an Hakonwulf vorbei und öffnete den Verschluss der Reuse. Die Fische zuckten schwanzschlagend in alle Richtungen davon. Hakonwulf blickte enttäuscht ins Wasser, sah sich nach Pattrick um; der Mann winkte ab und hob das Paddel. Er paddelte voraus, Hakonwulf folgte. In einem stillen Nebengewässer bedeutete Pattrick, sich nicht zu bewegen. Er ruderte mit den Händen sein Boot zwischen fettgrüne, farnähnliche Gewächse, nahm den Speer hinter der Mitte kurz und bewegte sich viel bedächtiger als zuvor. Er kniete im Heck des Bootes, starrte ins Wasser und stach ganz plötzlich mit aller Kraft zu. Das Boot schwankte wild. Ein Fisch, fast so lang wie Hakonwulf, zuckte und schlug mit dem Schwanz; Pattrick stützte sich auf den Speer und rammte ihn tiefer hinter die Kiemen. Das Wasser färbte sich rot.

Hakonwulf paddelte heran und rammte seinen Dolch mit Wucht in den Fisch. Der riesige Fisch wand sich im Todeskampf zwischen den Booten, und Pattrick hebelte den schweren Körper mit dem Speerschaft zur Hälfte in Hakonwulfs Boot. Der Fang zuckte noch ein paar Mal, als Hakonwulf ihn endlich am Schwanz über die Bordwand gezerrt hatte.

»Du bist wirklich der bessere Fischer von uns beiden«, sagte der Prinz lachend. »Darf ich ihn behalten?«

»Geschenk. Für deine Leute. Komm.« Sie paddelten nebeneinander, bis die Dächer in Sicht kamen. Hakonwulf drehte sich um, als Pattrick sein Boot anhielt. »Morgen früh? Bei deinem Lager?«

»Ja. Bring guten Dolch.«

Hakonwulf machte sein Boot am alten Platz fest und sah, dass die Händler inzwischen ihr Boot gesäubert und ausgebessert hatten. Er nahm seine Waffen, ging zur Küchentür und bat Meiko und Cioran, ihm zu helfen. Als Meiko kopfschüttelnd den großen Fisch aus dem Boot schleppte, sagte Hakonwulf: »Ich jage nicht mehr allein. Pattrick will den Fisch und mehr Beute gegen einen Dolch oder ein gutes Messer einhandeln.«

Cioran brummte: »Willst du damit sagen, dass da wirklich noch jemand ist?«

»Ein einsamer Mann, ohne Frau und Kind, vielleicht dreißig Sommer alt, oder jünger. Pattrick heißt er. Er hat wirklich den Fisch gespeert. Der Bock, das war mein Pfeil. Nur ein einziger Schuss!«

Meiko lachte und rief. »Es wäre eine Schande, wenn du den Maurern und den Dachbauern helfen müsstest. Du fängst größere Fische als Cioran im Meer vor Thule.«

»Gut, dass ich den Bock trage. Sonst würde ich dir zeigen, wer große Fische fängt und wer ein großes Maul hat.«

»Ruhe«, rief Hakonwulf und grinste. »Es ist für jeden genug Braten und Fisch da. Morgen gibt's mehr davon.«

Als am Mittag Königin Roswynda auf dem hölzernen Vorplatz die Arme schwenkte und die Männer zum Mahl zusammenrief, waren Brigida und Cioran schon dabei, den Rehbock aufzubrechen und aus der Decke zu schlagen. Elayne brachte Hakonwulf einen großen Becher frisches Dunkelbier und drückte lächelnd ihre Brust an seinen Oberarm. Barbra stellte einen Eimer Brunnenwasser auf die Tischplatte und sagte: »Im Sommer soll man an den Herbst und Winter denken. Wir brauchen noch viele Vorräte, damit wir nicht hungern müssen in Schnee und Eis.«

»Keine Sorge. Ab heute jagen zwei Jäger«, brummte Cioran und deutete auf Hakonwulf.

Er hatte sich auf seinem Lager ausgestreckt und lauschte dem Summen einer Mücke, die in wirren Kreisen um das rußende Flämmchen in der Talgschale flog. Unter dem Laken fühlte er, dass sein Körper glühte, dass seine Begierde wuchs, und dass er Elayne herbeisehnte; ihr Gesicht, ihre Hände, ihren Körper. Er lauschte auf die Schritte ihrer bloßen Füße auf der Treppe, schlief ein, schreckte wieder auf und sah, dass sich der Vorhang aus Leder- und Stoffstücken teilte. Elaynes Haar fiel in vielen Löckchen auf ihre Schultern. Sie trug einen hellen Leinenkittel, der bis zu den Knöcheln reichte und den ein Gürtel aus geflochtenem Leder hielt. Um den Hals hatte sie einen weißen Stoffstreifen geknotet. Als sie ins Licht trat, sah Hakonwulf, dass in den Stoff eine große, weiße Blüte geknotet war. Er erinnerte sich, zuckte zusammen und richtete sich auf. Wie die Frau im Halbtraum während des Schneesturms! Elayne trat lächelnd an den Rand der Liege.

Er flüsterte: »Du bist wunderschön. So wie jetzt ... hab ich dich im Traum gesehen. Die Blüte, sie war aus Silber.« Er streckte die Arme aus und legte sie um Elaynes Hüften.

Sie öffnete die Schleife am Halsausschnitt des Kleides und sagte leise: »Sie wird am Morgen zerdrückt und verwelkt sein, Prinz.« Als sie den Gürtel öffnete, rutschte das Kleid von den Schultern und über die Hüften zu Boden. Elayne kniete neben Hakonwulf, legte die Hände auf seine Brust und ließ sich langsam auf ihn sinken. »Oder schon um Mittnacht.«

Er vergrub die Finger in ihrem Haar, schloss die Augen und wartete auf ihre Küsse. Die Welt wirbelte einige Herzschläge lang, dann vergaß er sie, die silberne Blüte und jedes seiner ferne Ziele; sein Begehren suchte und fand jede erregende Handbreit von Elaynes Körper, ihrer weichen Hügel, Täler und Ebenen, unter denen das Blut zu kochen schien.

Das Messer war länger als Hakonwulfs Hand, und die angerostete Klinge hatte viele Scharten. Der Holzgriff, halb zersplittert, war schwarz geworden durch achtlosen, langen Gebrauch. Hakonwulf dankte Barbra und lief zu Gildas, der zwischen Palisadenzaun und

Eckturm in seiner Schmiede arbeitete. Bis sie der Schmiede in Thule glich, würde er noch viele trockene Lehmziegel brennen und die Esse höher ziehen müssen.

»Unser Geschenk für Pattrick, den anderen Jäger«, sagte Hakonwulf. »Kannst du den Griff abschlagen und die Klinge abziehen?«

»Jetzt gleich, Prinz?«

»Ich brauch's morgen früh. Dann treffe ich den Jäger Pattrick.«

»Sag, dann sind wir also nicht allein im Land von Aarebrand und Bronzefist? Meinst du, dass es noch mehr Leute gibt?« Gildas arbeitete weiter, während er redete. Die klingenden Schläge des Hammers und der dröhnende Stein-Amboss begleiteten seine Worte. Er schmiedete breite Bänder mit regelmäßig eingeschlagenen Löchern und die dazu passenden Torangeln. Kleinere Eisenabfälle arbeitete er zu Nägeln um, die für Dächer und als Verbindung schwerer Balken gebraucht wurden. Walon trug eine Schulterlast Schilfhalme herbei und ließ es neben Brigida und Gofrit fallen, die schmale Bündel daraus schnürten. Erst ein Drittel der Dachstühle war winterfest eingedeckt.

»Ich kenne nur Spuren von Jägern und Fallenstellern im Umland. Außer Pattrick hab ich nie jemanden gesehen.«

»Aber bis zum Meer bist du noch nicht gepaddelt, wie?«

»Nein, Gildas. Vielleicht bald, zusammen mit Pattrick. Ihr habt ja alle keine Zeit dafür.«

»Solange die Häuser nicht fertig sind ...«

Die schwerste Arbeit lag schon hinter König Greiff und seinen Getreuen. Breite Gräben für Fundamente aus Stein und zerbrochenen Feuerziegeln, der Brunnenschacht und gemauerte Kanäle zur Sickergrube außerhalb der Palisaden waren längst wieder mit Erde angeschüttet und bewachsen, ebenso wie der Kräutergarten. Für ihn sollte Granghan Samen und Setzlinge bringen, wenn sie nach dem Sommer wieder durchs Moor stakten. Auf den Fundamenten wuchsen Mauern und Fachwerkfelder jeden Tag um einige Handbreiten. Obwohl alle Männer um die Wette schufteten, würde die kleine Burg vielleicht erst im Winter fertig werden. Aber die Dächer, die vor Herbstregen schützen sollten, mussten in einem halben Mond gedeckt sein.

Hakonwulf sah zu, wie der Schmied mit zwei vorsichtigen Hieben den Handgriff spaltete und die Reste ins Feuer warf. Dann dengelte er die Schneide mit einem kleinen Hammer, erhitzte sie und schreckte das heiße, aber nicht glühende Eisen ab. Mit kräftigen Zügen und viel Wasser führte er die Klinge so lange über den Wetzstein, bis sie auf bei den Seiten über die ganze Breite glänzte wie Silber.

»Ein bisschen Fett oder Öl, Prinz, dann ist der Dolch wie neu«, sagte er. »Bring ein Stück Holz für den Griff.« Er legte einen Nagel in die Glut, schob den Fuß in die Schlaufen und trat ein paar Mal auf den Ledersack. Der Blasebalg pfiff und stöhnte, Funken wirbelten aus der Glut.

Hakonwulf fand in den Abfällen der Zimmerleute ein rundes, trockenes Holzstück, handlang, in das Gildas ein Loch einbrannte.

»Den Rest könnt ihr Jäger selbst machen«, sagte er und wischte mit dem Unterarm über die Stirn. »Kostet deinen neuen Freund ein paar fette Hirsche. Zufrieden, Prinz?«

»Der Waffenschmied von König Artus könnte es nicht besser, Gildas.« Hakonwulf drehte das breite Messer hin und her. Lichtblitze funkelten vom Metall und blendeten ihn. »Pattrick springt vor Freude in die Luft.«

»Hoffentlich versinkt er dabei nicht im Sumpf«, brummte der Schmied und warf den Nagel ins Wasser. Hakonwulf ging zum Palas, zeigte seiner Mutter das Messer und erzählte ihr von den sieben Steinen. Als Gandalon sich aus seiner Kemenate ins Sonnenlicht hinauswagte, fing der Prinz noch einmal an, von dem Geheimnis zu berichten, das er entdeckt hatte. Als er die Steingesichter schilderte und das kurze Gras im Inneren des Kreises, seufzte Gandalon und richtete den Blick auf ihn.

»Weißt du«, er schloss die Augen und lehnte sich gegen die warme Mauer, »in solch abgelegenen Landen, dort, wo wenig Menschen wohnen, gibt es geheime Schätze aus der Vergangenheit. Nicht immer sind's Schätze aus Gold und Silber. Auch unsere Ahnen, die an andere Götter glaubten, kannten die Kräfte der Erde und des Himmels.«

»Haben die Steine geheimnisvolle Kräfte? Auch die schwarzen Steine von Thule?«, fragte Hakonwulf aufgeregt.

Gandalon hob die Hand und zuckte mit den Schultern. »Ich weiß es nicht. Aber irgendwo soll es noch Drachen geben und Ungeheuer, fliegende Teufel und Geister, die in Menschengestalt schlüpfen und nur das Kreuz fürchten. Hüte dich vor ihnen.« Wieder seufzte er, dann musterte er Hakonwulf aus seinen hellen Augen. »Du glaubst es nicht? Nun, mutig warst du schon immer. Aber gib acht, dass du nicht das Falsche tust, wenn dir derlei Schrecknisse begegnen.«

»Wenn ich sie erkenne, Zuchtmeister«, sagte Hakonwulf, »werde ich an deine Worte denken. Bisher hab ich nur böse Menschen kennengelernt.«

»In zwei Jahren wirst du viel mehr kennengelernt haben. Die Welt besteht nicht nur aus Thule, dem Meer und dem Moor, Prinz.«

Seit Tagen beschäftigte sich Hakonwulf mit dem runden, halb faustgroßen Kieselstein. Er dachte, dass damit irgendetwas anzufangen sei. Er konnte ihn rollen, werfen oder die Ecken des Pergaments beschweren. Von den Händlern hatte er dünne, armlange Lederriemen geschenkt bekommen. Ohne viel nachzudenken, wickelte und knotete er einen Riemen um den Stein und tauchte ihn ins Wasser; wenn das Leder trocknete, zog es sich zusammen, und der Stein konnte nicht mehr aus den Schlingen schlüpfen. Als sich Jehan, Apen, Marian und Granghan vom Königspaar verabschiedeten, begleitete er sie zum Steg und vergaß seine Erfindung.

Die Händler waren mit Frischwasser und Essen reichlich versorgt worden. Die zahnlose Marian saß im Heck und fachte ihr Feuerchen an.

»Hat Gandalon auch viele Hühner und einen Hahn aufgeschrieben?«, fragte er. »Und sagt ihr den Leuten, dass wir ihnen einen Bullen und Kühe abkaufen wollen?«

Granghan verbeugte sich und sagte ein wenig spöttisch: »Die Liste ist so lang wie der Weg zur Küste, Prinz. Sei gewiss: Ich kann lesen, und dein Vater wird gutes Silber zahlen. In eineinhalb Monden sehen wir uns wieder.«

»Soll ich euch den Weg zeigen?«

»Nein, danke, Jägersmann. Wir finden ihn selbst. Wir haben deine Pfeile an den Bäumen schon längst gesehen.«

»Gut so.« Er wartete, bis die Händler ihr Boot rückwärts vom Steg gestakt und herumgedreht hatten. Bevor sie hinter dem umgestürzten Baum verschwanden, dessen Äste von vergilbten Ranken behängt aus dem Wasser ragten, winkte Granghan noch einmal.

Gandalon hatte heute keine Lust, ihn mit Lesen, Schreiben oder Rechnen zu plagen. Hakonwulf trottete von einem Haus zum anderen, half eine Stunde lang beim Formen von Lehmziegeln und erinnerte sich wehmütig an das warme, schweflige Wasser von

Thule und die hellen, endlosen Tage. Er wagte noch nicht, in den tieferen Kanälen zu schwimmen, weil er nicht wusste, ob er dort Schlangen aufstöberte oder in giftige Dornen trat.

Als der letzte Lehm verbraucht war, holte er Bogen und Köcher und streifte am Rand des Sumpfes entlang; was er suchte, wusste er selbst nicht. Er sah auf seiner Wanderung, dass die vierzehn Schafe überall, wo Gras und gute Kräuter wuchsen, den Boden abgeweidet hatten. Rund um die Burg begann es auszusehen wie vor einem gutgeführten Bauernhof, auch auf den kleinen Feldern, die mit den Pferden vor dem Eisenpflug umgepflügt worden waren.

Hakonwulf wachte aus tiefem Schlaf auf. Elayne hatte wie gewohnt sein Lager vor Sonnenaufgang verlassen. Vor dem winzigen Fenster seiner Kemenate hatte eine Spinne ihr Netz gesponnen. An den Fäden hingen Wassertröpfchen. Sie leuchteten bei Sonnenaufgang wie kleine Perlen.

Seit zwei Tagen stand eine Truhe neben dem Rahmen des Lagers. Sorgfältig hatte Hakonwulf seine Waffen und die wichtigste Ausrüstung auf dem Deckel ausgebreitet. Er stand gähnend auf, wusch sich flüchtig und knotete die Enden des Hüftschurzes fest.

»Fische, Rehe, Enten – nehmt euch in acht«, murmelte er und schob die dicke Matte aus Schilf und Grasgeflecht an ihren Platz zurück. Langsam zog er sich an, hängte den breiten Gurt über die Schultern und ging die Holztreppe hinunter. Der Saal, nur ein Viertel so groß wie die Halle in Myngrifon, war leer; es roch nach Holz, trocknenden Mauern und frischem Kalkanstrich. In der Küche hantierten Rarn, Elayne und Brigida.

»Gebt ihr mir heute ein bisschen mehr Essen mit? Pattrick hilft mir beim Jagen ... er ist ziemlich mager«, sagte er.

Brot war ein seltener Leckerbissen; die Händler hatten nur einen Sack Korn und zwei Säcke grobes Mehl mitgebracht. Und es wuchs nicht ein Halm Korn bei der Burg. Trotzdem bekam Hakonwulf einen handgroßen Fladen von Sauerteigbrot, in Fett gebratenen Fisch und vier hartgekochte Enteneier. Er verstaute das Essen zusammen mit einem Stück Käse in seinem Beutel.

»Ich bin am Abend wieder da«, sagte er. »Vielleicht bringe ich Pattrick mit, wenn ihn dazu überreden kann. Ich glaube, er hat Scheu vor uns.«

»Sag ihm, dass wir ihn nicht fressen werden.«

»Hoffentlich glaubt er's.« Hakonwulf schob das Boot ins Wasser, paddelte am Ufer entlang und ohne Eile in die Richtung der geheimnisvollen Steine. Mühelos fand er die richtige Abzweigung zu Pattricks Moortümpel. Als er freien Blick auf das Lager des halb verwilderten Mannes hatte, sah er, dass Pattrick gerade das erste Holz auf die Glut schob und in die Flammen blies.

»Du kochst deinen Sud. Ich hab gutes Essen dabei«, rief Hakonwulf. Er schwang sich aus dem Boot, zog es aufs Gras und ging zum Feuer.

»Gut, Hakonwulf. Wir werden heute jagen, den ganzen Tag, ja?«

Hakonwulf lachte und holte aus dem sauber ausgegrabenen Loch neben der Hütte frisches Wasser.

Pattrick zerrieb trockene Blüten und Blätter zwischen den Handflächen. »Ich zeig dir anderes ... Geheimvolles?«

»Anderes Geheimnis?«, sagte Hakonwulf.

Pattrick nickte. »Dort.« Er zeigte nach Süden.

Hakonwulf packte das Essen aus und wartete darauf, dass der Sud aufschäumte. Gemeinsam schmausten sie.

Anschließend suchte Pattrick seine Ausrüstung zusammen und trug sie zum Boot. Er deutete auf die Sonne und sagte: »Zuerst zeigen. Dann jagen. Fische jetzt schlecht jagen.«

»Stimmt.« Hakonwulf griff überrascht nach den drei Gabelpfeilen, die ihm Pattrick entgegenhielt. »Für mich?«

»Ich zeigen dir später.«

»Danke, Freund Pattrick.« Hakonwulf kniete neben seinem Boot und legte den Fischspeer hinein. »Du paddelst voraus? Ich bleib hinter dir?«

»Ja. Mir folgen.«

Die Sonne stieg hinter den Bäumen hoch, und die morgendliche Kühle löste sich im warmen Wind auf. Die Boote schoben sich hintereinander durch die Gräben und Kanäle. Hakonwulf merkte sich den Weg; beim Jungwald führte der zweite Kanal nach links und in ein Gebiet, das aus viel Schilf zwischen einem ausgedehnten Wald umgestürzter Bäume bestand. Jeder Riesenbaum, von Schilf, Schlingpflanzen und kleinen Büschen bedeckt und umwuchert, bildete eine langgestreckte Insel. Der Boden unter dem Wasser war meistens nicht zu sehen; das Wasser war an dieser Stelle schwarz und breiig wie dünne Suppe. Wenige Streifen aus klarem Wasser, dünner oder dicker, zogen sich hindurch. Wenn Pattrick und Hakonwulf nach rechts und links über die Bordwand blickten, konnten sie erkennen, dass sie in vier Handbreit flachem Wasser paddelten. Der Kanal schlängelte sich, zehn Schritte breit, nach Süden. Über dem Sumpf kreisten lautlos drei Fischadler, und wie an jedem Morgen trug die warme Luft unzählige Geräusche mit sich. Fliegen, Mücken, Enten und Frösche, trompetende Kraniche, helle Falkenschreie und das pausenlose Rascheln unsichtbarer Tiere im Schilfdickicht begleiteten jeden Paddelschlag.

»Wo ist endlich dein großes Geheimnis?«, rief Hakonwulf. Sie waren ungefähr eine Stunde lang unentwegt zwischen halbversunkenen Bäumen hindurchgepaddelt.

»Bald. Dort hinten. Am Baum.«

Hakonwulf hob den Kopf. Auf einer niedrigen Erhebung hatte ein Baum vor vielen Jahren Wurzeln schlagen können. Als sich die Jäger näherten, flog ein großer Schwarm Tauben auf und strich mit klatschenden Schwingen nach Norden ab. »Hast du dort wieder solche Steinsäulen gefunden?«

»Nein. Knochen vom Riesen, Hakonwulf.«

Noch bevor Hakonwulf nach seinem Bogen greifen konnte, stob aus dem Schatten des Baumes ein Rudel Rehe hervor und flüchtete in weiten Sprüngen zwischen die Büsche. An der Stelle, wo die Tiere aufgetaucht waren, sah er weiße, halbrunde Dinge, wie große Knochen. Aber es konnten auch abgestorbene Äste sein, die auf einem Haufen zusammenlagen.

»Guter Platz hier.« Pattrick ließ das Boot gegen den Rand der Insel treiben. »Auch für Jagd. Rehe können nicht weg.«

»Später. Jetzt haben sie uns gewittert und gesehen.« Sie wateten durch knietiefes Wasser an Land und zogen die Boote in Sicherheit. Pattrick packte den Fischspeer, Hakonwulf hängte den Köcher über die Schultern und nahm den Bogen in die Hand. Hier hatten Rehe das Gras abgefressen.

Pattrick trat gegen einen langen Knochen. »Hier fängt der Riese an. Siehst du?«

Eine Reihe weißer Knochen, an einigen Stellen von Himbeerranken überwachsen, lag in einer geschwungenen Linie auf dem sandigen Boden. Der erste Knochen, länger als eine Hand, war dünn, der nächste etwas dicker, und so fort. Schweigend ging Hakonwulf an dem Skelett entlang, bis er auf Teile stieß, die zur Seite abgespreizt waren.

»Beine vom Riesen«, sagte Pattrick. »Gutes Geheimnis, wie?«

»Das war wirklich ein riesiges Tier.« Hakonwulf sah, dass die Beine zweimal so lang wie er selbst waren. Das Knochenbiest kam aus dem Gras hervor; jetzt sah er deutlich viele Paare schenkeldicker Rippen mit ihren Enden im Boden stecken. Er schüttelte verblüfft den Kopf und ging weiter. Als er mit dem Ende des Bogens gegen die Knochen schlug, klangen sie wie trockenes Holz. Er zählte zehn Rippenpaare. Sie wurden immer größer und wuchtiger. Die Vorderbeine hingen schräg herunter; auf unbegreifliche Weise waren sie an flachen und gerundeten Knochenplatten festgehakt. Zu beiden Seiten des riesigen Knochengerüsts wuchsen Kriechpflanzen und hohe Grashalme, aber auf den Knochen waren nicht einmal Ameisen oder Käfer zu sehen. Der Schädel mit Kiefern, mit großen Löchern für die Augen und lang gezogenen Nasenlöchern war mindestens drei Ellen lang. »Das war ein Drache. Der große Oger des Sumpfes«, sagte Hakonwulf, ohne selbst daran zu glauben.

Pattrick grinste vergnügt und schob die Spitze des Speeres durch ein Augenloch. »Drachenriese. Gutes Geheimnis. Ich hab's gesagt.«

Hakonwulf atmete tief ein und aus. »Du hast nicht zuviel versprochen. Das muss ich den Rittern zeigen. Sie haben gesagt, dass sie gegen Drachen kämpfen wollen.« Er wandte sich an Pattrick und starrte in seine hellblauen Augen. »Hast du je einen lebenden Drachen gesehen?«

»Niemals. Gibt keine Drachen. Groß Schlange, ja.«

»Das glaub ich.« Hakonwulf schüttelte sich. »Das Knochengerüst muss so uralt sein wie die sieben Steine.«

Pattrick hob die Schultern. »Weiß ich nicht.«

»Wenn das der Drachenvater Maldragon war, dann möchte ich seine Kinder nicht kennenlernen.«

Hakonwulf sah sich um. Die Insel war friedlich; kein kleiner oder großer Drache hob den Hals aus dem Sumpf und griff sie an. Im Schilf quakten Frösche, als sei der Storch zwischen sie gefahren. Obwohl er die Knochen sah, konnte Hakonwulf nicht glauben, dass es solche Tiere wirklich gab. Wenn ihm niemand glaubte, konnte er die Ritter oder Elayne hierher führen. Er sah sie schon grinsen, wenn er erzählte, was er gesehen hatte, und bei der Vorstellung, welche Gesichter sie machen würden, wenn sie hier standen, musste er lachen.

»Schade, dass niemand die alten Knochen brauchen kann«, sagte er. »Los, Pattrick. Jetzt jagen wir Rehe. Und am Nachmittag zeigst du mir, wie man mit dem Speer fischt.«

Pattrick legte einen Finger auf die Pfeilspitze, die über Hakonwulfs rechtem Ohr aus dem Lederköcher herausragte. »Du gut mit

Pfeil?«

»Ich treff' ziemlich gut.«

»Du dich dort verstecken«, sagte Pattrick. »Ich mach Geschrei. Die Rehe rennen so und so.«

Er deutete auf die Stelle, an der das Rudel aus der Deckung kommen würde, und auf den Sandpfad und das Gebüsch, in dem sich die Tiere wieder verstecken würden. Hakonwulf sollte sich hinter den Knochen in dunkelgrünem Wacholder verbergen.

»Ein guter Platz. Meinst du, dass du sie ein paar Mal vorbeischeuchen kannst?«

Sie verstanden einander immer besser. Pattrick schien sich zusehends an den Gebrauch der Sprache zu erinnern.

»Ganz oft. Dreimal?«

»Meinetwegen. Ich will ja nicht das ganze Rudel ausrotten. Ich bin bereit.«

Pattrick nickte, lachte und rannte nach rechts ins Gebüsch. Hakonwulf bückte sich, schlüpfte unter dem knöchernen Rückgrat hindurch und nahm die besten Pfeile aus dem Köcher. Zwei steckte er vor sich in den Sand, einen legte er auf die Sehne. Er ging zwei Schritte zurück und zog die Sehne halb durch. Da hörte er die trillernden Schreie Pattricks. Der Baum warf große Schatten über das halbe Knochengerüst und über das Versteck. Hakonwulf starrte auf die Stelle, an der sich das Gebüsch bewegen musste, wenn der Anführer des Rudels heraussprang.

Äste knackten, schwere Körper bewegten sich, dann schrie Pattrick laut auf. Der Leitbock war mit einem weiten Sprung im Freien und bewegte sich viel zu schnell für einen sicheren Schuss, selbst über eine solch geringe Entfernung. Als ein junger Bock heraussprang, sich suchend umblickte und dem alten Bock folgen wollte, zog Hakonwulf die Sehne ganz durch und bewegte den linken Arm schnell genug, dass die Pfeilspitze stets auf dieselbe Stelle des Tieres zeigte. Als der Bock genau vor ihm war, zielte er auf einen Punkt, einige Handbreit vom Hals des Tieres entfernt. Hakonwulf löste die Sehne. Der Pfeil heulte davon und traf mit einem dumpfen Schlag den Bock in den Hals. Das Tier sprang fast senkrecht in die Höhe, machte einige unsichere Sprünge und brach hinter den Bäumen zusammen. Hakonwulf bückte sich, zog den nächsten Pfeil aus dem Sand und spannte den Bogen zum zweiten Mal. Sieben oder mehr Tiere hetzten mit blökenden Lauten vorbei und verschwanden.

»Ich bin's«, rief Pattrick unterdrückt, bevor er sich aus den Büschen hervorwagte. »Keinen Pfeil verschwenden!«

Hakonwulf senkte den Bogen und wartete, bis Pattrick wieder auf der anderen Seite verschwunden war.

Kurze Zeit später war die Jagd vorbei. Pattrick und Hakonwulf zerrten drei Rehe zu den Booten; zwei junge Böcke und eine Ricke. Hakonwulfs Boot trug zwei Tiere, in Pattricks leichtes Rindenboot passte nur das weibliche Tier. Hakonwulf fragte: »Kommst du zu unserer Insel? Zur Burg?«

»Ich getraue mich nicht, fürcht mich vor deinen Leuten.«

Hakonwulf legte den Arm um Pattricks Schultern. »Du musst nicht zur Burg kommen. Hilf mir nur bis zum Steg. Warum fürchtest du dich eigentlich, und wovor?«

»Weiß nicht. Gut, ich komm mit dir.«

Vorsichtig paddelten sie die schwer beladenen Boote bis zum Steg, gemeinsam hoben sie die Jagdbeute auf die Bretter. Rarn nahm das Wildbret in Empfang und starrte Patrick ebenso wortlos an wie der Jäger den bärtigen Knappen.

Patrick wandte sich um und zeigte zur Sonne. Sie hatte den höchsten Punkt ihrer Bahn erreicht. »Mittag ist's«, sagte er leise. »Die Fische, die sich leicht fangen lassen in dieser Stunde.«

»Große Fische!« Hakonwulf kletterte in seine Nussschale.

Pattrick versuchte den ganzen Nachmittag, Hakonwulf das Fischen mit dem Speer beizubringen. Im klaren Wasser verwirrten sich die Augen: Wenn Pattrick und Hakonwulf nicht genau senkrecht hinunterblickten, schwamm der Fisch scheinbar an einer anderen Stelle als an der, in die der Speer einstieß. Hakonwulf musste erst den richtigen Winkel finden, vor oder hinter den Kopf des Fisches zielen und blitzschnell zustoßen. Stunden später, nachdem der Prinz zwei Dutzend große Fische mit silbernen und roten Schuppen verfehlt hatte, begriff auch er die Eigenart der Speerjagd. Er erlegte einen Fisch, der fast so lang wie Pattrick war. Sie fielen zweimal ins Wasser, als sie versuchten, den Fisch ins Boot zu stemmen. Hakonwulf schlüpfte aus seinem nassen Kittel. Als sein Blick auf den Köcher fiel, erinnerte er sich. Er zog eine Handvoll Pfeilschäfte hervor, kippte den klappernden Köcher und gab Pattrick das Messer mit dem unbearbeiteten Griff.

»Ein Geschenk vom König.« Er kicherte. »Du musst nur den Griff so schnitzen, dass er in deine Hand passt. Eine brauchbare

Scheide hab ich nicht gefunden.«

Pattricks Augen wurden groß. Er starrte fast ehrfurchtsvoll die eingefettete Schneide an, nahm das Messer in beide Hände und drehte es.

»Danke, Hakonwulf«, flüsterte er. »Ein schöner Dolch.«

»Und scharf dazu.«

»Damit töte ich Drachen«, sagte Pattrick lachend. »Fünf große Fische und sieben Enten. Drei Gänse und zwei Sumpfhasen. Zurück zur Burg?«

»Ja. Morgen muss ich wieder bei Gandalon lernen«, sagte Hakonwulf. »Und mit den Rittern kämpfen.«

Sie fuhren durch die spiegelnde Wasserfläche zur Insel. Im Westen türmten sich weiße Wolken mit schwarzen Rändern. Es gab wohl am Abend oder in der Nacht ein schweres Sommergewitter.

»Morgen keine Jagd?«

»Nein. Von dem Fisch können wir drei Tage schlemmen.« Hakonwulf steuerte das Boot zu einem Uferbaum, hielt sich an einem langen Ast fest und hackte ihn mit einiger Mühe ab. Er schnitt Blätter und Zweige ab, warf sie ins Wasser und holte auf. Am Steg schoben sie den zugespitzten Ast durch die Kiemenöffnungen der Fische. Pattrick blickte schweigend zwischen Hakonwulf und dem offenen Palisadentor hin und her. Sein Gesicht war verkniffen.

»Na, komm schon. Sie werden sich freuen, Pattrick. Mit so vielen Fischen. Und die Rehe sind schon in unserer Küche.«

»Heb hoch.« Jeder trug auf einer Schulter ein Ende der langen Stange, an der die Fische hingen. Die Schwänze schleiften im Gras. Als sich die dunklen Wolken vor die Sonne schoben und Hakonwulf den Hof betrat, hatten die Männer die Dächer und Gerüste verlassen. Das Dach der Badestube war mit Brettern belegt und zur Hälfte mit Schilf gedeckt; einige Mauern waren wieder gewachsen. Aus dem Kamin ringelte sich fetter Rauch.

Barbra und Brigida kamen aus der Küche, als Pattrick und Hakonwulf ihre Beute zu den ausgenommenen Rehen auf den grossen Tisch wuchteten.

»Das ist Pattrick«, sagte der Prinz. »Seht ihr, was wir beide gefangen haben? Die besten Jäger weit und breit.«

»Ihr seid die Heldenjäger.« Brigida wollte Pattricks Schulter streicheln, aber er zuckte zurück. Elayne umarmte Hakonwulf und kicherte. »Keine Angst. Wollt ihr baden? Wir haben eben das Wasser heiß gemacht.«

»Ja!« Hakonwulf drehte sich zu Pattrick herum. »Du auch? Für morgen kannst du bestimmt gutes Essen mitnehmen. Und einen Becher, damit du nicht aus der Tonscherbe trinken musst.«

Mit hängenden Schultern näherten sich der König und die Herren des Landes. Sie waren schweißbedeckt, voller Sägespäne und Schilfabschnitten. Sonnenlicht brach in breiten Bahnen hinter den Wolken hervor. Der Wind hatte aufgehört; feuchte Stille lastete über dem Moorland.

»Ihr Herren«, sagte Hakonwulf, »das ist mein Freund Pattrick. Ohne ihn hätten wir niemals so viel an einem Tag gefangen.«

Die Ritter standen um den Tisch und bestaunten das Wildbret und die Fische. Der König schüttelte das Handgelenk Pattricks. »Ich bin König Greiff. Das leere Land gehört den beiden Herren, den Rittern Aarebrand und Bronzefist. Wir werden uns gebührend bedanken.«

Königin Roswynda kam die Stufen herunter und trat lachend in den Kreis, der Hakonwulf und Pattrick umstand. Sie musterte den Fremden, der halb verlegen, halb trotzig die Männer anstarrte.

»Er lebt ganz allein im Sumpf«, sagte Hakonwulf. »Und er hat seit vielen Jahren nicht mehr so viele Ritter auf einmal gesehen.«

Roswynda sagte erfreut: »Du hilfst uns sehr, wenn du mit unserem Prinzen tüchtig jagst. Aber du musst im Moor draußen nicht verkommen. Wenn ihr gebadet habt, soll dir Rarn das Haar kürzen. Zeigst du ihm den Zuber, Hakonwulf?«

»Komm mit mir.« Er nahm Pattricks Hand und zog ihn zum Badehaus. Zwischen unfertigen Wänden und unter den Balken des halboffenen Dachstuhles dampfte heißes Wasser.

»Heut nimmst du dein erstes Bad und isst mit uns, Pattrick!« Hakonwulf lachte und zog den durchnässten, schmutzigen Kittel aus.

Pattrick zierte sich nicht, probierte mit den Zehen, wie warm das Wasser war, und sprang in das eckige Becken. Er tauchte unter und planschte. »Warm, besser als das Moor.« Er schüttelte sich wie ein nasser Hund. »Gut so, Hakonwulf.«

Hakonwulf saß ihm gegenüber, bis zum Kinn im Wasser, grinste und hob die Bürste. Er nahm ein paar Fingerspitzen von der gelben Paste, die mit feinem Sand gemischt war, rieb sie ins Haar und rubbelte, bis Schaum in seine Augen lief. »Keine Angst, Pattrick«, sagte er. »Tut gar nicht weh. Im Sumpf sind wir bald wieder dreckig und verklebt.«

»Darfst du jeden Tag in warm' Wasser?«

»Wenn ich will, ja.« In der Ferne polterte leiser Donner. Noch immer lag die Luft feucht und unbewegt über der Insel. Die Stimmen der Knappen und Ritter drangen über die Mauerkanten. Hakonwulf wusste, König Dragonblade und Ritter Bernadin, in voller Rüstung, hielten einen Waffengang mit stumpfen Waffen ab, um das Kämpfen nicht zu verlernen. Als knirschend die erste Lanze brach, hörte der Prinz ihre Stimmen, als sie augenscheinlich aus den Sätteln stiegen und die Pferde in den Stall führten.

Hakonwulf tauchte unter und wusch den Schaum aus dem Haar. Er legte die Ellbogen über den Rand des Bottichs und sah zu, wie Pattrick mit wachsendem Vergnügen mit der Bürste hantierte und Elayne frische, weiße Tücher brachte und honigsüßen Kräutersud.

»Donner. Bald kommt Regen«, sagte Pattrick.

Hakonwulf langte nach einem Tuch, kletterte aus dem Bottich und trocknete sich ab. »Bevor es regnet, sind wir im Haus und essen Braten.«

Pattrick starrte voller Bewunderung auf das wuchtige Balkenwerk des Dachstuhls. Wieder rumpelte der Donner. Hakonwulf wickelte das Tuch um den Bauch und sah Walon entgegen, der beide Arme voller nasser Tücher und trockener Kleidungsstücke hatte. Der Koch lud den Stapel auf der Sitzbank ab. »Das Hemd hat die Herrin für deinen Freund ausgesucht.«

»Danke, Walon«, sagte Hakonwulf. »Was hast du gekocht?«

»Viel und fett.« Walon betrachtete seine Hände, als wären Bratenreste daran. »Für Männer, die am Tag hart arbeiten.«

»Rehbraten? Fisch? Gutes Brot?«

»Von allem genug. Ihr zwei habt ja dafür gesorgt, dass unsere Kammern voll werden.«

Der erste Blitz zuckte. Einige Augenblicke lang strahlten Balken und Wände im weißen Licht. Die nächsten Worte schluckte der krachende Donnerschlag. Walon rief, halb taub vom Lärm: »Kommt in die Halle. Brigida deckt schon den Tisch.«

»Und die Herren Ritter und Knappen stürmen gleich die Badestube«, sagte Hakonwulf, zog einen frischen Kittel an und schloss die Gürtelschnalle. Er hob das braune Hemd in die Höhe und wartete, bis sich Pattrick abgetrocknet hatte. »Dein alter Lappen ist übermorgen wieder sauber, und Barbra wird die Löcher stopfen. Hier, dein Gürtel, Pattrick.«

Die Blitze schlugen im Westen aus den Wolken. Als Pattrick und

Hakonwulf das Badehaus verließen, schoben sich die Knappen, Ciorans Fischer und die Ritter hinein. Ein erster Windstoß wirbelte die feuchte Luft durcheinander.

»Gleich sehen wir, wie gut unsere Dachdeckerei war«, rief Sigur. Unter Blitz und Donner, in den ersten Windstößen, rannten Hakonwulf und Pattrick übers feuchte Gras. Als sie die Stufen zum Eingang hinaufstürmten, fielen die ersten dicken Tropfen. Hakonwulf lachte. »Gerade noch geschafft! Jetzt bist du sicher froh, mitgekommen zu sein.«

»Ich bin eigentlich lieber im Moor«, sagte Pattrick zögernd. »Aber jetzt im Gewitter will ich nicht zurück.«

Hakonwulf schob ihn in die Halle und sagte: »Bleib einfach hier. Ein trockener Platz findet sich immer.«

Pattrick zuckte mit den Schultern. Als er nach ein paar Schritten brennende Kerzen sah, den langen Tisch und Brigida, die Binsenlichter und Kienspäne anzündete, blickte er mit großen Augen und offenem Mund die Balken, das dunkle Dach und den Boden an, die Schilde, Kettenhemden und Waffen der Ritter an den Wänden, die leuchtenden Wappen und, hinter dem einfachen Thron, den silbernen und blauen Greif des königlichen Wappens.

»D-deine Burg«, er stotterte und sprach leise, »ist wunderschön.«

Pattricks Blicke wichen nicht von Brigida und Elayne; er war den Anblick schöner junger Frauen augenscheinlich nicht gewohnt. Durch die Fenster strahlte das harte, kurze Licht der Blitze und warf weiße Vierecke an die Wand. Die Decke bebte unter dem krachenden Donner.

Hakonwulf lehnte sich an die Tischkante. »Die Burg auf Thule, woher wir kommen, war viel größer und schöner. Alles aus Stein.«

Pattrick hob die Schultern, einen seltsamen Ausdruck auf dem Gesicht, und meinte: »Ich bin lieber in meiner Binsenhütte.«

»Trotzdem bist du bei uns ein Gast, den jeder gern hat. Wie auch immer, ich habe jetzt ordentlich Hunger.« Hakonwulf zog Pattrick in die Küche zum Herdfeuer, an dem Walon und Barbra hantierten. Der Koch nickte ihnen grüßend zu, schabte mit langem Messer Abschnitte und Fasern vom Hirschbraten in zwei tönerne Näpfe und gab sie den Jungen.

»Es dauert noch eine Weile«, sagte er. »Die Herren hätten im Regen mehr Platz zum Baden als im Badehaus.«

Hakonwulf konnte es kaum mehr erwarten, dass seine Mutter endlich die Tafel aufhob. Pattrick war vergessen, als er Elaynes Gesicht im Kerzenschein glühen sah. Er entschuldigte sich, sobald es möglich war, und eilte zu seiner Kemenate. Er brauchte nicht lange zu warten. Während draußen der Regen rauschte, liebten sich die beiden jungen Menschen eine Stunde um die andere.

Am Morgen, nachdem Elayne ihn verlassen hatte, ging Hakonwulf zum Fenster, blies das Spinnennetz vom Rahmen und ließ seine Blicke schweifen, bis er zwischen großen Wipfeln ein Stück Wasser sah. Die Morgensonne leuchtete schwach durch Nebel, weit draußen im Osten, vielleicht über dem Meer.

Pattricks Boot schob sich gerade durch diesen Einschnitt. Er hatte die Nacht tatsächlich in der Burg verbracht, aber jetzt zog es ihn wohl nach Hause. Hakonwulf nahm es ihm nicht übel, dass er vor dem Frühstück und ohne Abschiedsgruß aufgebrochen war.

Als Pattricks Boot hinter dem Uferwald verschwunden war, hob der Prinz den Kopf und sah, genau dahinter, weit entfernt, eine Rauchsäule. Dunkelgrau und dicht stand sie vor der leuchtenden Nebelwand und schwenkte nach Osten. Hatten die Blitze in einen Baum eingeschlagen und einen Brand verursacht? Unwahrscheinlich. Der Brand würde mehr als nur eine Baumkrone erfasst haben, und außerdem hatte es die halbe Nacht in Strömen geregnet, das hätte jedes Feuer gelöscht. Es musste frisch entfacht sein. Von Pattrick konnte es nicht stammen. Also gab es noch weitere Jäger oder Moorbewohner.

Lange beobachtete Hakonwulf die Rauchsäule, bis er zum Frühstück gerufen wurde. Als er nach dem Mittag vom Lernen mit Zuchtmeister Gandalon zurückkam, war sie verschwunden.

»Ich weiß schon«, sagte er zu sich selbst, »wo Pattrick und ich morgen jagen werden.«

Kurz vor der größten Mittagshitze hörten die Ritter und König Greiff zu arbeiten auf. Sie kletterten von den Mauern und Gerüsten, wuschen sich flüchtig und stapften in die Halle. Als Cardoc, Ritter Bernadins Knappe, am Tisch vorbeiging, sagte er zu Hakonwulf, der mit Gandalon zusammensaß: »Du musst aus den Büchern lernen. Wir üben uns derweil im ritterlichen Kampf, damit wir's nicht ganz vergessen.«

Lehrer Gandalon schüttelte den Kopf. Er hatte sein silberweißes Haar im Nacken zu einem Schopf zusammengebunden; trotzdem schwitzte er. »Sie täten besser daran, zu mauern und zu zimmern«, sagte er leise. »Den ganzen Winter können sie kämpfen üben. Nicht einmal genügend Pferde haben die Herren.«

»Pattrick sagt, nirgendwo gibt es wilde Pferde.« Hakonwulf lehnte sich zurück und streckte die braungebrannten Beine aus. »Moor und Wald sind schlechter Boden. Was nützt ein Pferd, wenn es im Schlamm versinkt?«

»Wohl gesprochen«, sagte Gandalon und streifte die Feder am Rand des Tintenkrügleins ab. »Nun geh schon, wir können morgen weitermachen. Auch dein Körper muss in Übung bleiben.«

Das Gewitter und der heftige, lange Nachtregen hatten die Lehmziegel durchnässt, aber die Schilfdächer waren dicht geblieben. Hakonwulf erinnerte sich an den Kieselstein, um den er die Lederschnur geknotet hatte. Während sein Vater mit den Rittern Scheinkämpfe ausfocht, die Knappen Bjarn und Rolf einen Baumstamm zersägten und Mutter Roswynda mit Brigida und Barbra Wäsche zum Trocknen aufhängte, suchte Hakonwulf ein Ziel für den Schleuderstein: Der Palisadenzaun nahm wohl keinen Schaden, Rinde und Holz waren stabil.

Hakonwulf wirbelte den Stein über dem Kopf, ließ das nasse Lederband los, und der Stein flog in leichtem Bogen dreißig Schritte weit. Hakonwulf hatte auf einen Astknollen gezielt; der Kiesel schlug vier Ellen rechts davon gegen einen Stamm und ließ die Rinde splittern.

»Gut gezielt«, murmelte Hakonwulf, hob das Geschoss auf und rannte zurück. »Aber schlecht getroffen.«

Viele Übungen später war er nahe daran, aufzugeben. Er hatte die Lederschnur mal kürzer, mal länger genommen, so genau wie möglich gezielt, mit mehr oder weniger Kraft geschleudert, aber nicht ein einziges Mal traf er sein Ziel. Hakonwulf schüttelte den Kopf und sah ein, dass er so nicht weiterkam. Er verharrte und dachte nach. Dann ging er zum Wasser, suchte am Ufer nach einem ähnlich großen Kiesel und machte ihn am anderen Ende des Leders mit den gleichen Knoten fest.

Probeweise wirbelte er beide Steine über seinem Kopf und schleuderte sie. In der Luft straffte sich das Leder; wie eine Art Rad wirbelten die Kiesel umher. Und sie flogen genau dorthin, wohin sie fliegen sollten. Hakonwulf hob sein Schleudergeschoss auf, fasste den senkrechten Gerüstbalken am Eckturm ins Auge und wiederholte den Versuch. Die Mitte des Lederbandes traf auf den Balken. Beide Steine wirbelten ums Holz, einer rechts, der andere links herum. Sie strafften die Lederriemchen, verloren an Kraft und schlugen schließlich schwach gegen die Bohle.

Elayne kam hinter dem Haus hervor und klatschte in die Hände. »So kannst du die Beute lebend fangen, Prinz!«

»Jetzt hab ich's«, sagte Hakonwulf und grinste zufrieden. »So kann ich einen Hirsch fangen. Oder ein Pferd.« Er umarmte sie und flüsterte: »Oder dich, wenn du mir weglaufen willst.«

Sie sah, plötzlich ernst geworden, in seine Augen. »Niemals, Prinz.«

Er rannte zu seinem Vater, der soeben den Schild senkte und den Schwertgurt darüberhängte. Schweiß lief in breiten Bahnen über seinen nackten Oberkörper, ebenso der Ritter.

»Ich habe etwas herausgefunden«, rief Hakonwulf. »Das gab es bisher nicht. Siehst du, Vater?« Er wirbelte knapp über seinem Kopf sein Wurfgeschoss, ließ es los, und wieder wickelten sich beide Lederschnüre in gleicher Länge um den Gerüstpfosten.

Greiff, Bernadin und Laraine nickten zustimmend, aber Aarebrand sagte: »Eine gute Waffe für einen Jäger. Aber ein unritterliches Geschoss, Prinz.«

»Das mag so sein«, meinte Bronzefist. »Ich kann mich nicht erinnern, derlei schon einmal gesehen zu haben. Wenn's hilft – was soll's?«

»Ob das eine unritterliche Waffe ist oder nicht, bedeutet wenig«, sagte der König lachend. »Auch Mauern, Sägen und Dachdecken sind unritterliche Arbeiten, meine Herren. Beenden wir unsere Waffengänge für heute?«

»Gern.« Clarance hob den Helm vom Kopf. »Zumal ich außer uralten Knochen, die unser Prinz fand, weit und breit keinen ernsthaften Gegner zu erkennen vermag.«

Hakonwulf wickelte seine Erfindung vom Balken und trug sie zu der übrigen Ausrüstung in seine winzige Kemenate. Er faltete die zerwühlten Decken zusammen, sah dabei aus dem Fenster und suchte den Rauch des geheimnisvollen Feuers. Doch der dunkelblaue Abendhimmel war leer.

Abendliche Trägheit hatte sich ausgebreitet. Ritter und Knappen rumorten im Badehaus. Claas und Barbra kamen mit vollen Holzeimern vom Melken zurück. Hakonwulf setzte sich zu seinen

Eltern, die in die kupferfarbene Sonne blinzelten.

»Gestern hat Pattrick bei uns geschlafen.« Er brach einen Splitter aus dem Holz der Bank. »Darf ich morgen bei ihm bleiben?«

»Warum nicht«, sagte der König. »Wenn du dich am Tag allein im Moor zurechtfindest, wird die Nacht nicht gefährlicher sein.«

»Aber du solltest dich vorsehen, Hakonwulf«, meinte Roswynda. »Bei all den Geheimnissen im Land draußen …«

Hakonwulf zog die Schultern hoch. Er zählte auf: »Die großen Knochen werden nicht zu laufen anfangen. Die alten Steine mit den Gesichtern sind so harmlos wie die schwarzen Steine Thules. Pattrick hat ein Feuer, eine Hütte und Fischspeere. Wir haben Pfeile und Dolche. Bei Pattrick bin ich so sicher wie in der Burg.«

»Die noch nicht einmal ein einfaches Tor hat«, brummte sein Vater. »Dennoch: Er ist alt genug. Lass ihn ziehen, Roswynda!«

Die Mutter seufzte und lächelte Hakonwulf an. »Nimm wenigstens genug zu essen mit. Und ein paar Decken für die Nacht.«

»Gern«, sagte er und nickte. »Du wirst sehen, es gibt überhaupt keine Gefahr.«

»Du kannst besser schwimmen als jeder andere, das bedrückt mich nicht.« Roswynda sorgte sich immer noch. »Aber kannst du dich auch wehren, wenn du von einem wilden Tier angegriffen wirst? Oder von Räubern?«

»Es gibt hier keine Räuber, Mutter. Höchstens Bären.«

»Trotzdem – ihr müsst wachsam sein«, stimmte Greiff halblaut zu. »Das Moor kann Tier und Mensch verschlingen. Ein falscher Schritt, und ihr versinkt im schwarzen Brei.«

Hakonwulf lachte kurz. »Die meisten Wege legen wir im Boot zurück. Auf dem Land sind bewegen wir uns auf Tierpfaden oder dort, wo Bäume wurzeln. Ein paar Mal bin ich an solchen Stellen vorbeigepaddelt. Ich kenne sie, weil dort Blasen aufsteigen, und es stinkt fürchterlich.«

Greiff verschränkte die Arme im Nacken und dehnte leise ächzend seine Muskeln. »Im Herbst, wenn die Mauern stehen und kein Regen mehr in die Häuser hineinläuft, wirst du uns deine Jagdwege zeigen. Bis zur ersten Kälte sollten wir unser neues Heim fertig gebaut haben.«

»So lange braucht ihr nicht.« Roswynda deutete auf die Mauern, die an wenigen Stellen die Spuren des Regenwassers trugen. Die Lehmziegel, die noch nicht durchgetrocknet gewesen waren, hatte das Wasser ausgewaschen. »Ein halber Mond, nicht länger. Und wenn Granghan bis dahin alles gebracht hat, was wir noch brauchen ...«

»Ich habe keine Sorge, dass wir im Winter darben.« Der König stand auf. »Sorgst du für ein gutes Abendessen, Liebste? Ich treibe die Knappen aus dem warmen Wasser.«

Hakonwulf gähnte. Zufällig fiel sein Blick durch das Fenster, und er stockte. Sein Herz schlug hart. An der Stelle zwischen den Baumkronen, wo er morgens die Rauchsäule gesehen hatte, leuchtete ein seltsames Licht. Es flackerte nicht wie ein großes Feuer – es hätte auch ein sehr großes Feuer sein müssen, bei dieser Entfernung. Das Licht, gelb und unbewegt, blieb unveränderlich und stetig an derselben Stelle. *Ich werde es herausfinden*, dachte er entschlossen. *Einen Tag und eine Nacht haben wir Zeit, Pattrick und ich.*

Die Nacht gehörte dem Warten, der Leidenschaft des Prinzen und der Feuerhaarigen und wenigen Stunden Schlaf. Am Morgen erinnerte Hakonwulf sich vage, dass er vom Zauberer Merlin und Camelot geträumt hatte.

Als er nach einem kurzen Morgenmahl durch den lichtdurchglühten Nebel des Sonnenaufgangs paddelte, vergaß er seinen Traum. Der Nebel, der drei Ellen hoch über dem Wasser lastete, löste sich nur zäh in der steigenden Wärme auf.

Pattrick kam ihm entgegen, als er in den verschwiegenen Seitengraben einbog. »Hast du den Rauch gesehen?«, rief Hakonwulf. »Nicht den von deinem Feuer. Eine Handbreit links vom Sonnenaufgang?«

»Den Rauch nicht.« Pattrick wirkte ganz anders mit dem sauberen Gesicht, den gestutzten Haaren und dem neuen Kittel. »Aber heute Nacht war ich auf dem Baum. Ganz hoch. Dort war Licht. Wie sagst du: geheimnishaft.«

»Geheimnisvoll.« Hakonwulf wendete den Nachen und senkte den Kopf, um nicht in die grelle Sonne starren zu müssen. »Ein geheimnisvolles Licht. Ich hab's von der Burg aus gesehen.«

»Du willst dorthin?«

Hakonwulf nickte. » Aber nur, wenn du mitkommst.«

»Du hast genug Essen?«

Er zeigte auf die Lederbeutel im Boot »Für uns beide, für drei Tage«, sagte Hakonwulf. »Meinst du, dass wir es bis morgen Abend schaffen? Ich muss heute nicht in die Burg. Ich habe ihnen gesagt, ich schlafe bei dir.«

»Ich denke, ich weiß, wo das Geheimnis ist, Hakonwulf. Ich kann dich führen. Zuerst mit dem Boot, vielleicht müssen wir es später eine Weile tragen.«

Über den Wasserflächen lichtete sich der Nebel schließlich. Die Gewächse an Land blieben noch eine Weile im grauen Dunst verborgen. Die Laute unzähliger Sumpfbewohner klangen gedämpft, der Nebel verschluckte auch die Geräusche der Paddel und die halblaute Unterhaltung der beiden Menschen. Pattrick hielt, trotz vieler geschlängelter Wasserflächen und Verzweigungen, immer die eingeschlagene Richtung. Während sie unentwegt nach Osten paddelten, wanderte die Sonne weiter zur rechten Seite der Boote und stieg höher. Mückenschwärme, Libellen, Hunderte verschiedener Wasservögel, kleine Rehrudel, jagende Fischadler, Falken und Sperber, Störche und Kraniche begleiteten die Jäger auf ihrem Weg. Sie fuhren über große, seichte Flächen, durch Strömungen aus grauem, schwarzem und klarem Wasser, tasteten sich durch schmale Gräben weiter und durch ein Gewirr aus Kanälen zwischen niedrigen Ufern und im Schatten großer Bäume. Eine Stunde nach Mittag, als die Hitze unerträglich stach und die Mücken wie wahnsinnig jede Handbreit Haut überfielen, hielt Pattrick zwischen den knorrigen Wurzeln einer Mooreiche an.

»Hunger«, erklärte er.

Hakonwulf schlang das Seil um die Wurzel.

Das Wasser war klar. Sie konnten bis zum Grund sehen. Ohne zu zögern sprangen sie aus den schwankenden Booten und tauchten unter. Das Wasser ertränkte die Mücken und war wunderbar kühl. Nebeneinander tauchten sie an Pattricks Boot auf und hielten sich an der Bordwand fest.

»Meine Mutter hat Angst«, sagte Hakonwulf, »dass ich die Gefahren im Moor nicht sehe.«

Pattrick nickte und strich das Wasser aus dem Haar. »Manchmal viel Gefahr. Gestern hab' ich Moorschlange gesehen. Dick wie du oder ich. Lang wie ... wie Riesenknochen. Ehrlich!«

»Ich hab vor einem Mond drei große Schildkröten gesehen.« Hakonwulf breitete die Arme aus und zeigte die Länge der Hornpanzer an. »Sie sind im Sumpf untergetaucht.«

Sie kletterten über die Wurzeln, öffneten die Beutel und begannen zu essen. »Was meinst du, werden wir heute noch dort sein?«, überlegte Hakonwulf.

»Vielleicht erst, wenn Sonne weg.« Sie teilten sich die Leckerbissen ein, zogen die Beutel zu und streckten sich mit vollen Bäuchen im Schatten aus.

Hakonwulfs Blick fiel auf den Gürtel Pattricks, in dem das Messer steckte. Er hatte mit der neuen Dolchschneide und mit Feuer den Holzkloben verkleinert, sorgfältig abgerundet und einen halbrunden Knauf geschnitzt. Der Handgriff war sorgfältig geriffelt, ein fingerbreiter Ring aus weißem Röhrenknochen lag über der Schneide. »Sehr schön geworden, Pattrick.«

Pattrick zog den Dolch aus der selbst gefertigten Scheide, die aus Holz und Fell bestand. Hakonwulf drehte den Griff, packte zu; die Waffe passte in seine Hand fast genauso gut wie in die Pattricks. »Ein Dolch für jeden Zweck.«

»Für Drachen.« Pattrick kicherte. »Weiter? Oder schlafen?«

»Schlafen können wir in der Nacht.« Hakonwulf zog das Boot heran. »Weiter. Du voraus?«

»Ja. Bald sind wir an der Grenze. Ende von meinem Land.«

»Dann werden wir sehen, wie wir weiterkommen.« Sie drängten die Boote aus dem Schilf und auf einen der größeren Seen. Im Osten bildeten sich Wolken: Hakonwulf dachte an Thule und an Halfnaar, das Fischerdorf. Solche Wolken, sagte er sich, stiegen an der Grenze zwischen Meer und Land auf. Also stimmte es, dass im Osten, paddelte man nur lange genug, die großen Dünen lagen und dahinter das unendliche Meer.

Zwei Stunden vor Sonnenuntergang fanden sie aus den breiten Kanälen, in denen starke Strömung nach Norden zerrte, nicht mehr heraus. Hinter ihnen, im Süden, und vor ihnen, gegen Osten, versperrten Land und niedriges Buschwerk hinter breiten Schilfstreifen den Weg. Pattrick trieb das Boot durchs Schilf, winkte und rief: »Festes Land, Hakonwulf. Jetzt müssen wir gehen. Komm.«

Hakonwulf ruderte mit aller Kraft. Das Boot fuhr durch raschelndes Schilf und vertrieb Sumpfbrüter, Moorhühner und eine Rohrdommel, die laut auf die Eindringlinge schimpfte. Pattrick stand auf einem winzigen Hügel. Dahinter breitete sich eine wellige Sandlandschaft bis zu der Linie aus, an der Land und Himmel verschmolzen. Zwischen hellen, runden Steinen lag ein Wall zerbrochenen Treibholzes. Hakonwulf glaubte Teile eines Bootes zu erkennen.

»Wir gehen, Hakonwulf. Und wir müssen Zeichen machen.«

»Ja. Wir holen das Zeug aus den Booten, verstecken sie, und ich stelle die Zeichen auf.« Ihre Schatten bewegten sich weit vor ihnen.

Das Sonnenlicht begann sich rötlich zu färben, als sie über den knirschenden Sand stapften. Pattrick prüfte bei jedem zehnten Schritt, ob der Boden sie tragen konnte.

8

Einzelne Sträucher und die Knochenfinger der Stämme und Äste standen schwarz und unbeweglich vor der großen Sonnenscheibe, als Hakonwulf den fünfundzwanzigsten Zweig in den Boden steckte und mit der Dolchspitze eine tiefe Linie zog. Pattrick und er trugen Proviant und Decken auf dem Rücken. Seit mehr als einer Stunde folgten sie der Linie, die ihre Schatten nach Osten beschrieben.

»Freund Pattrick, großer Jäger und Anführer.« Hakonwulf blieb neben seinem Freund auf dem Kamm einer drei Ellen hohen Düne stehen. »Wenn es hier Feuer und Flammen gegeben hat, müssten wir verbranntes Holz und schwarze Asche sehen.«

Pattrick nickte und verzog sein Gesicht. »Aber wir haben nicht gesehen.«

»Sind wir auf dem richtigen Weg und weit genug?«

Pattrick setzte sich auf sein Bündel und stocherte mit einem Grashalm zwischen den Zähnen. »Weiß nicht, Hakonwulf.«

Das Land war trittsicher; kein tückischer Treibsand, in dem man unerwartet versank. Sie befanden sich auf einer langgezogenen, sich weit nach Osten erstreckenden Zunge, auf der nur dürres Zeug wuchs. Die Ränder waren einen Steinwurf entfernt und dicht von Schilf bestanden. Wenige Vögel brüteten in dornigen Nestern und flogen auf, als Hakonwulf und Pattrick vorbeigingen.

»Ich bin sicher, hier war es«, sagte Hakonwulf schließlich. Er glaubte, das Meer riechen zu können. Es war allerdings unsichtbar. Die Sandzunge wurde breiter, schnürte sich dann wieder zusammen und bog einmal nach links, später nach rechts ab. Schweigend stolperten sie weiter; Müdigkeit breitete sich aus. Aber solange es Tageslicht gab, wollten sie nicht ans Nachtlager denken.

In einiger Ferne sahen sie etwas, das wie ein Haufen gelber Findlinge aussah, vor denen saftiggrüne Büsche wucherten.

»Ich war noch nie hier«, sagte Pattrick. »Nichts zu jagen.«

»Hier war vermutlich seit langer Zeit niemand. Nur Vögel und Schlangen. Ich habe keine Spuren gesehen.«

Es war nicht schwer, den Weg zu den Felsen zu finden. Sonnenlicht zeigte Löcher, Höhlen oder Zwischenräume im Gestein. Waren es überhaupt Felsen? Je mehr sie glaubten, sich dem Ende der sandigen Zunge zu nähern, desto mehr schien es, als würde sich deren Ende entziehen.

Hakonwulf folgte Pattrick und blieb einige Dutzend Schritte an seiner Seite. Sie gingen einen Dünenhang hinauf, blieben stehen und sahen die Steine immer noch fünf Bogenschüsse entfernt. Hakonwulf starrte Pattrick ratlos an, und ebenso verwundert blickte Pattrick. Sie kamen nicht mehr näher an sie heran.

»Hexenwerk«, sagte er. »Wenn die Felsen vor uns weglaufen, fallen sie bald ins Meer, ja?«

»Ich weiß nichts von Hexenwerk«, murmelte Hakonwulf. »Aber wenn es so ist: Treiben wir die Steine in die Brandung!«

Der untere Teil der Sonnenscheibe berührte den Horizont. Das Licht war feuerrot, die Köpfe ihrer Schatten verloren sich irgendwo geradeaus. Die beiden waren halb ängstlich, halb verwundert, aber sie gingen weiter, so schnell, wie es ihre Kräfte erlaubten. Die Sandfläche senkte sich, Schilf tauchte rechts und links wie gelbe Mauern auf, raschelnd und seltsam gefärbt vom Abendrot und schwarzen Schatten, und jetzt, schien das felsige Ziel näherzurücken, denn es wirkte größer und deutlicher.

»Noch eine halbe Stunde«, sagte Pattrick. »Dann ist Nacht.«

»Dann machen wir ein Feuer.« Hakonwulf schob den Bogen weiter in den Rücken. »Wir haben noch viel Zeit.«

Der Sand unter ihren Sohlen knirschte. Das Land, das sich in weit geschwungenen Windungen nach Osten erstreckte, wurde zu einer breiten Furt zwischen schwarzem Morast, der Blasen warf und stank. Diesmal führte Hakonwulf, und Pattrick schien zusehends Furcht zu empfinden.

»Keine Fußspuren. Hier lebt kein Mensch«, sagte Hakonwulf nach hundert Schritten. »Aber – wer hat das riesige Feuer gemacht?« Sein Herz pochte laut. Er griff nach dem Dolch.

»Ich weiß auch nicht«, flüsterte Pattrick. Hundert Schritte, zweihundert, dreihundert: Die Sonne war halb versunken. Der Sandstreifen wurde breiter. Rechts lagen gewaltige Haufen Treibholz; zwischen den Ästen raschelten Tang und Algen. Hakonwulf zeigte auf eine Mulde mit trockenem Grund.

»Hier können wir schlafen, Pattrick. Wir haben Holz für hundert Feuer.«

»Feuer!« Pattrick blickte in den dunklen Himmel. »Riechst du? Rauch. Kalt.« Hakonwulf drehte den Kopf hin und her und schnupperte. Tatsächlich schmeckte er kalten Rauch. Noch immer pochte sein Herz, wie damals, im Kampf auf dem Dorfplatz Thules.

»Du hast recht. Es riecht nach einem kalten Feuer.«

»Einer schläft, der andere wacht.« Pattrick ließ sein Bündel fallen. Schnell hatten sie sich eingerichtet, breiteten Decken aus, schichteten einen Holzstoß und knoteten die Beutel von den Gürteln. Hakonwulf nahm Köcher und Bogen vom Rücken und setzte sich am Rand der Mulde in den warmen Sand.

»Ich bin dumm«, sagte er. »Ich hab nichts zum Feuermachen dabei.«

»Ich schon.« Pattrick kramte aus dem Fellbeutel einen Stein, ein Stück Eisen und fadenscheiniges Tuch. »Ich mache Feuer.«

Während die Sonne versank und die Wolken färbte, schlug Pattrick Funken aus dem Feuerstein, blies in den zundertrockenen Stoff und wartete, dass winzige Flämmchen die dürren Blätter und Holzstückchen erfassten. Endlich brannte der Kern des Holzstosses, und grauer Rauch ringelte sich hoch.

»Weißt du«, sagte Hakonwulf langsam, »eigentlich sollten wir uns fürchten. Wir sind weit weg von zu Hause, keiner kennt das Land hier, und dann suchen wir auch noch nach etwas Geheimnisvollem, das nachts unheimliches Licht strahlen lässt.« Er zog den Dolch. »Die Eltern sollten es besser nicht wissen. Seltsam: Ich bin aufgeregt, aber Angst hab ich keine.«

Pattrick schichtete sorgfältig dickere Äste in die Flammen. »Mutiger Prinz. Ich hab auch keine Angst.«

»Bevor es ganz dunkel wird, seh ich mich um.« Hakonwulf zog größere Kreise um ihr Lager. Die Farben der Dämmerungswolken krochen über die Felsen. Hakonwulf schätzte die Entfernung ab und rannte los, bis er vor dem Gewirr übereinandergetürmter Steinbrocken stand. Aus Höhlen und Spalten drang mit einer kühlen Brise Geruch nach Asche, kaltem Rauch und jenem merkwürdigen Gestank, der über manchen Teilen des Sumpfes lag.

Hakonwulf schüttelte sich. Gänsehaut bildete sich auf den Armen. Er drehte sich um, sah den Rauch und vor den Flammen Pattrick winken. Der Sand im Umkreis der Felsen war ohne Spuren. Er lief zurück.

»Niemand zu sehen. Morgen kriechen wir in die Höhlen.«

»Meinst du, dort lebt einer?«

»Ich glaube nicht. Keine Spuren.«

Pattrick zerrte ein Stück Treibholz zum Feuer. »Das Salzwasser kommt bis hierher.«

»Stimmt, wo käme sonst das Treibholz her? Aber das Meer ist doch weit weg.«

»Einmal großer Sturm gewesen, vielleicht.«

»Essen wir«, schlug der Prinz vor. »Wer übernimmt die erste Wache?«

»Ist mir gleich.« Pattrick schob mit einem Ast, dessen Ende brannte, die Glut zu einem kugeligen Haufen zusammen. Hakonwulf strich den Sand glatt, faltete das Tuch auseinander und legte das Essen darauf.

»Ich bin müde«, sagte er leise. »Aber schlafen will ich noch nicht.«

Das Feuer brannte ruhig. Funken sprangen in den Sand und wirbelten im Rauch aufwärts. Als im schwarzen Himmel die großen Sterne erschienen, kam Ostwind auf. Er war kühl und roch so, wie es Hakonwulf von Halfnaar kannte. Der Prinz deutete mit der Dolchspitze, auf der ein Stück Käse steckte, in die Richtung der Felsen.

»Wind vom Meer, Pattrick. Fangen wir morgen einen Meerfisch?«

»Unsinn«, sagte der Freund. »Wir müssten ihn bis zur Burg tragen.«

Ab und zu kletterte einer der beiden aus der Mulde, gewöhnte seine Augen an die Dunkelheit und lauschte. Das Knacken brennender Äste passte nicht in die seltsame Stille.

Sorgfältig packte Hakonwulf Braten und Fisch, Rüben und Schafskäse ins Tuch ein. »Ich wecke dich, wenn ich müde bin.« Er schloss das Mundstück des Wasserschlauches und hängte ihn an den Fischspeer. Dann streckte er sich aus und starrte in die Sterne. Pattrick neben ihm atmete bereits tief und gleichmäßig.

Hakonwulf dachte an die leidenschaftlichen Stunden, in denen Elayne unter seinem Körper zuckte und keuchte, an Camelot, die verlassenen Felsen und das Licht. Eigentlich müsste er von hier aus genau in das Fenster seiner Kammer schauen können, wenn seine Augen so scharf und nachtsichtig wären. Ein Funkenschauer stob auf, als das Holz in die Glut sackte.

Die Mondsichel schwebte über den Felsen. Hakonwulf drehte den Kopf und versuchte, die Burg zu entdecken, vielleicht einen zarten Lichtschimmer. Aber nur Sterne flimmerten über dem Horizont.

Plötzlich schien der Sand vor ihm heller zu werden. Das Feuer war zu dunkler Glut heruntergebrannt. Hakonwulf zuckte zusammen und sprang auf. Die Felsen standen in Flammen! Pattrick rührte sich nicht. Der Prinz lief einige Schritte und blickte genauer hin. Nicht die Felsen brannten, sondern die Fugen, Risse und Zwischenräume. An unzählbar vielen Stellen traten lautlose Flammen heraus und schienen über die Kanten zu laufen, entzündeten sich immer wieder neu. Hakonwulf ging näher, aber als er hinter den Schleiern aus wogenden Flammen kleine Gestalten erkannte, glaubte er zu träumen. Ohne dass er sich dessen bewusst war, ging er geradewegs auf die Höhle zu, ein schwarzes Loch hinter dem Feuervorhang. Wieder huschte eine kleine menschliche Gestalt aus einem Spalt und verschwand in einem anderen Hohlraum.

»Das Feuer ...«, flüsterte er. »Und dort lebt doch jemand.«

Jetzt erst bemerkte er, dass die Flammen ohne Holz oder Stroh brannten. Sie kamen aus dem Sand und zwischen Steinblöcken hervor. Hakonwulf sah ganz deutlich eine Gestalt rechts aus der Höhle blicken. Ein bärtiger Mann, so klein, dass er Hakonwulf nur bis zum Gürtel reichte.

»Ein Zwerg!« In Gandalons Büchern und den Erzählungen der Ritter kamen diese Sagengestalten vor. Sie wurden »das Kleine Volk« genannt, »Alben« oder »Gnome«. Noch immer fühlte Hakonwulf nur Neugierde und Aufregung, aber keine Angst. Er stand einen knappen Steinwurf von den Steinen entfernt. Der Gnom schien ihm zu winken. Zögernd hob er die Hand und merkte, dass er den Dolchgriff umklammerte. Seine Sohlen knirschten im Sand. Die Flammen gaben keine Hitze ab, nur rötliches, bläuliches und weißes Licht. Ihr Schein reichte einige Ellen weit in die Höhle hinein. Hakonwulf fühlte, dass seine Lippen trocken waren. Er schluckte und blinzelte: Das Bild veränderte sich nicht. Dass es kein Traum war, wusste er jetzt ganz sicher. Eine hochgewachsene Gestalt in besticktem, wadenlangen Gewand und einfachen Sandalen blieb in der Höhle hinter der Flammenwand stehen. Das silberne Haar, der helle Bart – Hakonwulf erstarrte.

»Herr Merlin! Der Zauberer!«

»An einem der vielen magischen Plätze, Prinz Hakonwulf, an denen ich mich aufhalte, wenn ich nicht als unsichtbarer Falke über dem Hof von Camelot schwebe. Wie hast du mein Versteck entdeckt?«

Aus der Tiefe der Höhle trippelten drei Zwerge und eine Zwergin hervor, kamen ins Licht und stellten sich an Merlins Knie. Der Zauberer hob grüßend die Hand. In den vielen Ringen seiner Finger brachen sich die Flammen.

»Ich sah das helle Licht von unserer Burg, am Waldrand.« Hakonwulf berichtete in hastigen Worten von dem Verrat und der Flucht von Thule nach Britannien. »Die beiden Ritter haben uns das Land gegeben, aber wir kennen bisher nur wenige Wege. Kennst du ... kennt Ihr den Weg zu König Ethelred, Herr Merlin?«

»Selbstverständlich. Du wirst ihn dereinst gehen, Prinz. Vor Camelot und den Rittern der Tafelrunde aber liegen Arbeit, Lernen und Kämpfe. Du wirst zuerst die Geheimnisse Aveburys erleben, bevor du den Ritterschlag erhalten wirst. Doch bis dahin musst du noch viele Fische fangen.«

»Stimmt es, dass Camelot im Süden der Insel liegt?«

Auf dem gelblichen Gewand glänzten gestickte Monde, Sterne, Halbmonde und Mondsicheln. Merlin nickte. »Es lauern auch Oger und der Wilde Hund Ailber am Rand des Landes. Denk dran, Prinz, wie jung du bist. Dem Schicksal, das dich aus Thule vertrieb, kannst du nicht entrinnen. Ich rufe dich aus der Vergangenheit in die Wirklichkeit. Sie hält Schönes und Furchtbares für dich bereit, bis du endlich dein Schwert führen darfst. Noch ist die Burg deines Vaters nicht fertig. Geduld, junger Ritter.«

»Ich habe von Euch schon einmal geträumt, Herr, während eines Schneesturms in Thule. Einen solchen Traum hatte ich vorher nie.«

Merlin schüttelte den Kopf und zeigte lächelnd weiße Zähne. »Es war kein Traum, Prinz. Aber es war auch nicht die Wirklichkeit, wie du sie gewohnt bist. Nicht wahr, meine kleinen, erfindungsreichen Freunde?« Seine Finger berührten Schultern und Köpfe der Zwerge.

»Was tut Ihr hier, Herr Merlin?« Hakonwulfs Augen begannen

im Flackern der vielfarbigen Flammen zu schmerzen.

»Ich besuche meine Freunde, hier und dort und an vielen anderen Plätzen. Ich schöpfe Kraft aus manchen alten Orten. Auch Avebury ist ein solcher Ort: Viele Steinkreise, alte Mythen, die Grotte der Schwerter. Oder die Burg der weißen Eulen. Heute bin ich hier, bald werde ich an einer anderen Stelle meines magischen Reiches sein.«

Die Zwerge lächelten und schwiegen. Aus großen Augen, keineswegs feindlich, blickten sie Hakonwulf an.

»Und auch am Hofe von König ... Artus? Oder Ethelreds? In Camelot?«

»Auch dort. Ich werde dich wohl dort treffen.«

»Ihr seid ein mächtiger Zauberer, Herr Merlin. Kennt Ihr mein Leben so genau?«

Merlin zog die Schultern hoch und sagte: »Manches kenne ich, doch längst nicht alles, Hakonwulf. Und das ist gut so. Würde ich dir jeden Schritt zeigen, der vor dir liegt, könntest du dich selbst betrügen, und du würdest niemals staunen und dich erfreuen können. Jeder Tag zeigt dir Neues; nun hat auch dich die erste Liebe verführt, und du wirst glauben, sie dauert ein Leben lang. Nun – wirst du deinen Eltern erzählen, was Merlin gesagt hat?«

Hakonwulf schüttelte den Kopf. »Sie werden mir nicht glauben, Herr Zauberer.«

»Du kannst ihnen sagen, du hättest einen Traum gehabt. Das Geschick wird dereinst deinen Vater und seine Getreuen nach Camelot und zurück nach Thule führen. Aber auch Dundhas' Schicksal galoppiert nicht, sondern geht im Schritt. Ungeduld darf auch König Dragonblade nicht zeigen. Jedes Ding auf dieser Welt dauert seine Zeit. Du, ungeduldiger Prinz, erlebst noch viele Prüfungen.« Er zog die Köpfe der Zwerge an seine Knie und nickte Hakonwulf zu.

»Bewache weiter den Schlaf deines Freundes. Denke daran: Auch Freundschaften, so gut sie sein mögen, dauern nicht ewig. Liebe kommt und geht wie Wind, der weht, wie er will.«

Er drehte sich langsam um und ging, von den Zwergen gefolgt, in die Höhle hinein. Hakonwulf unterdrückte den Wunsch, durch die kalten Flammen zu springen und weitere Fragen zu stellen. Er blieb stehen und blickte hinter dem Zauberer her, bis er in der Dunkelheit jenseits der Flammen verschwunden war.

Hakonwulf senkte den Kopf und dachte über die Worte des

Zauberers nach. Er sah nur Felsen und Feuer; kein Laut drang aus dem Gewirr der Steine. Hakonwulf ging rückwärts, bis er stolperte und sah, dass er am Rand der Mulde stand. Er schüttelte verwirrt den Kopf. Wenige Augenblicke, nachdem er sich in den Sand gesetzt hatte und den Mond hinter dem Treibholzwall versinken sah, verlöschten die Flammen.

Er rutschte zum Lager hinunter. Pattrick hatte die Decke bis zum Kinn hochgezogen und schlief fest. Hakonwulf schob halb angebranntes Holz in die Glut. Er blickte ins aufflackernde Feuer, erinnerte sich an jedes Wort des Zauberers und hatte mehr Fragen denn je. Er hatte den winzigen Riss in der hohen Mauer gefunden, die seine Zukunft verbarg, und nur einen kurzen Blick darauf werfen können. Eine Stunde wartete er, bis er Pattrick weckte.

Pattrick stocherte mit der Dolchspitze im Sand, lehnte den Rücken gegen den feuchten Stein und zeigte ein ratloses Gesicht. Hakonwulf kroch rückwärts aus dem Spalt heraus und zog die Luft scharf durch die Nase.

»Nur dieser Gestank, Pattrick«, sagte er. »Keine Spuren. Sie sind alle verschwunden.«

Pattrick grinste und legte die Hand über die Augen. »Ich hab dir gesagt, ist nur Traum gewesen. Traumzauber.«

»Unmöglich. Ich weiß es ganz genau. Es war kein Traum, Pattrick. Ich hab sie alle gesehen, und Merlin sprach mit mir.«

»Dann müssen wir weitersuchen. Gehen wir in Höhle.«

Die körnige Oberfläche der Felsen aus gelblichem Gestein trug keinerlei Spuren der Flammen. Hakonwulf hatte im Sand nur seine eigenen Fußabdrücke gefunden. Er blieb im Eingang der mittleren Höhle stehen, genau an der Stelle, an der nachts der Zauberer mit seinen Zwergen gestanden war, drehte sich um und zeigte mit dem Dolch auf die Wolken.

»Der Herbst. Wieder ein Gewitter«, sagte er halblaut. »Hoffentlich schaffen wir es vorher nach Hause.«

»Sonst werden wir nass.« Pattricks Tonfall war gleichgültig. Er folgte Hakonwulf in die Höhle. Sie war hoch und breit genug; sie brauchten sich nicht zu bücken und gingen zögernd nebeneinander. Hakonwulf hielt den Atem an und spannte die Muskeln. Nach wenigen Schritten hatten sich die Augen ans Halbdunkel gewöhnt. Auch hier, im sandigen Boden, gab es keine Spuren, aber auch kein hineingewehtes Laub, oder Knochen.

»Die Zwerge haben geputzt.« Pattrick kicherte. »Kein Zauberer, Prinz.«

Der Felsengang führte nach links, nach rechts und endete in einer übermannshohen, runden Höhlung. Genau über ihren Köpfen ließ ein kreisrundes Loch das Tageslicht herein. Pattrick starrte in Hakonwulfs Augen.

»Ich hab Licht in anderen Nächten gesehn«, murmelte er. »Du hast vielleicht einen Zauberer gesehen. Aber hier ist nichts mehr.«

Merlin und die Zwerge waren verschwunden, als habe sie die Erde verschluckt. Hakonwulf ging enttäuscht entlang der gerundeten Wand. Seine Sohlen hinterließen halb fingertiefe Abdrücke im glatten Sandboden.

»Richtig. Hier ist nichts. Komm, gehen wir zurück. Wir kommen sonst mitten ins Gewitter.«

Pattrick zog Hakonwulf ins Freie. »Deine Eltern, viel Sorgen?«

»Besonders, wenn es blitzt und donnert.« Sie häuften Sand auf den Rest Glut, wickelten ihre Bündel zusammen und gingen nach Westen, zurück zu den Booten. Schon jetzt hatte sich der frühmorgendliche Dunst neben der Sandbank fast aufgelöst. Sie brauchten die Wegzeichen nicht zu beachten. Eineinhalb Stunden nach Sonnenaufgang paddelten sie nebeneinander auf die dunklen Wolken zu.

Hakonwulf blieb im Kielwasser von Pattricks Boot. Schon dreimal war er sicher gewesen, dass sie sich verirrt hätten. Er erkannte die Ufer, Bäume und den Lauf der Kanäle nicht wieder. Aber Pattrick erinnerte sich, wie er behauptete.

Die Sonne stach und brannte, und trotz des grellen Lichtes, das vom Wasser widerspiegelte, lag eine Art düsterer Schatten über den Kanälen. Die Tiere schienen das drohende Gewitter zu fürchten und blieben in ihren Nestern und Höhlen. Nur ein Fischadler zog still seine Kreise.

»Das Gewitter wird schlimm, Prinz!«, rief Pattrick. »Bist du schon müde? Ich glaube, wir schaffen es nicht ganz.«

»Ich bin nicht müde. Schneller?«

»Ja. Deine Burg ist noch sehr weit weg.«

Die Gewitterwolken quollen höher in den Himmel und lagerten sich breit über den Horizont im Westen, schoben sich dunkel nach Nord und Süd. Die Ruder tauchten glucksend ein, und das Wasser plätscherte hinter den Booten. Hakonwulf erkannte endlich die

Wegmarken: der Baum, die Inselchen mit den halbkugelig wuchernden Büschen, die Stümpfe abgestorbener Bäume. Pattrick hatte tatsächlich den kürzesten Weg zurück gefunden. Aber die schützenden Dächer waren immer noch mehr als vier Stunden entfernt.

Eine schwarze Wolke schob sich vor die Sonne. Die Schatten zerschmolzen zu stumpfem Grau. Noch war kein Donner zu hören. Die Stille über unbewegten Wasserflächen, Hitze und Beklemmung, nur vom Summen der Fliegen unterbrochen, waren deutliche Vorboten eines drohenden Ereignisses. Hakonwulf fürchtete normalerweise kein Gewitter; er freute sich, wenn Blitze die Nacht erhellten. Jetzt aber steckte ihn die drückende Stimmung ebenso an wie Pattrick. Er hob den Kopf, blinzelte Schweiß aus den Augen und sah den ersten Blitz im Mittelpunkt der Schwärze. Er führte, mehrfach verzweigt, zwischen Himmel und Erde, bis zu einer Stelle hinter der inzwischen in der Ferne sichtbaren Burg.

Zwei Atemzüge lang dauerte es, bis gewaltige Donnerschläge, die ineinander übergingen, die Luft erschütterten. Pattrick und Hakonwulf duckten sich, halb taub, und gleichzeitig schrien Vögel, flatterten auf, ließen die Schilfhalme wild schwanken. Kaum war der Lärm verebbt, zuckte der zweite Blitz in den Sumpf und spaltete einen Baum der Länge nach. Sofort züngelten Flammen an den Ästen hoch, die Blätter loderten. Als die Baumkrone lichterloh brannte und rauchte, kippte sie nach zwei Seiten auseinander. Schilf und Gebüsch fingen an zu brennen. Funken wirbelten auf, der Sog der heißen Luft über den Flammen riss brennende Blätter mit sich.

»Wenn es brennt, hier in unserer Nähe, dann ins Wasser, Hakonwulf!«

»Verstanden. Ich weiß. Zur Insel schaffen wir's nicht mehr.« Blitze schlugen senkrecht aus den Wolken. Immer wieder, viele Herzschläge lang, flammte der Horizont auf. Der brennende Baum und das schwelende Buschwerk einer Sumpfinsel blieben hinter den Booten zurück. Hakonwulf hatte plötzlich wieder den Gestank in der Nase, der zuletzt bei den Felsen des Zauberers so aufdringlich gewesen war. Die Gewitterwolken bedeckten den Himmel, die Dunkelheit nahm zu. Die Boote schossen in einen schmalen Kanal hinein. An beiden Seiten breitete sich Morast aus. Die Oberfläche schien zu kochen. Blasen tauchten aus der Tiefe auf und zerplatzten. Der schweflige Gestank machte Hakonwulf schwindlig, er hielt den Atem an und zog das Ruder rechts und links noch kräftiger durch. Noch während der nächste Blitz blendend in den Augen nachbrannte, ertönte ein puffendes Geräusch. Tausende kleiner Flammen flackerten plötzlich über dem Sumpf, kaum größer als ein Finger, zitterten und blakten, erloschen und entzündeten sich wieder. Auf der großen Fläche wurden die Boote von Feuer und Flammen eingeschlossen.

»Schneller! Raus hier!« Pattrick schaufelte fauliges Wasser hinter sich, bespritzte und durchnässte Hakonwulf. Die Flämmchen breiteten sich aus; an den Rändern morastiger Flächen fingen Gras und Schilf zu brennen an. Hakonwulf fühlte die Hitze auf seiner Haut. Er blickte nach vorn. Pattricks Boot war an der engsten Stelle des Wasserlaufes angekommen. Zehn Ellen hohe Flammen schossen aus dem Schilf. Ein Blitz löste den anderen ab. Noch kein Tropfen Regen war gefallen, und die peitschenden Donnerschläge mit unzähligen Echos übertönten jedes andere Geräusch. Vögel mit brennendem Gefieder fielen kreiselnd aus dem Rauch.

Pattrick schwankte im Heck, schob das Boot aus der Enge und schrie Hakonwulf etwas zu. Hakonwulf hustete und keuchte ebenso wie sein Freund. Wie ein langsamer, heißer Sturm kam ihnen das Gewitter entgegen, schob sich schwarz und blitzend über das Moor und zog nach Osten. Der Regen blieb aus; die kochende Luft war voller Asche, brennender Blätter und riesiger Funken. Das Schilf knisterte und knackte, die Flammen heulten.

Endlich erreichte auch Hakonwulf die größere Wasserfläche. Die Flammen waren in ihrem Rücken. Das brennende Moor ließ nur einen Weg zu: geradeaus, auf den breiten Kanal zu. Einige Paddelschläge brauchte Hakonwulf, um Pattrick zu erreichen. Sie waren in der Mitte des Wassers in größerer Sicherheit. Hakonwulf legte das Paddel auf seine Knie und spürte Schmerzen in den verkrampften Muskeln.

»Das war ganz knapp!«, rief er. Sein Kopf dröhnte bei jedem Wort. Er hustete, holte keuchend Luft und paddelte langsamer weiter.

»Hast du schon einmal einen solchen Brand erlebt?«

»Noch nie. Wann kommt der Regen endlich?«

Die Wände aus Blitzen, Flammen und Rauch hatten sich fast um sie geschlossen. Sie umgaben die Wasserfläche und ließen nur nach Westen einen schmalen Spalt offen. Der Donner, leiser und weniger schmerzend scharf, krachte im Osten. Rundherum schlugen große, kreideweiße Blitze ein. Von den Ufern her zogen Rauch und Dampf zur Mitte des Kanals, auf die Boote zu.

»Dort hinten brennt es nicht!«, schrie Hakonwulf. Sie paddelten auf das trichterförmige Ende des Wassers zu.

»Ich sehe den großen Baum.« Pattrick tauchte das Paddel ein. »Bald haben wir's hinter uns und sind in Sicherheit!«

Als sie den Rand des Sees erreichten, peitschte ihnen der erste Windstoß entgegen. Rauch und Flammen kippten nach Osten. Der Wind brachte kühlere Luft und riss in mächtigen Stößen die Flammen, den Rauch, Funken und Hitze über die Köpfe. Große abgebrannte Stellen wurden sichtbar. Regentropfen schlugen Ringe in das rau gekräuselte Wasser. Aus den verbrannten Teilen des Landstrichs wallte Dampf auf und wirbelte im Wind davon. Dann rauschte der Regen herunter. Hakonwulf spähte zur Sumpfzone hinüber. Die kleinen Flammen brannten noch immer. Aus der Entfernung sahen sie wie ein großes Feld heller Blüten aus. Im strömenden Regen paddelten Pattrick und Hakonwulf unter die schwankenden Äste des Baumes, der ihnen schon einige Male als Schattenspender gedient hatte. Die Luft war abgekühlt, und die Umgebung stank durchdringend nach Rauch. Der Regen ließ zusehends nach, und es hellte sich allmählich auf.

Pattrick streckte die Hand aus und strich durch Hakonwulfs Haar. »Ein bisschen verbrannt«, sagte er halblaut und blies Asche vom Handteller. »Freund, das war fast unser Tod.«

»Es war ziemlich knapp.« Von den Blättern liefen lange Rinnsale. Ein erster Sonnenstrahl fand seine Bahn durch die Wolken. Der vom Blitz gespaltene Baum war nur noch ein schwelender, dampfender Stumpf in der Ferne.

»Wenn das deine Mutter erfährt!« Pattrick lachte rau.

»Ich muss ihr ja nicht alles ganz genau erzählen«, meine Hakonwulf. »Aber sie werden vom Burgturm aus wahrscheinlich die Brände gesehen haben.«

Pattrick und Hakonwulf leerten die Wasserschläuche, aßen Fisch und Käse. Nach der Anstrengung waren sie völlig ausgehungert und brauchten eine Pause, bevor sie die letzte Strecke hinter sich bringen konnten. Unterdessen wurde die Wolkendecke erneut dichter und verschluckte die Sonne. Als sie aufbrachen, ging der Regen bereits wieder in Strömen hernieder. Das von den Landflächen abfließende Wasser schwemmte Ruß und Öl in den See, dessen Oberfläche in regenbogenfarbigen Schlieren glänzte.

In der Dämmerung, als der Regen wiederum nachließ, erreichten sie endlich den Steg. Sie waren völlig durchnässt und erschöpft, aber Pattrick ließ sich nicht dazu überreden, in der Burg zu übernachten. »Muss heim«, erklärte er. »Wann sehen wir uns wieder?«

»Ich weiß noch nicht«, antwortete Hakonwulf. »Ich komme zu dir.« Er konnte sich vorstellen, dass seine Mutter ihn sicher nicht so schnell wieder fortlassen wollte.

Er winkte Pattrick zum Abschied, vertäute das Boot am Steg und kippte das Wasser heraus. Er sammelte das durchnässte Zeug ein und betrachtete traurig die Pfeile, deren Federn sich gelöst hatten. Erst jetzt merkte er, dass er immer noch zitterte. Sein tropfnasser Kittel stank nach Schweiß und kalter Asche. Er hörte seine Eltern rufen und mit wehenden Kleidern herbeilaufen und lächelte erleichtert.

Einige Tage später war sein Boot trocken und geflickt. Die Sonne stach fast senkrecht vom Himmel. Als wäre das furchtbare Gewitter nur ein böser Traum gewesen. Die Burg hatte es glücklicherweise gut überstanden; lediglich der Großteil der noch nicht fertig gebrannten Ziegel war teigig geworden. Sie trockneten nun in der prallen Sonne. Eine Verzögerung von drei Tagen, nicht mehr. Sie konnten es immer noch bis zum ersten Herbststurm schaffen.

Hakonwulf zog das Boot ins Wasser, legte die Waffen, Vorräte und den zusammengerollten alten Kittel Pattricks hinein. Bald darauf paddelte er den gewohnten Weg.

Der junge Prinz hatte lange über seine Erlebnisse nachgedacht, nachdem sich die Aufregung über seine wohlbehaltene Rückkehr gelegt hatte. Natürlich musste Hakonwulf ausführlich von seinem Abenteuer berichten. Seine Begegnung mit Merlin verschwieg er allerdings. Er brannte jetzt mehr denn je darauf, seinen Mut beweisen zu können und die Ritterweihe zu erhalten – in Camelot.

Königin Roswynda wollte Hakonwulf nicht so schnell wieder eine Jagd gestatten, aber er fand einen Verbündeten in seinem Vater: »Es gibt nicht jeden Tag ein solches Gewitter, und er soll nur auf die Jagd gehen und vor der Abenddämmerung zurück sein«, erklärte König Greiff. »Solange Pattrick bei ihm ist, ist mir nicht bange.«

»Aber Pattrick lebt schon so lange allein in den Sümpfen ...«

»Und kennt sie so gut wie kein anderer. Gewöhne dich daran, Liebste, dass unser Sohn erwachsen wird. Lass ihn ziehen.«

Schweren Herzens gab die Königin nach.

Hakonwulf musste in Erinnerung daran lächeln, als er in den Kanal zu Pattricks Lager abbog. Er freute sich auf eine weitere Jagd mit dem Freund. Es sollte eine gute Jagd werden: Er hatte Wasservögel gesehen, reichlich Fische, und selbst ein Rudel kleiner Sumpfhirsche.

Doch etwas stimmte nicht. Hakonwulf stutzte. Patricks Feuer rauchte nicht. Der Rabe war fort. Auch Pattricks Boot war nicht mehr an seinem Platz. Der Prinz steuerte zum Ufer, watete durch das warme Moorwasser und ging, den Kittel unter der Achsel, zur Hütte. Zögernd rief er: »Pattrick! Ich bin's, Hakonwulf!«

Sein Ruf scheuchte Vögel auf. Durch das Gras raschelten kleine Schlangen ins Wasser. Hakonwulf sah sich um: Alle Besitztümer Pattricks waren verschwunden, das Laub, Stroh und Binsengeflecht unter dem schrägen Dach fehlte, auch der Sattel aus feinem Rohrgeflecht und dem Leder und Fell der Sumpfhirsche. Als er sich umdrehte, sah er die anderen Reste: Pattrick – oder ein anderer – hatte alles ins Feuer geworfen und verbrannt.

Waffen, mühsam geflochtene Leder- und Pflanzenfasern-Seile, die wenigen Essgefäße: Alles verschwunden oder verbrannt, was Pattrick mit so unendlich viel Mühe und Liebe hergestellt hatte. Der Prinz entdeckte im Feuerkreis Teile eines länglichen Behältnisses, einer mehr als armlangen Truhe, die ohne Metall zusammengefügt war; sie war halb verbrannt, halb verglüht. Pattrick schien darin Dinge aufbewahrt zu haben, die Öl oder Fett enthielten, denn das verkohlte Holz ließ solche Spuren ernennen. Überdies rochen die schwarzen Bretter nach ranzigen Substanzen. Hakonwulf wusste, dass in solchen Truhen Kettenhemden, Schwerter und andere Waffen und Werkzeuge aufbewahrt wurden, um sie vor Rost zu schützen. In Myngrifon auf Thule hatte er selbst so eine Truhe besessen.

Die innere Glut war zusammengeschoben, mit Lehm und Sand bedeckt und mit Wasser überschüttet worden.

»Pattrick!«, schrie Hakonwulf verzweifelt.

Nach einer Weile sah er ein, dass er keine Antwort erhalten würde. Doch dann ... am Rand des Ascheflecks ... sah er deutlich den Eindruck eines beschlagenen Pferdehufs. Was hatte das zu bedeuten? Hakonwulf verfolgte die Spuren des Pferdes, doch sie boten keinen Aufschluss. Die Tiefe der Eindrücke blieb gleich; führten zum und vom Feuer. War ein Reiter auf ihm gesessen? Hatte er

Pattrick etwa verjagt?

Der Prinz wusste nichts über den einsamen Jäger. Pattrick hatte nie über sich gesprochen. Anscheinend hatte Pattrick sich hier viele Jahre vor seiner Vergangenheit versteckt ... sie sogar vergessen. Erst durch Hakonwulf erinnerte er sich langsam wieder an die Sprache. Diese Truhe ... bedeutete dies etwa, dass Pattrick ... einst ein Ritter gewesen war?

Langsam ging Hakonwulf über die Pfade, die Pattrick jahrelang ins Gras und Moos getreten hatte, zum Ufer zurück und ließ den Kittel ins Boot fallen. Traurig starrte er auf den runden Bug. Er stieg ins Boot und trieb es mit matten Schlägen durch den schmalen Graben vom Ufer weg. Er musste also wieder allein jagen. Wahrscheinlich würde er niemals herausfinden, ob Pattrick etwas zugestoßen oder er einfach ohne Abschied fortgegangen war.

Als er sich im breiten Kanal wiederfand, entschloss Hakonwulf sich, heute im Osten der Burginsel zu jagen. Ohne Eile trieb er am dichten Schilf vorbei und hütete sich, hastige Bewegungen zu machen. Er fand nacheinander fünf Entengehege und plünderte sie aus; in jedem Nest ließ er ein Ei zurück und hüllte seine Beute in Pattricks Kittel.

Er fand einen guten Platz, paddelte rückwärts ins Schilf und verschoss in den folgenden drei Stunden alle Pfeile. Bis auf einen Pfeil, der ins Wasser schlug, traf er jedesmal. Aber immer wieder ertappte er sich dabei, dass er über das rätselvolle Verschwinden Pattricks nachdachte; er konnte einfach nicht glauben, dass der Freund verschwunden war und nie wieder zurückkommen würde.

Im Bug des Bootes wuchs der Berg der Beutetiere; nachdem er alle Enten, Gänse und Moorhühner eingesammelt hatte, wechselte er seinen Standort. Er merkte sich für den Herbst, wo er Haselnusssträucher gesehen hatte und legte am Fuß eines Wäldchens junger Birken an. Daneben stand ein kleiner, langgezogener Buchenwald; die meisten Bucheckern hatten Eichhörnchen und, wie die Spuren bewiesen, Wildschweine geräubert, aber er fand noch einen kleinen Sack voll der eckigen Samennüsse. Auf einem Pfad voller Rotwildlosung drang er ins Innere einer ovalen Insel ein, deren Boden offensichtlich fest war, und sah auf großen Grasflächen Rehe und Rehböcke äsen.

»Hier wimmelt's von Wild«, brummte er. »Wenn die Herren Ritter im Herbst jagen, wird die Beute beträchtlich sein.« Er schlich zurück zum Boot und paddelte quer über die seegroße Fläche; hier hatte ihn Elayne in die erregenden Geheimnisse der Leidenschaft und die Zweifel der Verliebtheit eingeführt, und auch jetzt lenkten ihn die Erinnerung und die Vorfreude auf die Nacht ab. Er kühlte sein Gesicht mit einigen Händen Wasser, das über dem körnigen Grund klarer war als seine Gedanken; er sah große Fische träge das Wasser furchen und schwor sich, morgen oder übermorgen mit einem Fischspeer zurückzukommen. Er bog um einen keilförmig vorspringenden Schilfwall.

Bevor Hakonwulf etwas sehen konnte, hörte er schmatzende Laute.

Im Wasser fauchte etwas, hinter raschelnden Halmen versteckt. Eine Wolke üblen Gestanks schlug Hakonwulf entgegen und hüllte ihn ein. Zwei Paddelschläge später hob sich aus dem zähen Brei zwischen offenem Wasser und festem Land ein großer Schädel auf einem dicken Hals. Zwei gelbe Schlangenaugen starrten Hakonwulf an. Er zuckte zusammen, ruderte ohne zu überlegen rückwärts, drehte das Boot und floh, so schnell er nur konnte. Hinter seinem Rücken ertönte ein langes, wütendes Zischen.

Erst nach vielen hastigen Paddelschlägen wagte er, sich umzudrehen. Sein Herz schlug bis in den Hals, er keuchte und schwitzte, seine Lippen waren trocken. Hakonwulf sah einen mächtigen Schlangenkörper, dicker als ein Mann, der sich aus dem Sumpf gestreckt hatte. Lange Pflanzen, Ranken und Schlamm hingen und tropften von der dunkelbraunen Schuppenhaut.

Der Schlangenkopf mit dem weit aufgerissenen Rachen pendelte suchend hin und her, stieß an der Stelle, wo Hakonwulf um den Schilfstreifen herumgepaddelt war und sich noch die Wirbel vom Bootsheck im Schlammwasser drehten, senkrecht ins Wasser, schüttelte sich und ließ eine geteilte Zunge und zwei Finger lange Zähne sehen. Schlamm und Blattfetzen wirbelten nach allen Seiten.

Nur schnell weg von hier!, dachte Hakonwulf entsetzt. Er lenkte das Boot nach rechts, auf der nördlichen Seite um die Burginsel herum. Nach drei Dutzend kräftiger Schläge, links und rechts tief eingestochen und durchgezogen, drehte er sich noch einmal um und sah, dass die Entfernung größer geworden war. Die riesige Schlange schien unsicher, ob sie diese Beute verfolgen sollte.

Hakonwulf holte tief Luft. Er erreichte den Rand einer treibenden Schilfinsel, glitt an einem abgestorbenen Baum vorbei und scheuchte einige Reiher auf, die laut trompetend wegflogen. Vor dem Bug zuckten Fische in ihre Verstecke.

Als Hakonwulf wieder über die Schulter spähte, sah er, dass er sich getäuscht hatte. Die Sumpfbestie hatte den hinteren Teil des Schlangenleibes aus dem Schlick gezogen, legte den Kopf flach aufs Wasser und schlängelte sich vorwärts, ihm nach; die Zunge zwischen den Reihen weißer Zähne bewegte sich wie ein seltsamer Wimpel an einer Lanzenspitze. Sonnenlicht brach sich in gelb leuchtenden Augen.

Hakonwulf paddelte um sein Leben und suchte ein Versteck. Das Boot schoss durch einen zwanzig Ellen breiten Kanal, dann sah der Prinz endlich, wo er sich verstecken konnte: Einen Bogenschuss weit schoben sich Büsche und große Baumkronen dicht über den schwarzen Spiegel des Kanals. Vor ihm war ein kleiner Wald im Sumpf versunken. Hakonwulf lenkte das Boot zwischen die Baumkronen und durch dunkle Höhlungen.

Die Schlange kam näher. Ihr Hals warf eine schäumende Welle auf, der Körper wirbelte Wasser und Schlamm in die Höhe, schlängelte sich aufklatschend in drehenden, rollenden Bewegungen. Hakonwulf erhaschte aus seinem morastigen Versteck einen Blick auf die gesamte Größe des Ungeheuers. Es war länger als sieben ausgewachsene Männer, kein Traum, sondern tödliche Wirklichkeit. Er schob das Boot noch tiefer in eine rankenüberwucherte Baumkrone hinein und duckte sich mit angehaltenem Atem.

Im weiten Umkreis waren alle Tiere im Aufruhr. Sie zeterten, schnatterten, trompeteten und kreisten in flatternden Schwärmen über dem Wasser. Die Sumpfschlange brach wie ein wildgewordener Stier durch den versunkenen Wald, Blätter wirbelten nach allen Seiten, dicke Äste brachen knisternd und klatschten in den Sumpf. Zehn Ellen von Hakonwulf entfernt schob sich der Kopf der Schlange geradeaus weiter, knirschte über wuchtige Astgabelungen und schrammte nasse Rinde von zitternden Stämmen. Der Schwanz peitschte ins Wasser, aufgewirbelter Schlamm prasselte herunter wie stinkender brauner Regen. Einen Augenblick lang sah Hakonwulf das linke Auge der Schlange, das handgroß und böse schillernd an ihm vorbeizog.

Mit einem schmetternden Schlag spaltete der Schwanz einen dicken Ast. Die Schlange tobte weiter, zischend und fauchend; sie schien wütend darüber zu sein, die Beute verfehlt zu haben. Das Riesentier verwüstete den Sumpf in einer Linie, die nach Norden führte. Hakonwulf holte erleichtert tief Luft, wischte Schweiß, Schlamm und Blattreste aus dem Gesicht und paddelte nach einer

Weile, als er sicher war, dass keine Gefahr mehr drohte, hinaus ins Sonnenlicht. Er schwor der Schlange Rache. Und er wusste auch schon, wie.

Fast unmerklich glitt der Sommer in den Herbst. Die Dächer waren gedeckt, Bretter, Schilf und Dachstühle trockneten knisternd und knackend, und fast alle Mauern, glatt verputzt und gekalkt, hatten die zugedachte Höhe erreicht, ebenso wie die Palisaden. Die Häuser um den kleinen Platz und das einzige Tor würden in wenigen Tagen fertig gebaut sein. Hakonwulf flocht Seile, sägte und hackte Holz, fing Fisch und brachte genügend Wildbret für alle Insassen der Inselburg. Manchmal halfen ihm Walon, Rarn oder Sigur; bald würden die Händler wieder ihr seltsames Boot durch den Sumpf staken.

In der Mitte des halb versunkenen Waldes baute Hakonwulf die Schlangenfalle. Während er jagte, Fische speerte, Pilze und Nüsse sammelte, fand er immer wieder genug Zeit, die Spuren der Schlange zu verfolgen. Hin und wieder, meist zur heißen Mittagsstunde, sah er das große Tier auf dessen Beutezügen.

»Pattrick würde sich freuen, wenn er wüsste, was ich vorhabe«, murmelte er, noch immer traurig über den Verlust des Jagdgefährten. Er war und blieb spurlos verschwunden.

Nur wenig änderte sich am Lauf der Tage. Hakonwulf lernte mit Zuchtmeister Gandalon, kämpfte mit stumpfen und scharfen Waffen gegen Knappen und Ritter, half überall und jedem, so gut er es vermochte, und fast jeden Tag wirbelten seine Gedanken und Vorstellungen um Merlin, Pattrick, um die Dünen und die Straße nach Camelot. Die Nachtstunden gehörten ihm und Elayne.

An einem Vormittag, als noch kühle Schleier sonnendurchglühten Nebels über den welkenden Gewächsen lagen, paddelte Hakonwulf das Boot südlich des Inselbergs. Zwei lange Fischspeere mit geschmiedeten Eisenspitzen, in die Gildas der Schmied doppelt geschliffene Widerhaken eingeschliffen hatte, lagen vor ihm zwischen der Ausrüstung. Die Blätter waren bunt gefärbt und begannen von den Ästen zu fallen. Noch immer barst der Sumpf vor geräuschvollem Leben, das weder vor dem einzelnen Jäger im Einbaum noch vor riesigen Sumpfschlangen erschrak. Hakonwulf fuhr in den versunkenen Wald hinein und band das Boot am gegabelten Baum fest, unweit der Stelle, die ihm beim ersten Angriff des Ungeheuers Unterschlupf geboten hatte. Der Prinz hatte vor einigen Tagen schräg über der Astgabel einen doppelten Balken mit Bastschnüren festgezurrt. Der Fallbalken und die gegabelten Baumstämme waren voller Holzzähne, die er im Feuer gehärtet hatte; dreißig Spitzen hatte Hakonwulf geschnitzt. Dazwischen, vielleicht drei Fuß über dem Wasser, war soviel Platz, dass er gerade noch durchschlüpfen konnte – er oder der Kopf der Schlange. Hakonwulf zog vorsichtig am Seil. Das Holzstück, auf dem der schwere Balken lag, bewegte sich einen Fingerbreit.

Hakonwulf nahm ein längeres Seil, knotete es dazu und führte es über eine Anzahl bis zum Rand des Wäldchens; in seinem Versteck knotete er das Seil fest. Leise sagte er: »Alles ist bereit, du Monster! Bald wirst du mich nicht mehr beim Jagen stören.«

Entlang der morastigen Ränder schob er den Einbaum mit fast lautlosen Paddelschlägen in die Richtung des breiten Kanals. An beiden Seiten des Bootes begleiteten ihn Fische, fast so lang wie der Einbaum. Pattrick hätte sicher die Falle mit Begeisterung und mit viel Geschick mitgebaut und erprobt. Hakonwulf zuckte mit den Achseln und blieb im Schutz des Nebels, der sich auf Holz, Haut und im Haar fing und alles mit perlender Nässe überzog. Zwei Pfeilschüsse weit flatterten plötzlich Krähen aus dem Dunst auf, krächzten wütend und kreisten im fahlblauen Morgenhimmel. Hakonwulf näherte sich jenem bodenlosen Morast, den er fürchtete und nie betreten würde. Genau dort wühlte sich die Schlange durch den stinkenden Brei und suchte nach Beute. Hakonwulf paddelte, maß die Entfernung und den kürzesten Weg zum versunkenen Wäldchen, zog zwei Pfeile aus dem Köcher und nahm den Bogen von der Schulter.

Zögernd lösten sich die Nebelfetzen in der Sonnenwärme auf. Hakonwulf umrundete das vergilbte, knisternde Schilf, hielt den Atem an und versuchte, die Geräusche richtig zu deuten. Das Fauchen des Atems konnte er gut vom schmatzenden Gleiten unterscheiden, mit dem sich das Untier durch den Sumpf schlängelte. Dann hörte er ein Schnappen, Rascheln und langgezogenes Wimmern und Quieken, das jäh abriss.

»Sie hat ihre Morgenmahlzeit geschlagen«, flüsterte Hakonwulf, legte das Paddel zurecht und setzte den Pfeil auf die Sehne. Er brauchte, während er die Schärfe der Eisenspitze prüfte, nicht lange zu warten: Aus dem Dunst hob sich der Schlangenkopf. Die Augen glotzten gelb, Wasser und Schlammschichten rutschten von der Haut. Zwischen den Kiefern, die sich mahlend bewegten, hing ein halb zerfetztes Wildschwein. Blut färbte die langen Zähne und tropfte ins Wasser.

Hakonwulf hob den Bogen und schoss. Der Pfeil schwirrte pfeifend von der Sehne und schlug drei Fingerbreit neben dem Auge der Bestie ein; aus dem Rachen drang ein gurgelndes Zischen. Die Schlange riss den Kopf in die Höhe. Hakonwulf hoffte, dass sein Vorhaben glückte und paddelte auf das Versteck und die Falle zu. Die Sumpfschlange drehte den Kopf, starrte ihn an und verfolgte ihn einen Augenblick später. Der Pfeil zitterte zwischen den Schuppen der Haut. Zehn Ellen hinter dem Heck klatschte die Schlangennase in den schwarzen Schlick und überschüttete Hakonwulf und die Umgebung mit stinkenden Spritzern.

Hakonwulf trieb das Boot über die Wasserfläche, paddelte auf den Rand des versunkenen Waldes zu und war sicher, dass er schneller ruderte, als die Schlange schwimmen konnte. Zumindest war er dem Untier das erste Mal auf diese Weise entkommen. Die Schlange richtete sich auf; der Kopf schwankte einige Augenblicke lang, gerade als der Prinz den Nachen zwischen die fast blattlosen Zweige paddelte. Die Schlange entdeckte ihn, sank herab und schnellte weiter, schob den Körper flink durch Sumpf und Wasser und kam auf die Baumgabelung zu.

Hakonwulf duckte sich, schob den Einbaum ins Versteck und packte das Ende des Seils. Wie beim ersten Mal schob und arbeitete sich der lange Körper auf den Baum zu, der Kopf schob sich über die Astgabelung, und als er vom Schlangenleib geradeaus weitergeschoben wurde, riss Hakonwulf fest am Seil.

Der schwere Doppelbalken klappte herunter, die Holzzähne bohrten sich in den Hals. Der Schlangenkopf schüttelte, hob und senkte sich, riss und schleuderte zur Seite, und aus dem blutigen Rachen drang ein grelles Zischen. Der Schwanz peitschte durch das Wasser, riss Blätter ab und zersplitterte dicke Äste. Mit jeder Bewegung rammte sich die Schlange die Stacheln tiefer in den Hals. Hakonwulf trieb den Einbaum rückwärts aus dem raschelnden Versteck der Baumkronen hinaus und spähte durch die Lücken. Die Schlange drehte den Körper, schien ihn verknoten zu wollen, riss und zerrte an den Dolchzähnen der Falle. Hakonwulf beobachtete sie noch eine Weile. Dann war er sicher, dass keine Gefahr mehr von ihr drohen würde. Er wendete das Boot und griff nach dem Paddel. Hinter ihm wurden die Geräusche des wütenden Kampfes leiser.

Zufrieden ruderte er zu den sieben Felssäulen im Gebüschkreis; er musste nun seiner Pflicht nachkommen.

Als wäre nichts weiter geschehen, brachte er wie jeden Abend das Boot voller Beute zur Burg zurück. Vom blutigen Ende der Schlange, die im langen Todeskampf einen Teil des Moores verwüstet hatte, erzählte er nichts. Er wollte Mutter Roswynda die Ruhe nicht rauben. Später vielleicht, wenn das Moor gefroren war, würde er Vater das Knochengerüst zeigen.

»Wir warten schon so lange! Bald werden hoffentlich die Händler kommen.« Moer hockte auf dem Torturm und strich Fett, das in der Küche übriggeblieben war, in die eisernen Torangeln.

Hakonwulf sah zu, wie Cioran und Barbra die kleine Schafherde auf die Weide zwischen Palisadenzaun und Steg trieben. Dort waren Gräser und Sträucher nachgewachsen. »Vielleicht treffe ich sie heute. Ich werde im Osten sammeln und jagen.«

Hakonwulf ging zum Steg, legte die leeren Säcke ins Boot und machte sich auf den Weg zum versunkenen Wäldchen. Er roch den Kadaver der Schlange, ehe er ihn sah. Raben, Sumpfottern und Fische fraßen seit Tagen an dem ausgestreckten Körper. Eulen und andere Nachtvögel hackten nachts das verwesende Fleisch zwischen den Schuppen hervor. Die Haut lag in Fetzen im schleimigen Wasser.

Hakonwulf sammelte Tannen- und Fichtenzapfen im nordöstlichen Wald. Die Bäume wuchsen auf einer sandigen Fläche, und auch hier ahnte er die Nähe des Landes zum Meer. Als der erste Sack gefüllt war, blieb er auf dem Kamm einer langgezogenen Düne stehen. Der Sand lief wie eine gefrorene Welle nach Osten und verlor sich in einem Stück Land, das nicht mehr zum Niemands-Land gehörte und völlig menschenleer schien.

»Avebury hinter dem Meer, hinter den Hügeln!« Hakonwulf seufzte tief. Er schloss die Augen und wartete, bis der Seewind, der einen langen Weg zurückgelegt hatte, den Schweiß trocknete. »Und der weite Weg nach Camelot!«

Er wusste nicht, in welche Richtung er blicken sollte, nach Süd oder Nord? Im Osten lag das Meer; dort gab es keine Burgen, keinen Merlin und keinen mächtigen König.

»Die Händler werden mir mehr sagen können. Vielleicht haben sie sogar den braven Treeworgh getroffen«, murmelte er und trug den prallen Sack zum Einbaum. Er hatte sich weit vom Burghügel entfernt, bis an die Grenzen der bekannten Gebiete.

Nach einem kurzen Zögern wagte er sich weiter. Er ruderte durch unbekannte Gräben und Kanäle. Der dunkelblaue Himmel des frühen Herbstes war voller weißer Wolkengebilde, deren Gestalten der Westwind formte. Lange hatte Hakonwulf über Merlins Worte nachgedacht. Seine Träume fingen an, sich mit der Wirklichkeit zu vermischen. Mit den Eltern wollte er derzeit nicht über die Träume reden, denn jede Tagesstunde war mit harter Arbeit ausgefüllt. Aber irgendwann im Winter würde er König Greiff seinen Entschluss kundtun: »Im Frühjahr will ich fort aus dem Moor. Über die Dünen und durch unbekannte Städte Britanniens bis zur Stadt Camelot.«

Camelots Mauern waren in seinen Träumen aus weißen Quadern und Backsteinen, und die Dächer schimmerten golden. Schöne Damen, prächtig gekleidet, standen in sonnigen Erkern und lauschten den Liedern fahrender Sänger. Ritter in schimmernden Rüstungen galoppierten zwischen den weißen Zelten entlang, auf stolzen Pferden mit glänzendem Fell und geflochtenen Mähnen.

Der Bug des Nachens stieß gegen einen Baumstumpf. Hakonwulf wachte aus dem Halbtraum auf und schüttelte sich. »Ja, im Frühling bin ich alt genug«, schloss er für sich, »und stark genug bin ich schon längst.«

Auf dem langen Rückweg fand er vielleicht zehn Dutzend grosser Pilze, von denen er wusste, dass sie essbar und wohlschmeckend waren. Er füllte das Boot mit seinen Funden und suchte seinen Weg weit im Norden der Lehmziegelburg durch schmale Wasserflächen und entlang der Ausläufer eines Buchenwäldchens.

»Dorthin fahre ich morgen«, entschied er. »Ein paar Säcke Bucheckern, für leckere Kuchen. Und bald sind die Haselnüsse reif.«

Das Boot lag so tief im Wasser, dass er vorsichtig paddeln musste. Als er um den einsamen Felsen bog, der wie ein Schiffsbug geformt war und sich im Kanal spiegelte, sah er am Ende des Stegs das längst erwartete Bild. Endlich! Die Händler!

Zwei hochbeladene Boote hatten mit den breiten Hecks an den Baumstämmen festgemacht, ein junger Mann stapelte kniehohe Fässer am Ende des Stegs.

»Willkommen!«, rief Hakonwulf. »Bist du Granghans Mann?«

»Er und Jehan sind in eurer prächtigen Burg aus Lehm und Holz.« Die Beine des jungen Händlers waren bis über die Knie voll trocknenden Schlamms. »Und du? Wer bist du?«

Hakonwulf zerrte den Sack aus dem Boot und zog ihn hinter sich her den Steg entlang. »Der Sohn König Greiffs, Prinz Hakonwulf.« Er nickte bekräftigend und lachte über das Erstaunen im Gesicht des Jungen.

»Ich bin Jurghel«, keuchte der junge Händler und setzte krachend das nächste Fass ab.

Hakonwulf sagte grinsend: »Ich sehe, ihr habt viel zu schleppen.«

»War eine Schufterei, Prinz. Eure Liste war gewiss zehn Ellen lang. War nicht leicht, alles zu bekommen.«

Hakonwulf nickte und schulterte den Sack voller Zapfen. »Gleich wird man dir helfen. Und dann dürft ihr euch den Bauch voll schlagen mit dem, was ich fische und jage.«

Jurghel deutete ins Boot, wo heute weder Wildbret noch Fische lagen. »Da wird's wohl wenig Arbeit in der Küche und kleine Portionen in den Näpfen geben, wie?«

»Wart 's nur ab«, lachte Hakonwulf.

Die Torflügel, deren trocknendes Holz nach Harz roch, standen weit offen. Auf dem Kiesweg zwischen Tor und Vorplatz stapelten sich schon Ballen und einfache Truhen. Aufgeregt durcheinander schwatzend liefen die Burgbewohner auf Hakonwulf und den Händler zu.

Granghan, ebenso struppig und verschwitzt wie beim ersten Besuch, packte Hakonwulfs Handgelenk. »Großer Jäger! Ich hab ein paar wohlfeile Nachrichten und Neuigkeiten für dich!«

»Zuerst werden wir alle Boote entladen, und dann packen wir aus, was Granghan und Jehan uns gebracht haben«, ordnete König Greiff an, der soeben eintraf. »Los, kommt zum Steg.«

Hakonwulf trug Tannen- und Fichtenzapfen unters Dach, holte einen großen Flechtkorb aus der Küche und folgte den Knappen und Rittern. Eine Prozession schwer beladener Männer bewegte sich zwischen den Booten und dem Palas hin und her, während er die Pilze vorsichtig in den Korb schichtete.

Zuletzt kroch Apen unter den Leinenverschlag im Heck des Händlerboots und holte ein wolliges Knäuel hervor. Ein lebendiges Tier! Hakonwulf starrte es an und glaubte, es wäre ein Hase. Der Hase öffnete ein Auge und stieß ein jämmerliches Winseln und Wiffen aus.

»Euer Jagdhund, Prinz!«, sagte Apen. »Füttert ihn gut. In zwei Jahren reißt er für Euch Wildschweine in Stücke.«

»Wenn den Winzling vorher nicht ein Frosch erwürgt oder die Eule schnappt.« Hakonwulf nahm den Welpen in seine Arme und streichelte ihn. »Einstweilen soll Barbra für ihn sorgen, denn ich werde nicht viel Zeit für ihn haben.« Er reichte ihn an die junge Frau weiter.

»Für Euren Küchengarten haben wir Setzlinge und Samen mitgebracht, wie Ihr es gewünscht habt.« Apen hielt Beutel und flache Tonschalen in die Höhe. »Lilien, Herbstzeitlose, Röschen und Veilchen, Petunien und Wegeblumen. Viele Würzkräuter: Senf, Zwiebel, Wacholder, Rüben und Kohl, Fenchel und Porree, wie bestellt, sogar teuren Pfeffer und eine Mühle hierfür.«

»Und so viele Lichter aus weißem Talg und Bienenwachs!«, rief Barbra und streichelte den Welpen, der sich wohlig an sie schmiegte.

Unzählige Truhen wurden geöffnet und ausgepackt, Ballen auseinandergeschlagen, Krüge abgezählt und weggeschleppt. Für die Küche gab es Mörser, Salzpfännchen und ein Dutzend Pfannen, Töpfe, Kessel und Krüge, Saatgut und Safran, Honig, Wein und fässerweise Bier; Erbsen, Linsen, Bohnen, Tücher und Stoffe, und Werkzeuge und Eisenbarren für Schmied Gildas. Granghan blickte von der Liste auf, stemmte die Fäuste in die Seiten und ließ die Blicke über die Mauern, Türme und Dächer gleiten.

»Meiner Seel', König Greiff – Ihr und Eure ritterlichen Fronarbeiter und Baumeister, Ihr habt ein schönes Stück Arbeit hinter euch gebracht. So schnell hat niemand je eine Burg wachsen sehen.«

Königin Roswynda lachte. »Die Angst vor Frost und Schnee hat die Arbeit beflügelt.« Sie wischte mit einem Tuch über die sonnengebräunte Stirn und zeigte auf Holzböcke und Platten, die vor dem Palas im kurzen, braunen Gras aufgestellt wurden. »Und natürlich die Freude, kühles Bier und dunklen Wein zu trinken.«

Je mehr sich der Abend näherte, desto lautere Fröhlichkeit breitete sich zwischen den Mauern der Häuser und den Palisaden aus. Es dauerte nicht lange, bis alles, was die Händler herbeigeschafft hatten, in Küche und Kemenate, Kammer, Schmiede oder Saal eingeräumt war; die Truhen voller Kleidung und Stoffballen wuchteten die Knappen ins Ritterhaus, über steile Holzstufen und durch schmale Türen.

Hakonwulf trank den zweiten Becher Bier und war verwundert,

dass ihm weder schwindlig war, noch dass er einen kommenden Rausch spürte. Er saß mit Elayne neben Jehan und Granghan am oberen Ende der Tafel. Endlich hatten sie Zeit zum Nachrichtentausch.

»Im Süden, einige Tagesritte vom Meer entfernt«, sagte Granghan leise, »liegt Avebury. Und von dort führt eine alte Straße der Römer ins Sommerland, zur Stadt Camelot.«

Hakonwulf beugte sich vor und sah in Granghans Augen. »Und von den Dünen – von wo wir gekommen sind –, dort vom Meeresstrand führt ein Weg nach Avebury?«

»Ich hab ihn selbst gesehen, Jenan wird mir zustimmen, dass es eine erneuerte Römerstraße ist.«

»Aber der Weg nach Avebury ist lang und beschwerlich«, sagte Jehan. »Nur für Ritter und Knappen auf guten Pferden, junger Prinz.«

Granghan grinste und zählte auf: »Ein Pferd, ein Sattel, ein paar Waffen und ein Beutel Silber und Gold. Damit kommt Ihr nach Avebury, Camelot, in die Bretagne, nach Burgund oder nach Rom.«

»Einen Sattel hab ich«, murmelte Hakonwulf. »Drei Pferde sind hier. Und ein Kettenhemd, Gürtel, Dolch und Stiefel. Sogar feine Sporen. Aber Vater wird mich nicht gehen lassen.«

»Nun, mehr kann ich Euch nicht sagen. Selbstverständlich – wir haben uns umgehört. Der Weg nach Camelot wird nicht beschwerlicher und gefährlicher sein als jeder andere in Britannien. Aber viel länger.«

»Und kaum beschwerlicher als das Jagen im tückischen Sumpf«, sagte Ritter Aarebrand, der die zweite Hälfte des Gesprächs gehört hatte.

Hakonwulf meinte halb scherzhaft: »Reitet Ihr mit mir, wenn's so weit ist, Herr Ritter?«

Aarebrand legte schmunzelnd den Finger an die Lippen. »Ich warte, bis der strenge Winter vorbei ist.«

Hakonwulf lehnte sich zurück und schloss die Augen. Seine schläfrigen Gedanken und Empfindungen hatten eine Bestimmung gefunden: Es war kein klares Ziel, aber die zweite wichtige Landmarke seines sechzehnjährigen Lebens. Avebury im Süden der britannischen Insel, der magische Ort, den er durchschreiten musste, um am Hof von König Ethelred und an die Tafel zu gelangen, an der die Ritter in funkelnden Rüstungen saßen und von ihren Abenteuern berichteten.

9

Hakonwulf wusste, dass er eine magische Freundin hatte, auf die er sich verlassen konnte: Es war die unsichtbare Zeit, die langsam verrann und sich in Stunden, Tage und Nächte und in Jahreszeiten einteilte. Er wartete auf den späten Herbst und den ersten Frost. Granghans Händlerboote hatten, neben vielen wichtigen Waren, für ihn ein Paar Stiefel aus Pferdeleder mitgebracht. Noch waren sie zu groß, und er musste die Füße mit Lappen umwickeln, aber nächstes Jahr würden sie passen.

Als die Händler alles verkauft und jede Neuigkeit, jede Erzählung wiederholt hatten, stand Hakonwulfs Entschluss unabänderlich fest. Seit diesem Tag prüfte er regelmäßig seine Pfeile und alle anderen Ausrüstungsgegenstände für eine weite Reise, von denen vielleicht sein Leben abhängen konnte.

»Willst du auswandern, Herr Prinz?« Ritter Bernadin sah zu, wie Hakonwulf die Klingen der Fischspeere schliff. »Oder hast du dem Sumpf den Fehdehandschuh hingeworfen?«

Hakonwulf grinste, griff den Scherz aber nicht auf. »Meine Handschuhe, Herr Ritter, liegen nur in der Truhe. Sie passen nicht mehr, und neue sind erst in der Arbeit.« Er dachte an das Knochengerüst und die Schlange. »Wichtiger aber sind gute Waffen.«

»Natürlich«, sagte der Ritter.

»Es kann sein«, fuhr Hakonwulf fort, »dass ich ein oder zwei Nächte im Wald oder in den Dünen verbringen muss, weil ich morgen auf Hirschjagd gehen will. Feuerstein und Schwamm sind im Gepäck. Grund zur Sorge gäbe es also nicht.«

»Keiner von uns sorgt sich.« Bernadin schüttelte den Kopf. »Wir wissen, dass du ein mutiger und geschickter Jäger bist. Jeder weiß das, Prinz.«

»Dann seid so gut, Herr Ritter, meine Mutter zu beruhigen, während ich draußen vor meinem gemütlichen Feuerchen sitze.«

»Sie ist wie jede Mutter, für sie wirst du immer ein Kind bleiben.

Dein Vater aber weiß, dass du fast erwachsen bist.« Bernadin legte seine Hand auf Hakonwulfs Schulter. Dann grinste er und sagte: »Du bist groß geworden, auch der Blick deiner Falkenaugen ist flinker. Die Schultern sind breiter – langer Sommer und viel Arbeit. Wir haben uns in diesem harten Jahr wohl alle ein wenig verändert, Hakonwulf.«

»Auch die neue Burg.« Hakonwulf schaute sich um. »Fast so schön wie auf Thule.«

»Nun ja. Kleiner und ohne jeden Quader, ohne Pracht.«

Hakonwulf wickelte seinen Mantel in die Decke und sah nach, ob Feuerstein und Zunder im Lederbeutel trocken waren. Die Geräusche, die jeden Abend das Ende der Arbeiten kennzeichneten, beruhigten auch ihn: Die Schafe wurden gemolken, der junge Hund, den Hakonwulf inzwischen dem Schmied geschenkt hatte, weil die beiden von Anbeginn ein Herz und eine Seele waren, stolperte über den Hof; Gildas schob Glut und Holzkohle zusammen. Aus der Küche drang das Lachen der Frauen. Die Kamine rauchten, Tonschalen und Kannen klapperten. Hakonwulf füllte einen Sack mit Holzkohle und flocht einen Schutz aus Binsenstroh für seinen Gluttopf. Morgen früh wollte er so weit nach Osten vorstoßen wie nie zuvor im vergangenen Sommer. Er war zur Abreise bereit.

Hakonwulf war unsicher; seine Gedanken schwankten zwischen der Aufregung, allein in unbekanntem Gebiet zu sein, und einer lauernden Angst, denn er steuerte am Abend eines herrlichen, ruhigen Herbsttages sein Boot auf die Sandzunge zu. Hier hatten er und Pattrick übernachtet. Er zog sein Boot zehn Schritte weit aus dem Wasser und sah sich um.

»Ich kenne den Platz«, sagte er sich. »Ich kann ruhig schlafen.« Er wusste sich im Schutz Merlins oder seiner kleinen Freunde und baute schnell sein Lager auf. Der nächste Blick galt der Sonne: Noch ungefähr eine Stunde lang gab es Tageslicht. Er hob einen Speer auf und ging zu den Felsen. »Merlins Höhle« nannte er sie. Während er einige Tierspuren kreuzte, huschten seine Blicke über die Umgebung. Um ihn waren die Laute unsichtbarer Tiere zu hören, und unter den Wolken kreisten schwarze Vögel. Vor den Felsen blieb er stehen und blickte in den Eingang. Die Sonne, die weit im Südwesten unterging, warf rötliche Lichtstrahlen weit hinein.

Hakonwulf überlegte, ob er in der Nacht nicht besser zwischen den Felsen aufgehoben war. »Vielleicht wachen die Gnome neben mir.« Er steckte den Speer in den Sandboden, rannte zum Sandtrichter zurück und holte seine Ausrüstung. Noch wölbte sich die obere Hälfte der Sonnenscheibe über dem Horizont. Er ließ seine Bündel drei Schritte weit im Felsengang fallen, rannte zum Treibholz und zerrte Holz zum Felsen. Müde setzte er sich in den Sand, bereitete die Feuerstelle vor und lehnte sich gegen den warmen Stein. Beim Gedanken daran, dass er morgen Abend vielleicht seine Zehen in die Brandung tauchen würde, lächelte er. »Oder auch erst übermorgen«, murmelte er. Die Glut aus seinem Topf entzündete schnell trockene Blätter und harzige Späne. Er breitete Decken und Mantel aus, schlug den Proviant aus dem Tuch. Er konnte sich nicht erinnern, seit der Flucht von Thule so zufrieden gewesen zu sein.

Schon vor dem Morgenrot weckte ihn grelles Vogelgezwitscher. Er sprang auf. Nichts in seiner Umgebung hatte sich verändert. »Als Wächter in der Nacht tauge ich nicht viel, ich hab geschlummert wie ein Bär im Winterschlaf«, stellte er fest und streckte seine Armmuskeln. Das helle Haar klebte feucht im Nacken. Hakonwulf nahm einige Schlucke aus dem Wasserschlauch, aß öltriefende Pilze, Braten und Käse und sammelte die letzte Glut in seinen Topf. Er bedeckte sie mit Asche und knotete die Lederriemen um sein Bündel.

»Nach Osten«, murmelte er und schüttelte Sand aus dem Stiefel. »Ob ich heute Abend am Meer bin?«

Er schulterte die Speere, hängte das Bündel über die Schulter und stapfte nach einem letzten Blick auf die geheimnisvollen Felsen zurück zum Boot. Weiter ging es nach Osten. Die Sonne blendete ihn mehr als eine Stunde lang, als er vom Rand des Moors in ein wildes Stück Uferland kam. Zwischen schlammzerfurchten Flächen, in denen versunkene Bäume und Felsen steckten, gab es unzählige Gräben, Tümpel und Seen. Die Gräben sahen aus wie riesige Sprünge in einer Tonschale und mündeten in die größeren Wasserflächen. Krebse und schlammbedeckte kleine Tiere bewegten sich durch nassen Sand, und entlang der graugelben Ränder folgte Hakonwulf einem verschlungenen Wasserlauf. Die schwache Strömung sog ihn der Sonne entgegen. Auf ausgetrockneten Hügeln, kaum höher als ein paar Ellen, hatte sich Salz abgelagert, das in der Sonnenwärme kristallisierte und wie Schnee glitzerte.

Mehr und mehr roch es nach Seewind. Im Süden hoben sich hintereinandergestaffelte gelbe Dünen. Ein Wald auf einem Hügelrücken im Osten verbarg das Land dahinter. Über Hakonwulf, der versuchte, in die Richtung dcr ersten Dünen zu rudern, flatterten Möwen und schrien gegen den Wind.

»Hier lebt wirklich nichts und niemand«, murmelte Hakonwulf. »Und sicherlich kein Jäger oder Schäfer mit Herden.«

Er steuerte das Boot durch eine Landschaft, wie sie mitunter in seinen Träumen vorkam. Versunkene Bäume, die Äste und vielverzweigte weiße Wurzeln in die Höhe reckten, waren mit raschelnden Tangblättern behangen. Die Schatten der weißen Holzskelette und der wenigen Felsen passten zur Einsamkeit des Landstrichs. Geradeaus sah Hakonwulf einen weißen Wall, auf dem Sonnenlicht glitzerte. Eine Viertelstunde später erkannte er, dass es Wasser war.

»Das Meer!«, sagte er beinahe ehrfürchtig. »Die Brandung! Und es ist nicht einmal Mittag.«

Hakonwulf befand sich in der Mitte eines Tümpels, der in der Mitte nicht tiefer als zwei Ellen war. Unzählige Vögel wateten unter den schreienden Möwen durch den Schlamm am Rand und pickten unablässig nach winziger Beute. Der Sog in den Gräben hatte nachgelassen. Wenn der Wind sein Winseln unterbrach, hörte Hakonwulf, wie die Wellen heranrauschten, den Sand durcheinander wühlten und den Schlick auflösten. Die Schaumkronen wurden größer und weißer. »Zu den Dünen!« Er befürchtete nicht, dass die Meereswellen sein Boot umwarfen. Selbst wenn die Flut ihren höchsten Stand erreicht haben würde, blieb das Wasser seicht – vielleicht würde er waten müssen und seine neuen Stiefel im Salzwasser einweihen.

Je mehr er sich dem Kamm des Waldes hinter den Sandbergen näherte, desto deutlicher wurden die Grenzen des Niemands-Landes. Sie umschlossen ein großes Dreieck, durch das sich ein kleiner Fluss schlängelte. Er kam, seicht und warm, aus dem Sumpf und mündete voll Brackwasser ins Meer. Hakonwulf befand sich an der südlichen Grenze des unregelmäßigen Dreiecks. Noch bevor ihn die Flutwelle erreichte, würde er am Fuß der ersten Düne stehen. Er paddelte quer durch klares Seewasser, in dem vor seinem Schatten handgroße Fische umherhuschten. »Vor mir braucht ihr heute keine Angst zu haben.« Er schlug spielerisch mit dem Paddel nach ihnen. Zwei Reiher schwangen sich, misstönend schreiend, von einem kotbedeckten Treibholzast. Eine Möwe stürzte sich auf einen Brocken, den der Reiher fallengelassen hatte. Wind raschelte im Strandhafer, als der Bug sich auf den Sand schob.

Hakonwulf sprang auf festes Land. Er zog das Boot zwanzig Schritte weit den Dünenhang hoch. Es lag über dem Gewirr aus Tang und Algen, Fischschuppen und all dem Angeschwemmten; eine Linie, die den höchsten Wasserstand anzeigte. Der Sand der Düne war fest zusammengepresst und rutschte kaum, als Hakonwulf bis zur höchsten Stelle hinaufkletterte und sich umdrehte.

»Herrlich«, flüsterte er und sog die salzige Luft tief in die Lungen. Im Osten, unendlich bis zum Horizont, rollten die Wellen des Ozeans heran. Wo das Wasser die Inselchen, Gräben und Ebbeteiche überflutete, schäumten und gischteten Brandungswogen. Sie überschlugen sich, fluteten zurück und drangen jedesmal weiter vor. Nicht anders kannte es Hakonwulf von der Bucht beim Fischerdorf Halfnaar auf Thule. Auf dem Kamm der Düne blickte er nach Süden, und er sah zwischen den grünen Hügeln und dem Wald, dessen Baumkronen im Mittagslicht gelb und golden strahlten, einen breiten Landstreifen aus kreideweißen Felsen und Dünen. Weite Senken, zum Teil voller Tümpel mit Salzrändern, erstreckten sich zwischen aufgetürmten Sandmassen.

»Worauf warte ich noch?« Hakonwulf hob das Bündel und die Waffen auf und ging den Dünenhang hinunter. Sein Ziel war der ferne Waldrand. »Die Flut kommt auch, wenn ich nicht zusehe.«

Hakonwulf hinterließ eine schnurgerade Reihe von Spuren. Sie führten die Dünen aufwärts und abwärts, am Rand der Tümpel durch unregelmäßige Ebenen, entlang von Fischgräten und Treibgut, durch leeres Land. Manchmal glaubte Hakonwulf scharfe Hufabdrücke zu erkennen, aber jedesmal musste er einsehen, dass es sich um halbrund geformtes Schwemmgut handelte. Er zuckte mit den Achseln und ging weiter.

Ein großer Teil des schlammigen Dreiecks, durch das er vor drei Stunden sein Boot gerudert hatte, war von Wasser bedeckt. Die Wellen schlugen einige Bogenschüsse von Merlins Felsen entfernt gegen den Sand. Hakonwulf ließ seine Blicke über die riesige blaue Fläche gleiten. Nichts unterbrach die Eintönigkeit der Wellen. Schaumspitzen bildeten sich und vergingen wieder, die Wellen der Dünung hoben und senkten sich lautlos.

Hakonwulf setzte sich in den heißen Sand und stützte sein Gesicht in die Hände. »Und wo ist die Straße nach Camelot?«, murmelte er. Er stand auf, schulterte die Speere und antwortete sich selbst: »Hinter den Hügeln, wie es in den Legenden heißt.«

Er hielt sich an einem harztriefenden Ast der kleinen, vom Wind missgestalteten Bäume fest und stand ungefähr dreißig Mannslängen hoch über dem Wasser. Senkrecht unter seinen Stiefelspitzen, an zerklüfteten Felsen, schlug die Brandung gischtend gegen den Stein. Einige Felsnadeln tauchten zwischen den Wellen auf und wurden von der nächsten Welle, die in Fontänen hochschoss, wieder zugedeckt. Nach einer Weile wanderte Hakonwulf weiter, Stunde um Stunde, immer nach Süden.

Am nächsten Morgen, während die Sonne aufging und ihn blendete, stand er auf einer anderen Klippe, links vor dem Rand des Uferwalds, und blickte hinunter in die Brandung der Hochflut. Durch das gleichmäßig krachende Klatschen der brechenden und auslaufenden Brandung hörte Hakonwulf einen ungewohnten Laut. Er zuckte zusammen und erschrak.

Rechts von ihm wieherte ein Pferd. Er ließ den Ast los, ging von der Kante des Felsabsturzes zwischen die Baumstämme und drang in südliche Richtung vor. Er war sicher, das Wiehern eines Pferdes gehört zu haben. Nach ungefähr zweihundertfünfzig Schritten trat Hakonwulf zwischen Büschen und Ranken ins Freie hinaus.

Die Landschaft vor ihm hatte sich völlig verändert: grüne Hügel, kleine Wälder, Bäche, von Uferbäumen gesäumt, und – eine Straße! Zwei helle Spuren, von Huftritten und Wagenrädern tief eingegraben, verloren sich im übernächsten Tal. Hakonwulf suchte mit den Augen nach dem Pferd. Als er wieder aufs Meer hinausblickte, sah er ein großes Segel, in breite weiße und rote Streifen senkrecht eingeteilt und von gekreuzten Schnüren wie von einem Netz bedeckt. Ein offenes Schiff, kleiner als Ciorans Fischerboot von Halfnaar, hob und senkte sich in den Wellen und segelte nach Südwest, schräg der Küste entgegen. Zögernd schob sich Hakonwulf auf den Abhang hinaus und drehte den Kopf.

Ein gesatteltes Pferd weidete im Schatten einer Blutbuche. Am Stamm des Baumes lehnte eine Lanze, an der ein runder Schild hing. Das Wappen war nach unten gedreht; Hakonwulf erkannte eine rote Blüte und einen silbernen Stern.

»Herr Ritter!«, rief der Prinz. »Ich nähere mich in Frieden.«

Langsam ging er auf den Baum zu. Nach einigen Schritten sah er den Wappenrock, der über einem Busch ausgebreitet war, ein Kettenhemd hing am untersten Ast, und von einer farbig gesäumten

Decke richtete sich ein junger Mann auf, das blanke Schwert in der rechten Hand. Er trug nur Hosen, Stiefel und Gürtel.

Hakonwulf hob den rechten Arm und sagte lachend: »Gut Freund. Ich bin Prinz Hakonwulf, Sohn des Königs von Thule, bald ein Ritter, aber nicht einmal der Knappe eines einzelnen Ritters.«

Unter einem blonden Schopf, im Nacken von einer Spange zusammengehalten, musterten ihn durchdringende blaue Augen. »Wohin des Weges? Ich bin Lionel aus Monmouth.«

»Ich, Herr Lionel, suche die Straße nach Camelot, zur Burg, in der einstmals Ameraudur Arthur geherrscht hat.« Er verbeugte sich, setzte das Bündel ab und legte die Speere darüber.

Ritter Lionel lachte laut. »Nun, diesen Weg such ich auch. Zu König Ethelred. Willst du mich begleiten, Prinz?«

»Ich würde gern, Herr Ritter, aber noch ist es zu früh.«

Hakonwulf war mehr als einen Kopf kleiner als der bartlose Ritter, der ein wenig Belangere ähnelte.

»Zu früh im Jahr? Oder zu früh in deinem Leben?«

»Ich wollte mich im Frühling aufmachen«, sagte Hakonwulf und hörte das leise Rieseln einer Quelle. »Darf ich Euch eine Weile Gesellschaft leisten?«

»Gern. Ich hab Zeit und Muße, und ich wollte meine Haut mit Sonne und frischem Wind verwöhnen.«

Hakonwulf zeigte in Richtung des Meeres. »Wind braucht auch das Drachenschiff dort unten.«

Der Ritter, der sich wieder auf die Decke gesetzt und mit der Hand einladend auf den Stoff geklopft hatte, sprang auf die Füße. »Drachenschiff?«

»Ich hab's eben gesehen. Ein rotweiß gestreiftes Segel.«

Der Ritter packte Hakonwulf am Handgelenk und zog ihn auf den Absturz zu. Sie wagten sich weit vor, knieten im Gras und schoben ihre Köpfe über die Kante.

»Seht Ihr das Drachenschiff, Ritter Lionel?«

»Du hast Recht – oder muss ich schon sagen: Ihr habt Recht?«

»Erst im Frühling, Herr Ritter. Noch bin ich jung genug. Sind es Nordmannen? Wisst Ihr es?«

»Nach allem, was man mir berichtet hat«, sagte Lionel», ist es ein Drachenschiff, voll mit Nordmännern. Nur eines? Sie wagen sich zu ...«, er versuchte die winzig kleinen Gestalten mit den blitzenden Eisenhelmen zu zählen, »... eineinhalb Dutzend an unsere Küste?«

»Es sollen furchtbare Kämpfer sein.« Hakonwulf bewunderte die Stellung des Segels, den Kurs und die Leichtigkeit, mit der sich das Holzschiff mit der Drachenfratze hoch am Vordersteven durch die gischtenden Wellen schob.

»Man sagt ihnen viel Schlimmes nach.« Ritter Lionel nickte und legte sein Kinn auf die gekreuzten Unterarme. »Was mag ihr Ziel sein?«

»Wir sind es nicht«, sagte Hakonwulf. »Auch nicht die leere Küste.«

»Sie soll dort, wo die Straße hinführt, alles andere als leer sein. Ich hörte, man kommt durch etliche Dörfer und durch einen magischen Ort, der Avebury genannt wird, bevor man Camelot erreicht.«

»Man hat mir dasselbe erzählt. Was tun wir?« Hakonwulf zeigte auf das Drachenschiff. »Sie werden vielleicht an Land gehen.«

Lionel stand vorsichtig auf. »Nicht hier; es ist steil, und es gibt keine Beute. Aber dort weit hinten sehe ich Dächer und Äcker. Siehst du's auch, Prinz?«

Hakonwulf beschirmte die Augen mit der Hand und sah undeutlich zwischen den Hügeln und Waldstücken einige dunkle Äcker. Sie waren frisch gepflügt. Kleine Häuser duckten sich in die Falten der Täler.

Ritter Lionel zog ihn von der Abbruchkante weg und lief mit langen Schritten zu seinem Rastplatz zurück. »Hilfst du mir in die Rüstung, Prinz? Ich warne die Bauern, und wenn die Nordmänner an Land gehen, kämpfe ich gegen sie.«

»Es wird ein kurzer Kampf. Achtzehn gegen einen.« Hakonwulf wartete, bis der Ritter ein dünnes Hemd angezogen und in den Gürtel geschoben hatte. Dann schlüpfte Lionel mit Kopf und Armen in den Halsberc; das Kettenhemd war an den Schultern, den Handgelenken und an der Brust mit gebogenen Eisenplatten, breiten Ringen und kleinen Schilden verstärkt. Hakonwulf schloss die Schnallen eines Dutzends schmaler Lederbänder. Das Hersenier rasselte von der Stirn auf die Schultern, Lionel setzte den Helm mit einem kräftigen Ruck auf und griff nach dem Gurt mit dem Schwertgehänge.

»Danke, Prinz«, sagte er, als Hakonwulf Decke und Mantel zusammenrollte. »Ich werde trotzdem versuchen, den Bauern zu helfen.« Er streifte den linken Handschuh über und stapfte mit klingelnden Sporen durchs Gras. Hakonwulf hob den Schild von der

Lanze, drehte ihn halb um und wartete, bis Lionel die Trense ins Maul des Pferdes geschoben und den Zügel in der Hand hatte.

»Vielleicht treffen wir uns in Camelot«, sagte Ritter Lionel und schwang sich in den Sattel. Hakonwulf schnallte den Mantel hinter dem Sattel wie eine dicke Rolle fest.

»Viel wahrscheinlicher treffen wir uns in Avebury«, sagte er und holte den Speer. Lionel lachte breit, senkte vor Hakonwulf die lange Waffe mit dem dreikantigen Speereisen und ließ das Pferd auf die Hinterbeine steigen. »Hab Dank, Prinz! Tod und Schande den Räubern!«

Er wartete, bis das Pferd sich gedreht hatte, setzte die Sporen ein und stob im kurzen Galopp schräg den Hang hinunter. Hakonwulf sah ihm nach, bis er den Weg erreichte und sich im Sattel vorbeugte.

»Reitet dahin, Herr Lionel.« Hakonwulf atmete tief ein und aus. »Ich wäre gern mit Euch geritten.«

Er ging nachdenklich zum Hang zurück und sah zu, wie das Drachenschiff wieder von der Küste ostwärts steuerte. So weit, wie er das Ufer sehen konnte, gab es keine Bucht, in der ein Schiff anlegen konnte. Ein Teil des Felsstrandes war von Klippen und Riffen gesäumt.

Der Prinz zögerte. »Ich gehe auch zu den Bauern!« Er entschloss sich schnell, nachdem er abgeschätzt hatte, wie viel Tageslicht ihm noch blieb. Nachdem er seinen Wasserschlauch an der winzigen Hangquelle gefüllt hatte, ging er in der Hufspur des Pferdes bis zur Straße. Zwei Stunden lang wanderte er entlang dichter Hecken, abgeweideter und frisch gemähter Wiesen und dunkler Äcker. Die Straße, nicht mehr als eine ausgetretene Karrenspur, lief in Biegungen und Schleifen zwischen kleinen Hügeln und Waldinseln. Hakonwulf sah viele Anzeichen dafür, dass Bauern im Wald und auf den Feldern arbeiteten, aber keinen einzigen Menschen. Spechte hämmerten an einem Stamm; die Echos kamen aus allen Enden des Wäldchens zurück. Über dem Meer bildeten sich breite Wolkenbänke.

»Der Wald ist einsam, das Moor ist leer, und auch hier leben nicht viele Menschen«, sagte er sich und betrachtete, während er sich einer einzelnen Rauchsäule näherte, seine Umgebung. Da gab es nichts, das ihn beunruhigte. Alle Laute und Bewegungen an diesem späten Nachmittag gehörten zum herbstlichen Land um ihn herum.

»Es wird ein kleines Dorf armer Bauern sein«, überlegte Hakonwulf und ging weiter. Er wusste, dass die Bauern in Thule, durch das Wirken von Fürst Dundhas, bevor er den schändlichen Verrat verübte, und durch die Anordnungen seines Vaters, eine Art des Lebens hatten, die ihnen Zufriedenheit, Gesundheit und bescheidenen Reichtum brachte. Hier in Britannien mochte es ebenso – oder ganz anders sein. Er würde es erkennen, sobald er sich unter dem Türsturz des ersten Bauernhauses bückte.

Weit vor ihm bellte ein Hund. Hühner gackerten gemütlich; einige Wildgänse schrien schrill über die Dächer. Hinter der Biegung standen an bei den Seiten des Weges vier lange Häuser. Hakonwulf näherte sich der ersten Hütte. Zwei Hunde sprangen auf ihn zu, knurrten und bellten. Er starrte in ihre Augen und wartete, bis sie sich beruhigt hatten. Eine Frau kam aus dem windschiefen Hauseingang und verscheuchte die struppigen Hunde. Die Mauern aus bröselnden Lehmziegeln und knorrigem Holz stanken ebenso wie das Strohdach und der Misthaufen am Ende des Hauses.

»Ich bin ein harmloser Wanderer«, sagte Hakonwulf und sah in das schmutzige Gesicht der Frau. Sie war nicht alt, trotz der grauen, strähnigen Haare und der breiten Hüften.

»Wohin? Woher, junger Herr?« Die Frau musterte ihn lange aus dunklen Augen. Eine Kinderschar, ebenso ungewaschen wie die Bauersfrau, rannte aus den Häusern. Hinter den Mauern und Bretterwänden muhten Rinder.

»Aus dem Moor, von den Dünen«, sagte er. »Ich heiße Hakonwulf.« Je mehr er sich umblickte, desto genauer sah er den elenden Zustand der Bauernhäuser. Vieh und Menschen schienen unter einem Dach zu leben. Morastige Pfützen breiteten sich auf der sandigen Straße aus, Brennesseln und Unkraut überwucherten windschiefe Zäune.

»Aus dem Moor? Von dort ist auch der grüne Ritter gekommen, damals! Und – ein anderer Ritter ist vorhin durchs Dorf galoppiert«, rief ein Mann, der blinzelnd aus der bruchfälligen Stalltür herauskam. »Er hat uns vor den Nordmännern gewarnt.«

»Ich habe mit ihm gesprochen«, sagte Hakonwulf. »Wir haben ein Drachenschiff der Nordmänner gesehen. Aber gestattet eine andere Frage: Damals ä– wann genau habt ihr einen grünen Ritter getroffen?«

»Er ist durchs Dorf geritten, ohne anzuhalten. Ein armer Ritter, Herr, auf einem mageren Pferd. – Gott schütze uns vor den bösen

Nordmannen!«, rief die Frau.

Der Mann fragte: »Benötigst du ein Nachtlager, Junge?«

Hakonwulf schüttelte den Kopf. Je mehr er vom Dorf sah, desto weniger gefiel es ihm. »Ich muss heute Nacht zurück.« Er deutete nach Norden. »Wenn ihr einen Becher Milch hättet ... und ein Stück Brot? Im Sumpf wächst kein Korn.«

Inzwischen standen ungefähr zwei Dutzend Frauen, Kinder und Männer vor den Türen. Hakonwulf verglich die britannischen Bauern, die ungesund, schmutzig und arm waren, mit den sauberen Bewohnern Thules, die nicht mit Hühnern, Ziegen und Rindern in einem Raum schliefen und lebten. »Wie nennt ihr das Dorf?«

»Kilderran.« Ein breitschultriger Graubart kam barfuß durch die schwarzen Pfützen.

»Und wohin geht die Straße?«

»Zur Stadt«, antwortete die Frau. »Vier Tage Weg..«

»Wie heißt die Stadt dort hinten?«

»Kingsgarden.«

Ein junges Mädchen brachte eine Holzschale halb voll Milch und einen halben Laib Brot. Hakonwulf zwang sich dazu, aus dem schmutzigen Gefäß zu trinken. Er lächelte das Mädchen an. Das Brot roch frisch und gut.

»Danke«, sagte er. »Eines schönen Tages, nächstes Jahr, komme ich wieder durch das Dorf. Kennt ihr jemanden, der Pferde verkauft?«

»In der Stadt.« Die Frau wiegte schwer den Kopf. »Wir sind arme Bauern. Wir pflügen mit Ochsen und Kühen.«

Hinter den offenen Stalltüren sah Hakonwulf geschorene Schafe und magere Ziegen, deren Flanken voller Dreck waren; auch das Fell der Rinder sah wenig gepflegt aus.

»Und das ist schwere Arbeit.« Er nickte, trank die Milch aus und gab die Schale zurück. Jeder weitere Blick zeigte ihm die Ärmlichkeit der Bauern, von den Säuglingen auf den Armen bis zu den alten Männern. Er steckte das Brot in seinen Gurtbeutel und hob die Speere auf. »Ich danke euch. Es wird spät: Ich muss gehen. Hoffentlich finden die Nordmänner euer Dörfchen nicht. Seid auf der Hut.«

Die Bauern und Bäuerinnen murmelten, nickten ihm zu und schienen froh darüber zu sein, dass er sie nicht länger störte. Leise kläffend begleiteten ihn die Hunde hundert Schritte weit, dann liefen sie schwanzwedelnd wieder zurück.

Auf dem Rückweg blieb Hakonwulf eine Weile auf dem Hügel stehen und suchte das leere Meer mit den Blicken ab. Als es dunkelte, war er bei seinem Boot, sammelte trockenes Holz und zündete das Feuer mit dem winzigen Glutvorrat aus seinem Topf an.

»Die Nordmannen werde ich wohl nicht anlocken«, murmelte er. Sein Feuer brannte zwischen kleinen Dünen und leuchtete nicht aufs Meer hinaus. Hakonwulf bereitete langsam sein Lager vor, sah zu, wie sich zum zweiten Mal an diesem Tag die Flut des Schwemmlandes bemächtigte, und baute sich aus dem hochgekippten Boot und dem Paddel, das er in den Sand stemmte, einen Windschutz. Über dem Wald und dem Sumpf färbte das letzte Sonnenlicht die Nachtwolken.

Lang ausgestreckt, die Stiefel umgedreht auf den Schäften der Speere, lag Hakonwulf auf dem Mantel. Der Sand gab die Wärme zurück, die er am Tag aufgesaugt hatte; der herbstliche Nachtwind war am Rand des Meeres deutlich kühler als um die Burg. Der Weg nach Camelot, zu Artus und den Rittern der Runden Tafel, war sicherlich weiter und beschwerlicher, als Ritter Lionel dachte. Wenn alle Dörfer, auch die größeren, in König Artus' Land so schmutzig und ärmlich waren wie die Hütten hinter dem Wald – wie war es dann um Prunk und Reichtum, Schönheit und Fröhlichkeit am Königshof bestellt? War Burg Camelot vielleicht gar nicht erhabener als die Gebäude im Niemands-Land? »Reite hin, Prinz«, riet er schläfrig sich selbst und schob mit der Ferse einen dicken Ast näher in die Flammen. »Und überzeuge dich, wie prächtig König Ethelred Hof hält.«

Er lag, die Unterarme im Nacken gekreuzt, auf dem Rücken und blickte in den ehrfurchtgebietenden Nachthimmel, verfolgte das lichte Band der Götterstraße und versuchte die dunklen Flecken auf dem wachsenden Mond zu zählen. Seltsame Gedanken krochen heran, wie unsichtbares Schlangengetier oder lautlose Krebse. Seit dem Kampf am Fuß des Burgbergs zu Thule war er überzeugt, dass Merlins Erscheinen kein Traumwunder war, sondern ein Ruf aus der Ferne, der ihn, Hakonwulf, nach Camelot drängte. Nicht nur die Unterstützung der Ritter und Elaynes drängendes Flüstern hatten das Bewusstsein tief in sein Herz versenkt, dass er auserwählt war, diesen Weg zu gehen; wenngleich mit zahlreichen Stolperschritten und Umwegen. Er dachte nicht einmal mehr an die Nachfolge seines Vaters auf Burg Myngrifon, sondern nur an sein zukünftiges Leben als Ritter. Ohne dass er jemals mit Elayne darüber geredet hatte, war ihm bewusst, dass er alles, auch seine junge Liebe, zurücklassen musste. Von Thule war er geflüchtet, das Moor und das Niemands-Land waren nicht seine Heimat, und vor ihm lag die ganze, wunderbare Welt.

Nachts wachte er dreimal auf, versorgte das Feuer, starrte in den Mond und in die Sterne, die das vollkommene Dunkel der Nacht schmückten, und das Geräusch der Wellen half ihm, wieder schnell einzuschlafen. Bei Sonnenaufgang schob er das Boot in den Ebbegraben und verscheuchte aufdringliche Möwen, die ihm das Essen streitig machen wollten.

Er paddelte auf einem anderen Weg zurück zur Burg. Wo er schon mit Pattrick gejagt hatte, schoss er zwei Rehe und ein junges Wildschwein. Wieder lag das Boot so tief im Wasser, dass er langsam und vorsichtig rudern musste und erst am Nachmittag am Steg anlegte. Niemand dachte daran, ihm wegen des langen Ausbleibens Vorwürfe zu machen; selbst seine Mutter zeigte nur einen vorwurfsvollen Blick in der glücklichen Miene, und sie drückte ihn fest an sich.

Beim abendlichen Mahl erzählte der Prinz vom Nordmannenschiff, vom Ritter Lionel und dem schäbigen Bauerndorf Kilderran.

Die winzige Siedlung war gut vorbereitet, als der Winter kam. Über das Moor tobte ein spätes Herbstgewitter mit schmetterndem Donner. Während die ersten Schneeflocken durch die dunklen Äste wirbelten und das letzte Laub davongerissen wurde, sank eisige Kälte über das Land. Die Dächer knisterten unter der Last des Schnees, der bald zwei Handbreit hoch lag. Fahl leuchteten Blitze durch das Schneegestöber. Der Sturm heulte und rumorte im Kamin, die Flammen schlugen bisweilen über die Vorderkante des Simses.

»Nun wissen wir es:« König Greiff Dragonblade hob den Becher. »Der Winter hat Einzug gehalten. Wie gut, dass wir auf unseren Jagden so erfolgreiche Beute machen konnten und die Vorratskammern gefüllt sind.«

»Dank unserem jungen Jäger!« Ritter Bernadin nickte Hakonwulf zu. »Er kennt jeden Kanal und jedes Stück Wild, wie mir scheint.«

»Und er sorgt dafür, dass seine Eltern nachts nicht schlafen können«, sagte die Königin. Sie lächelte, während sie mit dem Finger drohte.

»Aber er ist der Einzige, der uns aus dem Moor zur Straße nach Avebury bringen kann.«

»Wahr gesprochen.« Die Ritter Belangere und Gandor lachten einander an und griffen gleichzeitig nach dem Bierkrug.

Das Murmeln der Unterhaltung hörte auf, als Lehrer Gandalon zu sprechen begann. »Trotz unserer Abgeschiedenheit in Wald, Buschwerk und Moor haben wir vieles über Britannien erfahren. Das meiste Wissen haben uns die Händler und Prinz Hakonwulf überbracht. Dass die Nordmänner und ihre Drachenschiffe seit vielen Jahren auch Britanniens Küsten ansteuern, das war zu befürchten. Dass wir in der Lage sind, zu Fuß oder reitend, eine Straße nach Camelot zu beschreiten, zählt zu den freudigen Erkenntnissen. Und schließlich ist zu loben, dass wir auf unserer waldigen Insel ein gutes Leben führen, freilich in weniger Pracht als auf Thule.«

»In guter Ruh und im Warmen«, sagte Laraine und sah zu den wuchtigen Deckenbalken, dann glitten seine Blicke wehmütig über die Kettenhemden, Schilde und Waffen an den gekalkten Wänden . Er grinste Hakonwulf an. »Im Umkreis von fünf Tagesritten gibt's nichts Prächtigeres.«

»Abermals wahr gesprochen!« Bronzefist hieb mit der Faust auf den Tisch. »Und in meinem Sumpf fängt unser Prinz die größten Fische.«

Hakonwulf lauschte auf den rumpelnden Donner und das schneidende Heulen des Windes. »Das Moor ist jetzt zugefroren. Die beste Zeit, Ihr Herren Ritter, nach Camelot aufzubrechen.«

»Darüber haben wir ausführlich beraten.« Clarance stieß seinen Knappen Alar an. »Schon in Gedanken führt ein guter Weg aus dem Niemands-Land hinaus.«

»Auf gefährlichem Pfad, Ihr Herren«, mahnte der Prinz. »Kein Pfad, keine Straße, die nicht ihre geheimen Gefahren hätten.« Gildas ging zum Kamin, schob die Glut zusammen und warf dicke Kloben hinein. »Gefahren, die selbst einen Ritter umbringen können.«

Bronzefist und Aarebrand nickten schweigend.

»Nicht an jeder Straße lauern Drachen, Ungeheuer und Wegelagerer.« Cardoc und Bjarn halfen den jungen Frauen, das Essen aufzutragen. »Und nicht jedes Dorf ist so heruntergekommen, wie du uns berichtet hast, Prinz.«

»Das ist richtig.« Ritter Belangere hob die Faust. »In weitem Umkreis von Camelot sind Weiler, Dörfer und Städte sauber und keineswegs arm. Nicht so viele Häuser aus Stein, König Dragonblade, wie einst bei Euch, aber auch König Ethelred sorgt für seine Untertanen.«

»Den Tag, an dem auch Ihr am großen runden Tisch sitzen werdet, König, wollen wir alle erleben«, sagte Gandalon. »Es wird Zeit, dass Ihr einige Ritter vorausschickt!«

Claas sah zu, wie Brigida den Braten zerschnitt, hob die Schultern und murmelte: »Ich möchte den Tisch der Tafelrunde sehen. Was habt Ihr erzählt, Herr Gandalon? Eintausendsechshundert Ritter sitzen am runden Tisch? Die Halle im Palas müsste größer sein als unsere Insel.«

»Vielleicht sind's nur hundertundsechzig«, meinte Gofrit grinsend. »Oder noch weniger.«

»Oder gar nur sechzehn?« Hakonwulf lehnte sich zurück. »Wahrscheinlich sitzen jeden Abend andere Herren beim König.«

»Neben dem angeblich dein Freund thront, der Zauberer Merlin oder Myrddin, wie er sich in der Sprache von Wales nennt.« Zuchtmeister Gandalon griff nach den Brotfladen. »Gib's zu, Prinz: Die Gedanken an den unsterblichen Merlin treiben dich vor allem nach Camelot.«

»Ja.« Hakonwulf tunkte den Holzlöffel in die Suppe. »Auf den gefahrvollen und abenteuerlichen Weg nach Avebury und Camelot, nach Tintagel und anderen Städten.«

Lange, nachdem die Tische abgeräumt und mit Sand, heißem Wasser und Messerklingen geputzt worden waren, lagen Meiko und Walon auf ihrem Lager aus Decken und Kissen, Fellen und Mänteln. Die dunkelrote Glut verströmte ihre Hitze in die Halle hinaus. Vor einer Stunde hatte sich Hakonwulf aus der Tür gewagt. Eisige Kälte lag über dem Land, und selbst die spitzen Palisaden trugen Schneehauben. Hinter dem Zaun, dem Tor und jeder Gebäudeecke hatten sich lange Dünen aus Schnee gebildet – wie in Thule. Mondlicht und flimmernde Sterne ließen den Schnee glitzern.

Hakonwulf fühlte eine Art Zufriedenheit, die ihm bisher fremd gewesen war. Die Fische, das Wild und das Fleisch der Jagdbeute waren eingesalzen, getrocknet oder hingen im Rauch. Die gefüllten Küchenkammern sorgten dafür, dass niemand würde hungern müssen. Eier lagen im Kalkwasser, Butter fror in der abgedeckten Grube, für die Schafherde im Stall gab es genug Heu. Die ereignislosen hundert Tage und die langen Nächte des Winters, nur unterbrochen von Erzählungen und Gesprächen am lodernden Kamin, hatten längst angefangen. Aber vielleicht schickte König Greiff doch noch einige Ritter auf den weiten Weg nach Camelot.

Vielleicht durfte er, Hakonwulf, dann ebenfalls mitreiten. Bronzefist, Aarebrand, Belangere und sein Knappe Bjarn sprachen davon, sich von ihm zur Straße nach Kilderran führen zu lassen. Einige Tage nach dem Schneesturm, sagte sich Hakonwulf voll Hoffnung, würde sein Vater eine Entscheidung treffen.

Er trug Glut, ein paar Handvoll Kiefernzapfen und Holzstücke für den Glutkorb in seine winzige Kemenate und öffnete, als der Rauch ihn zum Husten brachte und das Talgflämmchen zu ersticken drohte, das kleine Fenster: Mondlicht auf dem dünnen Schnee und dem Raureif hatten das Moor und die entlaubten Bäume in ein Zauberreich verwandelt.

Er zog die Decken und Felle bis zum Kinn und begann sich frei zu fühlen. Er hatte sich entschlossen, den Burghügel zu verlassen, wenn der klirrende Frost nachgelassen hatte. Nur Belangere würde mit seinem Rapphengst mitreiten; die Stute war trächtig, und Vater behielt seinen Schecken hier. Einige Tage lang würden die Vorbereitungen dauern, und die Eltern würden voller Sorge warten, bis er als junger Ritter zurückkehrte. Er wusste nicht, wie die Welt aussah, in die er sich hinauswagte – aber in der Wirklichkeit, nicht nur in seinen Träumen, war sie bestimmt größer und schöner, aufregender und voll von Dingen, Menschen und Begebenheiten, die er nicht kannte – noch nicht.

Plötzlich dachte er an den Abschied von Elayne, der für sie vielleicht bitterer sein würde als für ihn. Aber als sie sich eine Stunde vor Mittnacht aus dem Mantel aus Fellen und Wolle schälte und unter die Decken schlüpfte, vermochte er nicht über den Abschied zu reden.

Der Einbaum war fast fertig. Barbra und Brigida sammelten die Späne ein, während Emric aus gebogenen Ästen die Kufen hobelte und schnitzte. Der Schnee war geschmolzen; neuer Raureif hatte alle Rispen, Ästchen und Äste überzogen. Im Frost knackten die Bäume; jede Wasserfläche war einige Handbreit tief gefroren. Das Eis schien alles Leben gelähmt zu haben; rundum herrschte seltsame Ruhe. Nur ab und zu flogen schwarze Raben über die weiße, gläserne Landschaft. Rarn ließ die Axt sinken und wischte mit dem Rand der Fellkapuze den Schweiß von der Stirn.

»Wirst du den Weg auch jetzt erkennen, Prinz?« sagte er unsicher. »Alles dort draußen sieht ganz anders aus.«

Hakonwulf sah nacheinander Bronzefist, Aarebrand und Belangere ruhig an. Seitdem endlich feststand, dass er die drei Ritter und den Knappen Bjarn nach Camelot begleiten durfte, fühlte er sich glücklich und dem Ziel seiner Träume nah. Auch die Königin hatte ihr Einverständnis gegeben: In der Obhut von drei Rittern und einem Knappen schien ihr Sohn sicher.

»Habt keine Sorge, meine Herren. Ich bringe Euch nach Kilderran. Die Dörfler werden uns den Weg nach Avebury weisen.«

»Wie viele Tage?« fragte Bjarn.

»Zwei oder drei Tage im Sommer.« Hakonwulf überlegte. »Jetzt nicht mehr als sechs Tage. Wenn wir nicht zu oft schlotternd am Feuer sitzen.«

»Wir nehmen Felle und Mäntel mit. Deswegen unser Landschiff«, brummte Belangere. »Schon fertig, Walon?«

»In einer Stunde. Habt Geduld; es ist lausig kalt.«

»Vier oder fünf starke Männer oder der Rappe können deine Erfindung ziehen, Walon«, brummte Gildas und wuchtete mit den Rittern den Einbaum auf die Kufen. »Aber auch, wenn sie voll beladen ist?«

»Keiner wird rennen wollen.« Hakonwulf beeilte sich, ins Warme zu kommen. »Dann dauert es einen Tag länger. Bei den Bauern findet sich vielleicht ein Gespann gutmütiger Ochsen.«

An der Schmalseite der Halle stapelte sich die Ausrüstung. Schon jetzt, ohne Proviant, war es ein gewaltiger Haufen. Hakonwulf ließ seinen Blick über die Waffen und Lederballen gleiten: Von Tag zu Tag wurden die Stapel größer.

»Durch die Kanäle, Herr Belangere«, sagte er halblaut, »ist es leicht, den Einbaum zu ziehen. Aber die Dünen, die Hügel und der Wald – da werden wir schwitzen, mehr als im Sommer.«

»Sei's drum. Hält uns warm im Eissturm.« Ritter Belangere schüttelte den Kopf über den wachsenden Berg aus so vielen Kleinigkeiten. »Bisher haben wir alles geschafft. Auch das wird uns nicht umbringen.«

Bjarn schlug Hakonwulf auf die Schulter. »Wir haben, seit wir im neuen, sumpfigen Waldkönigreich ankamen, die Muskeln geschmeidig gehalten. Wann ziehen wir los?«

»In sieben Tagen.« Hakonwulf spürte die Aufregung und wusste, dass der Weg beschwerlicher sein würde, als jeder dachte. »Am Tag des heiligen Willehad, dem achten Tag im elften Mond.«

»Gut. Dann fangen wir an, den Proviant einzupacken.« König Greiff hatte in den letzten Tagen vor der Abreise lange mit den wagemutigen Rittern und Hakonwulf gesprochen. In Gedanken waren sie jeden Schritt des Weges gegangen. Die Einladung von König Ethelred, vor einem Jahr oder mehr ausgesprochen, galt noch immer. Aber der König war unsicher und wollte zusammen mit Königin Roswynda und allen Bewohnern der Burg erst dann nach Camelot reiten, wenn er eines mit Sicherheit wusste: König Ethelred sollte sein Urteil sprechen und ein Heer nach Thule senden, um die Verräter zu vertreiben. An der Spitze dieser gewappneten Ritter würde König Greiff Dragonblade aufrechten Hauptes in Halfnaar wieder in den Sattel steigen.

»Bring diese Botschaft dem König.« Der Vater legte beide Hände auf Hakonwulfs Schultern und drückte ihn an seine Brust. »Wir warten auf dich. Auf euch, meine Freunde. Geht keine Gefahren ein, die größer sind als ihr.«

»Mein tapferer großer Sohn!« Roswynda wollte ihn nicht mehr loslassen. »Du bist gewachsen. Du bist ein Mann geworden, ohne dass ich's richtig gemerkt habe. Denk an uns. Vergiss uns nicht. Kommt bald zurück, ihr alle!«

»Verlasst Euch auf uns, König.« Ritter Bronzefist hob die Hand. »Wir ziehen nach Camelot.«

An diesem Mittag war es windstill. Elayne und Hakonwulf standen hinter den Zinnen des Bergfrieds, weniger als zwanzig Ellen über den Dächern, an der höchsten Stelle des Burghügels. Der Atem gefror am Pelz der Kapuzen, die Kälte kroch langsam durch die Sohlen und die dicken Wollmäntel. Über das Moor hinweg, durch kahle Äste, starrte Elayne nach Süden. Sie drehte sich um und sah in Hakonwulfs Augen; als das Schweigen unerträglich zu werden begann, flüsterte sie: »Dass du Thule verlassen willst, hab ich schon gewusst, als du uns mit den Rittern besucht hast. Du bist ein ganz besonderer Mann, mein Prinz, ganz anders als dein Vater. Seit ich deine Träume kenne, weiß ich, dass dein einziges Ziel Camelot ist.«

»Ich komme zurück«, sagte Hakonwulf leise. Ihre grauen Augen wurden feucht. »Ich hole euch alle nach Camelot, zusammen mit vielen funkelnden Rittern. Vater wird nach Thule zurückkehren, wenn er will. Aber wie kann ich das tun, ohne den Sumpf zu verlassen – und dich zurückzulassen?«

»Du wirst mir jede Stunde fehlen, Prinz.«

»Ich werde alle Tage an dich denken.« Hakonwulf log nicht, aber er wusste, dass er an viele andere Dinge und Geschehnisse würde denken müssen. »Bevor du mich verführt hast, seit wir verliebt sind, seit wir unsere Leidenschaft ... ich weiß nicht, was ich dir sagen soll.«

»Sag nichts«, flüsterte sie und drängte sich, Schutz und Wärme suchend, an ihn. »An einem Tag werde ich keine Tränen mehr haben. An einem anderen kommst du zurück. Vielleicht kennst du dann nur die Hohe Minne? Jede Nacht lieg ich jetzt allein, Wulf.«

»Ich liege bei den Pferden, irgendwo im feuchten Stroh.« Hakonwulf grinste und streichelte ihre Wangen. »Du wirst es sehen: Die Zeit vergeht in rasender Hast.«

Beide begannen in der Kälte zu zittern. Elayne sagte: »Wie viele Nächte bleiben uns noch?«

»Drei Nächte, meine Schönste. Wir werden jede Stunde zusammen sein.« Sie gingen frierend zur Falltür über den Treppenstufen, Hakonwulf half ihr hinauf und zog die schwere Brettertür herunter. Er setzte sich im Halbdunkel des Turmzimmers auf die unterste Stufe und zog Elayne auf seine Knie. »Jede freie Stunde«, wiederholte er. »Und in wenigen Monden bin ich wieder hier in der Sumpfburg. Ich versprech's.«

»Mir bleibt nichts anderes als das Warten, Prinz.« Sie blickte in seine Augen, schien in seinem Gesicht nach der Wahrheit zu suchen; ihre Lippen zitterten. Hakonwulf fühlte ihre Tränen heiß auf seinem Handrücken, ihm war, als bohre sich eine Nadel durch die Haut und stäche in sein Herz; immer und immer wieder.

Der winterliche Nebel hob sich. Die Sonnenscheibe blieb klein und blass. Das gesamte Gepäck hatte Platz in dem Einbaum gefunden. Sie schlüpften in die Seilschlingen und zogen den schweren Einbaum über das reifglitzernde Gras, zum Tor hinaus und aufs Eis des Kanals. Belangere führte den Rappen, der mit Felldecken geschützt war, am Zügel. Alle Zurückbleibenden begleiteten die fünf bis zum Steg.

Der Weg ging leichter, als Hakonwulf gedacht hatte, aber er war sehr anstrengend. Im weiten Bogen tappten sie über das milchige

Eis. Jeder Muskel schmerzte, sein Rücken und seine Schenkel waren lahm.

Die Felle unter den Stiefelsohlen und den Pferdehufen verhinderten, dass sie ausrutschten. Ihr Atem bildete weiße Wolken vor Mund und Nase; die Ränder der Mützen und Kapuzen überzogen sich mit dünnem Eis. »Das erste Ziel sind die Felsen. Merlins Höhlen«, sagte Hakonwulf. Zwischen den Worten machte er lange Pausen. »Ich glaube nicht, dass wir morgen Abend schon dort sind.«

»Denk daran, uns den kürzesten Weg zu zeigen«, rief Bjarn von rechts. »Jeder Schritt, den wir sparen, hilft uns.«

Hakonwulf spürte den Druck des dicken Seiles quer über der Brust. Die Säume der Fellmäntel schleiften auf dem Eis. »Und jedes Wort kostet viel Kraft, Knappe Bjarn.«

Stunden um Stunden zogen sie die Last über das Eis, vorbei an den Rändern der Inseln, entlang laubloser Bäume und den Stoppeln des Schilfs, die aus der gefrorenen Fläche ragten. Solange die glatten Holzkufen auf blankem Eis rutschten, kamen sie schnell und ohne Mühe voran. Über schmale und breite Landflächen zerrten und schoben sie keuchend und schwitzend ihre Last, und schließlich spannten sie den Rappen ins Geschirr. Langsam, aber unaufhaltsam näherten sie sich Merlins Höhlen, die ihnen in der dritten Nacht einen warmen Unterschlupf boten.

Der Weg über die gefrorenen Flächen des über schwemmten Mündungslandes war begehbar. Bei den Dünen behalfen sich die Ritter, indem sie die Lasten teilten, das Pferd beluden und die Ausrüstung in mehreren Etappen zum Lager schleppten, bis sie zuletzt den leeren Einbaum durch den Sand zerrten. In dieser Nacht schliefen die fünf im Schutz des undurchdringlichen Waldes. Als erster fiel Hakonwulf in einen todesähnlichen Schlaf.

Hangabwärts und bis zur Brücke war es schwierig, den Einbaum festzuhalten und zu verhindern, dass er wie ein Geschoss davonsauste. Sie zogen eine breite Spur schräg über den Hang und setzten sich, frierend und schwitzend zugleich, am Beginn der Straße auf die Lasten oder den Rand des langen Holztroges, dessen Wasser gefroren war.

»Kommt es noch schlimmer?« Bjarn hob die umwickelten Stiefel vom Boden.

»Nicht bis Kilderran.« Hakonwulf schüttelte das wollene Tuch aus und schlang die trockene Seite um den Hals. »Es wird, denke ich, weniger als zwei Tage dauern. Das Dorf ist es schmutzig und arm, aber ein Feuer werden sie haben.«

»Wenn es so weitergeht«, murmelte Belangere mit blauen Lippen, »ist es zu überstehen. Bist ein guter Führer, Prinz.«

Hakonwulf grinste erfreut und spürte beim Verziehen der Lippen die Kälte auf den Wangen.

Gegen Mittag drangen sie in die totenähnliche Stille des Dörfchens ein. Die verwilderten Hunde kläfften; ein paar Fußtritte vertrieben sie. Mitten auf der schmutzigen Straße, auf der die Kufen sich in Kies und Sand festfraßen, blieb der Hengst stehen, und der Einbaum kippte zur Seite; zwei Sättel fielen in den gefrorenen Schmutz. Aus vier Hauseingängen und windschiefen Stalltüren kamen misstrauisch, fast furchtsam, die Bauernfamilien hervor. Ihre Füße steckten in dicken Fellen, die von kreuzweise geschnürten Riemen und Fellstreifen zusammengehalten wurden; an Fellen und Riemen klebten dick Dreck und trockener Kot.

»Erkennt ihr mich wieder?« Hakonwulf schlug die Kapuze zurück, hob die Mütze und lachte in die Runde. »Wir brauchen nicht viel: einen warmen, sauberen Stall und Feuer.«

Es schien Stunden zu dauern, bis aus einem Haus das Vieh hinausgetrieben und auf die anderen Häuser verteilt worden war. Bronzefist und Aarebrand kamen mit niedergeschlagenen Mienen zurück.

»Sie haben drei Ochsen«, sagte Aarebrand. »Fürs ganze Dorf. Und die sind allesamt reif für den Abdecker.«

»So schlimm?« Belangere half, entlang der Wand eine Lage trockener Strohbündel zu schichten.

Bronzefist nickte. »Sie verkaufen uns zwei. Oder sie geben uns einen Treiber, der sie wieder zurückbringt.«

»Das ist besser«, sagte Hakonwulf leise. »Was sollen wir mit zwei wandelnden Haufen klappernder Knochen in ein wenig Haut?«

»Sie meinen, es dauert zehn Tage bis Kingsgarden.«

»Zehn Tage. Meiner Treu – es ist ein wenig ruhmreicher Weg zum Großen König.« Bjarn setzte sich auf eine halb zerbrochene Egge und schlug die Hände vors Gesicht. »Und wenn ich mir die Maiden dieses Weilers ansehe, so vergeht mir jeder Gedanke an die Minne.«

»Dafür ist es auch viel zu kalt«, sagte Ritter Belangere. »Mir scheint, wir müssen den Braten mit den Armen hier teilen

Aarebrand stemmte sich von außen gegen die Stalltür, die so aussah, als würde sie den Frühling nicht mehr erleben.

»Hier bleiben wir«, sagte er. »Es stinkt, aber es ist warm. Wo seid ihr, o lustvoll heiße Quellteiche von Thule?«

»Weit weg.« Hakonwulf half Bjarn, die andere Hälfte des wackeligen Tores zu schließen. »Über dem Meer. Gibst du mir die Kerzen, Bjarn?«

»Hier.« Der Knappe kramte sie aus dem großen Ledersack. »Die dicke Bauersfrau überlegt, welche Suppe sie kochen soll. Damit wir nicht mit knurrenden Mägen einschlafen ... Aber ich finde, wir sollten Zutaten für fünf Hungrige aus unseren Vorräten nehmen. Mir ist nicht wohl dabei, diesen Leuten noch etwas wegzunehmen.«

Die anderen stimmten zu, während von zwei Bauern ein dampfender Kessel zur Feuerstelle im Stall getragen wurde. Der Rauch zog durch ein einfaches Loch im Dach ab.

Hakonwulf überlegte, dann griff er zu. Er leerte den Brei aus Bohnen, Erbsen und Linsen in zwei Schalen aus ihrem Gepäck, schleppte den rußigen Kessel zum Brunnen. Er hackte das Eis auf und reinigte den Kessel innen mit Sand und Wasser, füllte frisches Wasser hinein, schleppte ihn zurück und plünderte einen Teil der Vorräte. Fleisch, Gewürze und Butter, der Brei der Bauernfamilie, Gänseschmalz und frisches Brot, in dessen Kruste kleine Holzkohlenstückchen steckten, dazu ein Krug Wein, der sich langsam am Feuer erwärmte. Der Prinz winkte den Menschen, sich zu ihnen zu setzen und gemeinsam das Mahl einzunehmen. Bald versammelte sich das ganze kleine Dorf im warmen Stall, und alle wurden satt. Die Bauern rülpsten und dankten den Fremden für das Festmahl.

Als die kleinen Kinder schliefen, fing Belangere an, wegen der Zugochsen und dem Treiber zu verhandeln.

Hakonwulf machte sich derweil sein Lager im Heu, rollte sich in den Mantel und zog Felldecken über sich. Schnell schlief er ein; aber dreimal wachte er in der Nacht auf, weil er im zugigen Wind fror. Die Kälte zog durch Ritzen und Spalten, breiter als zwei Finger, ungehindert herein und wurde von der warmen Luft über der Glut durchs Dach hinausgerissen. Trotzdem war es weniger eisig als zwischen den Dünen und im Wald.

Sie quälten sich langsam weiter nach Süden. Die Straße, die nach dem ersten Tauwetter in bodenlosem Schlamm versank, führte gen Sonnenuntergang durch Eibenwälder, über ein Hochmoor, mehrere Male entlang des Meeres und schließlich ins Landesinnere. Einen Tag, bevor sie die Rauchsäulen und die Dächer von Kingsgarden in der Ferne erkennen konnten, kamen sie durch einen lichten Buchenwald. Es wurde wieder kälter, und der Boden überzog sich mit einer Frostschicht. Gubo, der Treiber aus Kilderran, munterte die erschöpften Ochsen mit Stockschlägen auf; aber die mageren Tiere blieben immer häufiger kraftlos stehen und fraßen altes Laub von Haselnusssträuchern und Weißdorn.

»Diese Straße, beim Zorn des Herrn, ist für Langsame gemacht!«, rief Ritter Bronzefist.

Belangere hatte den Hengst wieder eingeschirrt, er und Bjarn hatten sich die Seilschlingen um die Oberkörper gelegt und halfen den Zugtieren. Das Knirschen der abgewetzten Kufen erzeugte stundenlang das gleiche leiernde Geräusch.

»In Kingsgarden, Ihr Herren, könnt Ihr sicherlich feurige Pferde kaufen.« Der Bauer hatte kein Erbarmen mit seinen ausgemergelten Ochsen. »Wie es Euch gebührt.«

Hakonwulf trottete mit Bronzefist und Aarebrand hinter dem Gefährt einher. Die Straße schien nur aus Krümmungen, Steigungen und starkem Gefälle zu bestehen; selten ging es mehr als drei Bogenschüsse weit geradeaus.

»Erst einmal in die Stadt. Und ins Badehaus.« Aarebrand lüpfte seine Mütze. »Ein Land, so leer, dass es Gott erbarmt.«

»Immerhin – keine Wegelagerer«, murmelte Bronzefist.

Mitten im Hohlweg auf der Kuppe eines Hügels wurde die Straße auf einmal breiter und ebener. Kalkigweißer Boden erschien unter dem Schmutz. Die Buchenstämme wichen nach beiden Seiten zurück; neben einem Meilenstein lagen einige Klafter Holz.

»Die Stadt«, sagte der Gespannführer. Die Ochsen blieben stehen. Bjarn nahm zwei Bündel Heu vom Einbaum und ging nach vorn. Gierig fraßen die Tiere die graugelben Halme und vom Korn aus dem Kopfsack des Pferdes. Hakonwulf drehte den Kopf, zuckte zusammen und zeigte auf einen kahlen Hügel, ungefähr zweihundert Schritte entfernt. Rabenvögel kreisten im dichten Schwarm um ein Holzgerüst; einzelne Aasvögel stießen schräg herunter, und andere flatterten von dem Winkelgerüst auf.

»Ritter Belangere! Seht! Was ist das?«

»Ein Galgen«, sagte Belangere. »Und ein Gehenkter.«

Hakonwulf ging zum Straßenrand und betrachtete die Gestalt mit steigendem Entsetzen. Ein barfüßiger Mann in Lumpen hing in einer Seilschlinge vom Querbalken des Bohlengerüstes. Die Aasvögel hatten die Augen des Gehenkten ausgehackt und rissen

Fleisch aus der Haut. Zwischen den Lumpen bedeckten klaffende, blutlose Wunden den Körper, der sich langsam drehte. »Unsereiner kennt das«, sagte Bjarn und schüttelte sich. »Gerechte Strafe für Diebe, Mörder und Betrüger.«

»Ich habe darüber in Gandalons Büchern gelesen«, flüsterte Hakonwulf. Die Gestalt pendelte hin und her, die Vögel krächzten und schlugen mit den schwarzen Flügeln. »Aber so ...« Er zog die Schultern hoch. Plötzlich fror es ihn wieder. Die Wirklichkeit dieses grauen Tages, vor dem farblosen Bild der kleinen Stadt, überdeckte seine Vorstellungen von Camelots goldenen Dächern.

»Das also ist Kingsgarden, fernab des Meeres«, sagte Aarebrand. »Ein trefflicher Empfang!«

Ein großes Tal, wie eine flache Schüssel geformt, öffnete sich den Blicken. In der Mitte, von Mauern und Palisaden begrenzt, lag neben einer hölzernen Brücke das Städtchen. Zwanzig Dutzend schmalbrüstiger Häuser reckten spitze Dächer in den grauen Himmel. Dicke und dünne, graue und schwarze Rauchwolken stiegen auf und kippten, wie Halme eines Kornfeldes, nach Norden.

»Weiter«, meinte Belangere. »In vier Stunden sind wir dort.«

Im Frühling und im Sommer, wenn keine schwarzen Vögel über dem schmalen Stadtgraben flatterten, war das Land um Kingsgarden sicherlich schön. Jetzt wirkte es trostlos. Die Stille wurde unterbrochen, als sich der Zug in Bewegung setzte und, hangabwärts, bis zur Brücke knirschte.

Das Tor am Ende der Brücke, zwischen zwei kantigen Türmen aus Bruchstein und gebrannten Ziegeln, stand weit offen. Zwei Bewaffnete starrten den Zug mit großen Augen an.

»Wir sind, wie man nur schwer erkennt, fünf Ritter und Knappen auf dem Weg nach Camelot. König Ethelred lud uns ein.« Ritter Belangere schob die nassen Mantelsäume auseinander, so dass die Torwachen den glänzenden Schwertknauf sehen konnten. »Wir suchen eine Unterkunft für einige Nächte, wollen Pferde kaufen und unsere Kleidung waschen und flicken lassen.«

Misstrauisch betrachteten die Männer das Ochsengespann. »Und der da?«

»Ein Bauersmann aus Kilderran. Er will, denke ich, auch baden, seine Ochsen füttern und unterstellen und bald zurücktreiben.«

»Die Herberge ist am Kirchplatz, Herr Ritter. Ihr seid seltene Gäste zu dieser Zeit.«

»Ich hoffe nicht, dass die Nordmannen willkommener sind.«

»Habt Ihr sie gesehen? Jetzt, im kalten Winter?«

Hakonwulf schüttelte den Kopf und griff nach dem Zügel. »Nein. Wahrscheinlich sind sie erfroren, als sie wie wir auf Einlass nach Kingsgarden gewartet haben.«

Die Posten gaben den Weg frei. »Der Wirt, Jonson heißt er, zeigt Euch den Rossmarkt und alles.«

»Habt Dank«, sagte Bjarn. Durch enge Gassen voller Unrat bewegte sich der Zug, von graugesichtigen Frauen und Männern bestaunt. Vor der Herberge, einem breiten Haus aus Lehmziegelflechtwerk auf einem Steinsockel, schirrte der Treiber die Tiere ab. Bronzefist und Belangere zwängten sich durch die geschnitzte Tür und kamen einige Atemzüge danach mit einem kleinen, breitschultrigen Mann zurück.

»Die Ochsen und das schöne Pferd in den Mietstall. Gleich kommen die Knechte, um Euch beim Abladen zu helfen. Eins, zwei ... sechs Strohlager? Man rühmt meine Küche und meinen Wein, die Herren. Ihr seht aus, als kämt Ihr von weit her?«, sagte er diensteifrig.

»Ihr würdet es nicht glauben, Herr Wirt, wo unsere Wanderung begann.« Aarebrand verschränkte die Arme vor der Brust. »Aber sie endet, wie auch immer, am Hof König Ethelreds.«

Einige Frauen und Männer, die im dünnen Schneetreiben über den Kirchplatz hasteten, blieben neugierig stehen. Das Tor in der Mauer knarrte auf. Mürrische Männer trugen die Ballen, Packen, Schilde und Sättel ins Innere einer dämmerigen Scheune.

»Habt Ihr Futter für die Ochsen und den Hengst?«

Der Wirt verbeugte sich. »Für alles wird gesorgt, Ihr Herren!«

Hakonwulf dachte sehnsüchtig an eine Badestube voller Dampf und heißem Wasser in den Zubern.

»Unser Freund hier isst an unserem Tisch.« Bronzefist deutete auf den Bauern.

»Und morgen, Herr Wirt, zeigt Ihr uns, wo wir kaufen können, was wir brauchen«, bat Hakonwulf. »Doch zuerst: Habt Ihr ein Badehaus?«

»Hinten im Haus. Der Mauer zu, junger Herr Ritter.«

Der wichtigere Teil des Gepäcks wurde in niedrige Zimmer gebracht. Belangere und Hakonwulf hängten ihre feuchten Mäntel an die staubigen Balken.

Es war Nachmittag, in der Gaststube herrschte Ruhe. Bjarn versuchte, den Einbaum zu verkaufen und, falls niemand dafür zahlen wollte, auch zu verschenken, vielleicht als Holz für das Kaminfeuer. Die Sättel, Lanzen und Schilde waren sicher im warmen Stall aufgehängt.

»Altes, zusammengebackenes Stroh«, sagte Hakonwulf und befühlte sein Lager. »Auch diese Herberge, ein Teil meiner Träume vom goldenen Camelot, ist wenig prunkvoll.«

»Eine ist wie die andere.« Bronzefist zuckte mit den Schultern. »Wir sind nicht im Palas und in Thules sauberen Kemenaten.«

»Ich weiß.« Hakonwulf sagte sich, dass sie zwischen Mauern und unter dem Dach warm und geschützt schlafen konnten und ohnehin nur wenige Tage in dieser trostlosen Umgebung zubringen wollten.

Die Aufregung, die ihn seit dem ersten Blick auf Kingsgarden erfüllte, hatte dennoch nicht nachgelassen. Zum ersten Mal in seinem Leben war er innerhalb einer Stadtmauer Britanniens. Es gab für ihn soviel zu entdecken, auch wenn im Stroh viele Flöhe und Wanzen hausten. Er sah sich in der ärmlichen Kammer um und sagte: »Ritter Bronzefist, ich geh ein wenig durch die Gassen und seh mich um. Wenn's dunkel wird, treffen wir uns in der Wirtsstube.«

»Behalt die Hand am Dolch, Prinz. Wir sehen hier nach dem Rechten.«

Langsam spazierte Hakonwulf entlang engstehender, schmaler Häuser, durch Gassen, die nicht breiter waren als die Entfernung zwischen den Fingerspitzen seiner ausgestreckten Arme. Aus schmalen Fenstern leerten Frauen kaltes Schmutzwasser und dampfende Nachttöpfe in den Morast zwischen Treppen und Türen. Ein Reiter galoppierte rücksichtslos durch eine Menschenansammlung, die einem jungen Mann mit langer Feder am Hut zuhörte. Hakonwulf sah einem Schmied beim Hämmern zu, roch schwelendes Holz aus einer Gasse, wo Männer lange Fassdauben mit heißen Eisenreifen zusammenschlugen.

Die Stadt war wie eine Burg, nur größer und sehr viel schmutziger als die Burgen in Thule und auf der Waldinsel.

10

Hakonwulf musterte neugierig die Gesichter der Städter; die ihn nicht weniger interessiert betrachteten. Hinter schwach beleuchteten Fenstern wurden Stoffe, Krüge, Holzwaren, Milch, Käse und andere Waren feilgeboten. Obwohl Hakonwulf sich zwang, langsam zu gehen und alles genau anzusehen, war er schon in weniger als zwei Stunden wieder auf dem unregelmäßig kreisförmigen Platz. Frauen schleppten Krüge und volle Wassereimer an Tragehölzern über den Schultern in die Häuser. Die Kirchentüren waren geschlossen, aber eine schmale Tür zwischen den nassen, von grünem Moos bewachsenen Mauern stand halb offen. Hakonwulf trat näher, hörte vielstimmigen, eintönigen Gesang und die laute Stimme eines Predigers.

Er verstand die Worte und hörte mit angehaltenem Atem zu.

»... Engel mit den sieben Posaunen hatten sich gerüstet und huben an. Und der erste Engel posaunte; und es ward ein Hagel und Feuer, mit Blut gemengt, und fiel auf die Welt, und der dritte Teil der Welt verbrannte wie der dritte Teil der Bäume und alles grüne Gras. Und der zweite Engel posaunte, und es fuhr wie ein großer Berg mit Feuer brennend ins Meer, und der dritte Teil des Meeres ward Blut, und der dritte Teil der lebendigen Kreaturen im Meer starb, und der dritte Teil aller Schiffe ging zugrunde.«

Ein dumpfes Stimmengewirr antwortete: »Erbarme dich unser, o Herr. Herr, erhöre unsere Gebete ...«

Hakonwulf taumelte und stützte sich an der Mauer ab. Er wollte die Worte nicht mehr hören: Sie sprachen vom Weltuntergang, an den er nicht glauben mochte. Er ging die steinernen Stufen wieder hinunter und sah in den Häusern am Marktplatz die ersten Kerzen, Kienspäne und Talglampen aufleuchten. Ein seltsames Gefühl beschlich ihn. Wäre er allein hier, würde er sich fremd und ausgestossen fühlen. Aber im Schutz der Ritter, seiner erfahrenen Freunde, hatte er nichts zu fürchten. Aber fürs Erste hatte er genug gesehen. Er lief zurück zur Herberge.

Weniger als fünf Dutzend Gäste fanden in Jonsons Gaststube Platz. Bier schäumte aus großen Tonbechern. Die sechs Männer passten gerade an einen halben Tisch, und Hakonwulf erkannte, dass seine Freunde ebenso erschöpft waren wie er selbst.

»Hierher mit der Suppe!«, rief Belangere der Magd zu. Sechs Näpfe klapperten auf den Tisch, die Holzlöffel steckten in dem dünnen Brei aus Bohnen, kleinen Fleischbrocken und weichem Gemüse. »Und noch eine Runde Bier, schöne Maid!«

Bronzefist verzog das Gesicht und löffelte die Suppe, tauchte Brot ein und streute Salz in den Napf. Die Tür ging knarrend auf; feuchte Luft wirbelte Funken aus der Glut, über der ein Junge Spieße voller Bratenstücke würzte und drehte. Zwei Musikanten und eine junge Frau kamen herein, fanden ihre Plätze und nickten lächelnd in die Runde.

Es dauerte lange, bis jeder Gast seine Suppe, Brot und Braten vom Spieß, Fisch, Butter und Käse hatte; Messer steckten in den Tischen, Bier und Wein liefen in dünnen Rinnsalen zwischen Körben und Schalen. Die Frau zupfte an den Saiten der Harfe und summte, ein Mann schlug den Takt mit Kürbisrasseln und auf einer Handtrommel, der andere blies in eine lange Flöte. Gelächter, abgerissene Klänge der Musik, das Kreischen der Mägde, wenn die Gäste nach ihnen griffen, Rauch, Gerüche und Hitze: Schweigend blickte Hakonwulf bis in die Ecken und glaubte zu erkennen, dass mit wenigen Ausnahmen jeder zu schnell und zu viel trank. Es wurde lauter, in Stimmengewirr, Flüchen und Gelächter ging die Musik unter. Die nächsten Stunden des späten Abends verschwammen vor Hakonwulfs Augen. Schattenhaft nahm er wahr, dass auch die Ritter eifrig dem Bier zusprachen, dass ein dicker Schlächter mit der Harfenspielerin tuschelte und hinter ihr die Holzstufen nach oben stieg, dass die Nichtstuer immer fröhlicher wurden, mit den Mägden scherzten und dass vier Frauen mit bemalten Lippen hereinkamen, Wein tranken und jedem Mann in die Augen starrten. Der Prinz gähnte und kletterte mit weichen Knien die Treppe hinauf.

Ritter Belangere hob die Hand und legte sie auf die Brust des Rosshändlers. Seine Stimme klang wenig freundlich. »Acht Pferde brauchen wir, Mann!« Er deutete auf vier Tiere, die vor dem Haus an dem Balken festgebunden waren. »Und die besten, die du hast, für diesen angemessenen Preis. Diese vier wirken gesund und kräftig ... ich rate dir, uns mit den restlichen nicht zu betrügen.« Er öffnete die andere Hand und zeigte eine goldene und drei Silbermünzen. Der Rosshändler blickte von den Münzen in des Ritters Gesicht, dann hinüber zu den Tieren. »Zuerst diese vier, Herr, Ihr werdet Eure helle Freude an ihnen haben.«

»Das werden wir wissen, wenn wir sie geritten haben«, sagte Aarebrand. »Wir brauchen keine lahmen Ackergäule.«

Die Ritter griffen die Muskeln unter der Haut ab, schoben die Lippen hoch und betrachteten die Zähne, zogen mit spitzen Fingern Kletten aus Mähnen und Schweifen. Bronzefist bemerkte: »Für diesen Preis wirst du die Schindmähren gefälligst waschen, striegeln und kämmen, und die Hufe ausschneiden und beschlagen lassen. Und jetzt zeig uns die anderen vier.«

Die Rossknechte führten ein Pferd nach dem anderen aus dem Stall. Nur Belangeres eigener Rappe war ein zugerittenes Ritterpferd, das sich im Kampf richtig verhielt; die anderen Pferde würden erst in mühsamer, langwieriger Arbeit ausgebildet werden müssen. Der Ritter würde auch dies von dem Preis, den der Händler genannt hatte, abziehen.

Aarebrand entschied sich für einen braunen Wallach. Hakonwulf erstand einen Grauschimmel, der jung und stark wirkte. Belangere prüfte das Tier sorgfältig und nickte Hakonwulf zu. Weitere Pferde benötigten Hakonwulf und seine Freunde als Packtiere. Auch sie wurden sorgfältig in Augenschein genommen.

Nachdem Bjarn eine schwarze Stute mit glänzendem Fell gestreichelt und ihren Hals geklopft hatte, drehte er die Hände um: Sie waren kohlschwarz. Wütend hielt er sie dem Rosshändler vors Gesicht. »Willst du an den Galgen?«, schrie er.

Ein Knecht führte hastig die Stute in den Stall zurück.

»Es ist gute Salbe, Herr!« Der Händler streckte seine Arme zum Himmel. »Kein Ruß, keine Farbe, Herr Ritter. Damit vertreibe ich das Ungeziefer aus dem Stall.«

»Verkauf deine Salbe besser an Jonson!«, fauchte Bjarn. »Und sei ganz gewiss: Bis heute Abend wissen wir alles, was du uns sonst noch unterschieben willst.« Zu Hakonwulf sagte er: »Mit Fett, Ruß und einer guten Bürste macht man nämlich Felle glänzend und angeblich kranke Tiere gesund.«

Belangere gab dem Händler eine Silbermünze. »Dies als Anzahlung, solange wir deine Pferde ausprobieren. Heute Nachmittag bringst du uns die Pferde wie ausgemacht, und heute Abend bist du entweder ein reicher Mann, oder du wirst vor dem Rat der Stadt angeklagt.«

Der Rosshändler senkte den Kopf und brachte sich vor einem auskeilenden Tier in Sicherheit. »Ich werde mich hüten, einen Ritter zu betrügen, meine Herren!«, beteuerte er. »Überdies kauft sonst keiner im Winter meine schönen Tiere, nicht eines davon. Ihr hattet die größte Auswahl.«

»Und hoffentlich auch das meiste Glück«, sagte Bronzefist und machte ein grimmiges Gesicht. »Bis später.«

Der Händler verbeugte sich, rieb die kalten Finger aneinander und erschrak, als der schwarze Hengst schrill wieherte. »Euer Hengst, Herr Ritter, birst vor Kraft. Achtet wohl darauf, dass er Euch nicht abwirft.«

»Keine Sorge. Man sagt, dass ich gut im Sattel sitze.« Nach fünfzig Schritten, in der Nähe der Kirche, sagte Bronzefist halblaut: »Mir scheint, dass es gute Tiere sind. Wir werden es bald wissen. Allerdings kann ein kleines Gebet nicht schaden.« Er deutete auf die Kirchentüren. »Und jetzt zu den fleißigen Näherinnen. Sie sollen auch die Flöhe und Wanzen aus den Mänteln klauben.«

»Wozu? In Jonsons Strohschütten holen wir uns sofort wieder neue.« Aarebrand bekreuzigte sich, als sie an der Kirche vorbeigingen.

Der dröhnende Nachhall der Pferdehufe auf den Brückenbalken wechselte in scharfes Knirschen über. Wasser, Sand und Schmutz wirbelten hinter den Pferden in die Höhe. Ritter Belangere an der Spitze des Zuges trieb seinen schwarzen Hengst an, der auf der Trense kauend in einen schnellen Galopp überging. Die anderen hielten bisher gut mit. Der Rosstäuscher hatte Wort gehalten und ihnen saubere, gestriegelte Tiere übergeben, neu beschlagen und mit gekämmten und gestutzten Mähnen und gebürsteten Schweifen. Hakonwulf, Aarebrand und Bjarn hatten die langen Zügel der Saumtiere an die Sättel geknotet. Die Reiter wandten sich nach links, zur südlichen Straße. Eine breite Bahn Sonnenstrahlen hatte den Winterhimmel durchstoßen und tauchte die Umgebung in hellgoldenes Licht.

Hakonwulf ritt den weißgrauen Wallach mit silberfarbener Mähne und Schweif. Der Wallach schien gutmütig zu sein und gehorchte dem Zügel. Der Atem aus seinen Nüstern bildete lange Dampffahnen. In halsbrecherischem Galopp sprengte Belangere weit voraus, auf die Bäume am Rand des weiten Tales zu.

»Er will es genau wissen!«, rief Bjarn. »Aber noch können wir mithalten: Der Kerl hat uns nicht betrogen, scheint mir.«

Hakonwulf nickte. Der Händler hatte die Pferde gut gefüttert und nicht verkommen lassen, und sie waren alle brav, dennoch bewegungsfreudig. »Du wirst dich schon an mich gewöhnen«, sagte er und klopfte den Hals des Wallachs. Die Ohren drehten sich. »Wirst es nicht schlecht haben.«

Ritter Belangere verschwand gerade auf dem schwitzenden Rappen, von dessen Gebiss weißer Schaum flockte, hinter den Büschen eines Hohlweges. Hakonwulf sah, dass der Abstand zwischen ihm und Bronzefist zu groß geworden war. Er gab die Zügel frei, und sein Grauschimmel wechselte augenblicklich vom leichten in Renngalopp. Hakonwulf lachte fröhlich. Der Wallach war besser ausgebildet als gedacht. Als er zum Saumpferd Bjarns aufholte, hörte er durch den prasselnden Hufschlag und das Schnauben der Pferde lautes Geschrei aus dem Hohlweg.

»Ich rieche Gefahr und Abenteuer!«, rief Aarebrand.

Er preschte davon. Rufe, raues Gelächter, wiehernde Pferde und schwer deutbare Geräusche kamen aus dem Hohlweg, der den Klang wie eine Doppelmauer zurückwarf. Als Hakonwulf die Stelle erreichte, an der die Straße in den Hohlweg mündete, standen seine Freunde und die dampfenden Pferde nebeneinander und blickten auf Ritter Belangere und einen anderen Ritter, der in voller Rüstung war und die Lanze senkrecht hielt. Hakonwulf drängte seinen Schecken neben Bronzefist und schaute ebenso erstaunt.

» ... übergebt mir Eure Habe, oder kämpft ritterlich mit mir.« Aus dem Helmoval, vom Hersenier umrahmt, sahen große Augen und ein mächtiger Schnurrbart hervor. Auf dem dreieckigen Schild des Fremden funkelte eine schwarze Eule mit großen roten Augen. Ein Schimmel tänzelte unter dem Ritter; in einigem Abstand wartete ein gerüsteter Knappe.

Ritter Belangere lachte wieder und rief: »Wie soll ich kämpfen, namenloser Ritter? Ohne Waffen? Soll ich Euch erdrosseln oder mit dem Zügel würgen?«

»In König Ethelreds Land habe ich noch keinen Feigling wie Euch gesehen. Kämpft, oder gebt klein bei!«

Hakonwulf drehte den Kopf und sah in die Gesichter der wartenden Freunde. Keiner hatte mehr mitgenommen als Schwert und Dolch; sie trugen nicht einmal Mäntel.

Ritter Belangere breitete die Arme aus. »Heute Abend, oder morgen, mein Herr, tjoste ich gern mit Euch. Aber nicht jetzt. Habt Geduld, oder trollt Euch.«

Hakonwulf verharrte in begeisterter Erwartung. Solche Geschehnisse kannte er aus den Büchern und vielen Erzählungen der Ritter, in Thule und auf der Waldinsel. Aber heute erlebte er sie zum ersten Mal leibhaftig! Was sich hier im Hohlweg anbahnte, war ein Traum, der zur Wirklichkeit wurde. Er langte vorsorglich nach unten und öffnete die Schnalle der Satteltasche. Er zog, ohne recht zu wissen, warum, die Lederschnur mit den schweren Kieseln aus der Tasche und legte sie, halb zusammengeschlungen, auf sein rechtes Knie. Hakonwulf erinnerte sich an die Kämpfe in Thule: Belangere, der ihn so vieles gelehrt hatte, war der Beste und Stärkste. Normalerweise würde er sich keine Gedanken machen; aber Belangere war nicht ausreichend bewaffnet, und der fremde Ritter schien nicht gewillt, einzulenken.

Ritter Bronzefist rief: »Zumindest sollten wir so höflich sein, einander vorzustellen! Ich bin Ritter Bronzefist, und dies«, er deutete nacheinander auf die Männer, »sind die Ritter Aarebrand und Belangere. Wer seid Ihr, Namenloser?«

»Man nannte mich einst Tarlon, den Unsichtbaren.«

»Dann, Ritter Tarlon, werden wir morgen, wenn sich die Sonne zögernd erhebt, aufeinandertreffen«, versuchte Belangere es noch einmal. »Ich stehe zu meinem Wort; meine Freunde sind Zeugen. Reitet Eurer Wege, oder geduldet Euch! Wir sind harmlos wie Igel im Winter.«

»Ich bin allein und will Euch aus dem Sattel heben«, schrie Tarlon jedoch.

Allmählich riss Belangere der Geduldsfaden. Er winkte mit beiden Händen ab, zerrte am Zügel und ließ den Hengst zurücktreten. »Ich werde Euch, Tarlon, zu Boden stampfen! Aber nicht mit blossen Händen, bei Eurer und meiner Ritterehre!« Der Ritter, sonst stets ruhig und überlegt, hatte die letzten Worte gebrüllt. Er hob zum letzten Mal zum Zeichen des Friedens die Hand und fügte ruhiger hinzu: »Kommt mit uns in die Stadt. Badet, esst und trinkt. Und morgen zeigen wir den Kingsgardnern, wie ein ritterlicher Tjost aussieht.« Etwas leiser sagte er: »In der Stadt gibt's viele Wundärzte, die sich dann um Eure Blessuren kümmern werden.«

»Und ich behaupte«, rief der Eulenritter, »dass Ihr ein Hasenfuß seid!«

»Besser ein Hasenfuß als in einem ungleichen Kampf mit einem Loch in der Brust gesegnet.« Belangere wandte sein Pferd und winkte den anderen. Zusammen mit den Freunden trabte er los, den Weg zurück.

Der fremde Ritter zögerte, drehte den Kopf hin und her, riss dann den Schild in die Höhe und senkte die Lanze.

Hakonwulf wartete noch am rechten Straßenrand, fast schon im Graben. Zwischen seinen Fingern lagen die dünnen Lederriemen. Er beobachtete den Fremden eindringlich. Er schien von grobem Wesen und harscher Art zu sein – und er war unsicher, was er tun sollte. Sein Pferd tänzelte auf der Stelle. Er hob die schwarzgefärbte Lanze, senkte sie wieder, schwenkte sie hin und her. Hakonwulf fühlte Furcht und Erregung im gleichen Atemzug. Was sollte er tun?

Schließlich entschloss sich Ritter Tarlon zum Angriff. Er hob die Schildkante bis zum Kinn, brachte die Lanze in Position, riss am Zügel und rammte dem Pferd die Sporen in den Bauch. Das Tier wieherte wimmernd und keuchend, bäumte sich auf und sprang nach vorn. Hakonwulf sah, dass zwischen der Lanzenspitze des Fremden und den Schulterblättern von Herrn Belangere nicht viel Abstand war. Keine Zeit mehr, den Ritter zu warnen. Er hob den Arm, wirbelte die Lederschnüre über dem Kopf und hörte das Pfeifen, das heller und schneidender wurde. Als das Pferd des fremden Ritters nahe genug herangaloppiert war, schleuderte er seine Waffe fort. Das Leder spannte sich, die Kieselsteine wirbelten, und die Schnüre wanden sich blitzschnell um die Vorderbeine von Tarlons Pferd. Das Tier keuchte auf, prustete und riss den Kopf zur Seite, als es stolperte und stürzte.

Im gleichen Augenblick drehte sich Ritter Belangere im Sattel, sah, was hinter ihm geschah, duckte sich und drehte seinen Rappen auf der Hinterhand.

Der fremde Ritter flog mit rudernden Armen über den Sattelknauf und den Hals seines Pferdes. Die Lanze flog nach links, der Schild wirbelte nach rechts, der Helm rutschte vom Kopf zwischen die Ohren des Pferdes, das sich mit wirbelnden Hufen überschlug. Das Tier grunzte und wieherte, versuchte auf die Hufe zu kommen, doch die Vorderbeine waren noch gefesselt, und es stürzte wieder.

»Sehr gut«, sagte Hakonwulf leise zu sich und sah zu, wie sich der fremde Ritter im Schmutz und Schlamm der Straße zwischen neben den um sich schlagenden Pferdebeinen in Sicherheit zu bringen versuchte. Der Knappe des fremden Ritters galoppierte aufgelöst herbei und kam seinem Herrn zu Hilfe.

Kopfschüttelnd ritt Belangere an Hakonwulfs Seite. »Warst du der Retter des heimtückischen Überfalls, Prinz?«, fragte er.

Hakonwulf sah die dicken Schweißperlen auf seiner Stirn und der bärtigen Oberlippe. Er nickte. »Ich habe Euch mit Gottes Willen vor einem schlimmen Ende bewahrt.«

»Lasst und verschwinden«, schlug Aarebrand vor, und sie galoppierten den Hohlweg zurück. Hakonwulf, der sich noch einmal umdrehte, sah, wie sich der fremde Ritter aufrappelte, hinter den Reitern die Fäuste schwenkte und kaum verständliche Flüche und Verwünschungen ausstieß.

Bald darauf erreichten sie die Stadtbrücke. »Der erste Becher ist für dich, Prinz Hakonwulf! Hab dank für deine Umsicht«, sagte Belangere. »Verrate mir, was haben wir daraus gelernt?«

»Ich weiß es nicht«, gestand Hakonwulf.

»Dass ein Ritter niemals ohne alle seine Waffen im Sattel sitzen sollte. Selbst im Winter lauern die Schurken im Hohlweg und wollen wissen, wer der Stärkere oder Bessere ist.« Grimmig fügte er hinzu: »Morgen früh zeige ich ihm, dass die Straße frei für jedermann ist.«

Hakonwulf nickte; er war sicher, dass Ritter Belangere jeden Tjost und jeden ritterlichen Überfall für sich entscheiden würde.

Sie zahlten dem Händler den Rest der Kaufsumme, rieben die braven Pferde trocken und gaben ihnen Wasser, Heu und Stroh.

Bronzefist und Belangere fragten bei den Mönchen im kleinen Kloster und beim Rat von Kingsgarden nach dem besten und sichersten Weg, der sie nach Avebury und zum Hofe des Königs bringen konnte.

Abends saßen sie wieder in der Gaststube und ließen sich unterhalten.

Die Gaukler und Spielleute amüsierten und sangen nicht nur, sondern berichteten Neuigkeiten aus Dörfern und Städten, die auf ihrem Weg durch das Land lagen: von Henkern und Gerichtsverfahren, von einem Mann, der versichert hatte, er könne Gold aus unedlen Metallen herstellen, von Überfällen der Nordmannen, die hinter sich nur verbrannte Ruinen, leere Häuser und Erschlagene ließen. Hakonwulf hörte zu und versuchte, Wahrheit und Übertreibung auseinanderzuhalten.

Bjarn, der als Letzter eintraf, brachte die sauberen Hemden und Mäntel. Sie waren trocken und rochen nach Holzasche. Er setzte sich neben Hakonwulf und sagte: »Ritter Belangere meint, wir sollten morgen reiten. Einen sauberen, warmen Platz finden wir im Weiler Garreth, einem Ort, an dem man unsereinen gern sieht.«

Hakonwulf nickte. »Das glaube ich gern. Sie haben Angst vor den Nordmännern. Die Drachenschiffe wagen sich hier selbst im Winter an die Küsten und ins Land hinein, wie ich gerade erfahren habe.« .« Hakonwulf deutete auf einen jungen Mann im Flickenkittel, der fünf Bälle in die Luft warf, mit der anderen Hand auffing, so dass die Finger jeden Ball nur einen Augenblick berührten. »Sie kommen aus Garreth.

Aarebrand sah sich in der Tischrunde um. »Reiten wir morgen? Selbst wenn wir auf den wenig unsichtbaren Tarlon treffen?«

»Wir reiten, Freunde.« Ritter Belangere hob die Faust. »Obwohl es unbequem ist: Wir reiten in Harnisch und Waffen.«

Am frühen Morgen brachen sie auf. Ein schielender Bettler, der von Hakonwulf eine Kupfermünze bekommen hatte, winkte ihnen hinterher.

»Schielende Bettler bringen Unglück, Prinz. Merk's dir«, knurrte Bjarn.

»Unsichtbare Ritter sind auch keine Vorboten schöner Tage.« Aarebrand galoppierte an und riss kurz am Zügel des Lastpferdes. »Kaum sind wir wieder im Sattel, scheint die liebe Sonne. Es wird Frühling, meine Herren!«

»Gerade erst ist es tiefster Winter!« Ritter Belangere führte die Gruppe im leichten Galopp gen Süden an.

Hakonwulf hörte das vertraute Rascheln der Pfeile im Rückenköcher und überließ sich seinen Gedanken. Kaum ein Knappe oder Ritter war wie er ein Königssohn. Die meisten Ritter durchstreiften das Land und hatten Gastrecht am Hof eines Königs, denn sie brachten Nachrichten von überall und kämpften, wenn ihr Gastgeber angegriffen wurde.

Jeder fahrende Ritter brauchte aber irgendwann ein Lehen, ein Stück Land, in dem Bauern ackerten und Handwerker arbeiteten. Er sorgte für sie, wenn es nötig war, und sie ernährten ihn, seine Familie und die Diener und Knechte; sie mussten beim Bau der Burg helfen. Hinter die schützenden Mauern flüchteten die Landbewohner, wenn Angreifer, solche wie die Drachenschiffmänner, brandschatzend, mordend und plündernd durchs Land zogen. Jedermann brauchte den anderen, den Nachbarn oder seinen Lehnsherren. Nur der König verteilte Land, machte Knappen zu Rittern und gestattete Mönchen, Kirchen und Klöster zu bauen, Bier zu brauen und den Bauern zu zeigen, wie Äcker, Gärten und Kornfelder besser gediehen. Vater Greiff hätte seinen ritterlichen Freunden gegeben, was sie brauchten – auf Thule. Nun lag vor ihm, Prinz Hakonwulf, unbekanntes Land, wie er es geträumt und gesucht hatte. Er ritt im sicheren Schutz seiner Freunde, und es dauerte nicht mehr lange, bis er am Hof König Ethelreds war, zwischen Knappen und Rittern aus aller Herren Länder.

Ohne es zu wollen, war er einen Steinwurf hinter Ritter Aarebrand zurückgeblieben. Sie hatten den Hohlweg am Talrand hinter sich gelassen; die Straße führte in weiten Bögen durch einen dünnen grauen Wald. Pferde wieherten, hart dröhnte Hufschlag auf, laute Rufe erschollen. Hakonwulf riss den Kopf herum, als er das unverkennbare Klirren von Metall hörte.

»Der Eulenritter!« Bjarn winkte Hakonwulf. Der Lärm nahm zu, als die Reiter die Stelle erreichten, an der sich die Straße zu einem Wegekreuz verbreiterte. Ritter Tarlon schien sie erwartet zu haben: Er saß in voller Rüstung im Sattel und hob die schwarze Lanze.

»Heute, Herr Ritter Tarlon, stelle ich mich dem Waffengang!« Belangere hielt sein Pferd an. »Welche Regeln lassen wir gelten?« Bjarn gab Hakonwulf den Zügel des Packpferdes, trabte zu seinem Ritter und half ihm, die Satteltaschen abzuschnallen und jeden Knoten, jede Schnalle der Riemen nachzuprüfen. »Der Besitz des Verlierers gehört dem Sieger?« Belangere schien an seinem Sieg nicht zu zweifeln.

»Euer feiner Rappe wird mir gut dienen, Herr Belangere.« Unter dem tropfenförmigen Helm mit der fingerlangen Spitze zeigte Tarlon ein bartstarrendes, schmutziges Gesicht mit dunklen Augen unter grauem Haarschopf. Sein Knappe wartete abseits beim Packpferd.

»Seid Ihr bereit, Herr Tarlon?«

Die streitenden Ritter waren zweihundert Schritte voneinander entfernt. Langsam kam Belangere auf seinen Gegner zu; das Kinnband des Helms war festgezurrt, und er hielt die Oberkante des Schildes bis zum Kinn. Sonnenstrahlen funkelten auf dem Mond und dem Stern seines Wappens.

»Largesse, Largesse, edle Ritter!« rief Bronzefist. Beide Ritter senkten die Lanzenspitzen. Aus dem Trab wurde ein scharfer Galopp. Die Lanzen deuteten auf die Schilde, die Pferde schnaubten und prusteten. Niemand sagte etwas, jeder wartete mit angehaltenem Atem auf das Aufeinanderprallen. Die stumpfen Enden der Speere mit drei eisernen Nasen wippten zuerst, dann richteten sie sich auf die Mitte des Körpers, auf das Wappen des Schildes. Die Hufe wirbelten Steine und Erdbrocken in die Höhe. Als die Pferde die höchste Geschwindigkeit erreicht hatten, als sich beide Ritter im Sattel vorbeugten und in die Steigbügel stemmten, trafen beide Lanzen. Die Spitzen krachten auf die Schilde, die gegen die Körper schlugen. Die Schilde kippten, als die Enden der Lanzen blitzschnell abrutschten.

Tarlons Lanze rutschte über Belangeres Schulter, Belangeres Speer traf den Wappenrock und die Brust des Gegners. Tarlons Oberkörper kippte nach hinten. Seine Stiefel verloren den Halt und wurden aus den Steigbügeln gezerrt. Er riss die Arme auseinander, der Schild glitt vom schlenkernden Unterarm. Tarlon wurde über die Kruppe des Pferdes geschleudert, hing einen Moment lang in der Luft und krachte schwer, sich überschlagend, zu Boden. Er stieß einen gellenden Schrei aus, bevor sein Helm davonkollerte. Bronzefist fing den Zügel des Pferdes auf, das den Kopf hochriss und durchzugehen drohte.

»Nun habe ich endlich ritterliche Waffen«, freute sich Bjarn und glitt aus dem Sattel. Er hob die Lanze auf, fand den zerbeulten Schild und trug beides zu seinem Pferd. Belangere war ein Stück weitergaloppiert, wendete und näherte sich der Kampfstätte im wiegenden Trab.

»Halt«, rief er. »Es mag sein, dass Tarlon den Tag mit einem Schwertkampf beenden möchte?«

Tarlon kam auf die Knie, schüttelte den Kopf und versuchte sich aufzurichten. Er stöhnte vor Schmerz, als er den linken Arm bewegte. Sein Knappe rannte herbei und half ihm aufzustehen.

Belangere beugte sich aus dem Sattel. »Wir haben keine Lanzen gebrochen«, sagte er laut. »Wollt Ihr den Kampf fortsetzen?«

Tarlon stöhnte. Schweiß lief unter dem Kettengewebe des Hersenier hervor. »Ihr habt gewonnen, Fremder«, sagte er und stützte sich schwer auf seinen Knappen. »Hier, mein Schwert.« Er nestelte mit der rechten Hand am Schwertgurt. Der Knappe löste mit zitternden Fingern die Schnallen und hielt Bjarn die Waffe entgegen.

»Wir wollen Großmut walten lassen, Herr Tarlon.« Belangere hängte den Schild an den Sattel zurück. »Auf Eurem Pferd sollt Ihr nach Kingsgarden reiten. Dort gibt es Wundärzte.«

Tarlon nickte und senkte den Kopf. Bronzefist führte das Pferd heran und half dem Knappen, seinen Herrn in den Sattel zu heben. Bei jeder Bewegung stöhnte und ächzte Tarlon. Als er stark schwankend nach dem Zügel griff, holte der Knappe aus seiner Satteltasche etwas heraus und warf es Hakonwulf zu. Er nickte, sagte aber nichts. Hakonwulf fing die zwei Steine an der Lederschnur auf, grinste und schob sie in seine Tasche.

»Ritter Tarlon«, rief Belangere, »an König Ethelreds Hof oder bei anderer Gelegenheit treffen wir uns wieder. Dann können wir bei besserer Witterung unsere Kräfte messen.«

»Ihr wart besser als ich.« Tarlon hielt seinen linken Unterarm mit der rechten Hand. »Reitet in Frieden.«

Belangere wendete sein Pferd. Er schob die klirrende Haube in den Nacken, nachdem er den Helm ans Sattelhorn gebunden hatte. Mit beiden Händen schob er das schweißnasse blonde Haar in den Nacken und dehnte seine Brust. »Weiter, meine Freunde, nach Süden. Zum Weiler Garreth. Noch lange ist es nicht Mittag, und mein wackerer Knappe hat schon ein eigenes Schwert.«

»Was mir viel Arbeit und Geld erspart, dank des großzügigen Ritters Belangere.« Bjarn hängte sich Gurt und Schwertscheide über die Schultern. Dabei sah er, dass das Leder alt und brüchig und dass auch die Scheide alles andere als prächtig war. Aber ein Stück Leder war leichter zu kriegen als ein gutes Schwert.

Am Wegekreuz wandten sie sich nach links; die Straße führte durch den Wald nach Westen, in die Richtung des weit entfernten Meeres, wie die Stadtbewohner berichtet hatten.

Hakonwulf hob den rechten Arm und hielt an. Er drehte sich im Sattel und rief: »Wir sind wieder am Meer!« Rechts und links breitete sich Wald aus. Die Straße führte in ein langgestrecktes Tal. Ein Bach lief durch das Tal und verschwand hinter Kreidefelsen. Wenn es das Meer war, das sie sahen, so bildete die Küste hier einen weiten, langen Einschnitt, einen Fjord, an dessen Ende sie standen. Die Stelle, an der jener Fjord ins offene Meer mündete, lag unsichtbar weit im Südwesten.

»Seht! Es brennt!« Aarebrand richtete sich im Sattel auf und deutete auf die Gebäude, die sich hinter kahlen Bäumen duckten. Dort stiegen vier Rauchsäulen in den nebligen Himmel.

»Von hier aus können wir nicht mehr tun als beten«, sagte Belangere. »Weiter ohne Eile.«

Sie trabten ins menschenleere Tal hinunter. Je mehr sie sich dem gegenüberliegenden Hang näherten, desto deutlicher wurden die Spuren der Bauern und Holzarbeiter. Die kleinen Wälder waren ausgelichtet, einzelne Bäume waren gefällt worden. Überall stapelten sich die Klafterhaufen der Stämme und dicken Äste. Felder und Äcker schienen an dieser Stelle größer zu sein als entlang der zurückgelegten Straßen.

Eine Mühle schob sich eine Stunde später hinter einem Obstgarten, hinter Mauern und Hecken hervor. Krähen flogen in großen Schwärmen aus der Richtung des Meeres. Zwischen den Rauchsäulen sahen die Reiter hin und wieder hell die Flammen aufleuchten.

»Ein großer Brand!« Bronzefists Augen suchten das Land ab. Nur wenige Ackergeräte standen, meist unter den rindengedeckten Dächern niedriger Hütten, am Rand der Felder. »Sieht so aus, als würde ein ganzes Dorf in Flammen stehen.«

Einzelne Wolken aus weißem Dampf erschienen zwischen dem schwarzen Rauch und vergingen rasch wieder. Hakonwulf sagte nichts, aber immer wieder, wenn er einen Teil der Meeresfläche sah, suchte er nach den farbigen Segeln von Drachenbooten.

Als die Straße ihren Lauf änderte, schoben sich vor das Bild brennender Dächer und Mauern dichte Hecken und moosbedeckte Baumstämme. Es hatte vor Stunden geregnet; große Pfützen bedeckten den Weg, und fast ständig traten die Pferde in Schlamm und aufgeschwemmte Erde. Ein Galopp hätte die Tiere binnen einer Stunde erschöpft. Ohne einen Menschen zu sehen, ritten die fünf Reiter die leichte Steigung hinauf, durch die Kehre und hielten schließlich zwischen zwei Torsäulen an, die aus dunkelroten Ziegeln gemauert waren.

»Es ist kein Dorf, wie wir es kennen.« Aarebrand setzte die Sporen ein und zwang sein müdes Pferd in scharfen Trab. »Das ist ein Kloster mitsamt Kirchturm.«

Kleine Gebäude, deren Mauern ineinander übergingen und ungewohnte Winkel bildeten, schmiegten sich zwischen zwei Hänge, die gerade einen Bogenschuss weit voneinander entfernt waren. Eine niedrige Mauer aus Steinsockel, Flechtwerk und Lehmbewurf verhinderte die Sicht auf die Häuser. Die Dachstühle waren nur noch Gerüste aus schwelenden Balken; ab und zu zischte ein Wasserguss. Jetzt hörten die Reiter auch undeutliches Geschrei und ein langgezogenes Wimmern. Im Galopp stoben sie durch die letzte Kehre und sprangen über ein zerbrochenes, auseinandergefallenes Brettertor. Zwanzig Schritte entfernt lag ein Mann auf dem Gesicht und rührte sich nicht; das Wasser der Pfütze, in der seine Arme sich ausbreiteten, war dunkelrot.

Ritter Belangere zügelte das Pferd und ließ seine Blicke über die Szene der Zerstörung gleiten. Eine Handvoll Männer mit rußgeschwärzten Gesichtern versuchte am anderen Ende des Hofes einen Brand zu löschen; eine Eimerkette ging von Hand zu Hand. Aarebrand trabte an Belangere vorbei, wich einem blutüberströmten Mönch aus und brüllte: »Wir sind Ritter und helfen euch! Was ist hier geschehen?«

Aus Qualm und Dampf, durch das Prasseln des brennenden und schwelenden Holzes rief jemand: »Die verdammten Nordmänner! Es waren mehr als fünfzig! Sie haben das Kloster überfallen.«

»Wann war das?« rief Bjarn und sprang aus dem Sattel.

»Vor wenigen Stunden.«

»Wohin sind die Nordmannen?«, wollte Belangere wissen. Er drehte sich zu Bjarn um.

»Dorthin!« Eine Frau mit aufgelöstem Haar zeigte zur Flussmündung.

»Zurück zu ihren Booten«, stellte Bronzefist fest. »Wir werden die Spuren der Räuber bald gefunden haben. Bjarn, du wartest mit den Packpferden. Hakonwulf – du bist der beste Bogenschütze, du bist dabei. «

»Ich bin bereit!« Während Hakonwulf den Zügel des Packpferdes losknüpfte, sah er einstürzende Teile der Dächer, rennende Menschen, einen Haufen Stroh, das aufflackerte. Die Mauern zeigten breite schwarze Spuren. Hier war nicht mehr viel zu retten. Bjarn rannte herbei und nahm die Zügel der Saumpferde.

Ritter Belangere trabte zurück zum Tor. »Kommt!«, rief er. »Verlieren wir keine Zeit.«

Bronzefist, Aarebrand und Hakonwulf folgten ihm. Sie fanden einen Weg um das halbe Kloster herum und sahen im nassen Gras zwischen den Obstbäumen eine breite Spur von Fußabdrücken. Einige Bogenschüsse weiter kreuzte ein schmaler Pfad, der zum Wasser hinunterführte.

In langgestrecktem Trab folgten die Ritter und Hakonwulf den

Spuren. Es ging über zerwühlte Wiesen, einen schlammigen Acker und auf schmalen Pfaden hügelabwärts. Hier lag ein zertretener Korb, dort ein Holzschuh, ein Erschlagener hatte sich zwischen den Wurzeln einer Eiche zusammengekrümmt. An einigen unversehrten Langhäusern vorbei, durch die Furt des Baches und jenseits des Bauernlandes ins freie Land hetzten die Reiter; die Spuren der Nordmannen und ihrer Opfer waren nicht zu übersehen.

»Wir werden nicht viel gegen ein halbes Hundert ausrichten können, Ritter Belangere.« Aarebrand hielt die Lanze schon in der Rechten.

»Das nicht, Herr Aarebrand. Aber wir fahren zwischen sie wie der Gottseibeiuns.«

Hakonwulf hörte schweigend zu und erinnerte sich innerhalb weniger Atemzüge daran, was er von den Nordmännern wusste. Fünfzig von ihnen, auch wenn sie von einem langen Rückweg müde waren, bedeuteten den Tod für drei Ritter und einen Jungen, der leidlich gut mit seinen Pfeilen traf.

»Vielleicht können ein paar ihrer Gefangenen fliehen, wenn wir angreifen.«

»Und das wäre schon ein kleiner Sieg.« Bronzefist galoppierte einige Sprünge weit und senkte unter tiefhängenden Zweigen die Lanze. Kurz darauf ritten sie durch niedergedrücktes Gebüsch auf eine Hügelkuppe hinaus. Vor ihnen lag ein weiter, sandiger Hang voller Strandhafer und Unrat. Sie hielten die Pferde an, als sie drei Schiffe und die Gestalten am Ende der Spuren sahen.

Belangere sagte halblaut: »Wir sind nicht zu spät gekommen. Aber sie werden uns bald sehen, und wir kommen nicht weiter. Die Pferde brechen sich die Beine auf diesem Hang.«

Hakonwulf zeigte nach rechts. »Hinter die Sandhügel, ins Gestrüpp, und dann von rechts in vollem Galopp. Zwischen Wasser und dem angeschwemmten Holz reitet es sich besser.«

»Und schneller. Gut so, Prinz!« Bronzefist wandte sein Pferd und bahnte sich einen Weg durch Ranken und Gebüsch. Hakonwulf folgte als letzter und blickte immer wieder hinunter zu den drei Booten. Sie waren hoch auf den Strand gezogen worden. Die ankommende Flut, unbedeutend am tiefsten Ende des Fjords, schäumte um die Vordersteven. Die breiten, offenen Seedrachen waren vor dem Anlanden gedreht worden und lagen jeweils ein Dutzend Schritte voneinander entfernt, Bordwand neben Bordwand. Zwei Dutzend bärtige Nordmänner, die Schilde auf den Rücken, zerrten und schoben die Kiele durch den Sand. Vor den Schiffen standen zehn oder zwölf Frauen und Männer; die neuen Sklaven der Angreifer. Einige Truhen, gefüllte Körbe, Säcke und Krüge waren wahllos über den Strand verteilt. Dann sah Hakonwulf nichts mehr; Büsche und windverkrüppelte Bäume versperrten die Sicht. In weitem Bogen ritt der Prinz hinter seinen Freunden bis zum Strand. Hinter der letzten Düne sammelten sie sich.

Bronzefist zog das Helmband fester, hob den Schild und ließ die Lanzenspitze auf dem Sand ruhen. »Reichen deine Pfeile bis dorthin, Prinz?«

Hakonwulf nickte. Der erste Pfeil lag auf der Sehne. »Von dem Hügel aus treffe ich.«

»Belangere?« Ritter Aarebrand und Belangere wechselten einen langen Blick über die Ränder der Schilde hinweg. »Es wird nicht leicht sein.«

»Wir machen es uns ein wenig leichter«, sagte Belangere. »In vollem Galopp zwischen den Booten und den Gefangenen hindurch. Dabei stoßen wir den einen oder anderen um. Achtet auf die teuflischen Wurfäxte. Bis zu dem großen Baumstamm, dann wenden und auf demselben Weg wieder zurück.«

»Ihr seid ein Mann, der das Kämpfen versteht.« Aarebrand hob seine Lanze, die jetzt hoch über den Dünenkamm ragte. »Aber das wussten wir schon lange. Los?«

»Nichts anderes. Für Britannien und König Ethelred!« Sie trieben ihre Pferde an. Die Tiere fielen in Galopp und kamen auf dem flachen Strand gut voran. Noch merkte keiner der Nordmänner etwas von dem Angriff. Hakonwulf holte tief Luft und stieß die gespornten Fersen leicht in den Bauch des Tieres. Das Tier kletterte rutschend den Hang der Düne aufwärts. Oben angekommen, zielte Hakonwulf und löste die Sehne.

Das dumpfe Trommeln der Hufe wurde in der Nähe der Schiffe so laut, dass die Nordmänner herumfuhren und zu den Waffen griffen. Die Bauern schrien, die Mädchen kreischten und stoben auseinander. Sie rannten, ohne nachzudenken, den Weg zurück, den sie hergetrieben worden waren – Hakonwulf grinste und hatte den zweiten Pfeil bereits auf der Sehne, als der erste soeben in den Oberarm eines Gelbbärtigen fuhr.

Eine Frau fiel ihm dabei auf. Ihr langes Haar war weiß oder silberfarben wie das einer Greisin, klebte am Kopf und an den Schultern. Sie bewegte sich jedoch wie ein Mädchen, als sie sich bückte, ein Beil packte und einen Nordmann angriff.

Die Ritter galoppierten nebeneinander auf die Schiffe zu. Die Spitzen ihrer gesenkten Lanzen waren scharf und tödlich. Fluchend sprangen die Nordmänner auseinander, aber kurz vor ihnen sprengten Aarebrand und Bronzefist weiter nach rechts und links. Die Lanzenspitzen trafen auf krachende Schilde; zwei Männer wurden von den Beinen gerissen, überschlugen sich in der Luft und blieben regungslos liegen. Ein Nordmann hob den Arm und wollte eine Streitaxt nach Belangere schleudern, der seine quer gehaltene Lanze zwei Männern gleichzeitig in die Gesichter schmetterte. Doch Hakonwulfs wohlgezielter Pfeil traf ihn zwischen die runden Eisenplatten auf dem Lederwams. Mit einem röchelnden Schrei kippte er nach hinten.

Die jungen Bauern rannten, so schnell sie konnten. Hakonwulfs nächster Pfeil traf den Nordmann, der sich auf die Silberhaarige stürzte, in den Nacken. Sie entdeckte Hakonwulf, starrte ihn einen Atemzug lang an, wirbelte zur Seite und lief den anderen Mädchen nach.

Zwei Männer, wahrscheinlich Dörfler, stolperten, blieben stehen und bückten sich nach einem Korb. Sie packten ihn am Flechtrand und hasteten den anderen nach. Auf dem sandigen Hang kamen sie nur langsam vorwärts, aber keiner der Fremden versuchte sie aufzuhalten. Die weißhaarige Frau erreichte sie und half ihnen mit dem Korb.

Die Ritter hatten zwischen den Nordmannen eine Schneise hinterlassen. Die Flutwelle zog sich zurück, kam wieder heran und hob den Bug eines Schiffes. Jetzt erkannten die Männer aus den Drachenschiffen, dass sie es nur mit drei Gegnern zu tun hatten. Aber noch ehe sie sich sammeln konnten, hatten die Ritter die Pferde herumgerissen und galoppierten wieder an. Wilde, kehlige Schreie hallten über den Strand.

Hakonwulf schienen die Nordmänner noch nicht gesehen zu haben. Hinter dem Kamm des Hügels würden sie nur das Wappen des eisblauen Greifs auf dem Wams erkennen können. Mit schneidendem Wimmern zuckte ein weiterer Pfeil durch die Luft und traf einen graubärtigen Hünen, der zwischen den Schiffen durchs aufspritzende Wasser rannte, seinen Schild hochnahm und eine zweischneidige Streitaxt schwenkte. Im selben Augenblick, als die drei Ritter auf Gegenwehr stießen, traf der Pfeil unterhalb der Schulter schräg in den Oberkörper. Der Nordmann brüllte wie ein verwundeter Stier.

Ohne die Geschwindigkeit zu verringern, rammten die Ritter ein halbes Dutzend Männer aus ihrem Weg und duckten sich in einem Hagel aus kurzen Wurfäxten; spätestens seit dem Ostersonntag, an dem Dundhas mit den Waffen der Nordmannen König Greiff von Thule vertrieben hatte, kannten sie die vernichtende Wirkung der Geschosse. Die Schneiden prasselten und krachten gegen Schilde und Metallteile. Die Lanzen gingen in die Höhe, als die schäumenden Tiere vom Strand weg den Hügel zu Hakonwulf hinauf galoppierten. Mindestens ein Dutzend Männer wälzte sich schreiend am Boden oder lag da wie tot.

Bronzefist, Aarebrand und Belangere lockerten die Zügel, als sie den Prinz erreichten. Ritter Belangeres Wappen war ebenso zerschrammt wie der Adlerkopf auf Bronzefists Schild und Aarebrands Bergturm.

»Ich meine, sie haben genug«, keuchte Belangere. »Warten wir?« In den Flutwellen hoben und senkten sich die bunten Drachenköpfe. Brüllend beratschlagten die Nordmänner.

»Die Bauern sind weit genug weg«, sagte Aarebrand, dessen Gesicht schweißüberströmt war.

»Ihr irrt, Herr Aarebrand.« Hakonwulf hatte den nächsten Pfeil abgeschossen. Die Spitze war zwei Finger breit vor dem Gesicht eines Mannes ins Holz des Hecks eingeschlagen. »Sie rennen ihrer Beute nach.«

Belangere trieb sein Pferd aus der Deckung, spähte zum Kampfplatz zurück und rief unterdrückt: »Du hast recht, Prinz. Also zurück!«

»Besser so!« Hakonwulf zielte besonders sorgfältig. Sein Schuss traf einen jüngeren Nordmann, der einen Schild und zwei Äxte trug und die Bauern und Mädchen verfolgte, in den Rücken. Ein Schrei. Der Verfolger brach zusammen und fiel aufs Gesicht.

Die Ritter und die Knappen lenkten die Pferde zu dem Hang, den die Flüchtenden erklommen. Unterwegs beugte sich Hakonwulf im Sattel, hob den Helm des von ihm getöteten jungen Nordmannes auf und band ihn mit dem zerrissenen Halsriemen am Sattel fest.

Als der erste Bauernjunge, der ein Mädchen an der Hand hinter sich herzog, keuchend den höchsten Punkt des Hanges erreichte und sein Fuß sich in einer Ranke verfing, stieg Belangere aus dem Sattel. Er warf dem Jungen die Lanze zu und rief: »Nimm sie. Stich nach jedem, der in die Nähe kommt.«

Bronzefist und Aarebrand stiegen ebenfalls ab und stellten sich neben Belangere auf. Die Bauern halfen einander. Es waren elf, drei von ihnen trugen den schweren Korb. Ein zweiter langer Blick und ein dankbares Lächeln der Silberhaarigen traf Hakonwulf, als sie an ihm vorbeikam.

Ein Keil aus ungefähr zehn Nordmännern hatte sich den Hang hinaufgearbeitet. Sie zögerten, als sie die langen blitzenden Schwerter der Ritter sahen.

Hakonwulf blieb im Sattel, spannte die Bogensehne, bis sein Daumen die Wange berührte. Er konnte sein Ziel nicht verfehlen. Sein Pfeil berührte den oberen Rand des runden Schildes und drang einem Axtkämpfer in die Kehle. Er kippte nach hinten.

Von den Schiffen her drangen laute Wutschreie. Dann ertönte ein langgezogener, schauriger Ton über den Strand, wie der Todesschrei eines großen Tieres. Hakonwulf ließ den Bogen sinken und sah einen der Fremden in ein fast armlanges Horn stoßen.

»Sie geben auf!« Aus Aarebrands Stimme klang Erleichterung und zugleich Triumph, als er sah, dass sich die Nordmannen vom Hügel zurückzogen und zum Strand hinunter liefen. »Vier gegen ein halbes Hundert: Ein feines Turnier, sage ich!«

Hakonwulf stieg aus dem Sattel. Er fühlte die Erschöpfung nach einem langen Ritt und wandte sich an den Bauernjungen, der vor Kälte schlotterte und Belangeres Lanze umklammert hielt, als würde er sich daran wärmen. Behutsam nahm er die Lanze an sich. »Lauf mit den anderen nach Hause.«

Aarebrand ließ die Schultern sinken und stützte sich schwer auf Schild und Schwertgriff. Langsam sank das Schwert in den weichen Boden ein.

Die Ritter und Hakonwulf brauchten nicht lange zu warten. Bald hatten sich die gestreiften Segel entfaltet. Der Strand lag leer da, die Toten und Verwundeten hatten sie mitgenommen. Die Flut verwischte bald die Spuren. Auf den Planken der Boote lag mehr als ein Dutzend Männer. Die anderen hatten lange Riemen über Bord geschoben und ruderten die Schiffe der ersten niedrigen Brandungswelle entgegen.

Belangere streifte das schweißnasse Hersenier in den Nacken und lehnte sich an die Kruppe seines Rappen. »Ich fürchte, meine Herren, dass wir sie nur für heute vertrieben haben. Ihre Wut wird bald beträchtlich sein. Sie werden Rache nehmen wollen.« Er stellte seine Lanze in den Sattelschuh. »Reiten wir zum verbrannten Kloster zurück.«

Sie ließen die Tiere im Schritt gehen und sammelten unterwegs an Waffen ein, was sie fanden. Hakonwulf betrachtete zufrieden den Helm an seinem Sattel und eine Kampfaxt mit zwei Schneiden. Bjarn schwenkte einen Gürtel mit Dolchgehenk. Und die Bauern hatten das Silber des Klosters gerettet, das sich bestimmt in dem schweren Korb befunden hatte.

Als sie das Kloster erreichten, wurde es bereits dunkel. Bjarn und vier Bauernburschen halfen, in einer unversehrten Scheune die Pferde zu striegeln und trockenzureiben. Die Bauern brachten Milch, Bier, Brot und geräucherten Schweinespeck; mochte Gott wissen, wo sie dies in der Eile vor den Nordmannen verstecken konnten. Ritter und Knappen nahmen die Gaben dankbar an und wärmten sich am Feuer.

Bjarn hängte den Schild an einen Stützbalken und brummte: »Das Stroh ist, hoffe ich, ohne Flöhe. Ich bin todmüde und möchte ohne Störung schlafen.«

»Jeder von uns braucht Schlaf.« Hakonwulf sehnte sich nach einem heißen Bad und sauberen Tüchern. Aber noch war es nicht Zeit zum erholen. »Soll ich zu den Mönchen gehen und mit ihnen sprechen?«

Ritter Belangere nickte. »Geh nur, Junge.«

Hakonwulf ging zum Eingang des halb zerstörten Klosters. Die Brände waren weitgehend gelöscht, nur hie und da schwelte es noch. Die Aufbauarbeiten würden einige Zeit in Anspruch nehmen; und das auch noch im Winter. Ein Mönch saß auf dem Stein, eine Bäuerin verband Schulter und Arm mit feuchten Leinenstreifen.

»Herr Mönch«, er verbeugte sich und blickte in dunkle Augen zwischen Blutkrusten, »ich bin Prinz Hakonwulf von Thule. Wir haben die Räuber vertrieben.«

Die Bäuerin lächelte ihn scheu an. Der Mönch nickte; bei jeder Bewegung verzog er schmerzerfüllt das Gesicht. »Ich weiß. Einige meiner Brüder sind tot. Die Ungläubigen kamen beim Mittagsmahl, nach dem Gottesdienst.«

»Und sie haben viele von uns getötet oder schwer verletzt.« Die Bäuerin tauchte ein Tuch in eine Schale und wischte das Blut von der Stirn.

Der Klosterbruder seufzte. »Ich bin Bruder Konrad. Athelm,

Saffron und die anderen werden wir morgen begraben. Wie können wir euch danken? Etwas hiervon? Dank Euch sind wir nicht in Armut verfallen.« Er wies auf den Korb. Hakonwulf sah goldene und silberne Becher, ein Kreuz, zwei Leuchter und metallene Lampen. Ein Buch lag dazwischen; der Deckel schien mit Gold, Silber und edlen Steinen besetzt zu sein.

»Die Herberge für die Nacht ist uns Lohn genug«, sagte Hakonwulf. »Sagt uns nur, wohin die Straßen führen.«

Einige Bauern und zwei Mönche, in Kutte und mit Fellen an den Füßen, räumten Trümmer auf und schleppten halbverkohltes Holz zum Feuer und durch einen anderen Eingang des langgestreckten Steinhauses. Die Bäuerin wrang das blutige Tuch aus und stand auf. »So, Bruder Konrad.« Sie leerte die Tonschale ins Halbdunkel. »Ein Becher Wein, ein langer Schlaf; morgen ist das Ärgste vorbei.«

»Dank dir, Marian.« Hakonwulf und Marian halfen Bruder Konrad aufzustehen. Er machte eine einladende Bewegung. »Kommt herein, Prinz. Nehmt eine Lampe mit.«

Durch einen Windfang aus Balken, Steinen in gekalktem Lehmmörtel kamen sie in einen Raum eines vom Brand halbwegs unversehrten Langhauses. Ein großer Tisch war umgekippt, Hocker aus Holz und Ried lagen auf dem Boden. Holzgeschnitzte Bildstöcke, aus der Wand gerissen, Trinkbecher, ein halber Brotlaib und ein zerbrochener Dolch – je mehr Lampen Bruder Konrad mit zitternden Fingern anzündete, desto mehr Spuren der Verwüstung erkannte Hakonwulf. An mehreren Stellen hatte sich das Feuer durch die Bretter der Decke gefressen; nasse Asche und Holzkohlenstücke lagen auf dem Boden.

»Ich sehe mal, was ich in der Küche finde.« Bruder Konrad hinkte durch einen schmalen Türbogen und rief aus dem angrenzenden Raum: »Vielleicht ist noch ein Krug Bier übriggeblieben.«

Hakonwulf hob die Hocker auf und stellte sie entlang der Wand, dann kippte er keuchend den wuchtigen Tisch auf die Beine zurück. Ein dumpfes Dröhnen ging durch den Bau.

Die Ritter Aarebrand und Bronzefist kamen herein. Bronzefist sah Hakonwulf zu, wie er den einfachen Altar aus Stein, Lehmziegeln und Holz mit dem Kirchenschatz schmückte. »Sie haben schamlos gewütet, unsere Freunde aus Norwegen, wie?« rief er laut. »Nun, morgen werden wir etwas Ordnung schaffen. Der Dorfälteste hat uns angefleht, ein paar Tage zu bleiben und zu helfen.«

Hakonwulf wartete, bis Bruder Konrad aus der Küche kam. Zwei jüngere Brüder schenkten Bier in Becher aus dünnem, fast durchscheinendem Holz.

»Esst bei den Bauern, Ihr Herren«, sagte der Klosterbruder. »In dem Häuschen dort, im Anbau für wandernde Mitbrüder, werdet Ihr finden, was Ihr braucht. Morgen, wenn sich unsere Gedanken geklärt haben, reden wir über alles. Gott helfe uns.«

Hakonwulf und die Ritter tranken.

»Bei Tageslicht sieht hoffentlich alles ein wenig besser aus. Die erschlagenen Brüder aber macht die Sonne nicht lebendig«, sagte Bronzefist. »Ich denke, wir werden eine Weile bleiben und beim Aufbau helfen.«

11

Der junge Prinz warf den Tieren noch einmal Heu vor und schleppte volle Wassereimer, dann trug er Satteltaschen, Mantel und Decken zu einer der winzigen Kemenaten, die nebeneinander an der Längswand mit dem Kamin gebaut waren. Er ließ sich auf die gemauerte Liege sinken, blickte zur Tür hinaus und spürte seine tiefe Müdigkeit. Tief und traumlos schlief er.

Am nächsten Morgen sah die Welt tatsächlich besser aus; Mönche und Bauern hatten sich einigermaßen von dem Schrecken erholt. Wie es aussah, würde der Angriff keine weiteren Opfer mehr fordern. Die Wunden waren gut versorgt, und wer aufrecht stehen konnte, half bei den Arbeiten mit. Gegen Mittag kam schon das erste zaghafte Lachen und Scherzen auf, zu dem nicht zuletzt die Ritter und Knappen beitrugen.

Nur am Nachmittag gab es eine stille, erschütternde Stunde, als die Mönche ihre getöteten Brüder begruben. Die runde Scheibe aus Erz, auf die hölzerne Schlegel schlugen, schickte ihr dröhnendes Geläut weit über das Land.

Nach diesem anstrengenden Tag wurden die Gäste besonders belohnt; einige junge Frauen hatten es geschafft, das Badehaus so herzurichten, dass es wieder benutzbar war, und die Zuber mit dampfendem Wasser gefüllt. Während die Freunde sich begeistert in den Zubern ausstreckten, wurden Kleidung und Stiefel gereinigt und ausgebessert und die Waffen, Rüstungen und Helme auf Hochglanz poliert.

Ritter Belangere versenkte seinen Blick in die großen Augen einer jungen Frau, die mit warmem Wasser den Schaum aus seinem Haar spülte.

»Nun, Prinz, was meinst du – gerät dir der Weg nach Camelot zu lang?« Bjarn spritzte einige Handvoll Wasser nach Hakonwulf, der seinen durchschwitzten Kittel auszog und in den Zuber stieg.

Hakonwulf brauchte nicht lange nachzudenken. Er rief durch das Plätschern und den Dampf: »Nein. Der Weg mag verteufelt lang sein, aber ich lerne jeden Tag etwas Neues. Das gab es in vielen Jahren auf Thule nicht, was ich in einem Jahr in Britannien erlebte.«

Bjarn nickte. »Wohl wahr.« Er stand auf und griff nach einem Tuch, desgleichen Belangere und die anderen. »Genieße dein Bad in Ruhe, Prinz, ich bin fertig, und mein Magen verlangt, gefüllt zu werden.«

»Geht ihr nur, ich bleib noch eine Weile.« Hakonwulf ließ sich warmes Wasser nachgießen. Er streckte sich aus und brummte voller Wohlbehagen, hielt sich die Nase zu und tauchte mit geschlossenen Augen unter.

Etwas berührte ihn an den Knien. Er tauchte prustend auf und blickte in das nasse Gesicht der silberhaarigen Frau. Er rieb das Wasser aus den Augen und starrte ihren Körper an: Sie war kaum älter als zwanzig, höchstens zweiundzwanzig Sommer; eine voll erblühte Frau. Wunderschön.

Sie sagte lächelnd mit unversehrten weißen Zähnen: »Dein Pfeil hat mein Leben gerettet, Prinz. Ich bin Mairead, die Dorfhexe.«

Er schüttelte verwirrt den Kopf, murmelte verlegen seinen Namen und sah zu, wie sie das Haar in den Nacken strich. Ihre Augen waren von durchdringendem Blau.

Sie deutete seinen Gesichtsausdruck richtig und fuhr fort: »Eine Dorfhexe kennt alle Kräuter, heilt viele Tiere und manche Menschen mit Salben, Handauflegen und Zaubersprüchen, gräbt bei Vollmond Wurzeln aus Waldlichtungen. Und sie läuft vor Nordmännern davon.«

»Nicht, wenn sie eine Axt findet. Du hast gekämpft wie eine Wölfin!« Hakonwulf grinste und sah sich um. Sie waren allein im Badehaus; das Feuer unter dem Eisenkessel und einige Kienspäne brannten. »Benötige ich Heilung?«

»Kaum, Prinz.« Mairead hob sich aus dem Wasser, zeigte ihren langen Hals und die vollen Brüste, legte die unruhigen Finger auf Hakonwulfs Oberschenkel und leckte über ihre Lippen. »Aber ich kann dir helfen, wenn ich dir erzähle, was auf dich wartet, auf dem Weg nach Avebury.«

»Da höre ich dir die ganze Nacht zu, Mairead«, murmelte er. Er berührte eine Strähne ihres nassen Haares. »Warum ist dein Haar so weiß?«

Sie zuckte die Achseln. »Es hat sich so gefärbt, als ich Frau wurde.« Sie legte eine Hand auf seine Schulter. »Dreh dich um, Prinz, dann wird dein Rücken bald sein wie die Haut eines Säuglings.«

»Versprich nicht mehr, als du halten kannst, weißhaarige Hexe«, meinte Hakonwulf, drehte sich jedoch um. Er genoss die harten Bürsten und den Waschsand, heißes und kaltes Wasser, die kundigen Finger Maireads und das Gefühl, dass sein Körper entspannt und nach vielen Tagen und Nächten so sauber war, wie er es von den schwefligen Tümpeln Thules gewohnt war; selbst alle Läuse und Flöhe schien Mairead ertränkt zu haben. Mit dem kleinen Dolch, Nussöl und Wasser schor sie ihm den wuchernden Bart.

Mit feuchtem Haar, in Sandalen und dem am Feuer getrockneten Kittel ging er mit Mairead zu den anderen. Hakonwulf und lauschte, während ihm aufgetan wurde, den Erzählungen der Mönche.

Einige Stunden nach Mittnacht begleitete Mairead Hakonwulf zu dessen winziger Kemenate. Beide waren vom dünnen, säuerlichen Wein ein wenig trunken. Maireads Haar leuchtete im Sternenlicht wie reines Silber. Schwarze Nacht und Totenstille wölbten sich über dem verwüsteten Dörfchen und Kloster am Ende des Fjordes; jeder Schritt auf den Sandsteinplatten spaltete die Stille. Ein Käuzchen schrie plötzlich, ein aufgeschreckter Nistvogel antwortete.

Vor der Tür seiner Zelle sagte Hakonwulf leise: »Ich bin todmüde, schöne Mairead. Wo schläfst du?«

Ihre Finger tasteten über seine Schultern, den Nacken und die Brust; sie küsste seine Handrücken, seinen Hals und zuletzt seine

Lippen. »Bei dir. Neben dir, Prinz – die ganze lange Nacht danke ich dir, dass ich noch lebe.«

Er stieß die Tür auf, schob einen Talgbrocken in den Rest des flüssigen Fetts des Lämpchens und lehnte sich gegen die rissigen Bretter. Er rollte die Decken auf dem Lager aus und legte den Mantel darüber. Leise sagte er: »Bist du eine Druidin, von denen Merlin gelernt hat, als er jung war? Wirst du mich verhexen?«

»Nur ein wenig, Prinz.« Sie schüttelte den Kopf, streifte das Kleid von den Schultern und setzte sich neben ihn. Während sie ihn küsste, ging ihr Atem schneller und lauter, und mit flinken Fingern zog sie ihn aus und drückte ihn aufs Lager. Einige Herzschläge lang erinnerte er sich an Elaynes Tränen beim Abschied, dann gab er sich den wilden Liebkosungen Maireads hin, sah mit steigender Erregtheit das flackernde Licht und die Schatten auf ihrer Haut und vergaß Nordmänner, Elayne, Camelot und König Ethelred.

Er schlief traumlos und tief bis lange nach Sonnenaufgang, erinnerte sich mit dumpfem Kopf an die Stunden der Leidenschaft und sah, dass er allein war. Wollüstig, wie im Rausch, voller hastiger Wiederholungen war die Nacht vergangen. Er wickelte sich in den Mantel, schlüpfte in die Sandalen und hielt die Hand im grellen Sonnenlicht vor die Augen, während er zum Abtritt und ins Badehaus ging. Später setzte er sich in den Speisesaal und löffelte einen Napf voll Brei und aß warmes, öltriefendes Brot mit Salz. Hammerschläge, Sägen und Geschrei drangen wie von weither durch die Mauern. In seiner Zelle zog er sich an und stieg in die Stiefel, dann folgte er dem Lärm und sah, als er an der Kirchenmauer stehen blieb, dass die Mönche, seine Ritterfreunde und ein paar Bauern dabei waren, den halb verbrannten Dachstuhl herunterzureißen und durch neue Balken zu ersetzen. Hakonwulf sah sich vergeblich nach Mairead um, holte Werkzeug und half den Männern bis zum späten Nachmittag.

Bruder Konrad, der Älteste des Klosters, rief am beginnenden Abend die Arbeiter in den Speisesaal, zu einem Imbiss und Bier.

Hakonwulf setzte sich auf die Holzbank, streckte die schmerzenden Muskeln und leerte den Humpen in drei Zügen. »Kennt Ihr, Bruder Konrad, den Weg nach Avebury und Camelot?«, fragte er und schnitt mit dem Dolch eine Scheibe Braten in mundgerechte Stücke.

Der Älteste blickte in den Bierhumpen, dann hob er den Kopf und strich den weißen Bart glatt. Im Kamin brannten zersägte Balken, Reste des Daches. »Bis Camelot ist es weit, Prinz«, antwortete Bruder Konrad. »Von hier bis zum meerumfluteten Cornwall – es wird wohl längst früher Sommer sein, bis Ihr unseren König seht.«

Hakonwulf versuchte, sich verschiedene Himmelsrichtungen, Meeresküsten und Land vorzustellen und nickte. »Wüsste ich, wie die große Insel Britannien aussieht, mit dem Auge des Falken oder Adlers betrachtet, wäre es leichter.« Ihm war aufgefallen, dass Bruder Konrad bei dem Namen Avebury deutlich gezögert hatte; und er hatte auch keine Antwort auf dem Weg dorthin gegeben. Avebury schien ein Ort zu sein, der den Mönchen nicht geheuer war. Vielleicht fürchteten sie den Aberglauben oder den Geist der uralten Götter, denen dort einstmals geopfert worden war.

Ein Bruder füllte aus einer Kupferkanne die Becher und zog sich in die Küche zurück. Bruder Konrad sagte: »Im Badehaus werden die Feuer geschürt, Ihr Herren. Genießt unsere Gastfreundschaft, denn jedermann ist froh, dass Ihr uns gegen die Nordmänner beschützt.«

»Aber wenn wir weiterreiten«, sagte Aarebrand, »seid ihr wieder auf euch gestellt.«

»Unser Leben ist in Gottes Hand«, murmelte Bruder Konrad.

Die Ritter halfen den Klosterbrüdern zusammen mit den Männern aus dem Dorf noch einige Tage. Sie schleppten Balken, sägten und schnitzten Zapfen und Nuten, hämmerten und verwendeten die wenigen eisernen Nägel aus dem verbrannten Dachstuhl und zwei Dutzend neu geschmiedete, die der Dorfschmied besaß. Kinder schleppten rußige Holzstücke zu den Kaminen des Klosters. Die Bauern und ihre Frauen bündelten Strohbüschel, und zwei weißhaarige Männer deckten die Dächer neu ein. Nach zwei Wochen waren in Kloster und Dorf Dächer neu gedeckt, die Schäden in den Mauern ausgebessert, Türen erneuert, Häuser zum Teil wieder aufgebaut, die Verwüstungen und die Spuren der Brände beseitigt.

Unterdessen verlor auch der Winter allmählich an Kraft. Der sanfte Wind, der das allabendliche Läuten zum Gebet verwehte, roch bereits ein wenig nach Frühling. Die Tage wurden sichtlich länger.

»Worauf warten wir?«, fragte Bronzefist am Ende eines schweißtreibenden Nachmittags unternehmungslustig. »Die Nordmannen kommen nicht zurück, scheint's, und die Tage werden besser.«

Ritter Belangere setzte sich auf die Kante eines harzigen Bretterstapels, holte tief Luft und sah drei Raben über dem Kloster kreisen; schwarz, krächzend und auf unbestimmte Art bedrohlich.

»Unser aller Leben«, brummte er, überlegte und hob den Kopf zum zweiten Mal», ist ein Ritt von hier nach dort, vom Anfang bis zum Ende. Wie unsere frommen Freunde sagen: Alles ist in Gottes Hand.« Er zuckte mit den Schultern und fuhr nach einer Weile fort: »Was wir auf diesem langen Weg sehen, erfahren und tun, sind nur Schritte. Mitunter mag ein Stolpern darunter sein. Bisher war Gott mit uns. Jeder Schritt dient dazu, im Alter viel zu wissen, ein Leben in Anstand und Ruhe zu führen, in einem Königreich zu leben, in dem jedermann in Würde alt werden kann und stirbt, ohne dass ihn der Schmerz einer Krankheit foltert.« Wieder machte er eine Pause. »Bis zu diesem Tag – möge er für uns alle in weiter Ferne liegen –, decken wir Dächer, stoßen wir andere Ritter aus dem Sattel, ziehen durch die Lande, pflegen der hohen oder der niederen Minne. Wobei, nebenbei bemerkt, die niedere Minne lebhafter und ersprießlicher sein mag als ihre würdevolle Schwester. Und«, er blickte mit feuchten Augen einem nach dem anderen ins Gesicht, »dereinst sitzen wir in einer kleinen Burg, im Mittelpunkt eines Lehens und freuen uns, wenn junge Ritter kommen und uns von der Welt künden, die irgendwo weit von unserem Gichtstuhl entfernt lebt, tanzt und singt.« Er stand auf und hob den Becher. »Und bis zu diesem Tag, meine Herren, bleiben wir fahrende Ritter und kämpfen uns, so gut es geht, über die Straßen der Welt. Unser Aufbruch ist nicht mehr fern: So sei es. Amen!«

Er trank den Becher in einem Zug leer, setzte sich wieder und zog eine vorbeieilende junge Frau mit drei braunen Zöpfen auf seine Knie.

Hakonwulf wartete bald darauf in der nächtlichen Dunkelheit ungeduldig auf Mairead. Sie schlüpfte wie jede Nacht in seine Zelle, wenn das Talglicht flackerte, mit einem Krug Honigwein, die Haut glänzend von einer Salbe, die sinnverwirrend duftete, mit weichem Haar und voll ungebändigter Leidenschaft; sie lehrte ihn, was er in den Nächten mit Elayne nicht erfahren hatte. Stundenlang flüsterten sie miteinander, sie erzählte ihm von dem geheimen Wissen, das von den dahingeschiedenen Druiden stammen mochte: Die Kunde von Blüten, Pflanzen, Wurzeln, Rinde und Pilzen, von heilenden Salben und Tränken, die einschläferten, Schmerzen linderten und oftmals Unfruchtbarkeit heilten.

Einige Tropfen eines bitteren Gebräus, in den Wein gemischt, verhinderten, dass Hakonwulf einschlief und verstärkten seine Begierde nach der Vereinigung ihrer zuckenden Leiber.

Als sie keuchend die glühenden Körper nebeneinander ausstreckten und er den Duft der Öle oder Salben schmeckte, flüsterte sie, in seinen Arm geschmiegt: »Es ist sechs Jahre her, Wulf, da kam ein Mann ins Dorf, auf einem hustenden Klepper, der alle viere von sich streckte, nachdem der Reiter abgestiegen war. Der Reiter mit langem, braunen Haar und hellen grünen Augen – er wird jetzt fünfunddreißig Sommer alt sein, vielleicht ein wenig jünger –, er war krank auf den Tod. Im Fieber sprach er von seiner verlorenen Ehre.« Sie schwieg einige Atemzüge lang; der Schatten halb vergessener Traurigkeit kroch über ihr Gesicht. »Ich habe ihn in meiner Hütte gepflegt und gesund gemacht, und wir haben uns bald geliebt. Ein kluger Mann, erfahren in vielen Künsten, der seinen Namen nie nannte. Für mich hieß er Eoghan, weil er im Fieber von piktisch-irischen Eltern sprach. Er lehrte mich, jedem Muskel zu befehlen in der Stunde der Leidenschaft.«

»Und was geschah weiter?« Seine Finger spielten mit ihrem Haar. »Warum lebt ihr nicht mehr zusammen?«

»Als er gesund war, ging er von einem Tag zum anderen.« Sie lachte und zuckte mit den Achseln. »Er ging plötzlich, mitten in der Nacht; es war wie eine Flucht. Viel später hat man ihn, angeblich, weit im Norden gesehen. Er hat gesagt, dass er allein leben will, fernab von allen Menschen. Er fürchtet sie, hat er gesagt. Plötzlich war ich allein.«

Hakonwulf streichelte die Spitzen ihrer Brüste und sagte: »Alleingeblieben, bis die Nordmänner euch überfielen?«

»Bis mich dein Pfeil vor einem schlimmen Leben gerettet hat.« Sie kitzelte seine Wangen mit einer Haarsträhne. »Bis ich in deine Augen gesehen hab, schöner junger Ritter.«

»Du weißt, dass wir in wenigen Tagen weiterreiten.«

»Dann werd ich wieder allein sein. Und mich an dich und unsere Nächte erinnern.«

»Wenn ich durch blühende Felder reite«, sagte Hakonwulf, »oder durch Lichtungen im Wald, erinnern mich die Blüten an dich. An den Duft deiner Haut, deines Haares.«

»Bald wirst du mich vergessen haben, Prinz.« Sie schob das Knie zwischen seine Schenkel und schmiegte sich an seine Brust. Sie lachte tief in der Kehle. »Bei den schönen Frauen in Camelot und den Jungfrauen, die du vor feuerspeienden Drachen retten wirst.«

»Die Drachen, Schönste, gibt es nur in unseren furchtsamen Herzen.« Er grinste. »Und Camelot ist weit!«

Ihre Küsse trafen seine trockenen Lippen und hinderten ihn, weiterzureden. Jede Nacht, die ihnen blieb, verbrachten sie in gemeinsamer Begierde und deren Befriedigung.

Bedächtig, mit zwei angefeuchteten Fingern, schlug Bruder Konrad eine Seite nach der anderen um. Das Pergament des ledergebundenen Buches raschelte. Sonnenlicht fiel durch ein winziges Fenster in den Betsaal des Klosters.

»Es überrascht mich, junger Prinz, dass gerade Ihr mich fragt. Doch es ist nicht schwer, Euch zu antworten.«

»Ich hab diese Worte in Kingsgarden gehört«, sagte Hakonwulf und stützte die Ellbogen auf die weißgescheuerte Tischplatte. »Der Prediger redete vom Weltuntergang. So und nicht anders hab ich's verstanden.«

»Ihr habt richtig zugehört. Es sind die Worte des heiligen Johannes, die er auf einer fernen Insel, Patmos, als Offenbarung des Herrn empfangen hat. Johannes war der vierte Evangelist, der seine Gesichte niedergeschrieben hat. Apokalypse nennt man auch diese Schrift des Neuen Testaments.«

»Neues Testament? Gibt es auch ein altes?«

Bruder Konrad nickte und begann zu erklären. Schweigend hörte Hakonwulf zu und versuchte, sich jedes Wort zu merken. Schließlich sagte der Mönch: »Der endgültige Sieg, wenn alles Böse auf der Welt untergegangen ist, nach dem Jüngsten Gericht, gehört dem Christentum, gehört zum großen Ziel der Wiederauferstehung allen Fleisches.«

Er begann vorzulesen: » ... und es wurden die vier Engel los, die bereit waren auf die Stunde und den Tag und den Monat und auf das Jahr, dass sie töteten den dritten Teil der Menschheit. Und die Zahl des reitenden Volkes war vieltausendmal tausend; ich hörte ihre Zahl. Und dies sah ich: Die Rosse und die darauf saßen, sie hatten feurige, blaue und schwefelgelbe Panzer; und die Häupter der Rosse waren wie die der Löwen, und aus ihren Mäulern kam Feuer, Rauch und Schwefel. Von diesen drei Plagen wurde getötet der dritte Teil der Menschen, von dem Feuer, Rauch und Schwefel aus ihren Mäulern.« Konrad holte tief Luft, sein Bart zitterte. »Denn die Macht der Rosse war in ihrem Maul und in ihren Schwänzen, die den Schlangen gleich waren, und sie hatten Häupter, und mit diesen taten sie Schaden. Und die übrigen Menschen, die von diesen Plagen nicht getötet wurden, taten doch nicht Buße für die Werke ihrer Hände, dass sie nicht mehr anbeteten die bösen Geister und die goldenen, silbernen, eisernen, steinernen und hülzernen Götzen, welche weder sehen noch hören noch wandeln können und taten auch nicht Buße für ihre Morde, Zauberei, Unzucht und Dieberei.«

Bruder Konrad schlug das Buch zu, hob den Kopf und sah offen in Hakonwulfs Augen. »Nun wisst Ihr auch, warum ich ungern von Avebury rede. Dort stehen die Steine und Zeichen jener alten Götter. Auch Merlin, der sich als erster hat taufen lassen, damals, o Prinz, in der Zeit des legendären König Artus, opferte den alten Göttern.«

»Er hat mich im Traum hierher gerufen, Bruder Konrad.«

»Das mag so sein, Prinz.« Der Mönch stand auf und hielt das Buch an die Brust, mit gekreuzten Unterarmen. »Fürchtet Ihr Euch vor dem Weltuntergang?«

»Natürlich, deshalb kam ich ja zu Euch, um verstehen zu lernen.«

Bruder Konrad hob die Schultern und sagte leise und stockend: »Die Gläubigen werden verschont, schreibt Johannes. Alle werden verschont, die das göttliche Zeichen tragen. Die Welt, auf der sie danach wohnen sollen, kann nicht vernichtet werden, so wie es die Offenbarung berichtet, denn sonst vermöchte niemand darauf zu leben. Fürchtet Euch nicht, Prinz. Und betet nicht zu den vergessenen Göttern von Avebury und anderen Orten, an denen die Vergangenheit zum Leben erwacht.«

»Sicherlich bete ich jene Götzen nicht an«, sagte Hakonwulf mit Bestimmtheit. »Mein Ziel kennt Ihr so gut wie jeder andere: Es ist Camelot. Und der Ritterschlag durch König Ethelred.«

»Verliert dieses Ziel nicht aus den Augen, Prinz Hakonwulf Dragonblade!« Er schenkte Hakonwulf ein aufmunterndes Lächeln und verließ den düsteren Raum mit kurzen Schritten.

Hakonwulf blieb zurück, betrachtete die Wandbilder auf den Holztafeln und ging dann hinaus; in den tiefhängenden Wolken hatte sich ein Loch geöffnet, durch das goldenes Sonnenlicht in mächtigen Balken zur Erde fiel. Ein verirrter Strahl traf Maireads Silberhaar. Sie lehnte lächelnd an der Umfriedungsmauer und winkte, als sie Hakonwulfs ansichtig wurde.

Die Bauern fütterten die Pferde mit gutem Heu und einigen Handvoll Dinkelkörnern und brachten den Rittern als Dank für den Schutz und die Arbeiten Vorräte für unterwegs. Sämtliche Kleidung, Decken und Mäntel waren ebenso wie Stiefel, Rüstungen und Waffen in Bestzustand. Der Winter zog sich immer mehr zurück, von Tag zu Tag wurde es wärmer.

Der Tag der Abreise war da. Hakonwulf suchte seine silberhaarige Geliebte vergebens; sie schien verschwunden wie damals im Moor der menschenscheue Pattrick. Der Abschied verlief ohne sie.

Mit prallvollen Satteltaschen, auf satten Pferden mit sauberem, glänzendem Fell, selbst ausgeruht und ausgeschlafen, machten sich die Freunde auf den Weg nach Avebury.

Hakonwulf hatte den Riemen des erbeuteten Nordmannen-Helms erneuern lassen und den Helm aus Eisen, mit silbernen Verzierungen und vergoldetem Nasensteg, innen und außen geputzt und poliert; jetzt trug er ihn nicht ohne Stolz. Bjarns Schild war wieder ausgebeult, die Schwerter vom Schmied abgezogen und geschliffen worden.

Die Mönche hatten zur Wegbeschreibung viele Linien in den feuchten Sand gezogen und erklärt, wo Klöster und Dörfer zu finden waren – nur dann, wenn die Rede auf Avebury kam, schwiegen sie und richteten ihre Augen zum Himmel oder zu den frischen Balken der Decke und der strohgelben Dächer.

Eine Stunde nach Sonnenaufgang, als die Freunde den Weg nach Westen eingeschlagen hatten – die Sonne des späten Winters wärmte zwischen ihren Schulterblättern –, hob Ritter Bronzefist den Arm. »Wisst Ihr, warum die Klosterbrüder schwiegen, als wir von Avebury sprachen?«

»Ich weiß es«, murmelte Hakonwulf.

Aarebrand lachte und rief zur Spitze des Zuges: »Ich ahne es, Freunde. Weil hier zwei Reiche gegeneinander angetreten sind, weil sie, wovor uns der Herr schützen möge, auch gegeneinander kämpfen: Das Reich unserer Vorfahren und das Christentum, wie wir's nennen. Avebury ist ein Ort«, er holte Atem, »an dem, sagt man, noch heute die Druiden ihr Wesen oder Unwesen treiben.«

Bjarn zog ein schwitzendes Saumpferd hinter sich her, das die Lanzen über den Ballen und Packen trug. »Nach allem, was ich weiß, ist Avebury ein Wall, eine Grenze, eine Barriere, die jeden Unwürdigen abweist, der nach Camelot weiterreiten will. Ein heidnischer Wall.«

Ritter Aarebrand ließ sein Pferd traben. »Richtig. Avebury ist so alt wie die Welt. Die Ahnen irgendwelcher Vorfahren haben Donnerkeile aufgefangen und in den Boden gesetzt. Mönche und Klosterbrüder sind unsicher, wenn sie erklären sollen, wie der neue Gott und die Götter unserer Vorväter gegeneinander wirken. Es ist eine Stätte, so heißt es, die den Verstand verbiegt, gefangen nimmt, verändert und verwirrt.«

Bjarn brummte: »Aber wir haben noch einen halben Mond vor uns, bis wir das Dorf bei Avebury betreten und feststellen, was wahr ist und was eine Mär.«

Hakonwulf senkte den Kopf. »Avebury scheint voller Rätsel, Geheimnisse und Seltsamkeiten zu sein. Jeder weiß etwas anderes zu berichten. Ich weiß nur, was Herr Merlin mir im Traum gesagt hat. Dass ich auf meinem Weg nach Camelot dorthin muss.«

»Und wir werden dich dorthin begleiten, Junge, wie wir es versprochen haben, Schauermärchen hin oder her«, sagte Belangere. »Sind wir Ritter, oder nicht? Wir fürchten weder Tod noch Teufel, und noch weniger heidnische Riten, denn wir sind in Gottes Hand.«

»Doch die Mönche fürchten sich«, meinte Hakonwulf. »Vielleicht ist Avebury so wie die schwarzen Fingersäulen Thules, die, wie man raunt, von den Skrithifenen aufgestellt worden sind, vor unnennbar weit entfernter Zeit.«

»Skrithifenen?«, fragte Bjarn. »Von denen habe ich noch nie gehört.«

»Die Vorfahren der ganz Alten; aus dem Piktenland«, erklärte Hakonwulf, stolz, statt eine Frage stellen zu müssen einmal eine Antwort geben zu können. Zuchtmeister Gandalons Fuchtel war also doch für etwas gut gewesen. »Lange bevor die Römer kamen.«

Ritter Belangere musterte ihn mit einem schwer deutbaren Blick. »So mag es sein, mein junger Prinz.«

Ritter Bronzefist meinte düster: »Gott schütze uns, wenn wir Avebury betreten, denn es heißt, dass jedermann verändert wird, der diesen düsteren Bereich durchschreitet. Wer überlebt, mit gesundem Verstand, hat sich verändert.«

Hakonwulf ließ sich nicht beirren. »Ich weiß, dass uns kein Abenteuer auf den Straßen, kein Kampf und auch nicht die heidnischen Steine von Avebury umbringen. Doch es ist unser Weg nach Camelot.«

Belangere nickte. »Wahr gesprochen«, sagte er und griff nach seinem Schwert.

In einer langen Reihe ritten sie auf schmalen Hirtenpfaden, schlammigen Karrenwegen und breiten römischen Straßen. Hakonwulfs Bild, das er sich von der großen Insel Britannien gemacht hatte, war durch viele Antworten und eigene Erlebnisse verändert worden: Entlang der Küsten im Westen und Süden siedelten Anglische Sachsen, die sich seit langem mit den Britanniern vermischt hatten und sich gegen die Überfälle der Nordmänner aus Dänemark wehren mussten. In Wales oder Cymru und in Cornwall lebten Britannier, deren Fürstentümer, Ritterburgen und Stammesländer König Ethelred regierte. Es hieß, Camelot sei der alte Name der Stadt, die seit vielen Jahren Carlisle hieß – nicht bei den Rittern. Für sie gab es nur einen Namen: Und es war auch nicht erwiesen, dass Carlisle wirklich dem Camelot des König Artus entsprach oder auf dessen Trümmern aufgebaut wurde.

»Es ist ein Bild, das uns trunken machen und die Augen mit Glanz füllen soll.« Belangere flüsterte ergriffen. Die Reiter hatten, wie so oft im letzten Mond, ihre Pferde am Scheitelpunkt eines sanft gewellten Hügelrückens angehalten und erblickten zum ersten Mal das sagenhafte Avebury. Schon von weitem waren die gewaltigen Ausmaße des uralten Steinkreises erkennbar, erhaben über alles, was jeder von ihnen jemals erblickt hatte. Wie ein Traum, der wahr geworden war.

Unweit des mächtigen, uralten Zirkels stand ein kleines Kloster. Bruder Konrad hätte sich keine Sorgen zu machen brauchen: Das Christentum hatte auch hier Einzug gehalten.

Ein Mönch schlug mit dem schweren Holzklöppel einen heiligen Takt im Türmchen, als die fünf Reiter mit den drei Packpferden den Hügel hinab auf das Kloster zuhielten. Sie wurden gastfreundlich aufgenommen. Während seine Freunde sich auf ein ausgiebiges Bad, Rasur und eine anständige Mahlzeit freuten, konnte Hakonwulf seine Blicke nicht von dem Steinkreis abwenden. Als er die Gelegenheit günstig sah, schlich er sich hinaus. Er musste es wissen! Sein erstes großes Ziel, von dem Merlin ihm geweissagt hatte, war greifbar nahe. Die Erfüllung eines Traumes, den er schon als Kind auf Thule hatte.

Langsam wanderte er zu dem Kreis. Je näher er kam, desto höher schienen die Steine in die Höhe zu wachsen. Er war ganz allein, nicht einmal ein Vogel rührte sich. Hakonwulf versuchte sich vorzustellen, wie es hier einst ausgesehen haben mochte, in jenen Tagen und Nächten, als sich die Druiden versammelt hatten, um Recht zu sprechen und die Zukunft vorherzusagen: Feuer und Fackeln, Ölflammen und Gestalten in langen Gewändern, Mistelzweige in den Händen, und viele andächtige Pilger, die sich nach langer, beschwerlicher Wanderung hier versammelt hatten.

Hakonwulf merkte, wie sich die Härchen an seinen Unterarmen aufstellten.

Die rohen Steingesichter glotzten ihn an. Die Sonne, deren rote Strahlen die Umgebung in einem seltsamen Licht badeten, sank tiefer. Es sah aus, als ob sie von den schwarzen Ästen aufgespießt würde.

Hakonwulf betrat langsam den Kromlech; das Innere des Kreises, und ging weiter bis zur Mitte. Seit die Römer das Land verlassen hatten und die Briten vor den Überfällen an den Küsten nach Westen auswichen, hatte sich vieles verändert. Dennoch: »Ein unheimlicher Platz.« Hakonwulf schüttelte sich. Er fühlte sich wie zwischen niedrigen Mauern, denn die Steine standen nicht weiter als sieben Ellen voneinander entfernt. Zufällig blickte der Prinz auf seine Stiefelspitzen. Erst jetzt fiel ihm auf, dass er auf einer runden Steinplatte stand.

Hakonwulf scharrte sie von Staub und Blattresten der Vergangenheit frei und trat drei Schritte zurück. Im Stein waren tiefe Rillen eingemeißelt, vom Alter schwarz gefärbt.

»Der Druidenstern im Moos!«, flüsterte er und erinnerte sich an jenen Ausflug damals mit Pattrick.

Fünf Linien, spitz zulaufend, deuteten in fünf Richtungen. Eine zeigte auf jene hochkant eingegrabenen Steine, durch die man nur in eine bestimmte Richtung blicken konnte. Hakonwulf ging langsam in die Knie, starrte an dieser geraden Linie entlang und glaubte zwischen den Eichenwipfeln einen winzigen, verwaschenen Lichtpunkt zu sehen; ein Stern am Abendhimmel. Was für eine Bedeutung hatte er?

Hakonwulf drehte sich einmal um sich selbst und sah, wie sich die Schatten mit der abendlichen Dämmerung vermischten. Besser, er machte sich auf den Rückweg, bevor es dunkel wurde und die anderen ihn vermissten. Außerdem beunruhigte ihn die immer noch magische Ausstrahlung dieses Ortes.

Mit langen Schritten ging Hakonwulf auf die hellen Lichter zu, die aus winzigen Fenstern und schmalen Türen des Klosters und mancher Häuser leuchteten.

Der Than sprach gerade im Versammlungsraum des Klosters mit Bronzefist und Belangere, als Hakonwulf eintrat.

Belangere sagte: »Than Chester, Eure Worte wird unser König gern hören, denke ich.«

Der Than nickte. »Und sagt ihm, dass wir von Überfällen der Vikinger verschont geblieben sind, von jenen Räubern, die Ihr Nordmannen oder Nordmänner nennt.«

»Avebury liegt zu fern vom Meer.« Bronzefist nickte Hakonwulf zu, als er sich zu ihnen setzte. »Dürfen wir Eure Gastfreundschaft einige Tage lang in Anspruch nehmen?«

»Es ist uns eine Ehre. Eure Pferde stehen in meinem Stall und in dem des Schmiedes. Wenn Ihr«, er senkte die Stimme, »etwas Handfesteres essen wollt als den Brei unserer frommen Brüder, so kommt in einer Stunde in mein Haus.«

Belangere grinste. »Gern, Than Chester. Seid Ihr sicher, dass die Druiden uns nicht heimsuchen in der Nacht?«

Der Dorfälteste stand auf und legte seine Hand auf die Schulter des Ritters. »Ihre Seelen sind schon längst zur Ruhe gekommen. Abergläubische Gemüter berichten mir jedes Jahr einige Male, dass im Steinkreis Lichter brennen, dass schauerlicher Gesang ertönt und leuchtende Frauen und Männer zwischen den Steinen spazieren.« Er lachte dröhnend. »Und wenn ich nachsehen will, ist alles verschwunden, und nur ein Wolf heult.«

»Wir fürchten uns, wenn überhaupt, nur vor den norwegischen Wölfen draußen auf dem Meer«, meinte Bronzefist.

Hakonwulf entsann sich, wie oft Bronzefist gespien und kraftlos auf den Planken des Schiffes während der Flucht von Thule gelegen hatte. Davor fürchtete sich der Herr Ritter vielleicht auch ein klein wenig. Er grinste in sich hinein.

Zu später Stunde zog es ihn doch wieder hinaus. Der junge Prinz konnte nicht schlafen, immer wieder sah er den mächtigen Steinkreis vor seinen Augen und verspürte eine magische Anziehung. Er musste noch einmal dorthin, diese Nacht! Er verspürte keine Furcht mehr, sondern Verlangen. Heimlich zog er sich an und verließ ein zweites Mal das Kloster, diesmal im Schutz der Dunkelheit.

Hakonwulf zog den Mantel enger um die Schultern und blickte

in den Sternenhimmel. Mittnacht war schon vorüber, und jetzt verwandelte kalkiges Mondlicht das Gras, die Wälle, Vertiefungen und jeden Stein des Kromlechs in eine Gespensterlandschaft. Der Prinz lehnte an einem breiten, schwarzen Stein, an dessen Vorderseite er weder ein Gesicht noch andere Linien oder Dreiecke gesehen hatte. Wie unbewegtes Wasser lag das kurze Gras unter dem Mondlicht. Seine Fußspur zeichnete sich schwarz ab, beschrieb einen Bogen und endete im Schatten des Steines, an dessen nasser Flanke sich der Prinz abstützte.

»Und nun?«, fragte sich Hakonwulf flüsternd. Er hielt die Augen halb geschlossen, und durch seine Gedanken geisterten Drachen und Elfen, der Zauberer Merlin und die Zeremonien der Druiden. Gelang es der rätselhaften Stätte alter Kulte, ihn zu verändern, etwas in seinem Innern zu verwandeln? Dachte er morgen anders über bestimmte Dinge?

Aus dem Wald kroch dünner Nebel dicht über den Boden, sickerte zwischen den Wurzeln hindurch und schlängelte sich über Weiden und Äcker. Totenstille lag über Kloster, Dorf und Steinkreis. Einige Atemzüge lang glaubte Hakonwulf das Schlagen seines Herzens zu hören, und sein Blick suchte zwischen den Steinsäulen, tastete sich die Nebelschwaden entlang und heftete sich auf den Mittelpunktstein.

»Wo bleibst du, Zauberer?«, wisperte er.

Nur der Nebel wurde dicker. Im Wald schrie leise ein Totenvogel. Hakonwulf gähnte, zuckte unbefriedigt mit den Achseln und stieß sich vom Stein ab. Er setzte seine Füße in die alte Spur und ging aus dem Steinkreis hinaus und auf der breiten Steinstraße zum Dorf. Er sehnte sich nun nach seinem Nachtlager, dem warmen Stall von Than Chester. Dort hatten die Mägde Decken und Leinen über dem Stroh ausgebreitet.

An der Stelle, wo der Dorfanger anfing und der Weg der Steine endete, drehte er sich um.

Nebel hatte die gesamte Stätte überflutet und lagerte zwei oder drei Ellen hoch über dem Boden. Die Steine sahen daraus hervor wie Klippen aus unbewegtem Wasser. Hakonwulf nahm dieses Bild ein letztes Mal in sich auf; doch es minderte kaum seine Enttäuschung. »Bald werde ich die Erinnerungen an dich und deinen Geist treffen, Zauberer Merlin«, murmelte er. Der Ort hatte jegliche Anziehungskraft auf ihn verloren. Nichts von den alten Geschichten stimmte. »In Camelot, dort finde ich dich. Ich glaube,

Avebury ist heute so tot wie der letzte römische Legionär.«

Chesters Hofhund trottete heran, ließ sich von Hakonwulf streicheln und begleitete ihn zur Scheune. Bjarn und Ritter Aarebrand lagen unter ihren Decken und schnarchten. Hakonwulf zog die nassen Stiefel von den Füßen, entkleidete sich halb und schlüpfte unter die Decken. Bis ihn der Schlaf übermannte, dachte er an Maireads Küsse, ihr Haar und ihren glatten, gierigen Körper.

Am dreiundzwanzigsten Tag, nachdem sie Avebury auf der südwestlichen Straße verlassen hatten, sahen sie zum ersten Mal in der Ferne wieder das Meer.

»Dies, Prinz von Thule, ist eine Straße, die wir kennen.« Ritter Bronzefist deutete auf sich und Aarebrand. »Noch drei Tage. Oder vier, Herr Aarebrand?«

»Vier, meine ich. Und jeden Tag eine andere, herrliche Aussicht.«

»Nur nicht bei Nebel.«

Hakonwulf wusste nur, dass sie in der letzten Stunde fast immer genau nach Westen geritten waren. Dieser Teil der Insel, hatte Belangere erklärt, verjüngte sich wie eine Speerspitze bis zu einer Klippe, die »Landsend« hieß. Linker Hand, am Fuß meist steiler Hänge, schäumte die Brandung.

In den letzten drei Nächten waren Frühjahrsstürme über das Land getobt. Das Meer ging hoch, die Wellen trugen weiße Schaumkämme. Manchmal hörten sie die Wogen gegen die Klippen schmettern; dann schien die Erde zu beben.

»Beim Drachen von Wantley!« Ritter Belangere stand in den Steigbügeln auf. »Welch ein Anblick. Bald werden wir die schmucken Dörfer rund um Camelot sehen.«

»Und die Straßen werden sich allmählich bevölkern«, rief Bronzefist und schlug seinen Mantel über die Schultern zurück. »Der Frühling steht in voller Kraft, und nun sollten die Ritter ausschwärmen wie die Bienen!«

In den vergangenen Tagen hatten sie Holzfäller getroffen und schwere Gespanne, die lange Stämme über die Straßen zerrten. Hinter einem Hügel waren die Geräusche einer Jagd auf Rehwild oder Hirsche zu hören gewesen. Äcker wurden bestellt, und ein Schäfer hatte ihnen zugewinkt, während seine Schafherde entlang der Straße zwischen Wegrain und Waldrand weidete. Die milde, warme Luft lockte jeden Tag mehr Vögel aus den Nestern.

Selbst die Pferde schienen zu wissen, dass sie bald in königlichen

Ställen stehen würden, denn sie trabten und galoppierten, ohne dass sie die Sporen brauchten.

»Ihr kommt noch früh genug zum Tjosten, Freunde!« Belangere ritt neben Hakonwulf. »Nun, Prinz, wie gefällt dir das ritterliche Leben?«

Hakonwulf lachte. »Vom ritterlichen Leben habe ich bisher nur viel Reiten erlebt, Schlafen in Scheunen, einige Badehäuser und wenig Lautenspiel, blütenbestreute Böden in Burghallen oder fahrende Barden. Und nicht einen einzigen Drachen! So zu reiten wie heute – das allerdings ist herrlich.«

»Besser als im Sumpf, nicht wahr?«

»So ist es.« Hakonwulf senkte den Kopf. »Und doch werde ich, sobald ich kann, zum Sumpf zurückkehren und meinen Vater holen.«

»Wenn es soweit ist, weißt du, wer an deiner Seite reitet.«

Die Straße wand sich hoch über dem Meer entlang, näherte sich den Abstürzen oft so weit, dass ein Fehltritt der Pferde den sicheren Tod bedeutet hätte, führte kurze Zeit darauf aber wieder ins Land hinein, gen Sonnenaufgang.

Ritter Bronzefist erinnerte sich immer genauer an einzelne Felsen oder Waldstücke, und am Nachmittag rief er vom hinteren Ende der Reitergruppe: »Ich hab's!« Er deutete nach links. »Seit Urzeiten steht im Wald ein alter römischer Steinbau. Eine Quelle ist auch dort. Ein guter Platz für ein Nachtlager.«

»Einverstanden. Führst du uns?« Aarebrand gab seinem Pferd die Sporen.

»Ich finde das Häuschen mit ein wenig Glück.« Eine Stunde vor der Dämmerung brachte er sie über einen schmalen Holzfällerweg zwei Bogenschüsse weit in den Wald hinein. Neben einem moosbedeckten Felsen stand ein viereckiges Haus, ganz aus Stein gebaut, mit einem gemauerten und aus Ziegeln zusammengesetzten Eingang.

»Die Quelle ist weiter vorn am Hang.« Der Ritter stieg zufrieden aus dem Sattel. Er spähte ins Innere und rief: »Die braven Holzfäller des Königs. Sie haben für alles gesorgt.«

Hakonwulf trat ein. Das Dach aus Schieferplatten war an mehreren Stellen ausgebessert worden, der Boden und die Wände schienen trocken zu sein. Vor den Fenstern hingen schwere Holzläden, um die Feuerstelle stapelten sich Scheite, der Boden war sauber gekehrt. Sie sattelten die Pferde ab und führten sie zur Tränke.

Rauchschwaden zogen durch die Baumkronen. Feuchter Südwind, der von der Brandung kam und das Tal hinauffegte, ließ die lindgrünen Blätter zittern und verwirbelte den Rauch.

Im Kessel, der an drei Ästen über dem Feuer hing, summte das Quellwasser. Hakonwulf kletterte über Wurzeln, hielt sich an Stämmen fest und bemühte sich, keinen Lärm zu machen; vielleicht lauerte irgendjemand den Rittern auf. Er stieg schließlich die Rückseite des Felsens hinauf, an den sich die Rückwand des alten römischen Hauses schmiegte.

Nur kleine Büsche, große Moospolster und Himbeerranken hatten auf der schrägen Felsplatte Wurzeln schlagen können. Schritt um Schritt in der zunehmenden Dunkelheit ging Hakonwulf bis zum höchsten Punkt, sah letztes Sonnenlicht weit draußen auf den Wellen tanzen und verlor beim nächsten Schritt beinahe den Halt. Vor ihm waren drei Ellen breite Stufen in den Fels geschlagen.

»Das hat Ritter Bronzefist bestimmt noch nicht gesehen«, murmelte er, zog den Dolch und zählte die Stufen, die in einem Halbkreis nach unten führten. Ein uraltes, in kunstvoller Steinmetzarbeit herausgemeißeltes Portal führte in eine Kammer, vier Schritte lang und drei Schritte breit. Ein zierlich umrandetes Fenster bot den gleichen Ausblick wie von der Quelle oder dem Felsdach. Eine dicke Schicht raschelnden Laubs, einige Vogelnester und Schmutz bedeckten den Boden. Hakonwulf warf einen Blick aus der Öffnung, drehte sich um und erschrak. Aus einer oben gerundeten Nische in der Rückwand blickte ihm ein weißer Kopf entgegen. Die Büste war lebensgroß und zeigte einen bartlosen Mann mit schmalem Gesicht und einem Zweig aus ovalen Blättern um die Stirn. Das Innere der Augen bestand aus Kupfer, das Patina angesetzt hatte. Hakonwulf strich behutsam mit den Fingerspitzen über die Züge des Gesichts und des Halses, der auf dem Fels aufsaß.

»Hast du auch einen Namen, alter ... Römer? Oder ist das König Artus, der >Eber von Cornwall<?«

Der Kopf ließ sich nicht bewegen. Er sah niemandem ähnlich, den Hakonwulf kannte. Der Prinz lehnte sich gegen die breite Steinplatte, von der das Fenster abgeschlossen war. Der Kopf, die Augen, diese winzige Kultstätte; alles schien etwas zu bedeuten, wortlos mit ihm sprechen zu wollen. Eigentlich sollte er die Ritter und Bjarn holen und ihnen beim Licht einer Fackel seinen Fund zeigen. Hakonwulf setzte sich auf die Steinplatte und merkte, dass es dunkler wurde und dass der einzige helle Fleck dieses Gesicht blieb. Es schien das verbleibende Licht aufzusaugen und dadurch von innen heraus zu leuchten.

Hakonwulf gähnte, hielt sich am Rahmen des Fensters fest und merkte, wie ihm die Augen zufielen. Er zwang sich, sie zu öffnen, blinzelte und rieb die Tränen der Müdigkeit aus den Augenwinkeln. Als er die Hände sinken ließ, gehörte das Gesicht zu einer Gestalt, die vor der Wand stand. Zu ihren Füßen leuchteten bläulich einige längliche Gegenstände.

»Zauberer Merlin!«, flüsterte Hakonwulf stockend. »Herr! Wieder habt Ihr mich zu Tode erschreckt.«

Dieses Mal trug Merlin einen spitzen, schwarzen Hut, der mit der Dunkelheit über ihm verschmolz. Die Sterne, Monde und Zeichen auf seinem langen Gewand leuchteten schwach.

»Du hast mich vielleicht in Avebury erwartet, doch jetzt bin ich hier.« Auch Merlins Stimme erkannte Hakonwulf wieder. Der Zauberer deutete zu Boden. »Jedenfalls hast du mich von einer bedeutenden Stelle aus gerufen.«

»Ich habe Euren Namen genannt, Herr Zauberer. Ich habe Euch herbeigewünscht.« Hakonwulf sah, mehr als verwundert, große Schwerter auf dem Boden liegen. Sie schienen weißglühend zu sein. Er zählte: Es waren zwölf. Ihre Spitzen deuteten auf ihn. Jeder Griff war anders geformt. An einigen Knäufen und Parierstangen funkelten und glühten edle Steine in vielen Farben.

»Bald wirst du das erste große Ziel deines jungen Lebens erreicht haben, Prinz von Thule.« Der Zauberer sprach belehrend und tröstend. »Bevor du danach trachtest, Ritter zu werden, wirst du schwere Prüfungen ablegen müssen. Der Lohn aber ist beträchtlich. Sieh!«

Unwirkliche Schatten spielten auf den Klingen und zeigten deutlich die Valz-Rillen in der Mitte der langen Klingen.

»Jedes Schwert, geschmiedet von einem anderen Zauberer, hat einen Namen. Nie seit der Zeit der ersten Druiden sind schärfere Klingen geschaffen worden: Hier Excalibur, König Artus' Schwert. Ein anderer Ritter wird Durindarte führen. Jedes Schwert teilt das Schicksal seines Trägers. Balmung, Eckesax, Miming und Nagelring. Flamberg ist einem schwarzhaarigen Ritter zugedacht, und derjenige, der Fulguran, Schlachtlohe oder Blutzweig einst besitzen wird, darf es nur führen, wenn er für eine gerechte Sache kämpft. Auch du wirst ein Schwert bekommen.«

Hakonwulf starrte die zwölf Schwerter an. Eines war so schön wie das andere. Alle stammten aus meisterlicher Hand. Warum schwelte das Laub nicht unter den weißglühenden Klingen?

»Eines dieser Schwerter – ist meines darunter, Herr Zauberer?« Wie beim ersten Mal wusste er nicht, ob er träumte.

Merlin antwortete nicht sofort. »Ich war es, der einstmals Artus dazu brachte, das Schwert aus dem Marmorblock vor Caerleons Kirche zu ziehen. Ich bin ein Teil des Druidenerbes und ein Teil des neuen Glaubens, ein schwankender Steg zwischen Vergangenheit und Gegenwart. Wenn du dein Schwert erhältst, so weiß ich davon. Aber du wirst auch mit anderen Schwertern kämpfen.«

Langsam verloren die Schwerter ihr seltsames Weißglühen. Hakonwulf flüsterte: »Warum zeigt Ihr mir die Schwerter, Herr? In wenigen Tagen werde ich in Camelot ... oder Carlisle sein, wie man es heute nennt ...«

»Dies ist dein Weg, Hakonwulf Merlinsträumer. Und niemand sonst soll um unsere Verbindung so genau wissen. Camelot hat viele Augen und Ohren.«

Hakonwulf schüttelte den Kopf. »Wann, Herr Merlin, wird das alles geschehen? Ihr kennt die Zukunft ...«

Merlin hob die Hand. Seine Ringe blitzten und blendeten Hakonwulf. Er hörte ein leises Gelächter. »Auch wenn ich sie kennen würde – wäre es klug für einen Zauberer, die Zukunft zu nennen? Erlebe sie selbst, junger Prinz. Sei sicher, Hakonwulf, dass sie farbig, reich, schön und grausam ist. Alles liegt vor dir. Zunächst wird es der Hof zu Camelot sein.«

Wieder funkelten die Steine in Merlins Ringen. Hakonwulf zuckte zusammen, als er sah, wie die Schwerter zu glimmen aufhörten, wie sich der Zauberer auflöste und nur das Gesicht des steinernen Kopfes als heller Fleck übrigblieb. Die Schwerter verschwanden; Hakonwulf blinzelte und fand sich in der kleinen Ritualstätte allein. Er beugte sich aus dem Fenster, atmete tief ein und aus und hörte leise die Stimmen der Ritter am Lagerfeuer. Es roch nach Kräutersud. Als er zu den Stufen zurückging, wagte er nicht, dorthin zu treten, wo die Schwerter aufgereiht gewesen waren.

Hakonwulf wachte auf und blieb mit geschlossenen Augen liegen, den Kopf auf dem zusammengerollten Kettenhemd. Erst nach einigen Atemzügen merkte er, dass ihn weder Helligkeit noch Vogelgeschrei geweckt hatten, sondern eine ungewohnt tiefe Stille. Er öffnete die Augen und blinzelte in einem verirrten Sonnenstrahl, wickelte sich aus dem Mantel und stand auf, warf seine Ausrüstung über die Schulter und kletterte die Stufen zum Lagerplatz hinauf. Als er unter den Ästen hervorkam und den Himmel sah, erschrak er.

Schwarze Wolken, zwischen denen schmale Sprünge zitterten, schienen sich bis auf die Baumwipfel herabgesenkt zu haben. Blutrote Sonnenfinger stachen aus der Schwärze und glitten langsam hin und her, als wollten sie auf einzelne Dörfer oder Seen oder Buchten deuten. Über dem Meereshorizont erhob sich, wie eine Reihe eisiger Berge, eine umstürzende weiße Mauer mit roten Streifen. Sie schien, während Hakonwulf sie anstarrte, zu wachsen und näherzukommen wie eine Brandungswelle.

Ein furchtsames Wiehern ließ ihn herumfahren. Das Packpferd und sein Grauschimmel standen am Rand der Lichtung und hatten die Köpfe gehoben. Gepäck, Lanzen und Sattel lagen neben dem erkalteten Feuerkreis zwischen den knotigen Wurzeln einer Eiche.

Hakonwulf erschrak zum zweiten Mal. »Wo sind die Ritter?«, murmelte er und blickte sich um.

Er sah nur den nassen Feuerkreis und die Spuren des Aufbruchs; nichts war vergessen worden. Seine Freunde hatten ihn allein zurückgelassen! Immerhin mit Gepäck und Pferden ...

Er hob breitete wie gelähmt die Satteldecke über dem Pferderücken aus, legte den Sattel darauf und schnallte ihn fest. Einige Atemzüge später versuchte er zu erkennen, wohin seine Freunde geritten waren, aber es führten keine deutlichen Hufspuren vom Lager fort. Wieder starrte er zum Himmel: Einige Spalten in den Wolken hatten sich geschlossen, und das wenige Sonnenlicht färbte sich stechend gelb. Noch immer herrschte die ungeheuerliche Stille, und Hakonwulf begann zu verstehen, dass er die Bilder sah, wie sie einst der Evangelienschreiber gesehen hatte: Bilder am Himmel, die das Jüngste Gericht vorbereiteten.

Langsam schüttelte er den Kopf und flüsterte: »Nein. Das sind die Vorzeichen für wilde Stürme und lange Gewitter und verderbenden Regen oder Hagel. Dieser Himmel hat mich oft in Thule erschreckt – und wir alle leben noch.«

Er belud das Packtier und zäumte es auf, drehte und würgte sich ins Kettenhemd und schloss den Dolchgürtel, steckte die erbeutete doppelschneidige Axt in die Sattelschlaufe und zäumte auch den Wallach. Er beruhigte die nervösen Tiere und nahm einen langen

Schluck schales Wasser aus dem Ziegenbalg.

»Wo sind nur die Ritter?« Er verschloss den Schlauch und knotete ihn an die Last des Packpferdes, setzte den Helm auf, schloss die Schnalle des Kinnbands und lauschte. Kein Windhauch bewegte die Blätter, selbst das ferne Meer lag wie eine schwarze Steinplatte unter den Wolken. Hakonwulf hängte Köcher und Bogen über die Schulter. Wieder fuhr ein dünner Sonnenstrahl aus den Wolken, erlosch und kam weit im Norden wieder. Die weiße, rotgeäderte Wolkenwoge war im Westen gewachsen.

Hakonwulf flüsterte: »Bald wird ein furchtbarer Sturm ausbrechen. Vielleicht haben die Ritter ein besseres Versteck gefunden, als ich es finden kann. Aber warum haben sie mich nicht geweckt? Warum haben sie mich auf einmal im Stich gelassen?«

Als er den Fuß in den Steigbügel stellte und sich hochziehen wollte, hörte er die Schreie und das Klirren von Waffen; sie drangen als einzige Geräusche unnatürlich laut durch die dumpfe Stille. Er schwang sich in den Sattel und drehte den Kopf – wieder ein dünner, langgezogener Schrei. Er kam vom Meeresfjord, der nach Nordost wies, an vielen Stellen steil abfiel und an beiden Ufern bewachsen war. Hakonwulf setzte die Sporen ein, lockerte den Zügel und ritt auf den Weg hinaus, auf dem die Freunde und er hierher geritten waren.

Der Schrei war in großer Ferne ausgestoßen worden, dort, wo der Fjord schmaler wurde und in vielen Biegungen verlief.

Die Pferde fielen in Trab. Die angsterregende Stille schluckte den Hufschlag. Es gab keine Schatten; die Dunkelheit nahm zu, und zwischen den Bäumen herrschte eine ungewisse Finsternis wie kurz vor Einbruch der Nacht.

Auch auf diesem Weg sah Hakonwulf nur die eigenen, alten Spuren. Als der Pfad sich zum Ufer senkte, spürte Hakonwulf, wie von allen Seiten klamme Kälte auf ihn eindrang. Fünf Dutzend Schritte weiter, wieder höher über dem Wasser und zwischen Buschwerk, wehte ein schwacher Windhauch plötzlich warme Luft über Hakonwulfs Rücken. Er ritt im Trab weiter, dem fernen Ende des Fjords zu, der unweit Camelots endete; so hatten es die Dörfler den Rittern berichtet.

Es mochte eine Stunde vergangen sein. Weit hinter sich glaubte Hakonwulf leises Wiehern zu hören. Als er sich umdrehte, sah er weit draußen auf der erstarrten Meeresoberfläche eine dünne, weiße Linie. Die weiße Brandungswolke im Westen war in die Höhe und Breite gewachsen, die roten Schleier in ihrem Inneren schienen zu glühen.

Der Pfad, der ständig breiter geworden war, endete an einem Wegkreuz, eine gute Straße wand sich dem bewaldeten Ufer entgegen und senkte sich in eine leere, hügelige Ebene. Hakonwulf spornte den Grauschimmel zum Galopp an und hielt erst an, als er eine weite Strecke des Fjords überblicken konnte.

Fjordaufwärts, in der Mitte des stillen Wassers, ruderten viele Männer ein Schiff. Es war kein Seedrache der Nordmänner. Das große, schlaff herunterhängende Segel schien aus Leinen zu sein; undeutlich erkannte Hakonwulf das Bild eines roten Drachens. Der Stoff war nass, und einige große Brandlöcher hatten sich ausgebreitet, ehe sie gelöscht worden waren. Oder sie waren von selbst ausgegangen. Im Bug und im Heck drängten sich Menschen zusammen, Frauen und Kinder. Zwei Bewaffnete versuchten sie mit großen Rundschilden zu schützen. Rauchende Brandpfeile flogen von Hakonwulfs Ufer zum Schiff, trafen die Bordwand oder schlugen ins Wasser. Zwischen den langen Ruderriemen hingen die Seile von Wurfhaken ins Wasser. Aus der Höhe wirkte das Schiff, als würde sich ein bizarrer Käfer mit zehn oder zwölf Beinen über das Wasser bewegen, auf eine Landzunge zu, an der sich der Fjord verengte.

Hakonwulf vermochte die Angreifer noch nicht zu sehen. Sie rannten oder ritten hinter den Biegungen der Uferstraße und den zerzausten Bäumen neben dem Schiff her; es mochten, der Menge der Geschosse nach zu urteilen, zwei Dutzend sein. Er holte tief Luft und trieb seinen Schimmel weiter. Das Packpferd am langen Zügel folgte willig.

Unvermittelt änderte sich alles: Lautlose weiße Helligkeit blendete Hakonwulf, überschüttete das Land und schien es zu verbrennen, blendete auch die Reittiere. Halb blind kämpfte Hakonwulf mit dem Wallach und schaffte es, sich im Sattel des buckelnden, grell wiehernden Pferdes zu halten. Nach drei oder vier Galoppsprüngen auf der Stelle erschütterte ein Donnerschlag das Land. Lauter, furchtbarer und länger als jeder Donner, der Hakonwulf jemals erschreckt hatte.

Er schloss die tränenden Augen, blinzelte die Blendung weg und rief schwer atmend: »Der Donner des Jüngsten Gerichts!«

Sein Herzschlag raste, die Knie und die Finger zitterten. Der

Grauschimmel spürte Hakonwulfs aufwallende Angst und tänzelte auf der Stelle, nur vom straffen Zügel gehalten. Hakonwulf schob eine Lanze unter die Tragriemen des Packpferdes, nahm die kürzere Waffe unter die Achsel und gab die Zügel frei.

In polterndem Galopp, während der Donner über dem Land wiederhallte, ritt Hakonwulf hinunter zum Landvorsprung. Die Insassen des Schiffs waren auf dem Weg nach Camelot wie er; es galt, ohne viel nachzudenken, ihnen zu helfen. Die nächsten Blitze schlugen vor der Küste ins Meer.

12

Der Grauschimmel rammte die Hufe in den Boden, als Hakonwulf durchparierte. Von der Kante des Abhangs stürzte ein fauchender Windstoß herab, und warmer Wind jaulte und wimmerte vom Meer durch die Schlucht des Fjords.

Das durchlöcherte Segel knatterte, schlug Falten und blähte sich wieder. Vielleicht sechs Reiter und mehr als zwei Dutzend bewaffnete Männer zu Fuß bewegten sich neben dem Schiff her, schleuderten Steine und Speere und schossen Pfeile aus großen Holzbogen. Sieben, acht Männer standen mit Wurfhaken und Seilschlingen zwischen den Schilfhalmen des Vorsprungs und warteten auf das Schiff, das an ihnen vorbeitreiben musste.

Das lange Poltern der Donnerschläge übertönte jeden anderen Laut. Hakonwulf hielt an, band den Zügel des Saumtieres an einen Ast und lehnte die zweite Lanze an den Baum. Er beugte sich vor, gab den Zügel frei und preschte auf die Angreifer zu. Noch sahen und hörten sie ihn nicht; er dachte nur wenige Herzschläge lang an den erbitterten Kampf im Burgdorf Myngrifons, dann verloren sich alle Gedanken und machten einer bösen, kalten Leere Platz, in der es nichts anderes gab als den Kampf.

Den ersten Angreifer, der mit dem Rücken zu ihm rannte, ritt er in vollem Galopp nieder, dessen Nachbarn traf ein Hieb mit der flachen Axt, der ihm das Genick brach und ihn einige Schritte nach rechts schleuderte. Dann war Hakonwulf vor der ersten Gruppe, lenkte das Pferd mitten hindurch und schlug zu beiden Seiten mit Schwert und Axt zu. Das Pferd eines Reiters ging durch, sprang zum Straßenrand und überschlug sich, als es den Abhang hinunterstürzte und den Reiter unter sich begrub. Hakonwulfs Wallach wurde schneller, die Hufe trommelten auf dem feuchten Sand, die Blitze, die weit hinter Hakonwulfs Rücken einschlugen, blendeten die Männer, die ihn entsetzt anstarrten. Die Vorderhufe des Wallachs wirbelten zwei Angreifer zur Seite, einen dritten traf das Schwert, einen vierten rammte Hakonwulf mit der Axt vom Pferderücken. Kreischendes Geschrei ertönte zwischen den Donnerschlägen. Hakonwulf sprengte an einer Reihe Bogenschützen vorbei, auf die Landzunge zu, warf nach einem Schützen, der auf ihn zielte, mit gewaltigem Schwung das Schwert und traf ihn in die Brust, drehte sich halb im Sattel und riss, als er an dem Sterbenden vorbeipreschte, die Waffe aus dem zusammengesackten Körper.

Pfeile heulten um ihn herum. Er ließ das Pferd dreimal auf der Stelle kreiseln und riss einige Angreifer um. Mit der Axt schlug er auf die Köpfe der Angreifer ein, dann trieb er den Schimmel an und schoss aus dem Ring heraus, der sich um ihn gebildet hatte.

Das Gewitter walzte näher. Blitze und Donner folgten einander in rascherer Folge und machten die Kämpfenden halb taub. Vereinzelte Windstöße, kalt, triefend oder brühwarm, hatten sich in Sturmwirbeln vereinigt, und der Sturm wurde stärker. Sein Heulen füllte die kurzen Abstände zwischen dem Donnergrollen, das den Boden beben ließ. Der Sturm hatte auch das Schiff gepackt, riss die Oberfläche des Wassers zu schäumenden Wellen auf und jaulte an Klippen vorbei, über kleine Strände und durch den aufächzenden Uferwald. Einzelne Tropfen regneten aus den Wolken, der Sturm peitschte sie zuerst schräg, einige Atemzüge später waagrecht durch die Luft. Von den Wellen rissen sich Tropfen los, Sandkörner und Steinchen prasselten gegen Körper, Blätter und Stämme und in wirren Wirbeln ins Wasser.

Hakonwulf, tief neben den Hals des Pferdes gebeugt, erreichte zwischen rüttelnden Stämmen und sturmgepeitschten Kronen den Landvorsprung. Die Tropfen waren hart wie Schleudersteine; es regnete zerfetzte Blätter und Nadelbüschel. Neun Männer zählte er vor sich, bewaffnet und Wurfeisen über den Köpfen schwingend. Der Schiffsbug war nicht weiter als einen Pfeilschuss entfernt und kam schnell näher. Hakonwulf schwang die Axt über dem Kopf, erschlug einen Angreifer, rammte mit der anderen Hand das Schwert ins Gesicht eines zweiten und trieb die Axt mit einem seitlichen Hieb in den Rücken eines Mannes, der das Gleichgewicht verlor, sein Wurfseil losließ und mit wild rudernden Armen schreiend in den Fjord stürzte. Zwei weitere vernichtende Hiebe konnte er mit der Doppelaxt ausführen, dann wurde der Ring der Männer um ihn herum zu eng, und er musste flüchten.

Die Übermacht war zu groß. Hakonwulf ließ sich nach rechts halb aus dem Sattel fallen, klammerte sich am Sattelhorn fest und sprengte in rasendem Galopp den Weg zurück, den er gekommen war. Wieder umheulten ihn Dutzende Pfeile, prallten vom Helm und den Maschen des Kettenhemdes ab oder wurden vom Sturm fortgewirbelt. Die Regentropfen waren zahlreicher geworden und schmerzten nicht mehr, wenn sie auftrafen, aber in die Regenflut mischten sich einzelne Hagelkörner. Die Wolken schleuderöten sie hinunter, sie prallten misstönend auf den Helm und sprangen wie kleine weiße Tiere auf der Straße. Hakonwulf donnerte an den Männern vorbei und sah aus dem Augenwinkel, dass er mehr als ein halbes Dutzend verwundet oder getötet hatte. Sein Ziel war das Saumpferd. Der Wallach hatte vieles gelernt; er galoppierte im Zickzack die gesamte Länge der Uferstraße entlang und warf sich herum, als die Krümmung zu eng wurde.

Blitze und Donner, das ohrenbetäubende Rauschen des Regens, das trockene Klappern und Knistern des Hagels, die ächzenden, knarrenden und splitternden Laute aus dem Wald vereinigten sich zu einem erschreckenden, tosenden Malmen. Eine Möwe flatterte kreischend über Hakonwulfs Kopf, überschlug sich einige Male und wurde gegen einen Stamm geschmettert. Er erreichte das Lastpferd, das geduldig gewartet hatte, griff nach dem Zügel und wendete den Schimmel, als sein Blick vom Pferdehals auf die Straße und die Büsche fiel. Unter den mächtigen Ästen und den zerfetzten Blättern, deren Reste troffen, waren Hakonwulf und die Tiere vor dem nun wütend einsetzenden Hagel geschützt.

Die Körner bedeckten knöcheltief die Straße; eisige Kälte ging von der perlenden weißen Schicht aus. Bald darauf schwemmte sie ein wahrer Wasserfall fort. Unverändert zogen Blitze und Donnerschläge kreuz und quer über das Land. Hakonwulf wischte den Regen, der vom Helmrand und dem Nasensteg tropfte, mit dem Unterarm weg und versuchte das Schlachtfeld zu erkennen.

Mit wenigen tiefen Atemzügen erholte er sich und wollte wieder losreiten, doch er stockte. Zuerst vor dem Handgelenk, dann in der nassen Mähne des Pferdes verlaufend, auch auf dem Kettenhemd über seinen Schenkeln erschienen große Blutstropfen, die der Regen und Hagel verwusch. Er spürte aber keinen Schmerz, sah und fühlte keine Wunde an seinem Körper, hob den Kopf und erkannte, dass sich um ihn herum die Hagelkörner langsam rot zu färben begannen.

»Blutregen!« Er keuchte auf. Binnen weniger Dutzend Herzschlägen stürzte ein gewaltiger kalter Guss herab und verwandelte alles in dunkles Blut: Ihn, die Pferde, jedes einzelne Blatt, die schmelzenden Eiskugeln auf der Straße: Selbst das Halbdunkel unter den rasenden Wolken färbte sich rot.

Das Geschrei der Angreifer war im Tosen des Sturms, des Gewitters und der abwechselnden Güsse aus dem rußschwarzen Gewölk untergegangen. Hakonwulf betrachtete den triefenden Handschuh, die weißen Wolken aus den Nüstern des Grauschimmels, die blutübergossene Landschaft und, links von sich, die Oberfläche des Fjordes, durch die mit der blutigen Sturmflut eine mächtige Brandungswelle aufwärts toste, vier, fünf oder mehr Ellen hoch, mit roter, zerfledderter Gischt auf dem Wogenkamm. Das Schiff war um die Landzunge verschwunden.

»Bring es hinter dich, Prinz!«, sagte Hakonwulf zu sich. Er zwang das nasse, schwitzende Pferd in einen letzten Galopp. Die Hufe schleuderten rote Hagelkörner nach allen Seiten.

Als er die Hälfte des Wegs zurückgelegt hatte, vorbei an fünf reglosen Körpern, vom Hagel halb bedeckt, schlug ihm Geschrei entgegen.

Die Straße führte vom felsigen Landvorsprung sacht ansteigend aus dem Landeinschnitt hinauf. Mitten auf dieser rot überfluteten Straße sprengte ein Ritter auf ihn zu; von Teilen der Halbrüstung, dem Bug und Kopf des Pferdes und dem Schild hatte der Regen das Blut weggespült. Der Schild zeigte, wenn Hakonwulf richtig sah, in einer grünen Fläche eine Sanddüne und einen weißen Knochenschädel. Die Verzierung und die Schabracke des braunen Hengstes waren grün, der kleine Busch mit zerfledderten Blättern am geschlossenen Helm, und der Wappenrock über dem steigbügellangen Kettenhemd waren ebenfalls grün ...

»Der Grüne Ritter!«, schrie Hakonwulf. Er sah, dass vielleicht ein Dutzend Angreifer davonrannten; auch sie vom Scheitel bis zu den Sohlen scheinbar vom Blut getränkt. Ein Reiter stob den Hang hinauf. Links der Straße spaltete ein Blitz einen Baum, die Flammen leckten in die Höhe und wurden vom nächsten Sturmregen gelöscht. Es roch stechend nach Schwefel.

Zwischen dem Grünen Ritter und Hakonwulf schlossen sich einige Angreifer zu einer dichten Gruppe zusammen. Bogenschützen, Axtkämpfer und Männer mit Helmen und Schwertern. Die Pfeile der Bogenschützen, dachte Hakonwulf, waren im Regen unbrauchbar geworden, und er donnerte ebenso wie der Grüne Ritter auf die Kämpfer zu. Fast gleichzeitig erreichten sie den wilden Haufen, spalteten ihn, stachen und ritten einige Männer nieder, fegten deren Schwerter zur Seite, und als Hakonwulf hindurch war, sein Pferd zügelte und langsam wendete, zählte er vier Tote oder Verwundete und grinste, als die übrigen ins hagelzerfetzte Gebüsch hangaufwärts flüchteten.

Langsamer ritt er zum Landvorsprung. Hier lagen drei tote Angreifer, oberhalb eines zerhagelten Schilffeldes.

Im Schritt ritt er zurück. Obwohl er nass bis auf die Haut war, schwitzte er. Er lockerte den Kinnriemen und sah zu, wie sich die Straße leerte. Der Grüne Ritter stellte die Lanze senkrecht, öffnete ebenso die Schnalle des Helmbandes und ritt auf Hakonwulf zu. Der Kampf war vorbei.

Fast zu gleicher Zeit, mit gleichen Bewegungen, nahmen sie die Helme ab und genossen den eisigen Regen, der ihre erhitzten Köpfe kühlte. Als Hakonwulf den Blick hob, zwei Lanzenlängen vom Grünen Ritter entfernt, blickte er in ein vertrautes Gesicht.

»Pattrick!«, schrie er. »Du ... hier? Du bist ein Ritter?«

»Ja, Hakonwulf.« Auch Pattricks Stimme war vertraut. »Ich freue mich, dich hier zu treffen, und wohlauf.«

Der rote Regen fiel nun fast senkrecht. Hakonwulf und Pattrick banden die nassen Helmriemen an die Sattelhörner.

Der Grüne Ritter, inzwischen mehr braun vom Blutregen als grün, hielt sein Pferd neben Hakonwulf an und sagte: »Es ist eine lange Geschichte, Prinz. Wir reden morgen darüber.«

»Woher kommst du, Pattrick?«

»Aus Camelot. Mich hat König Ethelred geschickt, um das Schiff sicher zur Flussmündung zu geleiten. Seine Familie, einige Freunde, viele Kinder, seine Geliebte, ein halbes Dutzend Heerführer – sie kamen von der Apfelinsel Ellan Vannin, die Ellan Sheaynth, Friedensinsel, und vor langer Zeit Avallon genannt worden ist.«

»Es waren keine Nordmänner, die das Schiff angegriffen haben«, sagte Hakonwulf. »Und keine Raubritter.«

»Christliche, getaufte Nordmänner leben auf Ellan Sheaynth. Es herrscht Friede zwischen ihnen und dem König. Nein, es waren Schurken, arme Wegelagerer, erbärmliche Söhne kleiner Stammesfürsten.«

Der Regen war nicht mehr rot. Knisternd schmolzen die Hagelkörner. Das Gewitter tobte sich landeinwärts aus, aber die Dunkelheit wich nicht. Pattrick sagte: »Kennst du hier ein trockenes Plätzchen, Prinz?«

»Drei Stunden langsames Reiten.« Hakonwulf stützte sich auf den Sattelknauf. »Ein altes römisches Gemäuer. Von dort bin ich heute morgen aufgebrochen ... ach, es gibt so vieles zu erzählen, Moorjäger.«

»Wahrlich.« Pattrick wendete sein Pferd. »Reiten wir dorthin, lassen wir unser Zeug trocknen. Ich habe zu trinken und zu essen.« Er schlug auf die Satteltasche. »Morgen reiten wir nach Camelot.«

»Auch mir fehlt's nicht an Brot, Braten und Honigwein.« Tausend Fragen bedrängten Hakonwulf; doch er musste sich noch bescheiden.

Nebeneinander ritten sie zu seinem Saumpferd, banden dessen Zügel an den Sattel und trabten auf dem Pfad nach Westen.

Die Pferde drängten sich im Schutz raschelnder Büsche und unter großen Ästen hinter der Wand des Gebäudes zusammen. Hakonwulf ließ sich von Pattrick aus dem Kettenhemd helfen, holte Wasser und fand einige Armvoll trockenes Heu. Obwohl die Blätter an den Ästen halb zerfetzt waren, standen die Tiere im Trockenen und außerhalb des kalten Sturms. Mit einer feuchten, rot triefenden Decke versuchte Hakonwulf die Pferde trockenzureiben, während Ritter Patrick Feuer machte und gegen den Widerstand des Sturms die Holzläden zuklappte. Er hängte die Mäntel vor die Fenster und schob, als die Flammen am Reisig hochzüngelten, dickeres Holz ins Feuer. Aus der Tür und zwischen den Säulen sog der Sturm hellen Rauch hinaus.

Pattrick öffnete die flachen Lederbeutel und durchsuchte sie nach Essen, fand zwei verschlossene Krüge, hängte den Wasserschlauch in den Regen hinaus und stand auf, als Hakonwulf durchnässt hereinstapfte.

»Hilf mir, Prinz«, sagte er. »Morgen wird die Rüstung verrostet sein. Eine unruhige Nacht erwartet uns.«

»Wir leben.« Hakonwulf zog mit Mühe die Handschuhe aus und öffnete die Schnallen mit klammen Fingern. Das Feuer verbreitete große Hitze, die tropfenden Decken und Mäntel begannen zu dampfen. »Wenn wir nicht schlafen können, werden wir reden und gähnen.«

Sie rückten die Sättel, die zu trocknen und zu stinken begannen, zum Feuer und setzten sich außerhalb der davonwirbelnden Wolke aus Dampf und Rauch ans Feuer. Hakonwulf öffnete einen Krug, trank und reichte Pattrick das Gefäß.

»Warum hast du nicht ein Wort zu mir gesagt, als du den Sumpf verlassen hast? Und weißt du etwas von den Rittern, die ich begleitet habe?«

Pattrick wischte Honigwein von den Lippen. »Sie haben am anderen Ende der Straße gewartet. Sie sahen zu, wie du gekämpft hast. Als ich bei ihnen anhielt, hat Ritter Bronzefist gesagt, dass sie eingegriffen hätten. Aber nur dann, wenn du in Todesgefahr gewesen wärst.«

Hakonwulf starrte ihn an. »Das kann ich nicht glauben. Warum haben sie das getan? Mich einfach zurückgelassen, ohne ein Wort?«

»Sieh es als Prüfung an, Hakonwulf. Ursprünglich war es nicht so geplant von ihnen. Sie wollten dich auf die Probe stellen, doch dann kam der Überfall auf das Schiff dazwischen. Sie überlegten, einzugreifen, doch als sie dich kämpfen sahen, ließen sie davon ab. Ich versprach ihnen, mit dir nachzukommen. Sie sind jetzt auf dem Weg nach Camelot.«

»Und dort werden sie mir dann Rede und Antwort stehen«, sagte Hakonwulf bitter.

»Prinz, dies war eine sehr wichtige Lehre für dich«, sagte Pattrick leise. »Als Ritter musst du jederzeit auf alles gefasst sein. Vor allem darauf, ganz allein für eine Sache einstehen zu müssen. Du wirst jetzt als Mann, nicht als Knabe vor König Ethelred treten. Und der Tag deines Ritterschlags ist nicht mehr fern.«

Hakonwulf schwieg. Die Erregung des Kampfes nahm ab, langsam kamen die Gedanken zurück, die er weggeschoben hatte. Er hatte gegen eine Übermacht gekämpft, die ihn hätte töten können; doch mehr als einige Schrammen, blaue Flecken und Schnitte, hatte er nicht abbekommen.

Im Kreischen des Sturms, im ständigen Klopfen der Regentropfen und dem Krachen der Äste gegen die Läden versuchte er zu verstehen, was genau während dieses Sturms geschehen war, mit ihm und während des Überfalls. Doch schließlich sah er ein, dass er noch nicht soweit war.

Aber es war an der Zeit, dass Pattrick ihm einiges erklärte. »Wer bist du, Freund Pattrick?«

»Vor langer Zeit habe ich meine Ehre und all meinen Besitz verloren«, antwortete Pattrick und starrte in den Gluthaufen unter den Flammen. »Ich ritt fort. Ich wurde sehr krank und vergaß viele Dinge. Auf mancherlei Wegen und Umwegen kam ich ins Moor, und dort vergaß ich zuletzt auch noch die Sprache.«

Hakonwulf dachte an Maireads Erzählung, schwieg dazu jedoch. Er reichte Pattrick den Krug, packte Fladenbrot, Käse und Braten aus und öffnete das Salzbeutelchen. »Dort haben wir zusammen gejagt, und langsam hast du dich wieder erinnert.«

»Ja, das war eine schöne Zeit, Prinz. Wie es der Zufall so will, oder Gottes Fügung, fand mich ein britannischer Ritter, den ich für meinen Feind hielt. Sehr lange hatte er nach mir gesucht. Ich traf ihn«, er lachte kurz, »als er am Rand des Moors war. In Wirklichkeit aber war er mein Freund und half mir, alle Bruchstücke meiner Vergangenheit zusammenzusetzen. Er hat mir ein Pferd, Sattel und Waffen gegeben. Wir haben uns getrennt, und ich ritt nach Camelot.«

»Warum hast du keine Nachricht zurückgelassen?«

»Weil ich nicht schreiben kann, so wie du, Prinz.« Er grinste verlegen. »Ist nicht das erste Mal, dass ich mich ohne Abschied davonmachte. Ist eben meine Art.«

Eine Weile lang aßen sie schweigend. Hakonwulf holte den Wassersack, dessen Inhalt vom Regen gekühlt worden war, und sah nach den Pferden. Die Tiere fühlten sich geborgen und waren zufrieden. Sturm und Regen pfiffen und prasselten unverändert in der Dunkelheit auf das Steinhaus herab. Funkengarben wirbelten um Hakonwulf, als er sich durch den peitschenden Regen zurückkämpfte.

»Meine Freunde, die Ritter«, begann Hakonwulf nach einiger Zeit, »kennen mich seit Jahren. So leicht kann ich ihnen nicht verzeihen.«

»Sei nachsichtig. Sie werden für dich sprechen, wenn dich König Ethelred zum Ritter schlägt.«

»Wie soll er das tun, wenn er mich gar nicht kennt?«

»Vier Ritter, mich eingeschlossen, können deinen Mut, die Tapferkeit und die Entschlossenheit bezeugen. Wie gut und ritterlich du gekämpft hast, haben wir gesehen, ebenso der eine oder andere Ritter auf dem Schiff. Man wird dir in Camelot einen herzlichen Empfang bereiten.«

»Wenn wir nur schon dort wären.« Hakonwulf zerrte gähnend die nassen Stiefel von den Füßen und lehnte sich gegen die Mauer.

»In diesem Regensturm kämen wir nicht weit«, sagte Pattrick. »Versuch zu schlafen. Ich übernehme die erste Wache.«

Hakonwulf grinste. »Ich bin sicher, dass uns in dieser Weltuntergangs-Nacht niemand angreift.«

Pattrick nickte und schob einen dicken Kloben in die aufstiebende Glut. Dann öffnete er den zweiten Krug Honigwein und hob ihn an den Mund. Hakonwulf schloss die Augen und lauschte auf den Sturm und den Regen. Er merkte nicht, dass nach Mittnacht der Regen aufhörte und die Luft, die der Sturm vom Meer auf das Land blies, sich erwärmte.

Am nächsten Mittag während des Aufsattelns hielt Hakonwulf plötzlich inne. Sonnenstrahlen, die durchs schüttere Blätterdach blitzten, erinnerten ihn an etwas. Er ging zurück zu dem Steinhaus, und auf dem verborgenen Weg in den Raum mit dem Steinkopf. Nichts hatte sich verändert, mit grünen Augen blickte der steinerne Kopf durchs Fenster, über das Meer und wohl dorthin, wo Rom lag. Im Unrat des Bodens zeigten sich die Umrisse der zwölf Schwerter längst nicht mehr; an der Stelle, wo sie gelegen waren, gab es nur Staub und Moder. Mit schmerzenden Muskeln verließ er die Stätte.

Riesige Wogen mit weißen Schaumkronen rollten auf dem dunkelgrauen Meer an die Küsten. Der Sturm war vorbei; von Südwest wehte ein kräftiger, aber warmer Wind. Die Hagelkörner waren längst geschmolzen. Die zerfetzten Blätter, Äste, tote Vögel, zersplitterte Bäume und andere Spuren der grauenhaften Nacht trugen einen rostroten Überzug. Die Waldränder abseits der Straße waren bereits trocken, und der Wind blies allmählich die mehlfeinen roten Spuren weg. Große Wolkenschatten glitten über das Land, dazwischen schien die Sonne wärmend auf die Reiter herab.

»Es ist, als wäre nichts geschehen.« Pattrick schüttelte den Kopf. Sie ritten nebeneinander, in Kettenhemden, aber ohne den Schutz der Helme. »Ob uns der Himmel ein erstes Zeichen für den

Weltuntergang gegeben hat?«

»Wer kann das wissen?« Die Sonnenhitze sog die letzte Feuchtigkeit aus der Kleidung, die Haut begann zu jucken. Hakonwulf kratzte sich. »Ich nicht, du nicht, nicht einmal die alten klugen Mönche. Aber der Blutregen hat mich bis tief ins Herz hinein erschreckt.«

Am höchsten Punkt der Straße hielt Hakonwulf an, drehte sich um und betrachtete die menschenleere Landschaft, durch die sie am Vortag geritten waren: Die Verwundeten und Toten auf der Straße und dem Landvorsprung waren verschwunden.

»Du hast den Schrecken bald überwunden, Prinz.« Pattrick wechselte die Lanze in die andere Hand. »Deine Gegner werden es nicht so leicht haben. Sie müssen gedacht haben, dass sie ein blutiger Rachedämon angriff.«

Hakonwulf zog den Kopf zwischen die Schultern, aber dann musste er doch grinsen.

Kurz vor Mittag, am dritten Tag des Ritts, hielt Ritter Pattrick sein Pferd auf dem Kamm eines niedrigen Hügels an. Im Geäst einer riesigen Eiche lärmten Vögel; in einer Astgabel gurrten Tauben, deren Gefieder metallisch glänzte. Hoch in der Luft, vor schneeweißen Wolken, kreiste lautlos ein Fischadler. Ein seltsamer Ausdruck lag auf Pattricks Gesicht, als er Hakonwulf winkte.

»Nun, mein Prinz«, rief er. »Was sagst du dazu?«

Hakonwulf wischte mit der Stulpe des Handschuhs den Schweiß von der Stirn. Er zwinkerte, denn ein Tropfen war ins linke Auge gesickert. Vom Fjord und der Flussmündung, die sich im Norden hinter bewaldeten Hügeln verbargen, wehte ein kühlender Lufthauch heran. Er blinzelte erneut, die Sicht war immer noch verschwommen.

»Sieh doch endlich hin!« Der Grüne Ritter wedelte mit der Hand vor Hakonwulfs Gesicht und deutete nach links. Er lachte herzhaft.

Hakonwulf, der endlich klar sah, riss die Augen weit auf. Was er sah, traf ihn wie ein Streicheln und ein Fausthieb gleichzeitig. »Ist-ist das ... etwa ... Camelot?«, stotterte er.

»Zumindest Carlisle, das Ziel unserer Reise, des langen Weges vom Moor, oder von Thule, bis zum heutigen Tag. Sieh dich satt daran, Prinz Hakonwulf von Thule!«

Hakonwulf schwang sein Bein über die Kruppe des Pferdes. Er hielt sich am Sattelknauf fest und ließ seine Augen über jede

Einzelheit des Bildes gleiten.

Die Straße glitt den Hügel abwärts und verschwand zwischen Bäumen. Andere Straßen, hell wie feiner Sand, trafen aufeinander und verzweigten sich wieder. Ein weites Tal, eingegrenzt von grünenden Feldern, großen Wiesen und Weiden, kleinen und großen Waldstücken, erlaubte in der Mitte den Blick auf einen niedrigen, flachen Hügel. Ihn bedeckten weiße und aus Ziegeln geschichtete Mauern, von Türmen unterbrochen, kantige und langgestreckte Häuser, aus Stein und Fachwerk, glatten Flächen und unzähligen Erkern, Kanzeln, Terrassen und Balkonen. Bunte Fahnen flatterten von den Türmen.

Dort also lebten König Ethelred und seine Ritter! Hakonwulf betrachtete die Stadt auf dem Hügel und das ruhige Treiben auf den Straßen und glaubte, eine Trompete oder Fanfare zu hören, die von einem Turm in der Mitte der Stadt geblasen wurde; ein schütterer, langgezogener Ton, der auf seltsame Weise Fröhlichkeit und Aufregung versprach.

»Das ist wahrhaftig das herrliche Camelot meiner Träume!«, stieß Hakonwulf heiser hervor. Er entdeckte immer mehr Einzelheiten: Einen schilfumrandeten Stadtgraben, der an einigen Stellen so groß war wie ein kleiner See, umgaben alte Bäume. Ein wuchtiger Rundturm stand neben zwei eckigen Klötzen aus Steinquadern. Wieder ertönte die Fanfare; zwei hohe Torflügel öffneten sich langsam, die Zugbrücke über den Graben senkte sich; eine Brücke, mindestens siebenmal so groß wie die von Burg Myngrifon.

Obwohl sie noch eineinhalb oder zwei Stunden zu reiten hatten, bis sie vor der Stadt standen, glaubte Hakonwulf jede Winzigkeit so genau zu sehen, als stünde er unmittelbar davor.

Wolken brodelten hinter der Stadt und bildeten einen leuchtenden Hintergrund für alle Farben und Bewegungen. Auf einem Brachfeld kämpften oder übten einige Ritter. Ihre Rüstungen und die wehenden Umhänge der Pferde gaben dem Bild neue, aufregende Farben. Bauern arbeiteten überall auf den Feldern.

Pattrick stieß Hakonwulf leicht an. »Begeistert, Prinz?«

»So habe ich es mir vorgestellt.« Hakonwulf wandte ihm ein strahlendes Gesicht zu. »In vielen Träumen. Es ist, glaube ich, der zweitschönste Anblick in meinem Leben.«

Pattrick grinste. »Und der schönste?«

»In zwei Stunden. Wenn wir dort sind.«

Sie ritten lachend weiter, bis zu den zerzausten Eichen am

Kreuzweg, unter dem Schatten eines dicken, knorrigen Stammes mit ausladenden Ästen vorbei. Von hier aus ahnte man gerade noch das Meer, sah aber nichts davon außer bläulich grauem Dunst am fernen Horizont. Die Dörfer und Weiler zwischen den Hügeln wirkten ebenso ordentlich und sauber wie die in Thule, sagte sich Hakonwulf.

Unterwegs träumte Hakonwulf schon vom Ritterschlag: In der Nacht davor würde sein Schwert auf dem Altar der Kirche liegen und vom Priester gesegnet werden. Während ihn, tags darauf, alle Ritter umringten, bekäme er Stiefel und Sporen, ein Kettenhemd, den Schild, die Lanze und den Helm. Der König würde dann mit dem gesegneten Schwert leicht auf seine linke Schulter schlagen, feierliche Worte sprechen, und dann wäre er, Prinz Hakonwulf von Thule, ein Ritter der Tafelrunde!

In Vorfreude seufzend trieb er den Grauschimmel weiter.

»König Ethelred weiß, dass wir kommen«, meinte Pattrick mit eigentümlicher Sicherheit.

Die Stadt lag nun direkt vor ihnen, und da geschah etwas ganz Erstaunliches, das Pattrick Recht gab.

Aus dem weit offenen Stadttor trabten in Zweierreihen gerüstete Ritter hervor, mit hochgestellten Lanzen, an denen Wimpel flatterten, mit funkelnden Rüstungen und leuchtenden Schilden und in bunten Wappenkleidern. Die Pferde trugen wehende Schabracken in den gleichen Farben wie ihre Reiter. Die Ritter an der Spitze des Zuges galoppierten an und näherten sich Pattrick und Hakonwulf.

Zehn Paare Ritter zählte Hakonwulf staunend, fünfzehn, zwanzig, schließlich drei Dutzend.

»Sie empfangen dich«, behauptete Pattrick.

Hakonwulf erschrak und stammelte: »Sie-sie kommen meinetwegen? Wirklich?«

»Siehst du einen anderen, den abzuholen es sich lohnt? Aber tröste dich: Ich denke, es ist ein passendes Zusammentreffen. Sie sind bestimmt auf dem Weg, um die Schäden des Sturms in Augenschein zu nehmen und nach den Wegelagerern zu suchen.« Er schlug Hakonwulf lachend zwischen die Schulterblätter. Sie trabten den letzten Hang hinunter auf die Spitze des Ritterzugs zu.

Hakonwulfs Gedanken taumelten und wirbelten hilflos umher: Sein Traum, aus tausend kleinen Bildern zusammengesetzt, war Wirklichkeit geworden. Nein, hatte die Wirklichkeit übertroffen!

Wolken trieben über das Land. Auch wenn sich die Sonne hinter ihnen versteckte und graue Schatten über Hügel und den breiten Stadtgraben glitten, verlor das großartige Bild nichts von seiner Schönheit.

Die Bedeutung, die Carlisle-Camelot für Hakonwulf hatte, könnten auch schwarze Schatten nicht verringern. Er setzte den Helm auf und ging in leichten Galopp.

Vor ihm teilte sich die Spitze des Zuges. Die Ritter trabten auseinander, zogen die Schwerter und schlugen die Klingen gegen die Schilde. Hakonwulf spürte, wie das Blut aus seinem Gesicht wich; er hielt den Grauschimmel an und sah, dass ein weißhaariger, weißbärtiger Ritter auf ihn zukam, der auf der Stirn einen breiten Goldreif trug und langsam den linken Arm hob. Er straffte den Zügel und sagte: »Willkommen, Prinz Hakonwulf von Thule, in Camelot. Oder in meiner Stadt Carlisle. Du erkennst mich nicht, aber ich habe viel von dir gehört.«

»Und jedes Wort ist wahr!«, rief ein Ritter aus der Begleitung des Weißhaarigen. Hakonwulf erkannte Aarebrands Stimme.

Verwirrt stieg er aus dem Sattel, ging zögernden Schrittes zum König, berührte den linken Steigbügel und kniete in den Sand. »Mein Vater ist von unserer Insel verjagt worden, Herr König«, sagte er und wunderte sich über die Festigkeit seiner Stimme. »Wenn ich zum Ritter geschlagen werde, dann will ich mit vielen mutigen Rittern meinem Vater zu Hilfe eilen, ihn aus dem Moor holen und seine Herrschaft auf Thule zurückgewinnen. Dies ist, weswegen ich gekommen bin. Und ich bin ... geehrt, dass Ihr ... persönlich ...« Er konnte nicht mehr weitersprechen.

»Deine Freunde haben noch viel mehr berichtet.« Der König sprach mit tiefer, hallender Stimme und bedeutete Hakonwulf, wieder aufzusitzen. »Die Herren Belangere, Aareband und Bronzefist werden für dich sprechen, wenn es an der Zeit ist. Reite nun in die Stadt und erhole dich vom schweren Kampf um das Schiff.« Er hob den Arm und wies zum Stadttor. »Heute Abend wirst du, junger Prinz, in der Burg an meiner Tafel sitzen, und wir werden dich als Held ehren. Bis dahin lebe wohl.«

Hakonwulf lenkte den Grauschimmel zur Seite und wartete, bis die Ritterschar an ihm und Pattrick vorbeigerasselt war.

Ritter Belangere löste sich aus dem Pulk und kam an Hakonwulfs Seite. »Ich geleite dich mit Pattrick zur Burg, Prinz.« Seine Augen waren feucht. »Fürwahr, du hast im Blutregen gekämpft wie zwei oder drei von uns. Und jetzt bist du am großen Ziel, von dem du so oft geträumt hast – in der Stadt und bei den Rittern, die im Heiligen Land kämpfen werden.«

Pattrick und Belangere nahmen Hakonwulf in die Mitte und ritten zur Zugbrücke. Der Staub hinter der Ritterschar senkte sich langsam.

Nach einer Weile sagte Pattrick ernst: »Du bist nun im Camelot deiner Träume, Prinz. König Arthur und Zauberer Merlin wirst du nicht treffen. Aber selbst ich habe erkannt, dass Merlins druidischer Geist noch immer in Teilen der Schöpfung weilt. Und der Legendenkönig Arthur hat die Fundamente vieler Mauern und Türme erbaut.«

Belangere sprach weiter: »Es wird vieles zu bereden sein, zu lernen und zu tun. Und zu kämpfen. Bald bist du einer von uns.«

Die Hufe der Pferde dröhnten auf den Bohlen der Zugbrücke. Sie ritten in den Schatten der uralten Tortürme. An allen Mauern entdeckte Hakonwulf breite rote Spuren, aber weder an Belangeres Rüstung noch in seinem Gesicht haftete der getrocknete Staub des Blutregens, auch nicht im Fell der Reittiere. Bald würde dieses Geschehnis Legende sein.

Hakonwulf holte tief Luft und sagte: »Freunde! Ich bin voll von Gefühl, das ich bis heute nicht kannte.« Belangere und Pattrick lächelten auffordernd. »Ich glaube, ich bin zum ersten Mal in meinem Leben richtig glücklich ...« Er hob die Schultern. »Aber – verwirrt bin ich auch!«

Belangere erwiderte: »Ich glaub's dir. Bewahre dieses Glücklichsein, so lange du kannst.« Er hob die Faust im schwarzen Handschuh. »Es werden andere Jahre kommen; bittere Jahre. Voller Armut und Schwären, voll von Kampf und Verrat in Ländern, die wir noch nicht kennen – aber jeder Ritter wird dein Freund sein und dir in einem gottgefälligen und gerechten Kampf helfen.«

Hakonwulf nickte schweigend.

Die breite Straße hinter dem Tor war voller Menschen, die ihnen zuwinkten. Camelot aus seinen Träumen und Carlisle in der Wirklichkeit verschmolzen miteinander zur Gegenwart, in der er reiten, kämpfen und auch weiterhin träumen würde. Die Heilige Stadt überragte dieses gegenwärtige Carlisle, in dem er leben und vielleicht leiden würde.

Was immer die Jahre für ihn bereithielten – er war an seinem Ziel, und er war glücklich.